Veit Heinichen
Beifang
Commissario Laurenti
hat noch einiges zu tun

Veit Heinichen

Beifang

Commissario Laurenti
hat noch einiges zu tun

PIPER

Mehr über unsere Autorinnen, Autoren und Bücher:
www.piper.de/literatur

Von Veit Heinichen liegen im Piper Verlag vor:
Die Zeitungsfrau
Scherbengericht
Borderless
Entfernte Verwandte

ISBN 978-3-492-07063-8
© Piper Verlag GmbH, München 2024
Gesetzt aus der Arno Pro
Satz: Satz für Satz, Wangen im Allgäu
Druck und Bindung: GGP Media GmbH, Pößneck
Printed in Germany

»Diebe privater Güter verbringen ihr Leben in Gefängnissen und Ketten, die Diebe öffentlicher Güter in Reichtum und Ehre.«

Marcus Porcius Cato, genannt Cato der Zensor

Eins

Noch nie in seinem Leben hatte Proteo Laurenti eine derart barock anmutende Unterschrift geleistet. Das P und das L seines Namens bedeckten fast das halbe Blatt, und ihre Längen verflochten sich wie Schlange und Stab des Aesculap. Ihm war in diesem Moment, als hätte er eine bittere Arznei geschluckt, deren Wirkung ihm noch unbekannt war.

Mit dem Schreiben des Innenministeriums hatte er schon lange gerechnet, und doch war es etwas anderes, die eigene Pensionierung schwarz auf weiß angekündigt zu bekommen. Der hiesige Personalchef hatte das Kuvert selbst vorbeigebracht und um rasche Bearbeitung und Rückgabe gebeten. Laurenti, sagte er, sei der erste Kollege in seiner gesamten Laufbahn, den er dazu auffordern musste, dieser Aufgabe nachzukommen. Alle anderen hätten die bevorstehende Freiheit gar nicht erwarten können, doch Laurenti schien an den Ruhestand nicht einmal zu denken.

Der Commissario atmete tief durch, bevor er die beiliegende Bestätigung unterzeichnete. Die Kästchen für personenbezogene Daten ließ er leer. Wer, wenn nicht die Bürokraten aus der Personalabteilung, kannte seinen Dienstbeginn und die Anzahl der geleisteten Dienstjahre? Sollten doch sie den ganzen Kram für ihn ausfüllen. Mürrisch steckte er das Blatt in den Antwortumschlag, verklebte ihn und warf ihn in den Ausgangskorb auf dem Schreibtisch seiner Assistentin. Marietta schaute ihren Chef erstaunt an und vergaß für einen Augenblick sogar die qualmende Zigarette in ihrem Aschenbecher. In all den langen Jahren, die sie zusammenarbeiteten, hatte er sich noch nie selbst um seine Post gekümmert.

»Geht's dir nicht gut?«, fragte sie ihn. »Du machst ein Gesicht, als hättest du gerade gekündigt.«

»Das war's für heute«, knurrte Proteo Laurenti nur. »Ich bin höchstens noch im Notfall erreichbar. Ich habe jetzt erst mal Besseres zu tun.«

»Die Queen ist tot, Ratzinger ist tot und jetzt auch noch Berlusconi. Und wenn wir nicht gleich Nachschub bekommen, sehe ich für uns auch schwarz«, rief Lojze mit seinem unverwechselbaren Bariton.

»Kommt schon.« Silvano, der Winzer, von dessen Terrasse die beiden Seeleute auf Triest hinunterschauten, stellte eine große Karaffe Weißwein vor ihnen auf dem Tisch ab. Das Glas beschlug in der schwülen Hitze. Lojze schüttete so schwungvoll nach, dass sich auf dem Tisch eine Pfütze bildete.

»Eine Monarchin und zwei Päpste«, lachte Ottaviano. »Eine Epoche nach der anderen geht zu Ende. Nichts bleibt, wie es war, kein Stein auf dem anderen.«

»In den nächsten Wochen werden uns die Nachrichten und Zeitungen wieder mit dem hinterletzten Müll aus seinem Leben zuschütten, den wir schon hundertmal gehört haben. Als stünde deswegen der Rest der Welt still.«

»Immerhin war er ein brillanter Alleinunterhalter.«

»Du hast recht. Heute ist kein Politiker so beliebt, wie er es war. Vor allem keiner von den Linken. Selbst wenn sie dem Volk weismachen wollen, was es zu wollen habe. Berlusconi war glaubwürdig. Authentisch.« Lojze ließ seinen Blick über den Golf von Triest schweifen. Die beiden schwiegen für einen Augenblick. »Es wird ein Gewitter geben«, sagte er dann.

Der Wind war abgeflaut, die Sonne hatte ihren Zenit längst überschritten. Lojze Sedmak und Ottaviano del Re saßen bereits seit Stunden nebeneinander unter dem heiteren Himmel im Schatten eines alten Kirschbaums auf der Holzbank in der Osmizza hoch über der Stadt. Der Nachmittag neigte sich seinem Ende zu. Den Freunden waren weder Müdigkeit noch die Auswirkungen des konstanten Weinkonsums anzumerken. Vor ihnen auf dem Tisch lag ein leeres Servierbrett samt Brotkorb, dessen Inhalt sie zu hausgemachtem Schinken, Salami und Käse sowie eingelegten Oliven verdrückt hatten. Ein überquellender Aschenbecher und zwei leere Karaffen. Sie genossen Silvanos Wein, das unbeschwerte Geplauder und den freien Blick auf die Stadt, aufs Hafenbecken und das Kommen und Gehen der Schiffe auf dem offenen Meer, das weiter draußen in intensivem Blau leuchtete. Am Horizont verschmolzen Himmel und Wasser in diffusem Dunst. Wie immer, wenn die Verdunstung stark war.

Lojze und Ottaviano plauderten und scherzten, ohne sich um die Leute an den anderen Tischen zu scheren. Manchmal tauchte einer ihrer Bekannten auf, der eine neue Karaffe Wein auf den Tisch stellte und sich auf ein Glas zu ihnen gesellte, doch die verfügten über deutlich weniger Sitzfleisch als die beiden Freunde. Am Nachmittag war es dann Proteo Laurenti, der ihnen einen halben Liter spendierte. Die drei kannten sich seit Jahrzehnten aus verschiedenen Lokalen auf dem Karst. Nachdem Laurenti seine Pensionierung unterzeichnet hatte, war er heraufgefahren, um sich abzulenken. Außerdem wollte er ein paar Flaschen Wein für zu Hause einkaufen.

»Sag mal, Commissario«, fragte Lojze, »haben du und deine Kollegen eigentlich die Bewachung dieses Russenschiffs am Hals?«

»Damit haben wir glücklicherweise nichts zu tun, da walten höhere Mächte«, lachte Laurenti. »Aber ich hätte nichts dagegen, wenn es jemand versenken würde.«

»Du gibst uns also deine Erlaubnis?«, feixte Ottaviano. »Wir können sofort loslegen.«

»Lasst euch noch ein paar Monate Zeit, damit sich jemand anderes damit rumschlagen muss. Und vor allem: Lasst euch nicht erwischen. Das würde bitter enden für euch«, antwortete er lachend.

Unweigerlich fiel sein Blick von der hoch gelegenen grünen Idylle auf den überdimensionalen grauen Dreimaster, der vor dem Hafenbecken ankerte und schon seit mehr als einem Jahr durch die Behörden blockiert war. Nur für Instandhaltungsarbeiten durfte er sich wegbewegen, und das auch nur für ein paar Seemeilen. Das Schiff war von eigenwilligem futuristischem Design, das den meisten seiner Betrachter aufstieß. Von einer deutschen Werft an der Ostsee nach den Entwürfen eines französischen Stardesigners mit Spezialmaterialien aus halb Europa gebaut. Eine halbe Milliarde sollte der Eigner der *Sailing Yacht A* dafür ausgegeben haben. Ein einundfünfzigjähriger Oligarch und, wie es hieß, siebtreichster Mann Russlands, mit offiziellem Wohnsitz in der Schweiz. Der Mann galt als Unterstützer des russischen Tyrannen, weshalb das Schiff samt anderer ihm zugerechneter Vermögensteile im Rahmen der internationalen Sanktionen gegen sein kriegsführendes Heimatland beschlagnahmt worden war. Der Oligarch hatte die Anwürfe wenig überzeugend zurückgewiesen und war mit seiner Familie umgehend von St. Moritz nach Dubai umgezogen.

»Dieser Mistkübel da unten gehört gesprengt, einfach versenkt«, schimpfte Ottavio del Re. Ein sehniger Kerl mit Bürstenschnitt, der Besitzer und Betreiber eines Zulieferboots war.

»Es war einfach Pech, dass das Ding gerade bei uns vor Anker lag, als der Krieg ausgebrochen ist. Sonst müssten jetzt andere dafür aufkommen.« Lojze Sedmak winkte ab. Er überragte seinen Freund um mehr als einen Kopf und hatte doppelt so breite Schultern. Seine muskulösen Arme waren voller Tätowierungen – keine politischen Motive, eher die klassischen Seemannsymbole, die gewisse Ambitionen zum Rockstar durchschimmern ließen.

Der ständige Anblick der weltgrößten Segelyacht erinnerte jeden in Triest täglich daran, dass ihre Instandhaltung samt der Versorgung der zwanzigköpfigen Besatzung vom Steuerzahler getragen wurde.

»Ich lass euch jetzt besser mal allein, bevor ihr in die Details geht«, sagte Proteo Laurenti, leerte sein Glas, holte bei Silvano ein paar Flaschen für daheim und ging davon.

»Nichts zu machen. Selbst wenn wir sie versenken könnten, würde sie sichtbar bleiben. Die Mastspitzen stehen hundert Meter über dem Wasserspiegel, dazu der Tiefgang des Kiels. Der Golf ist an der Stelle nur um die zwanzig Meter tief. Also rechne selbst nach.« Lojze schüttelte seinen Lockenkopf. Er selbst gehörte zur Besatzung eines Schleppers, der Containerschiffe oder Öltanker sicher zum Anleger manövrierte.

»So laut, wie ihr redet, werden die Ermittlungen hinterher nicht lange dauern«, mahnte Silvano. »Aber ihr würdet einiges an Beifall ernten, wenn dieser Schandfleck nicht mehr zu sehen wäre. Wusstet ihr eigentlich, dass hier schon einmal ein russisches Schiff Zuflucht gesucht hat? Ein Kriegsschiff.«

»Zuflucht, die Russen? Du spinnst, Silvano, das aufziehende Gewitter steigt dir wohl zu Kopf«, lachte Ottaviano auf, während er nachschenkte. »Wenn es erst mal geregnet hat, wirst du wieder klarere Gedanken haben.«

»Doch, doch. 1858 nach dem russisch-türkischen Krieg auf der Krim. Ich habe ein Buch darüber. Es gab damals einen Konflikt zwischen den Franzosen und den Russen um die heiligen

Stätten in Palästina. Mit den Türken hatte der Westen sich schon geeinigt. Die Russen mussten vom Mittelmeer ferngehalten werden. Schon zu der Zeit gab es eine westliche Allianz, fast wie heute.«

»Aber das da unten ist kein Kriegsschiff, Silvano«, mischte sich Lojze ein. »Wir zahlen die Rechnung für einen größenwahnsinnigen Neureichen. In der Zeitung stand, dass es uns über neun Millionen im Jahr kostet. Aber sollten die Sanktionen irgendwann mal gelockert werden, bleiben wir auf dem Teil sitzen. Der Russe baut sich doch in der Zwischenzeit lieber ein neues Schiff, als darauf zu hoffen, es später irgendwann auszulösen. Oder er handelt die anfallenden Millionen auf einen Bruchteil herunter, nur damit wir ihn los sind. Du hast recht, Silvano: Würden wir den Kahn versenken, täten wir allen einen Gefallen.«

»Und wie willst du das anstellen?«, fragte Ottaviano. »Die haben ein perfektes Überwachungssystem an Bord.«

»So banal wie möglich.« Lojze schenkte erneut beiden nach. »Ein Taucher befestigt ein Päckchen TNT samt Zünder am Bug.«

»Keine Chance«, widersprach Ottaviano. »Als wäre so etwas nicht schon beim Bau berücksichtigt worden. Ich habe es mit eigenen Augen gesehen, als ich die Einkäufe der Besatzung abgeliefert habe. Die haben über vierzig Kameras am Schiff, über und unter Wasser.« Ottaviano dachte einen Moment nach und wischte sich den Mund ab, während er das leere Glas abstellte. »Auf der anderen Seite kann es mit den Sicherheitsmaßnahmen nicht so weit her sein. Wenn ich Ware anliefern muss, melde ich es über Funk. Aber zum Kontrollieren ist bislang noch niemand gekommen.«

»Ich hoffe, ihr habt ein großes Waffenlager.« Silvano kam wieder zurück und stellte ein Brett mit hausgemachter Salami und eingelegtem Gemüse auf den Tisch. »Stellt euch vor, die im Rathaus bauen wirklich die Seilbahn bis zum Marianentempel hinauf. Ausgerechnet zu den Pfaffen. Nicht fürs Volk, schon gar nicht für die Einheimischen, die auch noch dafür bezahlen werden, selbst wenn es heißt, die Kohle für den Bau käme aus Brüssel.«

»Und wenn die Bora richtig pfeift, wird das Ding sowieso stillstehen. Sonst kotzen die Leute doch die Kabinen voll. Oder die darunterliegenden Gärten.« Lojze leerte sein Glas in einem Zug.

»Aber die Standseilbahn nach Opicina werden sie deshalb auch nicht wieder instand setzen. Auch wenn sie unter Denkmalschutz steht. Es verdienen einfach nicht die richtigen Leute daran.«

Seit einer Kollision vor sieben Jahren stand die über einhundertzwanzig Jahre alte Tram still, die sonst alle halbe Stunde Triest mit dem Karst verband. Es wimmelte inzwischen von einer Unzahl offener Baustellen, über die aus der Stadtverwaltung nicht einmal mehr voraussichtliche Fertigstellungstermine zu vernehmen waren.

»Irgendjemand kassiert da wahrscheinlich am Stillstand.« Lojze schlug mit der flachen Hand auf den Tisch, dass die Gläser klirrten. Mit der Handkante wischte er über den Tisch. »Demokratie. Freiheit und Gerechtigkeit. Es braucht endlich wieder jemanden, der richtig durchgreift.«

Erst als die Sonne schon tief über dem Meer stand und kurz davor war, als glühend roter Feuerball zu versinken, erhoben sie sich endlich von ihrem Platz und verabschiedeten sich.

»Passt auf, dass ihr nicht erwischt werdet, so besoffen, wie ihr seid«, rief ihnen Silvano hinterher.

»Keine Sorge«, lachte Lojze. »Und bis morgen.«

Leicht schwankend stiegen die Männer in ihre grüne Ape mit der Ladepritsche, tuckerten mit knatterndem Motor davon und zogen eine blaugraue Abgasfahne den Anstieg zum Karst hinauf.

Am späten Nachmittag desselben Tages waren zwei schwarze Range Rover mit verdunkelten Scheiben und Schweizer Kennzeichen von Mailand in Richtung Osten gerast. Vierhundert Kilometer lagen vor ihnen. Sie wurden um 22 Uhr erwartet. Abrupt wechselten sie die Spuren und jagten, wenn nötig, sogar über den Standstreifen. Ohne Rücksicht auf Tempolimit und mögliche Radarkontrollen wirkten sie selbst bei den Überholmanövern wie aneinandergeklebt, obwohl sie sich ständig mit der Führung abwechselten.

Auf der Rückbank eines der beiden Fahrzeuge saß Fjodor Iljin, ein etwa fünfundvierzigjähriger sportlicher Mann mit Dreitagebart und mittellangem dunkelblondem Haar. Die beiden Männer auf den vorderen Sitzen trugen ihre Haare militärisch kurz, sie sprachen Russisch mit starkem serbischem Akzent. Genauso wie ihre drei Kumpane in dem anderen Fahrzeug, mit denen sie sich die gesamte Fahrt über in knappen ruhigen Worten per Funkgerät verständigten. Nur einmal fluchte sein Fahrer, als Iljin verlangte, an einer Raststätte bei Vicenza die Toilette aufzusuchen. Den Männern wäre es lieber gewesen, er hätte sich in die Hosen gemacht, doch sie wussten, wer sie bezahlte. Drei von ihnen begleiteten Iljin in den *Autogrill*, während die beiden Fahrer scheinbar beiläufig rauchend neben den Autos warteten und aufmerksam die Umgebung und den heranfahrenden Verkehr beobachteten.

Keinen Schritt hatte Fjodor Iljin in den letzten fünf Wochen vor die Tür der Mailänder Diplomatenwohnung in der Via Andegari gesetzt. Sie lag direkt hinter dem Opernhaus La Scala. Nach seiner Festnahme am Flughafen Malpensa hatte er nur ein paar Tage in einer Einzelzelle im Gefängnis San Vittore verbringen müssen, bis die Auslieferungshaft dank der massiven

Intervention einer internationalen Anwaltskanzlei in einem Eilverfahren vorläufig in Hausarrest umgewandelt wurde. Iljin wurde dazu verpflichtet, eine elektronische Fußfessel zu tragen, die sofort Alarm schlug, würde er die Wohnung verlassen. Oder gewaltsam versuchen, sich von der Fessel zu befreien. Noch musste über den Antrag der Amerikaner auf Auslieferung des laut internationalen Haftbefehls verdächtigen Waffenhändlers Fjodor Iljin in einer höheren Instanz entschieden werden. Die Wohnung schien von den Russen für derlei Notfälle angemietet worden zu sein. Sein Kontakt zur Außenwelt war auf Anwaltsbesuche und die zwei täglichen Essenslieferungen beschränkt gewesen. Die einzigen zugänglichen Fernsehkanäle waren die der *RAI*, der staatlichen italienischen Medienanstalt.

Schon die Tatsache, dass er bis zu einer Entscheidung nicht in der Zelle einsitzen musste, sei bei der Brisanz des Falls außergewöhnlich, hatte sein Anwalt gesagt, der nach ein paar Tagen ernste Sorge über den Ausgang der Verhandlung äußerte, für die ein Termin in der folgenden Woche angesetzt war. In solchen Fällen vermuteten die Behörden gemeinhin akute Fluchtgefahr. Iljin lächelte undurchdringlich und nannte dem Mann daraufhin eine Telefonnummer mit zyprischer Vorwahl. Dort würde er weiterverbunden werden und neue Anweisungen erhalten. Fjodor Iljin musste nicht lange warten.

Kurz hinter der letzten Mautstelle wurden Iljins Begleiter plötzlich nervös. Blaulichter flackerten am Straßenrand. Doch es handelte sich nicht um eine Kontrolle, die Leuchtanzeigen meldeten lediglich, dass die Autobahn wegen eines schweren Unfalls gesperrt war. Der Verkehr wurde über die letzte Ausfahrt bei Sistiana auf die Landstraße umgelenkt, vor der sich bereits eine lange Schlange gebildet hatte. Die Fahrer der Range Rover sprachen sich kurz ab und verließen die Autobahn schon bei Duino. Schnöde drängelten sie sich in die schier endlose Fahrzeugschlange auf der Staatsstraße. Ein Lieferwagen für *Sacher Wien Triest* mit Wiener Kennzeichen machte mit wildem Hupen und hysterischen Lichtzeichen deutlich, was er von der Unverschämtheit der beiden schweren Luxusgeländewagen hielt. Hinter ihm war ein mächtiger Sattelschlepper aus Slowenien dicht aufgefahren, auf dessen Seitenwänden großflächig für ein Bordell in Kärnten geworben wurde.

Endlich kam Bewegung in den Stau, der Abstand zu den vorausfahrenden Wagen vergrößerte sich. Der wütende Lieferwagenfahrer setzte zu einem Überholversuch an. Der vorausfahrende Range Rover zog auf die linke Spur und bremste ihn harsch aus. Auch der Lkw raste heran. Sekundenbruchteile vor dem Aufprall auf den Lieferwagen beschleunigten die beiden schwarzen jäh. Aus dem Heckfenster sah Fjodor Iljin, wie sich der Lieferwagen überschlug und die konfektionierten zuckrigen Schokoladentorten sich über die Straße verteilten. Er hörte das dröhnende Hupen des Sattelschleppers.

»Gut gemacht«, sagte Iljin lächelnd. »Ist es noch weit?«

»Wir sind kurz vor der Grenze. Auf dem Landweg kommst du da nicht rüber. Nur übers Meer. Und das auch nur mit der nötigen Ablenkung, für die du selbst sorgen musst. Wir haben alles bis ins Detail geplant.«

Der Fahrer nickte zur Bestätigung, als er schließlich ins Industriegebiet von Monfalcone abbog und kurz darauf auf dem verwaisten Parkplatz eines Einkaufszentrums stoppte. Der andere Wagen war weitergefahren, doch nur einen Augenblick später hielt ein Jeep der Protezione Civile, des Zivilschutzes, neben ihnen. Am Steuer saß einer ihrer Leute.

»Hör jetzt genau zu. Dein Ziel ist der Leuchtturm dort drüben am Horizont. Auf kroatischer Seite. Du kannst ihn nicht verfehlen.« Der Beifahrer wies über das nachtschwarze Meer und erklärte Fjodor Iljin den Plan für die kommenden Stunden. Dann drückte er ihm zwei Päckchen in die Hand. »Wenn du alles genau so machst, wie ich es dir erklärt habe, bist du noch heute Nacht aus dem Land.«

Iljin stieg in das Fahrzeug des Zivilschutzes um, das, kaum hatte er die Tür hinter sich zugezogen, losfuhr und schon nach einem halben Kilometer an der Einfahrt zur Werft die Blaulichter aufflackern ließ. Es war 22:12 Uhr, als sich das elektrische Tor öffnete und sie in der Dunkelheit langsam zwischen hohen Yachtrümpfen bis zum Kanal vorfuhren, wo eine schmächtige Person sie erwartete, die ganz in Weiß gekleidet war, wie ein Seemann.

»Ist das etwa mein Skipper?«, wunderte sich Iljin, der in der Zwischenzeit ein kurzärmliges, viel zu großes Hemd mit dem Emblem des Zivilschutzes über sein T-Shirt gezogen hatte. Seelenruhig steckte er sich eine Glock 17 in den Hosenbund. Das noch ungeöffnete Päckchen behielt er in der Hand.

»Genau«, sagte sein Fahrer. »Er ist unbewaffnet. Er weiß wohin. Und er spricht Englisch.«

Der Skipper führte Iljin wortlos zu einem langen Schlauchboot aus festem Kunststoff mit zwei großvolumigen Motoren. Er schlug jede Hilfe aus und sprang an Bord.

»Ich heiße Maria«, sagte die weiß gekleidete Figur zu seinem Erstaunen, nachdem sie die Leinen losgemacht hatte und das Boot aus dem Kanal aufs offene Meer steuerte. Das anfängliche Flüstern der Motoren verwandelte sich in lautes Gebrüll, als sie beschleunigte.

Fjodor Iljin wurde in den Sitz gedrückt, der Bug des Boots hob sich vom Wasser ab. Erschrocken hielt er sich an einem Griff fest und schaute die Skipperin an. Maria, wiederholte er in Gedanken ihren Namen, er entdeckte keinerlei weibliche Merkmale an ihr.

»Fahr langsamer«, wies er sie in akzentfreiem Englisch an. »Und bleib nah an der Küste. Wir haben viel Zeit. Erst wenn ich es dir sage, kannst du mir zeigen, wie schnell das Boot wirklich ist. Verstanden?«

Maria nickte ihm zu und ließ das Boot ausgleiten. Mit wenig Abstand tuckerten sie unterhalb des Schlosses von Duino und den hohen grauen Felsen der Steilküste entlang Richtung Triest. Der Himmel war von einer durchgehenden Wolkendecke verhangen, immerhin hatte es zu regnen aufgehört, und so nah an der Küste war das Meer beinahe glatt, nur kleine Wellen kräuselten das Wasser. Kurz darauf erkannte Fjodor die Umrisse eines Urlaubsresorts. An wie vielen solcher, sich alle ähnelnden Orte rund um den Globus hatte er schon Geschäfte eingefädelt? Auf den Seychellen, den Bahamas und den British Virgin Islands, in Katar, Dubai oder am Westkap von Südafrika. Ihm knurrte der Magen, während sie an den Muschelzuchten vorbei gemächlich weiter in Richtung der funkelnden großen Stadt glitten. Bei diesem Tempo waren die Motoren kaum noch zu hören. Bald sah er die Lichter einer Trattoria direkt am Wasser, auf dem Landweg schien sie nicht erreichbar zu sein.

»Fahr da in den kleinen Hafen«, sagte Fjodor. »Und warte auf mich.«

Er sprang an Land und ging schnurstracks zum Tresen. Nur wenige Tische waren noch besetzt. Die anderen waren längst abgeräumt. Iljin fragte nach Essen. Man beschied ihm, die Küche sei geschlossen, höchstens ein belegtes Panino ließe sich noch machen. Er verlangte außerdem nach einem Bier und setzte sich. Als er mit seinem einfachen Abendmahl fertig war und feststellte, dass er kein Geld bei sich hatte, pfiff er Maria herbei. Sie schaute ihn zwar misstrauisch an, doch sie beglich seine Rechnung von weniger als zehn Euro. Befremdlich, dass der offizielle Eichmeister für Bordkompasse nichts als ein kleines Päckchen bei sich trug, nur Englisch sprach und so spät an Bord der *A* gebracht werden wollte. Und dann hatte er nicht einmal Geld in der Tasche.

»Ab morgen wird es wieder besser«, sagte er.

»Was wird besser?«

»Die Autobahn war blockiert, und der Zug von Rimini, dem Sitz der Zentrale, hat an jedem Misthaufen gehalten. Die Verspätung wurde immer länger. Bei meiner Arbeit ist es manchmal wichtig, außerhalb der gewöhnlichen Uhrzeiten zu kontrollieren. Der Kompass muss schließlich immer stimmen. Stell dir vor, das GPS fällt aus, dann steht die ganze Welt still.«

Als traute er den Bordinstrumenten nicht, warf Iljin einen Blick auf seine teure Armbanduhr. Sie tuckerten aus dem kleinen Hafen, in dem kaum fünfzehn Boote vertäut waren. Er bat Maria noch einmal, in Küstennähe zu bleiben, als sie schon aufs offene Meer zuhielt. »Ich möchte nicht, dass wir auf irgendwelchen Radarschirmen auftauchen, solange es nicht nötig ist. Und fahr so schön langsam wie vorher. Erst wenn wir in der Nähe der *Yacht A* sind, drehst du auf, sie sollen den Eindruck bekommen, wir hätten uns beeilt. Hast du verstanden?«

Maria bestätigte mit einem Kopfnicken, inzwischen war Wind aufgekommen, eine stark zunehmende Bora. Weiter draußen würde das Meer ruppiger werden. Schon jetzt ritten weiße Schaumkronen auf den Wellenkämmen. Doch ihr Auftrag war eindeutig, er lautete, ihn zu der beschlagnahmten Yacht zu bringen.

Sie brauchten eine gute halbe Stunde, bis sie am Segelhafen von Grignano waren, die Lichter von Schloss Miramare, dessen Fassade nachts beleuchtet war, waren schon zu sehen, und hinter der Landzunge verborgen leuchtete Triest.

»Dort drüben liegt die *A*«, sagte Maria und deutete in die Dunkelheit. Der Umriss des Schiffs war in der Dunkelheit kaum zu erkennen, nur die Positionslichter blinkten in die Nacht.

Fjodor Iljin erhob sich und schätzte die Entfernung ab.

»Dann dreh auf, halt in direkter Linie auf sie zu und verlangsame erst im letzten Moment. Kannst du das?«

»Schnall dich an«, sagte Maria nur.

Schnell setzte er sich wieder und hielt sich fest, als die Motoren aufbrüllten und er ihre Kraft im ganzen Körper spürte. Wie geheißen legte er den Sicherheitsgurt an.

Schnurstracks hielt Maria auf die *Sailing Yacht A* zu. Das Tachometer auf dem Armaturenbrett zeigte fast fünfzig Knoten an. Über neunzig Stundenkilometer. Auf dem Wasser. Selbst die kleinsten Wellen führten zu harten Schlägen gegen den Rumpf. Immer wieder spürte Iljin, wie der Sicherheitsgurt in seinen Körper schnürte, wenn sie aufs Wasser aufschlugen. Auch, als sie schlagartig das Gas wegnahm. Nach kurzem Gleiten kamen sie unter der Bordwand zum Halten, Maria versuchte alles, um das Schiff nicht zu touchieren. An Deck war niemand zu sehen.

»Näher ran«, zischte Fjodor Iljin sie grob an und richtete den Lauf seiner Glock auf sie, während er in der anderen Hand einen würfelartigen Gegenstand hielt. »Planänderung.« Als er sich leicht zum Bug der *A* neigte und den Würfel in Sekundenschnelle an die Schiffswand heftete, versäumte Maria, die Motoren aufzudrehen und den Mann mit einer wilden Drehung über Bord zu schleudern.

»Fahr los!«, rief er, glitt auf seinen Sitz zurück und hielt die Pistole auf sie gerichtet. »Zum Leuchtturm dort drüben.«

Er zeigte auf die Spitze der istrischen Halbinsel, auf das Leuchtfeuer von Savudrija, die Punta Salvore. Sie lag nur knapp hinter der slowenisch-kroatischen Grenze, an der es seit ein paar Monaten keine Kontrollen mehr gab. Auch Kroatien war mit Jahresbeginn endlich Teil des Schengen-Gebiets geworden.

»Schneller«, befahl er unwirsch. »Zeig endlich, was die Mühle kann.«

»Das geht nicht. Du kennst die Gewalt der Bora nicht. Wohin willst du eigentlich?«

»Fahr so schnell, du kannst. Wir werden erwartet. Beim Leuchtturm ist ein kleiner Hafen. Dort fahren wir hin, komm bloß nicht auf dumme Gedanken. Du bist mich gleich los.«

Der dumpfe Donner einer Explosion übertönte das Brüllen der Motoren. Iljin warf einen flüchtigen Blick zurück nach Triest, das hinter ihnen rasch kleiner wurde. Es waren keine Flammen zu sehen, und doch glaubte er, in Stadtnähe Blaulichter auf dem Meer zu erkennen. Verdammt schnell, aber das hatten die Serben schon vorausgesagt. Sein Vorsprung, hatten sie außerdem gesagt, sei ausreichend.

Die Pistole in Fjodor Iljins Hand wippte bei jedem Wellenschlag. Der Wind ist ein wilder Geselle. Die Bora nahm rapide an Kraft zu, wie meistens nach schweren Unwettern, die große Wetterkämpfe auf dem Meer heraufbeschworen. Die Bora gewann immer. Weiße Wellenhunde stoben übers Meer, Maria hielt das Steuer mit beiden Händen fest.

Sie wusste, dass sie keine andere Möglichkeit hatte, als zu gehorchen. Selbst wenn sie kurz vor dem Hafen das Boot gegen einen der Felsen fahren würde, die dort aus dem Wasser ragten, würde auch sie es nicht heil überstehen. Vorher über Bord zu springen war undenkbar. Und der Neoprenanzug unter ihrer weißen Kleidung schützte sie nicht vor einer Kugel.

Am Fuße des Leuchtfeuers zog sich die Mole ins Meer, dahinter lag der Hafen. Das Signal des ältesten Leuchtturms Kroatiens blinkte im festen Rhythmus und war im ganzen nordadriatischen Golf zu sehen. Nun gab es Zeichen auch von der Marina. Die Lichthupe eines alten Fiats. Maria atmete auf, gleich würde sie ihren befremdlichen Fahrgast los sein. Sie fuhr im stillen Gewässer des Hafenbeckens dicht unter den Anleger und warf dem Mann das Tau zu, damit er es festmachte, doch der rührte sich nicht vom Fleck. Flink kletterte

Maria die Eisentreppe an der Kaimauer hinauf und zog das Boot heran.

Der Kerl löste sich von seinem Wagen und half Iljin auf die Mole.

»Dich kenn ich doch«, entfuhr es Maria, als das Scheinwerferlicht auf das Gesicht des Mannes fiel.

Zwei

Nach unendlich vielen Prozessen in zahllosen Instanzen, nach Befangenheitsanträgen, Gegengutachten zu medizinischen Attesten samt Prozessverschiebungen sowie drohenden Verjährungsfristen war die härteste Strafe für Raffaele Raccaro gewesen, dass seine Gefängnisstrafe zuerst in Sozialarbeit umgewandelt wurde, an die sich ein mehrjähriger Hausarrest anschloss. So hatte Lele, wie Raccaro von Freunden und geneigten Geschäftspartnern genannt wurde, sich mit seinen zweiundsiebzig Jahren täglich frühmorgens in einem seiner Wohnung nahe gelegenen städtischen Altersheim einzufinden. Achtzehn Monate lang musste der kleine drahtige Mann Gleichaltrigen Frühstück und Mittagessen servieren, er musste Demente und Bettlägerige füttern. Immerhin: Die Körperpflege mutete man ihm nicht zu. Was Raccaro aber am meisten wurmte, war, dass er jeden zweiten Tag auf dem Heimweg in der Questura seine Anwesenheit mit Unterschrift zu dokumentieren hatte. Und auch von seiner Wohnung in der obersten Etage, der vierzehnten, fiel sein Blick ausgerechnet auf das Polizeipräsidium. Wie er sich aufgrund der unzähligen Verhöre erinnern konnte, lag im dritten Stock des mächtigen Gebäudes das Büro des Commissario, der ihm das alles einst eingebrockt hatte. Proteo Laurenti. Er würde diesen Namen nie vergessen. Zusammen mit dem Vorzimmer waren es drei Fenster, an denen er die Präsenz des Polizisten ablesen konnte, sofern sie geöffnet waren oder dort Licht brannte. Allein aus diesem Grund hatte es Tage gegeben, an denen Raffaele Raccaro keine Lust verspürte, auf seine Terrasse hinauszutreten, um die ihn fast alle beneideten. Erst mit der Zeit war es ihm gleichgültig geworden, obgleich er davon überzeugt war, dass auch Commissario Laurenti ständig zu seiner Wohnung in dem ziegelroten Hochhaus hochstarrte. Es musste eine herbe Niederlage für ihn gewesen sein, dass Raccaro seine Strafe nicht im Knast hatte absitzen müssen.

Darin aber täuschte Lele sich. Laurenti hatte anderes zu tun, als an gelöste Fälle zu denken. Selbst wenn Gerichtsverfahren nicht zu eindeutigen Strafen geführt hatten.

Lele, auch in der Lokalpresse erschien Raffaele Raccaro mit seinem Spitznamen, hatte sich sogar ohne große Mühe mit dem Verlust seiner beiden unehelichen Söhne Aurelio und Giulio abgegeben – diese Nichtsnutze. Dem Commissario aber war er zuvorgekommen. *La legge è uguale per tutti* stand in jedem Gerichtssaal groß an der Wand: Vor dem Gesetz sind alle gleich. Doch wer über ausreichende Mittel verfügte, konnte mithilfe von ausgefuchsten Experten versuchen, etwas am Urteil zu drehen – so viel wusste Raccaro. Dann war das Gesetz zwar für alle gleich, aber manche waren eben doch ein wenig gleicher.

Seit Lele wieder uneingeschränkt hingehen durfte, wo er wollte, und dem Commissario dabei gelegentlich auf der Straße begegnete, grüßten sie sich sogar, wenn auch distanziert mit einem Kopfnicken. Leles Radius hatte sich altersbedingt reduziert, zu Fuß war er nur noch in der näheren Umgebung unterwegs, am Corso Italia, in der Via San Nicolò oder auf der majestätischen, zum Meer hin geöffneten Piazza dell'Unità d'Italia, die an drei Seiten von den eleganten Palazzi der Macht umsäumt war, dem Rathaus, der Landesregierung und der Präfektur. Seine Limousine stand gleich nebenan auf ihrem festen Platz im unterirdischen Parkhaus unter dem Burghügel San Giusto. Chauffieren musste ihn, wenn er doch einmal das Auto benutzte, Antonia d'Antimi, eine androgyne Sechsunddreißigjährige mit schmalem Modigliani-Gesicht und dem Haarschnitt des jungen Alain Delon. Sie war Geschäftsführerin der *Raccaro Development Studios* und vertrat die Interessen ihres Chefs in allen Belangen der öffentlichen Hand. Manch einer vermutete verwandtschaftliche Bindungen zwischen ihm, Antonia und ihrer Zwillingsschwester Maria.

Von seiner Filmfirma im Palazzo Vianello hatte Raffaele Raccaro sich noch vor den Gerichtsverfahren getrennt, damit ihm deren schmutzige Finanzgeschäfte nicht angekreidet werden konnten. Nur die drei Supermärke zeugten noch von der früheren Größe seines Imperiums. Und eben seine Lobbyfirma unter der zuverlässigen Führung von Antonia d'Antimi. Die Büros der *Development Studios* besuchte Lele nur noch sporadisch, doch wenn es um die Zukunft der Stadt ging, zog er noch immer, wo es ging, die Fäden im Hintergrund. Nach langen Jahren der Stagnation und des Niedergangs hatten frische und von der Lokalpolitik unabhängige Kräfte Triest endlich wieder in eine Wachstumsphase geführt. Dass die Stadt neuen Auftrieb bekam, hatte kaum jemand vorausgeahnt, die bisherige Gemächlichkeit wurde allseits gelobt, doch inzwischen musste man die Plätze immer stärker gegen Touristen oder zugewanderte Unternehmer verteidigen. Über die Jahrzehnte des Stillstands hatte sich manch einer gefragt, ob es eine Riege der Verhinderer gab, die aus genau dieser verordneten Untätigkeit einen Vorteil zogen. Immerhin gab es nun ein Projekt aus einheimischen Reihen, das angeblich Fortschritt bedeutete: Der Bau der Seilbahn vom Meer bis hinauf auf den Karst – hinweg über Wohnhäuser samt Gärten, über Naturschutzgebiete und viel befahrene Straßen. Und altvertraute Hände führten wieder die Zügel.

Raffaele Raccaro war nicht allein, nur mithilfe seines Netz-werks war er zu Macht gekommen. Seine Loge, seine Clubs, die ihm geneigten Politiker oder Funktionäre in den Institutionen der öffentlichen Verwaltung. Und bei allem Miteinander hatte jeder von ihnen immer auch seine eigenen Interessen gepflegt und verfolgt. Der eine investierte mehr in Immobilien am Ort, der andere eher auswärts, und so hielten sie es auch mit Fir-menbeteiligungen und kamen sich dabei kaum in die Quere. Ganz nach den eigenen Bedürfnissen, Visionen oder Illusio-nen. Aber immer im Einklang darüber, dass die Basis unter Kontrolle gehalten und in die gewünschte Richtung gelenkt werden musste. Selbst die Vertreter unterschiedlicher politi-scher Strömungen hatten sich höchstens öffentlich angefein-det, doch anstatt wirklich durchzugreifen, hielten sie ihre Wäh-ler lieber mit Nebenschauplätzen beschäftigt.

Heute war Antonia schon früher bei ihm aufgetaucht als sonst. Sie wusste, das Lele immer früh auf den Beinen war. Und sie hatte ein beträchtliches Tagespensum zu erledigen.

»Du siehst müde aus, Antonia«, sagte Raccaro beim Kaffee. Sie saßen in seinem Wohnzimmer an dem ausladenden run-den Marmortisch, an dem er früher die Abendessen mit sei-nen Vertrauten abgehalten hatte, wenn Dinge zu besprechen waren, die nicht an die Öffentlichkeit dringen sollten. »Hast du schlecht geschlafen, oder ist es etwas anderes?«

»Ich war schon in aller Früh rudern, später wird es dafür zu heiß. Bei dem Dreckswetter der letzten Woche war an Training nicht zu denken, ich muss meine Kondition wieder aufbauen. Aber irgendetwas muss heute Nacht passiert sein, auf dem Wasser und an Land wimmelt es vor Sicherheitskräften.«

»Und ich dachte, du hättest dir die Nacht um die Ohren geschlagen, immerhin bist du noch jung.«

»Ich mache mir ernste Sorgen um Maria. Seit gestern Morgen habe ich nichts von ihr gehört. Auf meine Anrufe antwortet sie nicht. Ich kann nur hoffen, dass sie nicht in das Unwetter gekommen ist. Sogar die großen Yachten sind gestern in Seenot geraten. Du weißt ja, Zwillinge spüren, wenn mit dem anderen etwas nicht stimmt.«

»Hast du bei der Werft und der Küstenwache nachgefragt?«

»Das mache ich erst, wenn ich bis zum Nachmittag nichts gehört habe. Maria genießt einen ausgezeichneten Ruf, ich will sie nicht in Verlegenheit bringen. Gestern hat sie gesagt, dass du sie angeheuert hättest, Lele. Was für Kunden sollte sie übernehmen?«

»Nur einen. Er ist sehr reich und spricht kein Italienisch. Sie hat das Geld vorab bekommen. Und es war nicht gerade wenig, das kann ich dir versichern.«

»Das ist mir egal. Wohin sollte sie ihn bringen?«

»Zuerst zur A. Den Rückweg wollte er spontan entscheiden. Es ist nicht das erste Mal, dass wir Maria für Aufträge wie diesen angeheuert haben. Das weißt du. Sie sollte bald wieder zurück sein. Sie war mit einem schnellen Schlauchboot unterwegs.«

»Woher kennst du den Mann?«

»Eine meiner Verbindungen.«

»Legst du die Hand für ihn ins Feuer?«

»Das würde ich nicht einmal für dich tun, Toni.« Lele verzog das Gesicht zu etwas wie einem Grinsen.

»Ich mache mir auf jeden Fall große Sorgen. Das passt nicht zu ihr.«

Antonia d'Antimi kam meistens vormittags zu Lele, um über den Stand der Arbeiten und Geschäfte der *Development Studios* zu berichten. Sechs Mitarbeiterinnen wurden von der Sechsunddreißigjährigen geführt. Doch bei den Behörden sprach sie in wichtigen Dingen immer selbst vor.

»Heute wird die Ausschreibung für die Seilbahn nach Montegrisa geöffnet. Und ich möchte nicht, dass die Italiener den Zuschlag bekommen, Antonia«, sagte Lele. »Wir haben Anteile bei den Österreichern. Du weißt, was du zu tun hast. Mit dem Bürgermeister werde ich selbst sprechen.«

Abgesehen von seinem guten Draht ins Rathaus und zur Landesregierung hatte auch Leles Vertraute ihre Verbindungen zu Funktionären an strategisch wichtiger Stelle: Stefania Esposito war zuständig für Auftragsausschreibungen und Alfonso Guattari Stadtrat der Nationalkonservativen Partei. Er galt als öffentlicher Scharfmacher, sobald Themen sich nationalistisch umdeuten ließen. »Italien zuerst« war sein Lieblingsspruch. Und seine Kompromissfähigkeit zu erkaufen war teuer.

»Stefania sehe ich nachher auf einen Kaffee. Sie weiß, worum es geht, und bisher hat sie immer von unseren Plänen profitiert. Ihr ist bewusst, dass bei uns Gold zu finden ist.«

»Gold leider nicht mehr«, kommentierte Lele mit trockenem Mund. »Das war vielleicht mal so, bevor du eingestiegen bist. Umso wichtiger ist es, dass wir unsere Interessen vertreten. Mach der Esposito ein Angebot, das sie nicht ausschlagen kann, und liefere ihr die nötigen Argumente. Den Leuten in öffentlichen Ämtern mangelt es häufig an Fantasie. Wie ich gehört habe, haben sich die Anwohner, über deren Grundstücke die Seilbahn verlaufen soll, organisiert. Sie sind fortschrittsfeindlich und auch nicht besonders gewieft, finden aber Zuspruch bei den Linken, die eh gegen alles sind, was die Zukunft verspricht. Vergiss nicht, wie erfinderisch die Österreicher sind, wenn es um verdeckte Zahlungen geht. Dein Versprechen muss die Esposito beeindrucken, sie verdient gut in ihrer Position.«

»Dann hoffen wir, dass unser Angebot für sich spricht.«

»Im Zweifel muss sie ein Argument für eine Nachverhandlung finden. Und sei es ein formaler Fehler der Konkurrenz. Ich stehe im Wort, Antonia. Was liegt sonst noch an?«

»Die üblichen offenen Baustellen. Abriss und Neubau des therapeutischen Schwimmbads, der Tunnel von Montebello, die Tram von Opicina, die Umgestaltung des Porto Vecchio, drei Schulgebäude und das Aquarium. Wenigstens stellen die zuständigen Referenten inzwischen keine neuen Termine für die Fertigstellung mehr in Aussicht, sondern haben einfach auf ungewiss verschoben. Ich werde mit jedem Einzelnen von ihnen sprechen und Nachbesserungen fordern, wo nötig. Mehr als die üblichen Leserbriefe haben wir an dieser Stelle nicht zu befürchten. Auf die Straße geht doch niemand mehr. Und der Opposition fehlen Strategie und taugliche Vertreter. Die wollen auch nicht mehr arbeiten als die anderen, außerdem sind sie untereinander zerstritten. Typisch Triest. Ich habe bei der Renovierung meiner Wohnung gut daran getan, Handwerker aus Friaul und dem Veneto zu beauftragen. Die sind billiger und vor allem zuverlässig.«

»Dann mach dich an die Arbeit, Toni. Niemand soll wegen ein paar EU-Zuschüssen übereifrig werden. Die Stadt hat genug Geld. Es reicht, dass wir beim Antrag pünktlich waren. Der Rest ergibt sich von allein. Da lassen sich viele Gründe finden. Wir müssen unbedingt die Struktur im Griff behalten, sonst entgleitet uns alles. Die neue Hafenbehörde hat schon für genügend Unruhe gesorgt.« Lele warf einen Blick auf die Uhr. »In einer Stunde habe ich den Termin mit dem Bürgermeister.«

Antonia d'Antimi hatte Raffaele Raccaro vor einigen Jahren kennengelernt, als der Staat seinen historischen Zweimaster aus den Dreißigern zur Versteigerung brachte. Die *Greta Garbo*, auf der ein Mord geschehen war und die nachweislich zur Korruption von Politikern und Vertretern öffentlicher Institutionen eingesetzt worden war, war in der Marina von Ravenna festgehalten worden, bis das letztinstanzliche Urteil die Beschlagnahmung bestätigte. Lele hatte seine Strafe in der Zwischenzeit längst verbüßt und vergebens versucht, das Schiff zurückzubekommen. Antonia d'Antimi hatte damals auf der Bieterseite gestanden und den Kontakt zu ihm gesucht, um die Risiken abwägen zu können.

Die androgyne junge Frau gefiel Raccaro von der ersten Minute an. Das toughe Auftreten und ihre intelligente Tatkraft ließen ihn ihr schließlich das Angebot unterbreiten, seine Stellvertreterin zu werden. Und Antonia hatte nach kurzem Zögern angenommen. Sie entstammte einer mittelständischen Kaufmannsfamilie aus der Emilia, die ihr das Studium an der angesehenen *Scuola degli interpreti* ermöglichte, dem hiesigen Dolmetscher-Institut der Universität. Ihren Abschluss machte sie mit Auszeichnung in den Fächern Englisch und Russisch. Einen interessanten Job hätte sie problemlos gefunden, doch während ihres Studiums hatte sie die Vorzüge Triests und seine unschlagbare Lebensqualität kennengelernt. Im vorletzten Sommer hatte sie den fünfzigjährigen Bernardino geheiratet, der Chefarzt an der Triester Universitätsklinik und darüber hinaus ein besessener Segler war. Außerdem hatte sie auch ihre Zwillingsschwester zum Umzug nach Triest bewegt. Maria hatte rasch bei einer renommierten Werft in Monfalcone angedockt, für die sie nicht nur noble Yachten verkaufte, sondern sich selbst als Kapitänin für Probefahrten vercharterte. Oft genug erwuchs daraus ein lukrativer Kaufvertrag.

Trotz all seiner Beziehungen fühlte Raffaele Raccaro sich manchmal einsam. Melancholisch betrachtete er das Bild an der Wand, in einer Auktion würde es einen Spitzenpreis erzielen, das wusste er. Er sah aber darin nicht mehr die gleiche Wichtigkeit, die ihn vor vielen Jahren zum Kauf bewogen hatte. Eine erotisch interpretierte Landschaft um die seit der Antike mythenumwobene Mündung des unterirdischen Flusses Timavo bei Duino, die der Künstler angeblich einem berühmten späteren Werk vorausgeschickt hatte, *L'Origine du monde.*

Es war nicht das Alter, es war die Summe seines Lebens, bei dem er viel gewonnen und genauso viel verloren hatte. Aurelio, sein jüngerer Sohn, würde noch mindestens zehn Jahre im Gefängnis schmoren, zweifacher Mordversuch und Erpressung mit diplomatischen Auseinandersetzungen zwischen Italien und Großbritannien. Zudem war er auch im Knast gewalttätig geworden. Und der ältere, Giulio, hatte in aller Heimlichkeit seine Wohnung und das Geschäft in Udine verkauft und war seitdem spurlos verschwunden. Das Einzige, was Raffaele Raccaro nach Ablauf seiner Strafe wiederbeleben konnte, waren seine alten Verbindungen. Fast alle seine Partner hatten nach 1992 juristische Probleme bekommen, die meisten wegen Bestechung, Korruption, verbotener Devisenausfuhr, Steuerhinterziehung und schwarzen Kassen oder Bildung krimineller Vereinigungen. Es hätte ein Aufbruch für das Land werden können, doch die meisten von ihnen fanden rasch zurück auf die Füße. Lele nannte sie Freunde, und wer von ihnen noch lebte, pflegte wieder Druck auszuüben bei Entscheidungen, die Triest und das Umland betrafen. Es war wie eine Sucht, von der sie nicht lassen konnten.

In den Spiegel schaute Raccaro nicht einmal mehr beim Zähneputzen oder wenn er sich mit dem Kamm durch das schüttere Haar fuhr. Doch was bedeuten Geld und Zugang zur Macht überhaupt, wenn man abends fast immer allein zu Hause sitzt? Schnell wischte er die düsteren Gedanken beiseite. Es war, wie es war. Wie es seit Jahrzehnten war.

Drei

Noch am Tag zuvor hatte der Scirocco starke Regenfluten vor sich hergepeitscht und das Meer in hohen Wellen gegen die Stadt geworfen. Die breite Uferstraße sowie die angrenzende Fußgängerzone waren stellenweise komplett überflutet. Seit den frühen Morgenstunden wurden die Schäden in den ufernahen Lokalen und Läden eilig behoben, Wände frisch gestrichen, Fußböden gereinigt, Regale sortiert. Erst seit ein paar Jahren waren die Geschäftsleute dazu übergegangen, bei entsprechender Wetterlage ihre Ware höher zu lagern. Kehrmaschinen fuhren unablässig auf und ab, bald trockneten auch die Straßen und Gehwege wieder. Diese Unwetter waren in ihrer Häufigkeit und Heftigkeit neu für Triest.

An Fischfang war in den vergangenen Tagen nicht zu denken gewesen. Erst in der Nacht hatte sich endlich die Bora wieder durchgesetzt, die aus Ost-Nordost mit starken Böen über die Stadt fegte und den angespülten Schmutz zurück aufs offene Meer hinaustrieb. Die Wasseroberfläche gleißte endlich wieder unter der Morgensonne.

Auch weiter nördlich, in den Bergen Sloweniens und des Friaul, musste es in den letzten Tagen heftige Niederschläge gegeben haben, denn jetzt schob sich aus der am westlichen Ufer gelegenen Isonzo-Mündung das Wasser des Flusses in einem hellgrünen Halbkreis in den Golf fast bis zum Schloss Miramare. Erst weiter draußen löste es sich allmählich im Salzwasser auf. Manchmal trieben dicke Äste oder vom Sturm entwurzelte Baumstämme in die Bucht, und die Kapitäne kleinerer Boote und teurer Yachten taten gut daran, behutsam und mit wachem Blick zu navigieren. Auch die Muschelzuchten vor der Steilküste des Golfs waren von der Gewalt der Wellen getroffen worden, die streng symmetrische Ordnung ihrer Bojen war verloren.

Proteo Laurenti hatte während des Unwetters ungeduldig auf diesen Moment gewartet. Schon um kurz nach fünf war er deshalb auf den Beinen. Beim Espresso, den er in der Küche im Stehen trank, fiel sein Blick hinaus aufs Meer. Er war sich sicher, dass er heute nicht mit leeren Händen zurückkommen würde.

Auf den Neoprenanzug verzichtete er in Anbetracht der Wassertemperatur, hängte sich das breite Messer und den leichten Fangkorb an den Gürtel, die Harpune um die Schulter. Die Flossen zog er erst im Wasser an. Er stülpte die Taucherbrille über die Nase und steckte sich das Mundstück des Schnorchels in den Mund. So nah am Ufer waren die Fische noch zu klein, um sein Interesse zu wecken. Er hielt auf die Muschelzuchten zu und erreichte schnell tieferes Wasser, das mit ansteigender Sonne immer blauer und klarer wurde. Noch war keines der kleinen Rentnerboote zu sehen, die hier für gewöhnlich zum Angeln hinausfuhren, lediglich der Kutter der Miesmuschelzucht näherte sich aus einiger Entfernung. Einmal sichtete Proteo Laurenti eine schillernde Dorade, sie war jedoch zu weit weg, als dass sich die Verfolgung lohnte. Aber sie war das Zeichen: Er musste sich bereithalten. Größere Fische kamen häufig in die Nähe der Muscheln, deren Schalen sie zu knacken verstanden, falls sie vorher keine Krebse oder Tintenfische oder Sardellen fanden. Laurenti reduzierte seine Flossenschläge und nahm die Harpune in Anschlag. Eine schöne Makrele verfehlte er nur knapp, er holte noch einmal tief Luft und tauchte ab. An den tiefer liegenden Seilen der Zucht setzten sich wilde Muscheln fest, die für manche Fische geeignete Köder waren. Er entdeckte einen kleinen Schwarm, dem er folgen wollte, nachdem er seine Lunge an der Oberfläche nochmals mit Luft gefüllt hatte. Auch beim Tauchen steigerte sich die Kondition nur langsam. Ein weiterer Abstieg auf fünf Meter lohnte sich schließlich, der Fisch zappelte noch am Pfeil, als Proteo Laurenti die Schnur der Harpune an der Wasseroberfläche aufspulte. Die knapp fünfzig Zentimeter lange Corvina schlug noch mit der Schwanzflosse, als er seinen Fangkorb öffnete, und er löste sie erst vom Pfeil, als er sie sicher verstaut wusste. Den Korb band er an einer der Bojen fest, bevor er zum nächsten Tauchgang ansetzte. Er war noch keine zwei Meter tief getaucht, als er in den ersten zarten Sonnenstrahlen einen langsam herantreibenden großen undurchdringlichen Schatten sah. Neugierig näherte er sich. Zu seiner Enttäuschung begriff er, dass es sich nicht um einen Fisch handelte, sondern um einen menschlichen Körper. Erst als Laurenti auf wenige Meter herangeschwommen war, erkannte er einen durchwegs weiß gekleideten, schlanken, leblosen Körper, dessen Füße noch in Segelschuhen steckten. Wer zum Teufel wollte ihm an diesem frühen Morgen die Freude verderben? Bis jetzt hatte er den Tag genossen, er war ganz allein hier draußen gewesen mit den Fischen. Warum musste der Tote ausgerechnet hier angetrieben werden? Warum nicht ein paar Kilometer weiter, wo die Kollegen sich um ihn hätten kümmern müssen? Beim Auftauchen schubste Laurenti den auf dem Bauch treibenden Toten vor sich her, er befand sich noch fünf Schwimmzüge von der äußersten Boje entfernt. Keine hundert Meter weiter verlangsamte der Kutter der Muschelzüchterin seine Fahrt. So laut er konnte, rief er in Richtung des Schiffs, während er den auf dem Wasser treibenden Körper an einer Fußspitze festhielt. Es dauerte, bis die Muschelzüchter ihn hörten und aus-

machten. Die Männer der Crew ließen das Tau mit den Mu-
schelstrümpfen ins Wasser zurückgleiten, der Kutter nahm
langsam Fahrt auf und näherte sich.

»Was willst du?«, rief die breitschultrige Kapitänin mit
rauer Stimme. Sie kommandierte fünf mürrische Seeleute, die
lieber ihrer Arbeit nachgegangen wären.

»Rufen Sie die Polizei«, rief Laurenti. »Ein Toter im Wasser.«

Laurenti sah, wie einer der Männer sich abrupt umdrehte.
Er konnte aber über das Plätschern der Wellen hinweg nicht
hören, warum er schimpfte. Dafür fiel ihm der Name der Frau
wieder ein. »Silvia, ruf die Polizei, ich sag dir die Durchwahl.
Und jetzt kommt endlich näher und werft mir eine Leine herüber, damit ich ihn festbinden kann. Sonst entkommt uns am
Ende noch ein Toter.«

»Taucher haben nichts zwischen meinen Muscheln zu suchen, merk dir das. Ihr ruiniert mir die Ernte. Wie heißt du, damit ich's den Bullen gleich sagen kann. Glaub bloß nicht, dass
du dich einfach so davonstehlen kannst.«

»Wirf mir endlich eine Leine rüber«, schimpfte Laurenti.
»Und sag ihnen, ihr Chef würde auf sie warten, sie sollen sich
beeilen.«

»Name?«

»Laurenti, Commissario Proteo Laurenti. Und jetzt tu, was
ich dir sage.« Er gab ihr die Telefonnummer.

»Scheiße, dich kenn ich doch aus der Zeitung. Jetzt versaust
du mir auch noch den Tag. Spätestens in drei Stunden ist es zu
warm. Was ich bis dahin nicht geerntet hab, wird beim Tages-
umsatz fehlen.« Silvia schien zu resignieren oder zumindest
akzeptiert zu haben, zur falschen Zeit am falschen Ort gewesen
zu sein. Genau wie Laurenti.

»Bis die Kollegen eintreffen, wirst du mich an Bord nehmen«, sagte der Commissario noch und zog sich, nachdem er

die Leiche festgebunden hatte, an der Leiter empor. »Du musst nicht denken, dass ich das mache, um dich zu ärgern.«

Silvias Leute machten sich im hinteren Teil des Kutters an der bisherigen Ernte zu schaffen, befreiten die schwarzen Muscheln von Seetang und anderem Schmutz, warfen sie in die große Waagschale und verpackten sie anschließend in Netze. Zwei Kilo war die geringste Menge, die sie verkauften. Eine Mahlzeit für zwei. Laurenti sah ihnen seelenruhig dabei zu.

»Wenn wir schon warten müssen, kannst du einen Becher Roten haben«, schimpfte Siliva nach ein paar Minuten. »Kaffee haben wir keinen.«

»Für Wein ist es zu früh«, lehnte Laurenti ab.

»Du wohnst doch drüben an der Küste, nicht wahr?«

Laurenti nickte nur. »Was ist eigentlich am Hafen los?« Erst jetzt bemerkte er die Blaulichter der Polizia Marittima, der Guardia Costiera und von mehreren Feuerwehrschiffen vor dem Zentrum.

»Irgendwas mit dem Russenschiff, soweit ich gehört habe. Genaueres weiß ich nicht, wir haben unsere Basis in Grignano, beim Schloss Miramare. Hoffentlich sind deine Kollegen nicht damit beschäftigt. Sonst sehe ich schwarz für heute.«

Sie mussten lediglich eine Viertelstunde warten, bis Silvias Funkgerät krächzte und sie das Polizeiboot und ein Sanitätsboot der Hafenfeuerwehr mit hohen weiß glänzenden Bugwellen auf sie zuhalten sahen. Bald drosselten die beiden Schiffe ihre Motoren und trieben mit dem Restschwung auf sie zu. Laurenti winkte ihnen zu, doch der Blick der Kollegen war fragend. In Badehose und mit nassen Haaren hatten sie den Commissario noch nicht gesehen. Erst als er seinen Namen nannte, ging den Beamten ein Licht auf.

»Danke, Silvia«, sagte er, bevor er auf das Polizeiboot hinübersprang, das längsseits gekommen war.

Er dirigierte die beiden Dienstschiffe zu der Boje, an der er die Leiche festgemacht hatte. Sowie seinen Fangkorb mit der erlegten Corvina. »Ich geh ins Wasser. Und ihr ruiniert bitte die Leiche nicht. Das überlassen wir der Gerichtsmedizin«, sagte er und sprang über Bord, manövrierte den Toten an die Bordwand des Feuerwehrboots und befestigte die Tragegurte der Bahre am Kranhaken, mit dessen Hilfe der Körper an Bord gehoben wurde. Einer der Männer hielt den gesamten Vorgang fotografisch fest, bis die Leiche, nachdem sie auch Körper- sowie Wassertemperatur gemessen hatten, in einem großen schwarzen Plastiksack verschwand.

»Wie gesagt: Er trieb im offenen Meer. Habt ihr sonst alles? Position, Uhrzeit, Wassertemperatur, Körpertemperatur und der Rest? Dann sehen wir uns in der Stadt. Lasst ihn direkt in die Gerichtsmedizin bringen. Und nehmt die Personalien der Besatzung des Muschelkutters auf. Vielleicht brauchen wir die noch.« Laurenti löste seinen Fangkorb, streifte die Harpune um und schwamm zu Silvias Boot zurück. »Danke noch mal, dass du uns geholfen hast«, rief er ihr zu.

»Noch etwas, Commissario«, antwortete sie. »Ich habe einen Kollegen, der ist für mich Gold wert, ein großer Arbeiter. Aber es gibt ein Problem, bei dem du uns helfen könntest.«

»Spuck's aus, Silvia. Dann sehen wir, ob ich's kann oder nicht.«

»Amedeo steht unter Hausarrest. Er kriegt Probleme, wenn deine Kollegen seine Personalien aufnehmen.« Der Kerl drückte sich hinter ihr herum, als wollte er sich hinter den breiten Schultern und den kräftigen Armen verstecken.

»Und was hat er dann hier zu suchen? Ihr kennt das Gesetz.«

»Schon. Aber wie ich sagte, er ist ein sehr guter Arbeiter. Unabkömmlich. Und bei mir steht er ja unter Aufsicht. Nimm ihn mit und leg bitte ein Wort für ihn ein, solltet ihr auf dem Heimweg kontrolliert werden. Wir hatten einfach Pech. Der Kadaver war schließlich nicht vorgesehen.«

»Kannst du schwimmen, Amedeo?«, fragte Laurenti. Die Frage war nicht unberechtigt, auf vielen dieser Kähne arbeiteten Männer, die nie gelernt hatten, sich aus eigener Kraft über Wasser zu halten.

»Klar«, sagte Amedeo und trat vor. Er war kleiner als seine Chefin, sehr muskulös und am ganzen Körper tätowiert. Ihm fehlte ein Schneidezahn, und so schräg, wie die anderen Zähne standen, wohl nicht erst seit gestern.

»Wenn du es bis zum Ufer schaffst, dann schauen wir, was ich für dich tun kann.«

»Warte noch«, rief Silvia und drückte Amadeo, der inzwischen nur noch in Unterhose neben ihr stand, ein pralles Fünfkilonetz mit pechschwarzen Muscheln in die Hand. »Damit die Familie des Commissario etwas zum Essen hat. Dir wurde der Fang heute schließlich auch versaut. Und bring mir, wenn möglich, das Tau wieder mit, sobald deine Kollegen es nicht mehr brauchen.«

Zumindest unter diesem Aspekt hatte sich der morgendliche Ausflug gelohnt. Die Corvina, die er zuvor gefangen hatte, brachte es bestimmt auf zwei Kilo, und die Muscheln würden für zwei Tage reichen.

Amedeo stieg mit ihm aus dem Wasser und schaute dem Commissario dabei zu, wie er am Ufer stumm den Fisch ausnahm, seine Eingeweide ins Meer warf und den Körper auswusch.

»Richtig so«, sagte der tätowierte Kerl irgendwann. »So haben es die Alten seit Generationen gemacht. Von den Innereien ernähren sich die kleinen Fische und die Krebse.«

»Sofern ihnen die Möwe nicht zuvorkommt.« Laurenti zeigte auf einen der Vögel, der von einem Stein in der Nähe sein Tun verfolgte.

»Bevor wir hoch zum Haus gehen, erzählst du mir, warum du verdonnert wurdest. Und eins gleich vorab: Ich habe keine Lust darauf, es dir wie Würmer aus der Nase zu ziehen oder hinterher in den Akten auf Richtigkeit überprüfen zu müssen. Wie viele Jahre haben sie dir aufgebrummt?«

»Zweieinhalb«, sagte Amedeo. »Vorsätzliche Körperverletzung. Aber in Wahrheit war es Notwehr. Die denken immer, sie könnten auf die Kleineren losgehen. Dass ich stärker bin und vor allem schneller, darauf kommen diese Arschlöcher nicht. Aber hinterher sagen sie geschlossen gegen dich aus. Ich hatte keine Chance.«

»Zum ersten Mal?«, fragte der Commissario und steckte sein Messer in die Scheide zurück.

»Nicht ganz. Das erste Mal liegt aber schon lange zurück, deshalb bin ich auch mit Hausarrest davongekommen.«

»Und wo ist es passiert?«

»Vor einer Kneipe, um halb zwei nachts. In der Nähe der Hafenbehörde.«

»Beim Torre del Lloyd? Dass man Streit auch aus dem Weg gehen kann, ist dir vermutlich neu. Und wann war das?«

»Na, ein paar Monate muss ich noch ausharren. Aber zu Hause werde ich verrückt. Meine Frau hat sich zwar von mir getrennt, aber wir leben noch in derselben Wohnung. Mit unserem achtjährigen Sohn. Ich muss dringend Geld verdienen, sonst kann ich den Unterhalt nicht zahlen und werde meine Alte nie los. Solange ich mit Silvia rausfahren kann, verdiene ich etwas. Außerdem fällt mir daheim die Decke auf den Kopf. Wenn ich nach Hause komme, sitzt meine Frau im Supermarkt an der Kasse.«

»Hör zu, oben am Haus begegnest du wahrscheinlich meiner Frau. Ihr Name ist Laura. Sei höflich. Ich leihe dir ein paar Klamotten. Danach fahren wir in die Stadt, und ich setze dich an einer Bushaltestelle ab. Ich kann dir helfen, aber wie immer gilt, eine Hand wäscht die andere. Offiziell warst du bei mir im Büro, weil ich dich befragt habe. Du schuldest mir einen Gefallen. Vergiss das nicht, Amedeo.«

»Niemals, Commissario.« Der Kerl schlug die Augen nieder. Er war dankbar, dass der Bulle ihn nicht verpfiff.

Als Laurenti geduscht und sich angezogen hatte, nachdem er Amedeo auf der Terrasse eine Tasse Espresso hingestellt und die Glastür zum Wohnzimmer zugezogen hatte, war seine Frau wach geworden und patschte verschlafen in die Küche.

»Wirf dir was über, Laura, wir sind nicht allein. Draußen sitzt ein Mann, der mir geholfen hat. Ich leihe ihm was zum Anziehen und nehme ihn mit in die Stadt. Frag nicht! Seine Klamotten sind auf dem Boot der Muschelzüchter geblieben. Und du bleibst am besten im Bett, ich bringe dir deinen Kaffee.«

Dass Laura liegen bleiben konnte und Proteo ihr den Kaffee brachte, kam lange nicht mehr so häufig vor wie früher. Zu oft wurde er zu Unzeiten an einen Tatort gerufen. Unter anderen Umständen hätte sie sein Angebot freudig angenommen, doch jetzt siegte ihre Neugier.

»Mach dir keine Mühe, mein Lieber. Warst du fischen?« Sie warf sich einen leichten Morgenmantel über, ging in die Küche und öffnete den Kühlschrank. »Wow, guter Fang. Für heute Abend?« Sie tapste zur Espressomaschine. Während der Kaffee durchlief, schaute sie auf die Terrasse, wo Amedeo vor seiner leeren Tasse am Tisch saß und mit den Fingern auf die Platte trommelte.

»Der ist für morgen, Laura, der Fisch muss noch die Leichenstarre hinter sich bringen. Wir filetieren ihn und bereiten mit dem Kopf und den Gräten eine gute Fischbrühe zu. Heute Abend gibt's eine Riesenportion Miesmuscheln. Für die nächsten Tage sind wir versorgt.«

»Den Kerl habe ich schon einmal gesehen«, sagte Laura beim ersten Schluck Kaffee. »Der und ein paar andere haben uns letztens ein paar große Holzkisten mit Gemälden in unser

Depot geschleppt. Ein Nachlass, den wir erworben und später versteigert haben. Ziemlich grobe Kerle, sag ich dir. So viele Flüche in so kurzer Zeit habe ich selten gehört. Diese Typen hatten zusammen sicherlich ein paar Jahrzehnte Knast auf dem Buckel. Was die Arbeit angeht, waren sie allerdings nicht besonders ausdauernd.«

»Deswegen nehme ich ihn ja mit. Wer ist heute eigentlich zum Abendessen daheim?«

»Das weiß ich noch nicht. Die Kinder schlafen noch.« Laura verschwand mit ihrem zweiten Kaffee im Badezimmer. »Lass uns später telefonieren.«

In der Familie hatte sich viel verändert. Im vergangenen Winter war Laurentis Schwiegermutter Camilla Tauris verstorben, die seit einigen Jahren bei ihnen gelebt hatte. Sie war in San Daniele del Friuli im Familiengrab beigesetzt worden. Und nun musste Laura sich mit ihren zwei Geschwistern über die Verteilung des Erbes einigen. Ihre Schwester, die in vierter Generation die elterliche Schinkenproduktion führte, hatte eine entschieden andere Meinung über den Wert des Anwesens und des Betriebs, den sie natürlich behalten wollte. Dabei vergaß sie allerdings, dass die beiden anderen schon jahrelang auf ihre Tantiemen verzichtet hatten, weil damit die Neuinvestitionen finanziert wurden. Und sie vergaß auch die Tatsache, dass Laura die demente alte Dame bei sich aufgenommen und bis zuletzt gepflegt hatten. Der Bruder, der Jüngste der drei, war Cellist im Orchester der Scala in Mailand. Er hatte nicht die geringste Ahnung vom Geschäftsleben und Laura daher alle Vollmachten erteilt. Sie kämpfte also für zwei und wusste sehr wohl, dass im Streitfall nur die Rechtsanwälte profitierten. Laura hatte das unter ihren Kunden häufig beobachtet, sobald es ans Aufteilen eines Erbes ging. Aber auch sie hatte dadurch immer wieder günstig Kunstwerke erstehen können, die der

Bilanz ihres Auktionshauses Glanz verliehen. Laura wusste, dass Desinteresse, Ungeduld oder überzogene Forderungen die denkbar schlechteste Ausgangslage für gute Geschäfte waren, dafür die beste für heftige Streitereien unter Erben.

Laurentis mittlere Tochter Patrizia war seit drei Wochen samt ihrer dreijährigen Tochter Barbara an Bord des Containerschiffs, dessen Kapitän Gigi war, der Vater der Kleinen. Nach zwei Monaten Landurlaub hatte er das Kommando übernommen und war vom Triestiner Hafen durch den Suezkanal in Richtung Mumbai aufgebrochen, danach würden sie Colombo in Sri Lanka anlaufen und schließlich Singapur, bevor es weiterging nach Schanghai, wo sie neue Order erhielten. Insgesamt drei Monate wollte Patrizia mit an Bord bleiben. Sie hatte sich gegen jeden Rat durchgesetzt, mit der Begründung, dass eine so lange Reise zu dritt nur möglich sei, solange die kleine Barbara nicht zur Schule müsse.

Dafür war Livia, die älteste Tochter, aus Frankfurt zurückgekehrt und immer noch auf Wohnungssuche. Entgegen allen Ankündigungen und bereits erfolgten Hochzeitsplanungen hatte sie ihren deutschen Rechtsanwalt nicht geheiratet und war dank ihrer Vielsprachigkeit die rechte Hand des Präsidenten der Triestiner Hafenbehörde geworden. Und Marco, der Jüngste, hatte sich endlich wieder gefangen und nach langer Zeit einen festen Job angenommen. Er war ein vielversprechender Koch, hatte eine harte Schule hinter sich und sich im Anschluss an seine Ausbildung vor Angeboten nicht retten können. Seine Bedingungen waren: nicht aus Triest weggehen zu müssen, drei freie Tage in der Woche zu haben und ein Gehalt, von dem man vor der Krise in seinem Beruf nicht einmal zu träumen wagte. Nach langen Verhandlungen hatte er sein Ziel erreicht, ohne viele Abstriche zu machen. In ganz Europa hatte sich die Lage gedreht, auf einmal fehlte es an allen Ecken und Enden an Personal. Noch bis vor wenigen Jahren war die Arbeitslosenquote hoch gewesen und die Bezahlung schlecht.

»Glaub bloß nicht, dass ich dich nach Hause fahre«, sagte Laurenti, als sie auf dem Weg in die Stadt waren. »Ich setz dich am Bahnhof ab, du nimmst den Bus. Aber ohne Umwege, verstanden? Mehr kann ich nicht für dich tun.« Er drückte Amedeo eine Münze für die Fahrkarte in die Hand. »Damit du nicht schwarzfahren musst. Solltest du kontrolliert werden, dann sag, dass ich dich einbestellt habe.«

»Ja, natürlich.« Der Fischer hatte Ärmel und Hosenbeine des viel zu großen, müffelnden Overalls umgekrempelt, den Laurenti für ihn aus dem Keller geholt hatte. »Ich lass ihn dann morgen auf Silvias Boot«, sagte er.

»Bist du wirklich so bescheuert oder stellst du dich nur so dumm? Das wirst du nicht tun. Ab jetzt sind deine Ausflüge vorbei, Amedeo. Wenn dein Hausarrest, wie du sagst, wirklich nur noch zwei Monate dauert, dann hältst du dich daran. Und ich schwöre dir, dass wir dich kontrollieren werden. Ich habe dir nur einmal einen Gefallen getan, das reicht. Oder besser, ich habe ihn deiner Chefin getan, damit sie wegen dir keine Scherereien bekommt. Ich werde ihr selbst sagen, dass sie Ersatz suchen muss.«

Von der Uferstraße aus sah man das Aufgebot an Dienstschiffen, die mit eingeschalteten Blaulichtern um die russische Yacht verteilt lagen. Als der Commissario schließlich vor der Questura parkte und sich durch die lange Schlange der Asylbewerber drängte, kam auch Pina Cardareto an.

»Wir können froh sein, dass wir mit dem Schiff nichts zu tun haben. In den Morgennachrichten war von einem gescheiterten Anschlag die Rede.« Seine Chefinspektorin kam wie jeden Morgen zu Fuß zur Arbeit. Sie reichte dem Commissario gerade einmal bis zur Schulter und hatte Glück gehabt, dass die

Mindestkörpergröße für den Polizeidienst abgeschafft worden war, bevor sie sich beworben hatte. Die kleine Kalabresin war von störrischer Intelligenz, hielt ihr zum Bürstenschnitt getrimmtes Haar kurz, trug ein Tattoo mit einem durchgestrichenen roten Herz und dem Schriftzug *Basta amore* auf ihrem ausgeprägten Bizeps. Sie wurde schnell unbeherrscht und neigte zur Gewalt, wenn sie mit Tatverdächtigen zu tun hatte, die ihr schräg kamen. Eine durchtrainierte Kampfsportlerin und ausgezeichnete Pistolenschützin.

»Wegen des Schiffs sollten Sie sich nicht zu früh freuen, Pina.« Sie nahmen wie üblich die Treppe, anstatt Zeit vor dem Aufzug zu verlieren. »Die haben zwar die Yacht am Hals, aber wir haben einen Toten, der vermutlich dazugehört.« Der Commissario unterrichtete sie in groben Zügen. Als er in sein Vorzimmer trat, ließ Marietta gerade einen Kaffee aus der Maschine. Und wie immer hatte sie dabei eine Zigarette zwischen den Lippen.

»Sonst bist du nie so früh dran«, begrüßte sie ihn. »Ist was passiert?« Marietta legte eine frische Espresso-Kapsel für ihren Chef ein. »Warst du fischen heute Morgen? Hast du was gefangen?«

Ihre feuerroten langen Nägel waren frisch lackiert, der Lippenstift im selben Farbton war wie immer dick aufgetragen, und an Üppigkeit fehlte es ihrem Dekolleté auch heute nicht. Marietta war bereits zu Beginn der Saison am ganzen Körper gleichmäßig gebräunt. Ein Magnet für alle männlichen Kollegen der Questura und, wie sie sagte, der Grund, weshalb sie immer so gut unterrichtet war. Sie hatte den Ruf, unwiderstehlich zu sein, wenn sie es darauf anlegte. Und bisher hatte sie noch jeden rumgekriegt, mit Ausnahme von ihrem Chef.

»Ich habe einen Toten geangelt, meine Liebe«, sagte Laurenti und leerte das Tässchen.

»So eine Scheiße«, schimpfte Marietta. »Ich wollte heute

eigentlich früher Schluss machen und ans Meer gehen. Aber so langsam beginne ich zu verstehen: Das Büro des Questore hat schon vor einer Viertelstunde angerufen. Du sollst sofort vorbeikommen. Im Anschluss müsst ihr zu einer Sitzung in die Präfektur.«

»Das ist sowieso nicht gut für deine Haut, Marietta. Zu viel Sonne ist schädlich. Bring mich doch erst mal auf den neuesten Stand. Was ist heute Nacht passiert?«

Wie jeden Morgen las sie den Rapport vor. »Eine ganz normale Nacht in der Via Torino und Umgebung, vor den Kneipen wieder Probleme mit ein paar Besoffenen, die es nie kapieren werden. Da sind inzwischen einige Fahrerlaubnisse weniger im Umlauf. Von ein paar Anwohnern wurde auf dem Karst eine Schießerei gemeldet. Und irgendein Trottel muss mit seinem Boot die Russenyacht gerammt haben. Mehr ist es nicht. Es ist ja auch noch unter der Woche, und es ist außerhalb der Urlaubszeit.«

»Verbinde mich erst mal mit der Gerichtsmedizin, Marietta.« Laurenti ging hinüber in sein Büro und riss die Fenster auf, um die Rauchschwaden hinauszulassen, die aus dem Vorzimmer herübergezogen waren.

»Ihr Männer seid alle gleich«, sagte Mara Poggi, als sie grußlos den Anruf entgegennahm. Die vierzigjährige Gerichtsmedizinerin war im Piemont geboren, hatte sich in Bologna ausbilden lassen und nicht zuletzt auch in Mailand lange Berufserfahrung gesammelt. Sie war mit ihrer Familie nach Triest gekommen, weil ihr Mann an einem der renommierten physikalischen Forschungsinstitute lehrte. Ihre drei Töchter besuchten die Internationale Schule. »Ihr wollt das Ergebnis immer vor der Untersuchung. Das sagen sogar die Hausärzte. Ich bin erst seit zwanzig Minuten im Labor, Commissario. Die Leiche ist noch tropfnass. Wir mussten zuerst den Neoprenanzug unter ihren

Klamotten aufschneiden und sie auspacken. Wenigstens hat die Totenstarre noch nicht eingesetzt, das macht es leichter.«

»Also ist sie noch nicht lange tot.«

»Gedulden Sie sich gefälligst.«

»Ich wollte Ihnen eigentlich nur vom Fundort berichten«, protestierte Laurenti. »Der Tote trieb auf dem Bauch vor der Steilküste, Luftlinie neun Kilometer vom Zentrum entfernt.«

»*Die* Tote, Laurenti. Es ist eine Frau«, korrigierte sie ihn.

»Was? Sind Sie sicher?«, rief er erstaunt.

»Glauben Sie mir, Commissario. Ich weiß, wie Frauen beschaffen sind…«

»Davon habe sogar ich eine Ahnung, Dottoressa.«

»Ich bin Mutter von drei Töchtern.«

»Ich habe nur zwei.«

Mara Poggi ließ sich nicht aus der Ruhe bringen. »Inzwischen liegt sie auf dem Obduktionstisch. Die Kleider gehen ins Labor der Kollegen.«

»Und wie alt ist sie, wenn ich fragen darf?«

»Sie dürfen fragen, was Sie wollen. Aber eine verlässliche Auskunft kann ich Ihnen jetzt noch nicht geben. Nur eine grobe Schätzung.«

»Und die wäre?«

»Anfang dreißig vielleicht. Todesursache war jedenfalls ein Genickschuss, wie eine Hinrichtung. Sie hat bestimmt kein Wasser in der Lunge. Und jetzt gedulden Sie sich bitte.«

»Das ist doch schon mal etwas. Schießen Sie bitte ein paar brauchbare Porträtfotos für den Erkennungsdienst. Bis später.«

»Aber nicht vor sechzehn Uhr, Commissario. Sollte ich vorher eine wesentliche Entdeckung machen, melde ich mich. Ungeduld und Genauigkeit gehen selten Hand in Hand.«

Marietta streckte ihren Kopf durch die Tür und machte ihren Chef darauf aufmerksam, dass das Büro des Polizeipräsidenten sich bereits nach seinem Verbleib erkundigt hatte. Es herrschte Aufregung im Palast. Laurenti nahm ihr die Zigarette aus der Hand und schaute den vom dicken Lippenstift bedeckten Filter an, dann tat er zwei Züge. Bevor er sich auf den Weg machte, wischte Marietta ihm mit dem Daumen die Lippen ab.

Der neue Polizeipräsident, Benedetto Bencivenga, war noch nicht lange in der Stadt. Er stammte aus Fermo in den Marken, und ihm war kein rühmlicher Ruf vorausgeeilt. Triest war für ihn wohl die letzte Station im Berufsleben. Viele in der Questura hatten schon bei Bekanntwerden seines Wechsels und nach einem Blick in seine Biografie überschlagen, ob er nicht sogar schon früher in Pension geschickt werden würde. Manche Chefs ist man am liebsten schnell wieder los.

Der hagere, groß gewachsene Mann hatte bereits viele Stationen hinter sich. Bevor er von Aosta nach Triest geschickt wurde, war er in gleicher Position in Imperia und Viterbo gewesen und auch im Innenministerium in Rom. Die mittlere Verfallszeit dieser Amtsträger an einem Ort betrug fünf Jahre, und Bencivenga war fast im gleichen Alter wie der Commissario.

»Na endlich, Laurenti«, sagte er mit einem zweifelnden Lächeln zur Begrüßung. »In einer Viertelstunde findet in der Präfektur eine Besprechung statt. Auf die *Segelyacht A* wurde heute Nacht ein Anschlag verübt. Auch die Kollegen der Guardia di Finanza, der Küstenwache und Carabinieri werden zugegen sein, aber auch der Geheimdienst. So, wie es aussieht, haben wir nur am Rande mit der Sache zu tun. Das Schiff ist, wie Sie wissen, beschlagnahmt. Wir reißen uns nicht um den Fall, Commissario.« Er lenkte Laurenti durch den Flur Richtung Aufzug.

»Wir nehmen besser die Treppe nach unten, anstatt auf den

Aufzug zu warten, Dottore«, warf Laurenti ein. Bencivenga folgte ihm widerwillig. »Ich bezweifle allerdings, dass wir so einfach davonkommen«, ergänzte Laurenti, als sie auf den Vorplatz der Questura traten. »Heute früh haben wir eine Leiche aus dem Wasser gezogen. Ich vermute, es könnte ein Zusammenhang zu dem Anschlag geben. Und dann haben wir sofort wieder Kompetenzgerangel.«

»Wieso? Wer hat sie gefunden?«

»Ausgerechnet ich, Questore.«

»Sie?« Der Mann schaute fragend auf ihn herab. Natürlich hatte er sich in seinen ersten eineinhalb Monaten in Triest bereits mehrfach über die Eigenartigkeiten der Einheimischen gewundert. Selbstbewusste Sturheit gehörte genauso dazu wie die weitverbreitete Vielsprachigkeit und die umfassende Erfahrung mit politischen Grenzen, sowohl an Land wie auch auf dem Meer. Und dann der Wind, der seiner Meinung nach nicht nur die Bäume, sondern auch Menschen verbog.

Laurentis Stimme klang, als wollte er sich entschuldigen. »Beim Fischen. Ich habe es nicht auf diesen Fang angelegt, habe aber notgedrungen Alarm gegeben und die Bergung überwacht.«

»Na, das kann heiter werden. Nehmen wir den Wagen, Commissario, wir sind spät dran.«

»Es sind zweihundert Meter, zu Fuß sind wir schneller.« Laurenti schob den Questore in die andere Richtung. Einer der ersten Kommentare, die man aus dem Kollegium über den neuen Chef hörte, war, dass er angeblich selbst für die kürzesten Entfernungen den Dienstwagen samt Chauffeur in Anspruch nahm.

»Es war eine junge Frau«, sagte Laurenti.

»Wer?«

»Die Leiche von heute früh. Genaueres wissen wir derzeit nicht. Sie wird aktuell obduziert.«

In der Präfektur angekommen, weigerte sich der Polizeipräsident, die Treppe zu nehmen. Störrisch blieb er vor dem Aufzug stehen, und diesmal fügte sich der Commissario.

»Sie halten mich natürlich permanent auf dem Laufenden, Laurenti. Ich empfehle, den Fall den Kollegen zu überlassen, selbst wenn es einen Zusammenhang gibt. Oder auch nur den Verdacht darauf. Ich hoffe, wir verstehen uns. Unsere Kräfte sind schon durch die Mengen an illegalen Zuwanderern gebunden, die jeden Tag vor der Questura Schlange stehen.«

Eine faule Ausrede, dachte der Commissario. Entweder hatte der Mann noch zu wenig Ahnung vom hiesigen Apparat oder er war nicht konfliktfähig.

Nur der Präfekt, die beiden Kollegen vom Geheimdienst sowie er und sein Chef trugen Zivilkleidung. Alle anderen Kommandeure steckten in Uniformen mit Sternen und Streifen an Kragen, Schulterstücken und Ärmeln. Es ging unmittelbar zur Sache.

»Zwei Dinge führen uns heute zusammen. In Mailand stand ein Mann unter Hausarrest unter der Adresse eines Geschäftsmanns in der Via Andegari. Trotz Fußfessel ist er gestern von dort verschwunden. Sein Name ist Fjodor Iljin, vierzig Jahre alt. Russischer, usbekischer und britischer Staatsbürger mit Wohnsitz in London und in Samarkand. Er hat also drei verschiedene Pässe. Bei seiner Einreise am Flughafen Malpensa vor einem Monat wurde er verhaftet. Es liegt ein Auslieferungsantrag der Amerikaner vor, die ihn als einen der wichtigsten internationalen Waffenhändler angeklagt haben. Sein Einspruch dagegen läuft noch. Zwei Dinge sind unklar. Erstens: Weshalb er trotz der Schwere der Vorwürfe nur unter Hausarrest stand. Zweitens: Wie er sich der elektronischen Fußfessel entledigen konnte und warum nicht sofort Alarm gegeben wurde. Die Überwachungskameras aus Mailand zeigen, wie er in einen von zwei dunklen Range Rover steigt. Eine bewährte Technik, sobald die Fahrzeuge ein paarmal die Position wechseln, ist unklar, in welchem er sitzt. Ihre Spur verliert sich bereits am Stadtrand von Mailand nach der Einfahrt in ein Parkhaus mit zwei verschiedenen Ausfahrten. Sie findet sich erst auf der A 4 wieder, als sie bei Einsetzen der Dämmerung mit hoher Geschwindigkeit in Fahrtrichtung Triest gesichtet wurden. Es bleibt rätselhaft, weshalb sie nicht schon unterwegs gestoppt wurden, die Kollegen an den Grenzen waren zu diesem Zeitpunkt längst informiert. Nach der letzten Mautstelle, bei Lisert, blieben sie allerdings nicht auf der Autobahn, sondern fuhren bei Duino ab. Dort verliert sich die Spur, an der Küstenstraße stehen keine Kameras.«

Die beiden Geheimdienstler bestätigten nickend die Zusammenfassung des Präfekten. Offensichtlich wussten sie bereits Bescheid.

»Ferner haben die Mailänder gemeldet, dass eine Gruppe von fünf Serben in den Range Rover gesessen habe. Das sei aus der Analyse der Bilder der Kameras an einer Autobahnraststätte hervorgegangen. Alle fünf haben gültige Aufenthaltspapiere. Nun, bevor Sie darüber spekulieren, Fjodor Iljin ist nicht auf dem beschlagnahmten russischen Schiff. Die A wurde sofort nach der Explosion durchsucht. Und damit zu Punkt zwei: Die Schäden sind überschaubar, doch die Reparatur wird sehr viel Geld kosten. Sofern unsere Werften das überhaupt erledigen können. Es handelt sich durchweg um Spezialmaterialien. Zur genauen Erhebung muss die A in ein Trockendock.« Der Präfekt hielt ein mit wenigen Zeilen beschriebenes Blatt in der Hand. »Wir wissen lediglich, dass der Anschlag heute Nacht gegen Viertel vor zwei von einem kleinen Schnellboot aus verübt worden ist.«

»Vermutlich ein hochmotorisiertes Schlauchboot«, kommentierte Roberta Coccia, die Kommandantin der Guardia Costiera. Der Statur nach musste sie als junge Frau Kugelstoßerin gewesen sein. Mit ihrer imposanten Erscheinung fiel es ihr leicht, sich im Kreis der männlichen Kollegen zu behaupten. »Das automatische Identifikationssystem war vorher ausgeschaltet worden, es tauchte allerdings kurz auf dem Radar auf, als es mit einer Geschwindigkeit von vierzig Knoten Richtung Kroatien fuhr. Trotz der Bora. Nach der Punta Salvore verschwand es wieder vom Schirm. Nach aller bisherigen Erfahrung wurde das Boot wohl gestohlen. Niemand verwendet sein eigenes Boot, um krumme Dinger zu drehen. Wir warten noch auf die Verlustanzeige. Doch das wird nicht lange dauern.«

»Wie wurde der Anschlag ausgeführt?« Laurenti schaute Roberta Coccia ungeduldig an. »Geschossen wurde wohl eher nicht, wenn ich die richtigen Schlüsse ziehe.«

Sein Chef gab ihm ein unauffälliges Handzeichen, sich zurückzuhalten.

»Plastiksprengstoff, nach ersten Erkenntnissen. Dilettantisch ausgeführt. Sie hatten es wohl eilig.«

»Gibt es bewaffnete Wachen an Bord? Haben die geschossen?«, fragte Laurenti, ohne dem Questore weiter Beachtung zu schenken.

»Es sind nur normale Seeleute an Bord, keine bewaffneten Wachleute, seit der Beschlagnahmung«, antwortete die Kommandantin ruhig und warf einen fragenden Blick zu den Geheimdienstlern. »Der Kapitän ist Franzose, alle anderen stammen wie üblich aus aller Welt. Vor allem Asien. An Land dürfen sie nicht, sie haben kein Visum.«

»Wir haben heute kurz nach Sonnenaufgang eine Leiche aus dem Meer gefischt.« Laurentis Bemerkung war lapidar. »Eine junge Frau von sportlicher Statur. Mehr lässt sich bisher nicht sagen. Sie wird derzeit obduziert. Von der äußeren Erscheinung her könnte sie auch als Mann durchgehen. Übrigens Luftlinie etwa circa fünf Seemeilen nordwestlich des Zentrums. Direkt vor der Steilküste.«

»Haben Sie Dokumente gefunden?«, fragte Giovanni Venturini, einer der Kollegen vom Geheimdienst.

»Ihre Identität steht bislang noch nicht fest.« Laurenti wusste, dass Venturini aus Brescia stammte, und kannte den Fünfzigjährigen schon lange, aber es war immer das Gleiche mit Leuten wie ihm. »Ich erwarte den Tag, an dem Sie nicht nur Fragen stellen, Venturini, sondern selbst einmal eine Auskunft geben, auf die man sich verlassen kann.«

»Regen Sie sich doch nicht gleich wieder auf.« Der Mann im grauen Anzug antwortete gelassen. »Ihr Polizisten kommt durch Reden zum Ziel, wir hingegen hören zu.«

»Ihr hört *ab*«, erwiderte Laurenti.

»Wir wollen auf jeden Fall als Erste unterrichtet werden«, sprang seine Kollegin mit starkem neapolitanischem Akzent ein. Ihre Stimme knarrte wie der geplagte Zweitaktmotor der Ape, mit der Lojze und Ottaviano von der Osmizza auf den Karst hinaufgefahren waren. Beba Varriale war pausbäckig, klein, und es fehlte ihr sichtlich an Bewegung. Dafür war ihr Gesicht fast faltenfrei. Sie musste älter sein als Venturini und hatte aus ihrer Verachtung für die Stadt nie einen Hehl gemacht. Alle fragten sich, warum sie es nie auf eine Versetzung angelegt hatte. Oder weshalb diese ihr nie gestattet wurde, falls sie es doch getan hatte.

»Verlassen Sie sich darauf, dass alle Anwesenden über gesicherte Erkenntnisse unterrichtet werden. Hypothesen bleiben Ihnen erspart.« Laurenti ließ sich nicht beirren, obwohl er die Nöte seines neuen Chefs spürte, der offensichtlich an glatten Gehorsam und Hierarchien gewohnt war. Respekt zollte der Commissario unter den Anwesenden nur dem Präfekten und dem Questore, und das auch nur, wenn die über ausreichend Rückgrat verfügten und unbequeme Ermittlungen nicht zu verhindern suchten. Der Commissario hatte schon alles erlebt.

»Das Ministerium erwartet mehr Informationen. Und zwar schnell.« Der Präfekt Tazio Luatti, ein unscheinbarer kleiner Mann im blauen Anzug und mit über die Glatze gekämmtem braunem Haar, ordnete seine Papiere auf dem Tisch. »Und auch die Vertreter der Medien steigen uns schon auf die Füße. Rechnen Sie außerdem jederzeit mit einem Anruf des russischen Botschafters sowie der Holding auf den Bermudas, über die das Schiff läuft.«

»Was werden Sie eigentlich nach der Pensionierung tun, Commissario?«, fragte sein Chef nach der Sitzung am Tresen des benachbarten *Caffè degli Specchi* beim Espresso.

»Urlaub natürlich, Dottore. Wie alle. Ganz banal, Urlaub.«

»Und dann?«

»Urlaub.«

»Ziemlich teuer.«

»Wir verdienen beide. Meine Frau sogar besser als ich. Und die Kinder sind versorgt.«

»Ewig werden Sie wohl keine Ferien machen, Commissario. Was kommt danach?«

»Das werde ich mit meiner Frau im Urlaub besprechen.«

Den Brief des Ministeriums, der, den Regeln einer Beamtenlaufbahn entsprechend, seine Pensionierung angekündigt hatte, hatte er bereits fast vergessen. Laurenti bildete keine Ausnahme. Außer er würde als Berater in Sonderaufgaben ins Ministerium geholt werden. Doch seine Verbindungen nach Rom waren dünn, er hatte es nie darauf angelegt, irgendwann zum Dienst in die Hauptstadt gerufen zu werden.

So viele zuverlässige Allianzen waren in den letzten Jahren weggebrochen. Nicht nur im Berufsleben. Wie viele seiner früheren Freunde oder Kollegen waren gestorben? Und wie viele andere waren inzwischen pensioniert? Freunde, Geschäftsinhaber, Versicherungsagenten, Handwerker, Wirte und Informanten. Über Jahre, als alle noch da waren, war es so einfach gewesen. In egal welchen Belangen reichte es, zum Telefon zu greifen oder sich persönlich auf den Weg zu machen, das Anliegen zu schildern und mindestens Hilfe oder Rat, wenn nicht sogar umgehend eine Lösung zu finden. Auch Proteo Laurenti selbst wurde häufig nach Rat gefragt, den er den richtigen Personen bereitwillig gab. Inzwischen aber waren nicht nur Ladengeschäfte, sondern auch unzählige Bars und Restaurants geschlossen worden oder wurden mittlerweile von Nachfolgern oder neuen Inhabern geführt, deren Stil, gelinde gesagt, anders war. Wo er sich früher blind auf Expertise, Qualität oder Zuverlässigkeit hatte verlassen können, ging er heute häufig mit mehr Fragen, als er gekommen war. Der Commissario behielt seine Klagen in der Regel für sich, er wollte nicht unmodern wirken und nicht in das allgemeine Gejammer einstimmen, dass nichts mehr so sei wie früher. Er zweifelte sogar an denjenigen, die vehement behaupteten, früher wäre alles besser gewesen, und die von Zeiten schwärmten, die sie selbst nur vom Hörensagen kannten. Nostalgikern hatte man es noch nie recht machen können. Nur waren all diese Veränderungen in der Stadt ein Hinweis darauf, dass auch er älter wurde und den Geschmack der nachfolgenden Generationen nicht unbedingt teilte oder verstand. Doch der Bruch war ihm zu abrupt gekommen.

Was allerdings die Zeit nach seiner Pensionierung betraf, machte er sich keine Illusionen. Proteo Laurenti war sich sicher, dass er beim aktuellen politischen Wind keinen Anruf aus dem Innenministerium erhalten würde. Seines Erachtens war der Pragmatismus wieder einmal der Ideologie erlegen, tagtäglich vernahm er realitätsfremde Polemiken, dass die Grenzen dichtzumachen seien. Unüberwindbare Stacheldrahtzäune waren in Europa seit geraumer Zeit wieder in Mode gekommen. Oder es hieß, dass man sich stärker auf die Selbstversorgung und die nationale Wirtschaft zu konzentrieren habe. Als lebte Italien nicht auch vom Exportüberschuss und der internationalen Nachfrage.

All diese Reden wurden meist von Leuten geschwungen, die in ihrem Leben wenig anderes geleistet hatten, als aus den Kassen ihrer Parteien zu schöpfen. Wäre er in seinem Berufsleben nicht dem Pragmatismus gefolgt, hätte er die meisten seiner Fälle nicht lösen können. Vor allem nicht die Komplexen, die typischerweise entlang politischer Grenzen verliefen.

Im Gegensatz zu den meisten anderen hatte er nie über den Moment seines Rückzugs nachgedacht. Er fühlte sich weder alt noch ausgebrannt. Seiner Meinung nach diente es dem Sozialwesen auf keine Art, Leute mit Erfahrung und Willen zur Arbeit in den Ruhestand auszusortieren. Außer mit Laura hatte er noch mit niemandem über diese anstehende, fundamentale Veränderung geredet. Nicht einmal mit den Kindern und erst recht nicht mit den Mitarbeitern und Mitarbeiterinnen seines Kommissariats. Er wusste, dass er es bald würde tun müssen, bevor sie es von anderer Stelle oder durch das Gerede auf den Fluren erfuhren. Aber noch wartete er auf den richtigen Zeitpunkt. Und der rückte näher.

»Sie müssen es mit Ihrer Frau besprechen?«, fragte Bencivenga mit gefurchter Stirn.

»Aber natürlich, Dottore. Warum?« Laurenti traute seinen Ohren nicht. »Wir haben drei Kinder gemeinsam großgezogen, unsere Eltern beerdigt, ein Haus an der Küste gebaut, Laura hat ihre eigene Firma. Und oft genug musste sie es ertragen, wenn mitten in der Nacht mein Telefon klingelte und ich losmusste. Ehrlich gesagt, verstehe ich Ihre Frage nicht.«

»Nun, Commissario, hätte ich mich während meiner Karriere an die Meinung meiner Frau gehalten, wäre ich immer noch ein kleiner Provinzpolizist. Die Familie ist dazu da, einem den Rücken freizuhalten, während man Verantwortung fürs Gemeinwohl übernimmt.«

»Und hat Ihre Frau Sie bei all den Versetzungen nie begleitet?«

»Unmöglich, Laurenti. Ich musste mich meinen Aufgaben widmen.«

»Ja, natürlich.« Bisher war Bencivenga Laurenti nur dadurch aufgefallen, dass er sogar in privaten Angelegenheiten den Fahrdienst beanspruchte. Der Mann war es gewohnt, sich bedienen zu lassen. Selbst seine Anzüge ließ er von jemandem aus der Questura zur Reinigung bringen oder abholen.

»Ja, schrecklich, Dottore.« Laurenti konnte ein Glucksen kaum unterdrücken. »Stellen Sie sich vor, meine Schwiegermutter hat sich sogar einmal mit meiner Dienstwaffe in den Fuß geschossen. Sie hatte einen Putzfimmel. Erfahren habe ich das allerdings erst, als ich von der Arbeit nach Hause kam.«

»Tragen Sie Ihre Beretta nicht bei sich?«

»Nur wenn ich sie wirklich brauche.«

»Wie können Sie das im Voraus wissen? Äußerst fahrlässig. War die Frau im Krankenhaus?«

»Halb so wild. Sie hatte sich nur zwischen die Zehen geschossen. Der Schreck war größer als der Schmerz. Meine Frau hat die Wunde selbst verarztet.« Laurenti lächelte, als er den Blick seines Vorgesetzten sah. Der Mann würde nie akzeptieren können, dass nicht alle gleich waren und sich nicht an jede Vorgabe hielten. »Und was werden Sie tun, Questore? Wir dürften in etwa gleich alt sein«, setzte er nach.

»Oh, in meiner Heimatstadt Fermo denkt man schon darüber nach, mich bei den nächsten Bürgermeisterwahlen aufzustellen. Ich überlege noch, aber bis dahin ist auch noch ein wenig Zeit. Und eineinhalb Jahre können sich endlos hinziehen. Vielleicht will mich in der Zwischenzeit auch das Ministerium.«

Der Mann war also über ein Jahr jünger als Laurenti. »Haben Sie das mit Ihrer Frau besprochen? Als First Lady wird sie eine Menge Verpflichtungen wahrnehmen müssen.«

»Es ist nur eine logische Konsequenz, da gibt es nichts zu klären.«

»Ich sehe, Sie haben die Triestiner Frauen noch nicht kennengelernt. Ohne deren Zustimmung läuft gar nichts. Die sind schon vor hundert Jahren allein in die Kneipen gegangen. Sie haben auch gearbeitet. Und zwar nicht nur im Haushalt. Lesen Sie Italo Svevo oder andere Zeitgenossen, wenn Sie mir nicht glauben. Triestinerinnen waren die ersten emanzipierten Frauen in ganz Europa.«

Der Questore zuckte die Achseln, als wunderte er sich schon nicht mehr über die Eigenheiten der Bewohner dieser Stadt, trotzdem wirkte er erstaunt: »Bei Ihrem Ruf war ich davon überzeugt, dass Sie bereits ein Projekt für den Ruhestand haben und es kaum erwarten können, endlich damit anzufangen.«

Er hat tatsächlich kein Rückgrat, dachte Laurenti, der Mann ist nur Gehorsam gewohnt. »Soll ich die x-te Privatdetektei eröffnen, Dottor Bencivenga, und entlaufene Männer für ihre gehörnten Ehefrauen ausfindig machen? Oder umgekehrt? Nein, danke«, lachte er.

Ihre Wege trennten sich, als sie zurück in die Questura kamen. Laurenti nahm die Treppe, während der Chef vor dem Aufzug stehen blieb.

»Wie war's?« Mit einem Blick verabschiedete Marietta einen sehr jungen uniformierten Kollegen von der Abteilung Reisepässe, den sie darum gebeten hatte, eine ihrer Freundinnen bevorzugt zu behandeln und ihr die übliche Warterei zu ersparen. Er verschwand noch im selben Augenblick, als er Laurenti kommen sah.

»Finger weg von den Kindern«, lästerte Laurenti. »Und ruf alle zusammen. In einer halben Stunde. Ich will es nicht zweimal erzählen.«

Vier

»Liebling.« Lauras Stimme am Telefon war verdächtig süß.
»Ich bin am Verhandeln eines einmaligen Loses auf dem Colle
di San Vito. Natürlich wieder ein Erbfall. Das Inventar ist schon
etwas Besonderes, aber die Immobilie erst. Eine frei stehende
Villa von circa 1890 mit uneingeschränktem Meerblick und mit
einem eigenen kleinen Park. Der Erbe ist ein alleinstehender
Mann, der seit Jahrzehnten in Genf lebt und bei der *Welt-
handelsorganisation* arbeitet. Er spricht nur noch schlecht Italienisch mit starkem französischem Akzent und hat keine Ahnung davon, was sich in der Stadt tut. Er verachtet sie sogar
regelrecht. Er schreit geradezu um Hilfe, dass wir das Haus für
ihn loswerden. Das Inventar werde ich ihm für wenig Geld ab-
handeln können. Aber die Villa. Es wäre tragisch, wenn einer
dieser Immobilienhaie sie bekäme und einen Riesenreibach
damit macht. Und Proteo, überleg doch mal: Wir werden nicht
jünger. Wir sollten sie für uns sichern. Der Mann ist felsenfest
davon überzeugt, dass hier noch immer die gleiche Misere
herrscht wie damals, als er weggegangen ist. Ich kann mir vorstellen, dass wir das Haus für ein Drittel des tatsächlichen
Marktwerts bekommen könnten.«

Laurenti wusste, vor etwas über fünf Jahren war schlagartig
Bewegung in den Immobilienmarkt Triests gekommen. Damals waren die Preise noch günstig gewesen im Verhältnis zu
anderen Städten des Landes, auch im Vergleich zu jenen Küs-

tenstädten entlang der istrischen Halbinsel, die nach der Auflösung Jugoslawiens heute teilweise slowenisch oder mehrheitlich kroatisch waren. Dort hatten die Preise deutlich früher angezogen. Vor allem Menschen aus dem Norden hatten ihren Traum vom Leben am Meer erstanden. Österreich war nah und Süddeutschland schnell erreichbar. Und nach Italien war es nur ein Katzensprung. Bürokratische und sprachliche Hürden ließen sich mit ausreichenden finanziellen Mitteln überwinden. In Dörfern mit gerade mal zwanzig Einwohnern waren im Sommer fast ausschließlich ausländische Kennzeichen zu sehen, die frühere Stille wurde durch Motorengeräusche und laute Stimmen gestört. Es war absehbar gewesen, dass der Boom auch Triest erfassen würde. Die Bevölkerung der multiethnischen Stadt war einige Jahre beinahe unter die Zweihunderttausend-Einwohner-Grenze abgerutscht, vor sechzig Jahren hatte noch ein Drittel mehr Menschen hier gelebt. Jüngere Triestiner hatten ihre Zukunft auswärts gesucht, wo das Angebot vielfältiger und die Bezahlung besser war. Die wechselnden Stadtregierungen hatten, egal, zu welchem Lager sie gehörten, keine Visionen oder kein Interesse gehabt, um den Trend umzukehren. Erst frische unternehmerische Kräfte, ein neuer tatkräftiger und kompetenter Präsident der Hafenbehörde sowie die Wissenschaftszentren und damit verbundene Start-ups brachten Veränderung, was ihnen revanchistische Strömungen wohl deshalb verübelten, weil sie die Stadt längst unter sich aufgeteilt glaubten. Vor allem aber konnten sie weder von ihrer Bildung her noch durch die über Jahrzehnte gewachsene arrogante Trägheit mit den neuen Akteuren mithalten. Findige und windige Immobilienmakler, die ihre Angebote in die Welt hinausposaunten, gab es inzwischen an jeder Ecke. Und die hohe Lebensqualität Triests mit seiner Lage zwischen Meer und Karst tat das Übrige. Vor allem Immobilien der unteren und mittleren Preislage fanden schnell neue Eigentümer.

Es war eine merkwürdige Zeit: Es musste Unmengen an frei vagabundierendem Kapital geben, nach dessen Herkunft nur wenige fragten.

In Laura hatte die Kauffrau Oberhand gewonnen. Das Auktionshaus, an dem sie mit einem Drittel beteiligt war, lief seit ein paar Jahren blendend.

»Und woher sollen wir das Geld nehmen, Laura? Für eine Stadtvilla mit eigenem Park?«

»Sobald das Erbe meiner Mutter aufgeteilt ist, haben wir Geld. Und bis dahin nehme ich einen Kredit auf. Du wirst wegen deines Alters kaum noch einen günstigen bekommen.«

»So alt bin ich jetzt auch wieder nicht, Laura«, empörte sich Laurenti. Acht Jahre waren sie auseinander. »Außerdem steigen die Zinsen in rasendem Tempo. Und ich habe nicht die geringste Lust, von der Küste wegzuziehen, solange ich die Treppe zur Straße hinaufkomme.«

»Den Kredit bräuchte ich doch nur zur Überbrückung.« Laura wusste sehr genau, dass ihrem Mann die Vorstellung zuwider war, in die Stadt zu ziehen, deshalb überging sie seinen Einwand geflissentlich.

»Du weißt selbst gut genug, dass sich Erbstreitigkeiten über Jahre hinziehen können. Wenn erst einmal Rechtsanwälte im Spiel sind, wird es noch schwieriger. Und deine Schwester hat schon damit gedroht.«

»Das nehme ich nicht besonders ernst. Ich werde die Gute schon noch überzeugen. Und unseren Bruder auch. Ich habe mir die Schlüssel zu der Villa jedenfalls schon besorgt, du musst sie dir unbedingt ansehen. Wir können jederzeit hin. Aber leider nur diese Woche. Es ist eine einmalige Gelegenheit. Es wäre ein Sechser im Lotto, falls es klappt. Ich würde es mir nicht verzeihen, wenn jemand anderes sie bekommt. Ich werde dem Mann auf jeden Fall schon mal ein Angebot machen. Sag Bescheid, wann du kannst, dann schauen wir uns das

Anwesen zusammen an. Wer weiß, wie lange wir draußen an der Küste überhaupt noch unsere Ruhe haben.«

Laura hatte nicht unrecht. In den vergangenen Jahren waren in der näheren Umgebung unzählige Baustellen begonnen worden, deren Lärm ihre so teure Stille störte. Presslufthämmer, das Fiepen von Kränen, Baggermotoren und Lkws. Laurenti wusste, dass sie mit dem Erbe mehr als ausreichend Geld zur Verfügung hätten, vor allem wenn sie ihr Haus am Meer verkauften. Doch der Gedanke, morgens nicht mehr schwimmen und fischen gehen zu können, sich dann auch noch mit der städtischen Nachbarschaft abgeben zu müssen, widerte ihn regelrecht an. Selbst die Tote heute Morgen konnte ihn nicht umstimmen, auch wenn er sich um die nicht gerissen hat.

Wo kam die Leiche überhaupt her? War sie tatsächlich durch den Scirocco angespült worden? Oder war sie erst später von der Bora von einem der Nachbargrundstücke rübergetrieben worden?

Oder kam die Tote von der beschlagnahmten Russenyacht? Er brauchte eine Liste der Besatzungsmitglieder. Kannte der Präfekt vielleicht schon Einzelheiten, über die ihn die beiden Kollegen vom Geheimdienst exklusiv informiert hatten? Laurenti hatte sich noch nie auf diese Leute verlassen, zu oft streuten sie falsche Informationen, um sich die Kollegen vom Hals zu halten. Als stünde man in Konkurrenz zueinander, wenn es um die Einhaltung des Rechtsrahmens und den Schutz der Verfassung ging.

Er überflog die neuen Unterlagen auf seinem Schreibtisch, die meisten Dienstanweisungen warf er direkt in den Papierkorb.

Marietta riss ihn aus seinen Gedanken, die Abteilungssitzung konnte beginnen. Chefinspektorin Pina Cardareto hatte seine Verspätung genutzt, die Kollegen mit den wenigen Informationen, die sie hatte, über den versuchten Anschlag auf die Segelyacht zu unterrichten. Über den Flurfunk waren bereits Gerüchte in Umlauf gekommen. Auch Polizisten waren nicht vor Verschwörungstheorien gefeit, und oft half ihnen eine ausgeprägte Vorstellungskraft sogar bei der Lösung ihrer Fälle. Solange sie sich dabei an Fakten hielten.

»Ich komme direkt aus der Präfektur«, begann Laurenti. »Leider sind auch die Leute vom Geheimdienst mit dem Anschlag befasst. Ihr wisst, wie wichtig die sich selbst nehmen. Rechnet also damit, dass wir Konkurrenz bekommen, und überlegt zweimal, welche Informationen ihr rausgebt. Das Opfer unseres neuen Falls hat bislang noch keinen Namen. Im Wasser glaubte ich, es wäre ein junger Mann. Laut der Gerichtsmedizinerin handelt es sich allerdings um eine Frau, sehr schlank, androgyn. Vermutlich Mitte dreißig. Sie war durchgängig weiß gekleidet, sogar die Segelschuhe waren weiß. Wir wissen nicht, wer sie ist oder woher sie kam. Sie kann vom Scirocco angetrieben worden sein oder von der Küste aus ins Wasser gefallen oder gestoßen worden sein, nachdem die Bora eingesetzt hat. Ihr wisst, wie unterschiedlich die Winde hier wehen.«

»Wie lange lag sie im Wasser?«, fragte Gilo Battinelli, der zweite Chefinspektor der Abteilung und ein passionierter Segler. »Wenn wir das wüssten, könnten wir es anhand der Berechnung der Strömungsgeschwindigkeiten sowie der Windgeschwindigkeiten zumindest eingrenzen.«

»Keine Ahnung«, gab Laurenti zu. »Aber es kann nicht allzu lang gewesen sein. Die Totenstarre hatte noch nicht eingesetzt. Mit Wasserleichen habe ich nicht viel Erfahrung. Auf jeden Fall trieb sie auf dem Bauch, und vor allem war sie nicht aufgedunsen. Lasst uns die Expertise von Dottoressa Poggi abwarten.«

»Todesursache? Ist sie im Wasser oder an Land verstorben?«, warf die jüngste Polizistin im Kreis ein. Sonia Padovan hatte die Statur einer Ringerin. Sie stammte aus Aurisina auf dem Karst und schlug vom Körperbau ihrem Vater nach, einem bekannten Steinmetz, der keine Mühe mit schweren Marmorblöcken hatte. Sonia war trotz zahlreicher Ermahnungen durch den Kommissar noch immer vorlaut. Und trotz ihrer geringen Berufserfahrung kam sie oft besserwisserisch daher. Ihr Vater, der ein alter Freund von Proteo Laurenti war, hatte ihn händeringend darum gebeten, nicht auf Sonias Versetzung zu bestehen. »Ich meine, hast du nichts gesehen? Würgespuren, ein Einschussloch oder andere Wunden? Oder ist sie etwa ertrunken?«

»Wie gesagt, heute Nachmittag werden wir mehr erfahren. Als ich sie auf der Trage fixierte, habe ich sie nicht untersucht. Sonia, du musst lernen, dass wir uns auf Fachleute verlassen. Deine Frage ist geradezu dämlich, als könnte man auf einem Schiff niemanden umbringen.« Er schaute sie eindringlich an, bis sie die Augen niederschlug. »Gesicherte Fakten verlangen Geduld.«

»Geduld hat man gestern Abend auch in Richtung Westen gebraucht, liebe Sonia.« Marietta lächelte herablassend. Das war schlimmer als Laurentis Strafpredigt. »Zuerst ein Riesenstau auf der Autobahn, und dann war wegen eines anderen Unfalls auch noch die einzige Ausweichstrecke gesperrt. Die armen Leute in Sistiana und Duino, da wurde es erst gegen Morgen wieder ruhiger. Drei Tote auf der Autobahn, zwei Schwerverletzte auf der Staatsstraße, die Feuerwehr musste die Straße erst mal von zermalmten Torten und Zuckerguss befreien.«

»Es gibt noch eine andere Sache, über die ich euch informieren muss. In Mailand ist gestern ein von den Amerikanern gesuchter Russe namens Fjodor Iljin trotz elektronischer Fußfessel aus dem Hausarrest entkommen. Über das Auslieferungsverfahren wird noch verhandelt, seine Anwälte hatten Einspruch erhoben. Offensichtlich rechnete er nicht mit Erfolg und profitierte davon, dass in demokratischen Staaten der Rechtsrahmen eingehalten wird. Auf jeden Fall war alles perfekt organisiert. Zwei dunkle, zum Verwechseln ähnliche Fahrzeuge, fünf bewaffnete Männer als Geleitschutz. Die Fußfessel wurde inzwischen gefunden. Und trotz des Alarms, den sie ausgelöst hatte, haben die Kollegen in Mailand eine halbe Stunde zu spät gehandelt. Die Videoaufnahmen wurden bereits analysiert: Die anderen Männer sind Mitglieder einer serbischen Bande, sie alle haben reguläre Aufenthaltserlaubnisse, sie sind Profis. Der komplette Fluchtweg konnte über die Verkehrsüberwachungskameras auf der A 4 verfolgt werden. Der Plan, sie an der Grenze zu schnappen, scheiterte nur, weil sie vorher in Duino abgefahren sind und damit schlagartig von allen Bildschirmen verschwanden. Sie müssen irgendwo in der Nähe die Fahrzeuge gewechselt haben und konnten damit wohl unerkannt über die Grenze entkommen. Ich gehe davon aus, dass die Range Rover bald gefunden werden.«

»Fjodor Iljin heißt er?« Pina Cardareto horchte auf. »Den Namen habe ich schon gehört. Wenn es der Gleiche ist, wurde er am Flughafen Malpensa verhaftet. Einer der weltweit größten Waffenhändler und Sohn eines russischen Oligarchen. Er muss zwischen vierzig und fünfzig Jahren alt sein.«

»Wieso stand der Mann eigentlich nur unter Hausarrest? Der ist doch inzwischen längst zurück in Russland und lässt sich feiern. Klar, dass er nicht freiwillig in die USA geht.« Moreno Cacciavacca hatte ein paar Notizen gemacht. Der Sizilianer war in der Abteilung der Routinierteste im Umgang mit Computern und der Recherche im Netz oder den nur behördlich zugänglichen Quellen. »Und bald taucht er unbemerkt wieder irgendwo auf, mit neuer Staatsangehörigkeit, neuem Namen und neuen Papieren. An den nötigen Mitteln fehlt es ihm sicherlich nicht. Und trotz aller Sanktionen wird er immer Schutz unter der russischen Hand finden und weiterhin seine Geschäfte mit afrikanischen Staaten machen oder mit einer der privaten Söldnerarmeen in seinem Heimatland.«

»In Mailand jedenfalls ist jetzt mindestens eine Person um einiges reicher als zuvor. Schwer vorstellbar, dass es nur die Naivität eines Richters war, weshalb Iljin aus der Abschiebehaft in Hausarrest geschoben wurde.« Enea Musumeci war der Zweitjüngste im Team. Er hatte sowohl die deutsche als auch die italienische Staatsangehörigkeit. Im Schwäbischen geboren, zogen seine Eltern in seiner Jugend nach Trento, wo er die letzten Klassen bis zum Abitur absolviert hatte, bevor er sich für den Polizeidienst interessierte. Und trotz seines Namens hörte man ihm einen leichten deutschen Akzent an. »Die Mailänder Kollegen haben den Alarm nicht aus Unfähigkeit verschleppt, so viel ist sicher, dafür ist eine Matratze jetzt wegen der Geldscheine darunter deutlich dicker.«

»Kann sein, aber das fällt so wenig in unsere Zuständigkeit wie der Anschlag auf die A«, unterbrach Marietta gleichmütig. Sie schwätzte zwar selbst gern, aber über die Arbeit zu spekulieren lag ihr fern. »Wir haben uns um eine Leiche zu kümmern.«

»Inwiefern das nicht doch mit der Yacht zu tun hat, entscheidet sich erst, wenn wir mehr über den Tatort wissen. Und dann hängt es noch von der Laune der Geheimdienstler ab, ob sie versuchen, uns den Fall abzuluchsen. Ich werde gleich im Anschluss mit dem Staatsanwalt reden, bevor die uns zuvorkommen.«

»Lasst uns dem Fall einen Namen geben, das erleichtert die Kommunikation. So, wie du die Tote gefunden hast, passt doch *Beifang* am besten, finde ich«, schlug Marietta vor.

Die Kollegen nickten.

»Hat jemand etwas über die Schießerei heute Nacht auf dem Karst gehört?«, fragte der Commissario schließlich.

»Das kommt schon manchmal vor. Wenn auch viel seltener als früher, wie mein Vater sagt«, schaltete sich Sonia ein. Sie war oben auf dem Hochplateau groß geworden, von dem wunderbare Naturweine und köstliche Lebensmittel stammten, die von den Einheimischen täglich in Unmengen vertilgt wurden.

»Fang bloß nicht wieder mit diesen Nachkriegsgeschichten und den Fehden der Tito-Partisanen an«, ging Gilo Battinelli dazwischen.

»Das hab ich doch gar nicht gesagt. Mit dem Alter haben sich auch die beruhigt, die vor zwanzig Jahren noch besoffen auf den Vollmond geschossen haben. Ich weiß, wovon ich rede.«

»Wer den Anschlag auf die Yacht verübt hat, war vermutlich mindestens genauso besoffen«, kommentierte Marietta. »Mit klarem Verstand kommt niemand auf so eine Idee. Erst recht nicht so dilettantisch.«

»Sonia kümmert sich um die Schießerei, sie hat die besten Kontakte zu den Einheimischen. Sobald du mehr weißt, unterrichtest du mich, wir entscheiden dann zusammen über den nächsten Schritt. Keine Alleingänge, Sonia.« Laurenti schaute streng in die Runde. Er kannte den herrlichen Karst und die kreative Verschrobenheit seiner Bewohner seit Jahrzehnten ziemlich gut. Sonia war noch gar nicht gezeugt worden, als er schon ein Auge zudrückte, wenn dort oben mal wieder was passiert war. »Chefinspektorin Cardareto koordiniert die Identitätsklärung der Toten. Und dann brauchen wir ihren lückenlosen Lebenslauf. Battinelli kümmert sich um das Russenschiff und die Suche nach den schwarzen Autos, mit denen dieser Fjodor Iljin hergebracht worden ist. Und noch etwas wirst du tun: Die Kommandantin der Guardia Costiera hat berichtet, dass sie in den ersten Morgenstunden ein Motorboot auf dem Schirm gehabt und wenig später verloren hätten. Ich will wissen, was da dran ist. Woher kam das Boot, von welchem Typ war es, und wer stand hinterm Steuer? Und jetzt bin ich erst mal neugierig auf das Gesicht des Staatsanwalts.«

Warum nur thronten Gerichte fast immer in monumentalen Palästen, die in vielen Städten Europas zu den bedeutendsten Bauwerken am Ort zählten? Imposanter als die Kathedralen, manchmal sogar imposanter als die königlichen Paläste, von den Parlamenten gar nicht zu sprechen. Das hatte er sich nicht nur in Triest gefragt, auch in Paris, Brüssel, Palermo und Madrid war ihm das aufgefallen.

Proteo Laurenti nahm den Seiteneingang, der von uniformierten Kollegen bewacht wurde, die er flüchtig grüßte, bevor er die Treppe bis in den dritten Stock nahm, wo das Büro von Staatsanwalt Scoglio lag. Die beeindruckende Haupttreppe mit den erhabenen Marmorsäulen mied er meistens. Zu viel Besucherverkehr, der das Gebäude nicht kannte und es oft genug auch nicht mit gutem Gefühl betrat, als Zeugen oder Angeklagte. Vor der Justiz und ihren Vertretern herrschte nach wie vor Respekt, auch wenn man im Verborgenen versuchte, sich auf eigene Art zu arrangieren.

Vor Scoglios Vorzimmertür warteten mehrere Personen mit finsteren Gesichtern. Der Commissario nahm, ohne anzuklopfen, den direkten Weg. Er hatte weder die Lust noch die Zeit, von einem Vorzimmerdrachen auf die Wartebank verwiesen zu werden. Laurenti drückte die Klinke. Vergebens. Er drückte ein zweites Mal. Die Tür war abgeschlossen. Also ging er an den anderen Wartenden vorbei doch ins Vorzimmer. Ein junger, trotz der Jahreszeit aschfahler Mann saß dort am Schreibtisch und löffelte einen Joghurt, Laurenti sah ihn zum ersten Mal. Verärgert schaute er den Commissario an.

»Was sind denn das für Manieren?«, schimpfte er mit dünner Stimme. »Draußen steht doch unmissverständlich, dass man warten soll, bis man aufgerufen wird. Wohl noch nie etwas von Anklopfen gehört, Signore?«

»Commissario, bitte. Weshalb ist Scoglios Tür abgeschlossen?«

»Das geht Sie nichts an. Wer sind Sie eigentlich?«

»Commissario Laurenti, Vize-Questore aggiunto. Seit wann arbeiten Sie hier?«

»Seit zwei Wochen, Signore.«

»Commissario.«

»Na gut, Ihr Besuch wurde angekündigt. Deshalb hat er die Tür von innen abgeschlossen. Der Staatsanwalt hat Besuch.«

»Wie lange dauert das noch?«

Achselzucken.

»Dann gehen Sie rein und sagen Sie ihm, dass ich hier bin und ihn sprechen muss.«

»Das kann ich nicht. Sie müssen sich gedulden.«

»Ich habe keine Geduld«, sagte Laurenti und ging zur Verbindungstür.

Der fahle Kerl fuhr auf, doch der Commissario hatte die Tür bereits geöffnet. Scoglio saß einer sehr attraktiven Frau Mitte dreißig gegenüber, die viel Bein zeigte. Laurenti nickte ihm lediglich zu und wartete draußen. Sein Lächeln verriet ihn. Er kannte Scoglio und seinen Ruf seit Jahrzehnten. Und er hatte auch von den Szenen gehört, die die Frau des Staatsanwalts immer wieder machte, seit sie ihren Mann einmal in flagranti erwischt hatte. Lange Zeit hatte der Mann zu Hause unter Hausarrest gestanden und war außerhalb der Arbeitszeit nirgendwo mehr gesichtet worden. Doch jetzt dauerte es nicht lange, bis Scoglio selbst die Tür öffnete und den Commissario verschmitzt grinsend hereinbat.

»Jetzt bestehen die Leute auch noch darauf, dass man sie

mit dem selbst gewählten Geschlecht anredet, Laurenti. Im Personalausweis steht Furio, er will aber Valentina genannt werden. Was führt Sie zu mir?«

Kreative Ausrede, dachte der Commissario. Der Staatsanwalt hatte die Frau auf jeden Fall zur Nebentür herausgelassen. Proteo Laurenti setzte sich ungefragt vor den mit Akten überladenen Schreibtisch.

»Wer ist denn Ihr neuer Bürodrache?« Laurenti schaute in Richtung Vorzimmer.

»Urlaubsvertretung, Commissario. Ich weiß nicht einmal, wie er heißt. Aber er kann telefonieren. Also, was führt Sie Dringliches her?«

»Ich habe heute früh eine Leiche aus dem Meer gezogen, eine androgyne junge Frau Mitte dreißig. Sie hat noch keinen Namen und wird gerade obduziert. Bei der Sitzung in der Präfektur wegen des Russenschiffs waren auch die Kollegen vom Geheimdienst anwesend. Die zählen eins und eins zusammen und meinen, damit ausreichend Gründe zu haben, uns reinzufunken. Ein Schiff, eine Tote im Wasser – aber fünf Seemeilen weiter. Und dann auch der geflohene Russe, der bis vor die Tore Triests überwacht wurde. Hätte ich die Tote nicht persönlich gefunden, würde ich der Angelegenheit keine besondere Aufmerksamkeit schenken. Doch hat sie bedauerlicherweise ein Loch im Genick. Also keine der üblichen Todesursachen: Herzversagen, Ertrinken und so weiter. In diesem Fall werden meine Kollegen und ich uns um die Aufklärung kümmern, und wir haben keine Lust auf Störfeuer von den Diensten.«

Scoglio schaute ihn mit seinen leuchtend blauen Augen an, fuhr sich mit der Linken durchs schüttere Haar und nickte dann. »Ich habe bereits davon erfahren, aber wollte zuerst mit Ihnen persönlich sprechen. Allein die Tatsache, dass dieser Fjodor Iljin trotz Fußfessel fliehen konnte und es sogar bis zu uns geschafft hat, wirft Fragen auf. Auch wenn die Mailänder

Questura für die Überwachung zuständig war, wussten die Dienste Bescheid. Also seien Sie zehnfach auf der Hut, Laurenti, wenn die etwas vertuschen wollen, scheuen sie keine Mühen. Sollten Sie aber auf etwas stoßen, das eine Beteiligung der Geheimdienste betreffen könnte, dann informieren Sie mich unmittelbar. Wir dürfen uns keine offenen Flanken leisten. Keine Alleingänge also, Commissario. Und jetzt erzählen Sie mir, wie Sie vorgehen wollen.«

»Nach der Obduktion wird vieles klarer sein. Es geht nicht nur um die Identität der Toten, sondern vor allem auch darum, wie sie ins Wasser geraten ist. Von einem Schiff oder von Land.«

»In Ordnung, aber bitte lassen Sie die Finger unbedingt von der *Yacht A.* Dafür sind andere Stellen zuständig. Keine unnötigen Scharmützel. Wie ist eigentlich der neue Questore?«

»Bencivenga? Sie haben ihn doch kennengelernt. Ich kann bisher wenig über ihn sagen, außer dass er ungern zu Fuß geht.«

»Ein untrügliches Zeichen, dass er hofft, nicht lange hierzubleiben. Wie soll er anders die Stadt kennenlernen? Halten Sie mich auf dem Laufenden, Commissario.«

Die Stadt war schöner und leiser geworden. Das war Proteo Laurenti schon vor geraumer Zeit aufgefallen, wenn er unterwegs war.

Marietta hatte seinen Besuch im Gerichtspalast mit dem Staatsanwalt abgestimmt, und wie immer war Laurenti zu Fuß dorthin gegangen. Er empfand es schon deshalb nicht als Zeitverlust, weil er nur so die Veränderungen in der Stadt zu Gesicht bekam. Und die jahrzehntelangen Gewissheiten brachen schneller auf, als er hinsehen konnte.

Viele Straßen waren in den letzten Jahren heller geworden. Dank großzügiger staatlicher Zuschüsse für die Fassadendämmung waren bei der Renovierung aus abgasgrauen Gemäuern wieder freundlich strahlende Gebäude geworden, nicht nur auf der Straßenseite. Auch in den Innenhöfen der Palazzi war ganze Arbeit geleistet worden. Freilich hatte der Renovierungsboom durch die Baufahrzeuge und die errichteten Gerüste zwischenzeitlich zu Lärm und Staus auf den Straßen im Zentrum geführt, außerdem beanspruchte er eine Anzahl an Handwerkern, die andernorts fehlten, aber das besserte sich allmählich wieder. Dafür hatten zweifelhafte Bauunternehmer sich zuletzt regelrechte Kriege geliefert, wenn es um die Akquise von Aufträgen ging, und sie unterboten sich in ihren Angeboten dank billiger Schwarzarbeiter aus den benachteiligten Gebieten des Balkans, dem Kosovo, Nordmazedonien oder Bosnien. Selbst zu blutigen Schusswechseln und Messerstechereien war es auf der großen Via Carducci gekommen, und es verlangte ein hartes Durchgreifen der Behörden, um die Situation wieder in den Griff zu bekommen.

Viele alteingesessene Geschäfte waren inzwischen von neuen Inhabern übernommen worden, Laurenti kannte die wenigsten von ihnen. Musste er wirklich etwas kaufen, traf er ständig auf neues, unbedarftes Personal mit wenig Fachwissen. Und von den Bars und Restaurants ganz zu schweigen. Früher hatte Laurenti bei seinen Wegen durch die Stadt an jeder Ecke altbekannte Gesichter gegrüßt, heute fehlten auch diese. Aber er beklagte sich nicht, sondern beobachtete die Entwicklung lediglich und fragte sich, ob der Wandel von Dauer war oder ob die Stadt irgendwann doch wieder eine neue Stabilität fand, an die er sich gewöhnen konnte.

Leiser war Triest aber auch durch die Elektrofahrzeuge geworden, die er misstrauisch beobachtete. Und seit auch Fahrräder mit Akkuantrieb in Mode gekommen waren, mussten nicht nur die Autofahrer höllisch aufpassen, die Verkehrsregeln schienen plötzlich neu verhandelt zu werden. Dafür saß es sich gemütlicher an den Tischen auf den Plätzen vor den Lokalen.

»Der Anschlag auf das hässliche Schiff hätte von mir sein können«, lächelte Walter. Sie waren sich zufällig in der *Gran Malabar* auf der Piazza San Giovanni begegnet, die auf Laurentis Weg zurück zur Questura lag. Manch einer bezeichnete das Lokal auch als das zweite Büro des Commissario.

»Man wird kaum fertig, all diejenigen aufzuzählen, die den Dreimaster sprengen wollten«, meinte Laurenti.

»Jedes Mal, wenn ich an der Mole Tintenfische angele, ist mir das Ding ein Dorn im Auge. Dabei geh ich nur noch selten fischen. Es ist einfach nicht mehr das Gleiche wie früher. Touristen überall. Ist ja gut so, aber mit der Ruhe ist es vorbei.« Walter zuckte mit den Achseln, dann begann er zu lachen. »Wusstest du eigentlich, dass Alexander Puschkin eine Triestiner Geliebte hatte?«

Sie saßen an einem der Tische unter dem mächtigen Giuseppe-Verdi-Denkmal, auf dessen Bronzekopf fast immer eine Möwe saß und ihn respektlos vollschiss.

»Ich habe erst heute Morgen dem Questore klarzumachen versucht, dass Triestinerinnen die ersten emanzipierten Frauen Europas waren. Er hat es nicht verstanden. Wer war die Frau von Puschkin?«

»Eine Amalia Ripp, das Ganze ist fast zweihundert Jahre her. Ihr Ehemann war ein reicher Triestiner Getreidehändler aus einer serbischen Familie mit Nachnamen Riznich. Sein Palazzo steht in der Via San Lazzaro. Er hatte eine Niederlassung am Schwarzen Meer und hat sie dorthin mitgenommen. Sie muss gerade zwanzig Jahre alt gewesen sein. Puschkin aber war nach Odessa verbannt worden, nachdem er Spottgedichte auf zwei Minister geschrieben hatte.«

»Damit hätte er heute alle Hände voll zu tun.«

»Die Arme ist wenig später an Tuberkulose gestorben. Mit gerade dreiundzwanzig Jahren. Puschkin hat von ihrem klassischen Profil geschwärmt und ihr viele Gedichte gewidmet.«

Walter war voller solcher Geschichten über seine Heimatstadt, und im Kern waren sie immer wahr. Vor einigen Jahren
bereits hatte er seinen Anteil an dem florierenden Lokal seinem Compagnon Mario abgetreten und sich ins Privatleben
zurückgezogen, um fortan Gemüse für sich und seine Frau an-
zubauen. In die Stadt kam er nur selten. Laurenti und er saßen
nun beim Caffè in der *Malabar*, die inzwischen von drei netten
jungen Männern geführt wurde: Daniele, Davide und Federico. Alle drei hatten jahrelang die exzellente Schule der beiden
Gründer durchlaufen. Endlich eine gelungene Übergabe. Proteo Laurenti hat die Jungs immer verteidigt, wenn irgendein
alter Stammgast der Meinung war, dass auch hier nichts mehr
war wie früher.

»Ich erzähl dir das bloß, weil du jetzt ja auch mit den Russen
zu tun hast«, setzte Walter seine Gedanken mit einem hinter-
listigen Lächeln fort. »Ich wette eine besondere Flasche Wein,
dass ihr nie herausbekommen werdet, wer an dem Kahn dort
draußen gezündelt hat.«

»Was ist eigentlich mit dir los?«, fuhr Laurenti auf. »Du
bist kaum aus deinem Gemüsegarten wegzulotsen und liest
höchstens die Lokalpresse, aber du weißt schon wieder Bescheid. Mit dem Kübel haben wir, Gott sei Dank, nichts zu tun.
Da wirken höhere Kräfte. Der Anschlag führt höchstens dazu,
dass er verlegt und die Bewachung verschärft wird. Am Ende
kostet uns das nur noch mehr Geld. Los werden wir das Ding
aber nicht.«

»Bis das beschlossen ist, wirst du ohnehin pensioniert«,
feixte sein alter Freund, der den Commissario sogar zu einem
der Paten seiner Olivenbäume gemacht hatte. Samt Namen auf
einer Plakette am Stamm. »Seit dreißig Jahren kennen wir uns.
Ich weiß genau, was dich umtreibt.«

Laurenti war verblüfft. Doch bevor er antworten konnte,
unterbrach ihn sein Telefon. Marietta meldete den Eingang

der Erkennungsfotos aus der Gerichtsmedizin. Laurenti bat sie, ihm die Bilder auf sein Telefon zu schicken. Und wenige Sekunden später meldete es den Eingang einer neuen Nachricht. Auch das war anders als früher.

Die Tote sah nicht schlimm aus, ihre Augen waren geöffnet, wie in dem Moment, als er sie im Wasser gefunden hatte. Ihre Haut war aschfahl. Nur ihr Haar musste Mara Poggi für die Aufnahme in Ordnung gebracht haben. Skalpell und die Knochensäge hatte sie offensichtlich erst danach eingesetzt.

»Kennst du die zufällig?« Laurenti drehte das Telefon seinem alten Freund zu.

»Du weißt doch, dass ich hier schon seit fünf Jahren raus bin.« Walter schüttelte den Kopf. »Frag einen der Jungen. Dada, komm mal her.« Er rief nach einem seiner Nachfolger. Ein großer Rothaariger von etwa dreißig Jahren und mit durchtrainierten Armen.

»Ja, die trinkt manchmal einen Caffè am Tresen.« Davide strich sich durch den gepflegten roten Vollbart. »Glaub ich zumindest. Sie ist ein bisschen blass auf dem Bild.«

Laurenti horchte auf. »Weißt du auch, wie sie heißt?«

»Sie redet wenig und kommt meistens allein.« Dada schüttelte den Kopf. »Wir kennen nur unsere Stammgäste beim Namen. Da gehört sie aber nicht dazu. Was ist mit ihr?«

»Wohnt oder arbeitet sie in der Gegend?«

»Sie kommt meistens aus dem Gebäude gegenüber. Am besten fragst du da mal nach.«

Davide ging zurück ins Lokal. Der Commissario steckte sein Telefon ein. Klinkenputzen hatte er seit Langem hinter sich, das würde einer der Kollegen für ihn übernehmen müssen.

»Etwas, das ich dich schon lange fragen wollte«, nahm Walter das Gespräch wieder auf. »Was machst du eigentlich im Ruhestand, Proteo?«

Laurenti hob verärgert die Brauen. »Du bist heute schon der Zweite, der mich das fragt. So weit ist es aber noch nicht. Und davor habe ich noch einiges zu tun.«

Fünf

Lele Raccaro reichte dem Bürgermeister, der nur zehn Jahre jünger war als er, gerade einmal bis zur Schulter, sein Leibesumfang maß nur die Hälfte. Wie immer zog das Stadtoberhaupt die Blicke der Einheimischen auf sich, wenn er das Rathaus verließ. In Umfragen wurde er Jahr für Jahr als einer der beliebtesten Bürgermeister Italiens bestätigt. Er hatte es leicht, denn die politische Opposition hatte sich so gut wie aufgelöst, den einen schien sie abgewirtschaftet, den anderen selbstzufrieden und kraftlos. Als hätten die parlamentarischen Gegenkräfte Angst vor ihren eigenen Wählern, hatten sie sich schon vor Langem den Wind aus den Segeln nehmen lassen, und außer ein paar lauwarmen Unmutsäußerungen war kein neuer Ansatz zu vernehmen.

Der Bürgermeister hatte Lele in seinem Büro empfangen, doch schon nach der Begrüßung vorgeschlagen, einen Kaffee trinken zu gehen, als er merkte, dass es besser war, das Anliegen seines Gastes außerhalb geschlossener Wände zu besprechen. Für delikate Themen sollte man sich vor unerwünschten Zuhörern schützen. Während sie die wenigen Meter bis zum größten Lokal auf der eindrucksvollen Piazza dell'Unità schlenderten, redete Raccaro bereits gestenreich auf seinen Vertrauten ein. Am Tresen des *Caffè degli Specchi* bestellten sie zwei Espressi. Die unzähligen Sitzplätze auf der Piazza waren alle belegt, der Standort profitierte vom Tourismus. Der Bürgermeister lächelte wohlwollend, als wäre auch das sein Verdienst. Ein riesiges Kreuzfahrtschiff an der Stazione Marittima versperrte den Blick aufs Meer.

»Wir erleben einen magischen Moment«, sagte der Bürgermeister, nachdem der Kaffee serviert wurde. »In meiner letzten Amtszeit werde ich starke Zeichen setzen. Zeichen, die für immer bleiben. Schau nur einmal das neue Kongresszentrum im Porto Vecchio an und dort das *Magazzino 26* mit all den neuen Ausstellungsflächen für die Museen. Bald wird auch die Trambahn nach Opicina wieder fahren und das Reha-Schwimmbad wieder errichtet, der Tunnel von Montebello wird renoviert werden. Der neue Radweg entlang der Rive, die Neuasphaltierung der Strada Costiera und die Promenade samt Badeanstalten in Barcola. Und all die Kreuzfahrtschiffe, deren Heimathafen wir sind. Du wirst sehen, selbst für den Palazzo Carciotti direkt am Kanal werden wir noch Investoren finden. Außerdem die ganzen Denkmäler ...«

»Entschuldige bitte, wenn ich dich unterbreche. Aber die zweite Statue für Bischof Santin vor der Kirche Sant'Antonio Taumaturgo halte ich für übertrieben. Als würde die oben am Tempel von Montegrisa nicht genügen. Prominenter geht's doch nicht. Heute weiß doch ohnehin kaum noch wer, wer das war. In meinen Augen ist das Ablasshandel. Stell ein Denkmal für einen Pfaffen auf, und dir wird alles vergeben.«

»Ich weiß, dass du Atheist bist, Lele. Aber wir können nicht einfach Nein sagen zu allem, was uns nicht passt. Und apropos Montegrisa und Santin. Die neue Seilbahn wird der Höhepunkt meiner Amtszeit. Die Leute haben vergessen, dass es schon in den Siebzigerjahren konkrete Pläne dafür gab. Damals hätte sich niemand darüber aufgeregt, da war von so was wie Naturschutz noch nicht die Rede, damals fehlte allein das Geld. So viel hat vor mir noch keiner geschafft. Und dann all die Touristen und das abwechslungsreiche Kulturprogramm für den Sommer. Ich sage dir, Lele, es ist ein einmaliger Moment.«

Davon, dass die meisten Projekte zwar in seine Amtszeit fielen, nicht aber das Verdienst seiner Stadtverwaltung waren, sondern oft genug private Initiatoren hatte, sprach er natürlich nicht. Und erst recht nicht von den jahrelangen Verzögerungen der meisten Projekte, deren Fertigstellung er schon mehrfach lautstark angekündigt hatte.

Lele hörte diese Litanei nicht zum ersten Mal und ließ ihn reden. Er wusste, wie wichtig es für manche Leute war, sich ständig selbst Bestätigung zu geben. Der Bürgermeister war zwar nicht weitsichtig, aber er war kein schlechter Kerl, und er war echt. In all seinen Amtszeiten hatte er Kompromisse eingehen müssen, um seine Koalitionspartner zu besänftigen, und somit musste er auch ein ums andere Mal bereits öffentlich angekündigte Versprechen revidieren. Dabei hatte der Mann nicht die Gabe, sich zu verstellen, er war volksnah und authentisch. Nach Ablauf der laufenden Amtszeit durfte er kein weiteres Mal antreten, und vielleicht gewann er genau deshalb gerade neue Sympathien hinzu. Er hatte das Glück gehabt, dass wegen der globalen Krisen schlagartig Unmengen an Geld aus Brüssel und aus Rom flossen. Plötzlich fanden sich Geschäftsmänner aus dem Veneto oder der Lombardei als Investoren, die zuvor nur abfällig auf den Nordosten ihres Landes geschaut hatten, außerdem Österreicher, Deutsche, Slowenen und Ungarn. Und sie waren nicht nur an preiswertem Wohnraum interessiert. Es gab auch diejenigen, und über sie wurde in ihrem jeweiligen Heimatland nicht immer gut gesprochen, die angeblich Großprojekte finanzieren wollten. Das ehemalige Messegelände oder der gewaltige Palazzo, der einmal Sitz der staatlichen Eisenbahn gewesen war, kamen allerdings nicht voran. Alle aber schauten unverhohlen auf eine besondere Delikatesse: Das alte Hafengelände, für das die Stadtregierung keine

Vision hatte, die einen großen Wurf versprach. Der Bürgermeister hatte zweifellos recht damit, dass sich niemand mehr an die wahren Ursachen für die Verzögerungen erinnerte, sobald ein Projekt erst einmal vollendet war. Gespräche über Qualität waren schon seit geraumer Zeit aus der Mode gekommen, es zählten nur noch Menge und Entscheidungsfreudigkeit, nicht aber Umsetzung.

Auch für Lele Raccaro stand die Qualität der Projekte schon lange nicht mehr an erster Stelle. Und er wusste, dass vieles nicht mehr aufzuhalten war. Er hatte nichts anderes im Sinn, als wenigstens finanziell daran teilzuhaben. Und das war nur durch geschicktes Eingreifen aus dem Hintergrund möglich, auch wenn er dabei erhebliche Zeitverluste in Kauf nehmen musste.

»Du weißt besser als ich, dass die Nerven wegen der neuen Seilbahn blank liegen. Wenn wir jetzt noch unsere ausländischen Investoren durch eine falsche Auftragsvergabe verlieren, sieht das aus wie eine Kriegserklärung. Das solltest du auch deinen Funktionären klarmachen. Es darf nicht nur der günstigste Preis entscheiden, es gibt einen ganzen Rattenschwanz an Konsequenzen zu beachten. Denk nur mal an all die Großinvestoren aus dem Ausland, die Großes verwirklichen wollen. Unsere Stadt soll doch wieder eine echte Metropole werden, wie früher. Dann bekommst auch du irgendwann dein Denkmal an einer prominenten Piazza oder sogar am besten gleich eine eigene Piazza. Die Chancen stehen gut.«

Der Bürgermeister lachte kurz auf. »Das kann warten. Denkmäler werden schließlich nur für Tote errichtet. Aber ich habe verstanden, Lele. Wir werden sehen, was sich tun lässt. Du weißt selbst, dass solche Entscheidungen durch den Stadtrat müssen.«

»Wenn sie gut vorbereitet sind, lässt der Stadtrat sie anstandslos durchgehen. Das ist Sache deiner Leute.«

»Eben«, bekräftige das Stadtoberhaupt und wandte sich

entschieden vom Tresen ab. Lele legte die Münzen für die Espressi auf die Platte. Der Barista nahm sie ausnahmsweise an und ging zur Kasse. Unvergesslich war ihm die Szene, die Raccaro gemacht hatte, als sein Chef Bezahlautomaten aufstellen lassen hatte. Der klein gewachsene Raccaro hatte seiner Empörung darüber lautstark Luft gemacht. Eine Stadt verlange Persönlichkeit, keine Automaten. Er drohte, das Lokal nie wieder zu betreten. Er selbst wäre als Kunde kein großer Verlust gewesen, doch war unklar, wie viele andere es ihm nachmachen würden. Nur vom Tourismus allein lebte eine Stadt wie Triest nicht.

Und die Stadt war kein Einzelfall. Bürgermeister werden gewählt, die Stadtverwaltung nicht, und die höheren Angestellten, welche die wichtigsten Ämter innehaben, sind durch langjährige und hoch dotierte Verträge abgesichert. Sie aus dem Hintergrund heraus zu lenken war das Anliegen von Lele Raccaro und seinen Verbündeten. Über Jahrzehnte war es ihnen so gelungen, Bürgermeister auszubremsen, deren Visionen nicht den eigenen entsprachen oder das bisherige Machtgefüge in Gefahr brachten. Reichtum ließ sich auf verschiedene Arten anhäufen, manchmal war allerdings die Gier nach raschem Erfolg hinderlich.

Aus diesem Grund wurde Antonia d'Antimi, Raccaros Geschäftsführerin, auch bei Stefania Esposito vorstellig, mit der sie sich zum Mittagessen in einer Trattoria in der Nähe des Rathauses verabredet hatte. Die beiden Frauen hatten Dinge zu besprechen, die besser außerhalb geschlossener Räume besprochen wurden. Deshalb trafen sie sich auf einem der belebtesten Plätze im Zentrum, wo meist nur internationale Touristen an den Nebentischen saßen. Der Geräuschpegel war hoch und die Qualität des Essens akzeptabel.

Stefania und Antonia begrüßten sich herzlich, hielten ansonsten aber formale Distanz: Anrede mit Vornamen und per Sie. Bis sie ihre Bestellung aufgegeben hatten, blieben sie bei unverbindlichem Geplauder. Stefania Esposito plante ihren Urlaub in Syrakus, wo ihre Großeltern und viele Verwandte lebten. Sie sei zwar in Triest geboren, doch auf Sizilien schmecke ihr das Essen besser, und der Alltag sei gemächlicher. Dort könne sie endlich Tempo rausnehmen und sich sorglos entspannen. Antonia erzählte von einem anstehenden Segeltörn mit ihrem Mann, wie immer runter nach Dalmatien und durch die Kornaten. Auch wenn sie jedes Jahr dieselbe Route nahmen, böte das Archipel immer wieder neue Überraschungen. Im Herbst wollte sie dann mit ihrer Schwester nach Zypern, um den Sommer zu verlängern, ihr Chef habe glänzende Kontakte dahin. Die Sorgen um Maria, die sie seit diesem Morgen plagten, verschwieg sie.

»Stefania, ich habe ein spezielles Anliegen«, sagte Antonia, nachdem zwei Teller mit Oktopussalat und eine Flasche stilles Wasser serviert worden waren.

»Wie immer, wenn wir uns treffen«, lächelte Stefania Esposito.

»Ihr öffnet heute die Angebotsrunde für die neue Seilbahn, wenn ich richtig informiert bin. Ich weiß von zwei Hauptbietern, gibt es noch weitere?«

Die Esposito schüttelte wortlos den Kopf. Ihr blonder Bob wippte nur leicht. Sie war eine unscheinbare Person Mitte vierzig und saß an wichtiger Stelle.

»Es steht viel auf dem Spiel für die Stadt«, fuhr Antonia fort. »Es geht nicht nur um die Seilbahn, sondern auch darum, die vielen Investoren aus dem Ausland nicht zu vergraulen. Sollte der falsche Anbieter den Zuschlag bekommen, könnte es auch zu einem Rückzieher bei anderen Großinvestoren kommen. Ich hoffe, ich habe mich klar ausgedrückt.«

»Üben Sie gerade Druck auf mich aus, Toni? Sie wissen, dass

ich die Entscheidung nur vorbereite, aber nicht selbst treffe.«
Stefania lächelte genauso undurchsichtig wie zuvor.

»Das weiß ich vom letzten Mal noch allzu gut. Es wäre deshalb schön, wenn wir uns einigen könnten. Ihr Schaden wird es
auch dieses Mal nicht sein, und Sie wissen, dass ich mein Wort
halte. Für die Stadt wäre es ein großer Gewinn. Die Österreicher hängen noch immer sehr an Triest, und sie haben die letzten hundert Jahre aus dem Gedächtnis gestrichen.«

»Sie denken, es wäre immer ihres gewesen und sie hätten
deshalb besondere Rechte.« Stefania Esposito klang pikiert.
»Sie treten deshalb meist etwas überheblich auf.«

»Das wirkt nur so. In Wirklichkeit sind sie es nicht. Wir
werden deshalb nicht unsere Souveränität aufgeben, sollten sie
den Zuschlag bekommen. Im Gegenteil, wir gewinnen dazu.
Das gilt nicht für die italienischen Investoren. In der Vergangenheit haben deren Angebote oft hohe Folgekosten mit sich
gebracht, und umsonst gibt es bei denen überhaupt nichts. Es
liegt alles an Ihnen, wie Sie, Stefania, die Angebote aufbereiten.
Sie wissen doch, dass alles beweglich ist.«

Das Mittagessen dauerte kaum länger als eine halbe Stunde.
Dann trennten sie sich ebenso herzlich, wie sie sich begrüßt
hatten.

»Ich war gerade bei Kommandantin Coccia von der Guardia
di Costiera.« Chefinspektor Gilo Battinelli hielt den Commissario auf dem Flur auf. »Ich habe die Daten zu Windrich-
tungen, Windstärken und die Strömungsangaben des Meers
in der letzten Nacht erhalten, damit lässt sich einiges berech-
nen. Außerdem wurde bei Grado ein Schlauchboot mit Kunst-
stoffrumpf an einer der äußeren Inseln angespült, welche die
Lagune vom offenen Meer trennen. Es gehört zu einer Luxus-
werft in Monfalcone.«

»Sag Commandante Coccia sofort, dass sie das Boot nicht

dem Eigner übergeben dürfen, es muss erst zum Erkennungsdienst. Unbedingt.« Laurenti war alarmiert.

»Ich werde selbst zu dieser Werft fahren, sobald sie mir die Unterlagen übermittelt haben. Das wird nicht lange dauern.«

»Ich will, dass das Boot gründlich unter die Lupe genommen wird. Fingerabdrücke, genetische Spuren, falls das Meer etwas übrig gelassen hat. Vielleicht war unsere Tote an Bord. Und dann, Gilo, fahr nach Monfalcone und finde heraus, ob sie eine Verlustanzeige für das Boot aufgegeben haben. Giorgio Bottò, unser Kollege im dortigen Kommissariat, ist ein zuverlässiger Freund und hilfsbereit. Frag bei der Werft auch nach Überwachungssystemen, lass dir eventuelle Videoaufzeichnungen aushändigen. Es ist doch kaum vorstellbar, dass eine so exklusive Werft keine Kameras hat. Ich weiß, dass du alles telefonisch erledigen könntest, aber wir müssen persönliche Kontakte pflegen, nicht nur instrumentalisieren. Verstanden?«

Das Vorzimmer war verlassen, Marietta musste essen gegangen sein. Er überflog die Nachrichten auf seinem Schreibtisch. Eine Notiz stammte von ihr: »Schau dir unbedingt die Mittagsnachrichten an. Iljin ist in Moskau! Sein Vater hat bekannt gegeben, dass der Sohn in Sicherheit ist.«

Der Commissario war mit dem Computer nicht der Schnellste, wenigstens kam im gleichen Moment Pina Cardareto herein. Nach ihm und Marietta war sie inzwischen die Dienstälteste der Abteilung, obwohl sie fünfzehn Jahre jünger war.

»Einer der Serben ist hier in der Umgebung gemeldet«, verkündete sie triumphierend.

»Tausende von Serben sind hier gemeldet, Pina, das wissen Sie doch. Und dazu gibt es noch einige weitere tausend, die sich nicht angemeldet haben.«

»Einer der Männer, die diesen russischen Waffenhändler

aus Mailand geschleust haben. Die Liste mit den Namen kam erst heute Vormittag. Ich habe gleich im Melderegister nachgeschaut.«

»Den werden wir kaum bei seiner Meldeadresse finden, Pina. Außerdem ist das die Angelegenheit der Geheimdienstler. Da pfuschen wir nicht rein. Helfen Sie mir lieber, die Mittagsnachrichten online zu finden. Marietta meint, es sei wichtig.«

Es dauerte, bis der Computer des Commissario hochgefahren war. Pina schüttelte den Kopf. »Sagen Sie Marietta doch, sie soll hier mal ein bisschen Ordnung machen. Was tut die eigentlich den ganzen Tag, außer sich die Zehnägel zu lackieren und die Bluse aufzuknöpfen, sobald einer der Kollegen in der Nähe ist?«

»Fangen Sie nicht wieder damit an. Marietta ist das Rückgrat der Abteilung. Ohne sie wären wir alle schon oft genug auf die Nase gefallen.« Laurenti kannte die Rivalität zwischen den beiden Frauen gut. Marietta kehrte täglich ihre Attraktivität heraus, während Pina rein gar nichts Charmantes an sich hatte, nicht einmal ein verbindliches Lächeln. Doch wenn es drauf ankam, dann zogen die beiden Frauen an einem Strang und legten ihre Streitereien bei. Als wären sie ein Luxus, auf den sie in ruhigeren Momenten einfach nicht verzichten konnten. »Und was ist auf einem Computer schon aufzuräumen, Pina?«

»Auf Ihrem Computer schwirren so viele Dateien herum, die alle einen Namen und einen Ort brauchen, an dem man sie suchen und vor allem finden kann. Abgesehen davon sollten wir uns auf jeden Fall mal ansehen, was unsere Datenbanken über diesen Serben sagen, bevor wir ihn den anderen überlassen. Was ist, wenn er die Flucht des Russen mit dem Boot über die Grenze organisiert hat? So lange, wie der Kerl hier schon gemeldet ist, kennt er die Gegend gut genug.«

Laurenti kommentierte ihren Einwand nicht und versuchte, den Bewegungen des Mauszeigers zu folgen, mit denen sich die Chefinspektorin durch die Mediathek klickte. Die *RAI* zeigte in den Mittagsnachrichten Material eines russischen Senders.

Der Vater des Gesuchten musste um die siebzig sein, seinem selbstbewussten, dynamischem Auftreten, seiner eleganten, sportlichen Kleidung und seinem versierten Auftreten nach war er in exzellenter Verfassung. Er lobte die Befreiungsaktion und zeigte sich darüber erleichtert, dass sein traumatisierter Sohn den schweren Haftbedingungen aus einem menschenunwürdigen westlichen Gefängnis entkommen sei, und sagte, dass dieser sich jetzt erst einmal erholen musste. Er dankte den Helfern, dann endete der Beitrag des russischen Staatsfernsehens. Vom Anschlag auf die *A* kein Wort.

»Konnten Sie bereits die Identität der Toten feststellen?«, fragte Laurenti und schaltete den Computer wieder ab.

»Marietta hat mir die Fotos übermittelt, sie laufen im Moment durch. Sie sind brauchbar, zumindest im Melderegister oder der Passabteilung müssten wir sie finden oder bei irgendeiner Führerscheinstelle.«

»Wussten Sie eigentlich, dass Alexander Puschkin eine Triestinerin zur Geliebten hatte?«, warf er unvermittelt ein.

Die Chefinspektorin runzelte die Stirn. »Der Name sagt mir irgendetwas. Puschkin, Alexander? Sollen wir den auch suchen?«

»Pina, das war vor zweihundert Jahren. Der größte russische Dichter aller Zeiten. Vergessen Sie es wieder. Der Kollege Musumeci soll die Gebäude rund um die Piazza San Giovanni abklappern, ob irgendwer sie kennt. Geben Sie ihm die erkennungsdienstlichen Fotos der Frau. Er soll erst wiederkommen, wenn er was gefunden hat. Ich weiß seit der Mittagspause, dass sie dort gesehen wurde. Beim Kaffeetrinken in der …«

»… *Malabar*. Ich verstehe. Ihr zweites Büro, Commissario.«

»Gut, Sie wissen also, wo Sie mich im Zweifel finden können. Und nun schicken Sie Musumeci los, Pina. Wir brauchen alle Informationen über ihr Leben und ihre Gewohnheiten. Ich komme in zwei Stunden wieder ins Büro.«

Es war vierzehn Uhr, als Laurenti in die pralle Sonne vor der Questura trat. Sein Magen knurrte, und er hatte sich im *Caffè San Marco* mit Ernesto Bruni, einem der früheren Journalisten des *Il Piccolo*, verabredet, der altehrwürdigen Tageszeitung der Stadt, die vor mehr als einhundertvierzig Jahren gegründet worden war und über alle Höhen und Tiefen Triests und der Weltgeschichte berichtet hatte. Auch dieses Blatt befand sich abwechselnd im Steig- oder Sinkflug. Derzeit hatte die Zeitung wieder einmal einen Tiefpunkt erreicht und wartete auf neue Eigentümer. Ihre frühere Stärke waren brillante Journalisten gewesen, die nicht nur das Bedürfnis nach lokalen Nachrichten bedienten, sondern ihre Berichterstattung aus dem Bewusstsein als Vermittler zwischen den Welten leisteten. Früh schon hatte das Blatt Reporter in Krisengebiete entsandt, die von den anderen vernachlässigt wurden, und so eine auch für andere Medien unverzichtbare Kompetenz für die Vielschichtigkeit Osteuropas und die grausamen Sezessionskriege des damaligen Jugoslawiens erworben. Die Einzigartigkeit Triests war seine geopolitische Lage und das Vielvölkergemisch, das einst die Erwirtschaftung eines immensen Reichtums ermöglichte, der stets den großen politischen Niedergängen vorausgeeilt war. Noch heute rühmten sich viele steinalte Lokalpatrioten mit schamloser Verlogenheit der einstigen Größe, die aber eigentlich von ihren Urahnen erwirtschaftet worden war. Diese angehäuften Reichtümer zehrten sie über die Jahrzehnte beharrlich auf und verhinderten dabei – war es aus Eifersucht oder Dummheit – jegliche Neuinitiative. Wer aber seinen Wohlstand selbst erwirtschaften wollte, musste erst von ihnen aufgenommen werden, damit er sich an den Intrigen beteiligte, um die Situation nicht aus der Hand zu geben. Manch einer befürchtete, dass auch Interessenten für die Übernahme der Tageszeitung dieser Seilschaft entstammten. Und dass es ihnen nicht darum ging, eine bessere Zeitung zu machen, sondern vielmehr darum, unbequeme Berichterstattung zu vermeiden und den Fortschritt der letzten Jahre zurückzudrehen. Es war ein ökonomisches Naturgesetz, dass Geschäfte, die an einem Ort nicht gemacht wurden, sich an andere verlagerten. Auch wenn das Gemeinwohl darunter litt, profitierten Einzelne mittels geschickter Einflussnahme davon. So war es in Triest jahrzehntelang gelaufen, beim Hafen etwa oder auch bei den Industrien mit staatlicher Beteiligung. Die privaten Investoren hatten sich davon glücklicherweise nicht aufhalten lassen und kontinuierlich die zentrale Lage im Mittelmeerraum und Kontinentaleuropa zu nutzen verstanden.

Über all das zeterte Ernesto, der pensionierte Journalist des *Piccolo*, gleich zu Anfang ihres Treffens. Er wiederholte sich, wie alle Triestiner war er ein unverbesserlicher Lokalpatriot. Erst als er in einer kurzen Pause seiner Suada nach Luft schnappte, konnte Laurenti auf andere Themen zu sprechen kommen.

»Siehst du, mein Guter«, kommentierte Laurenti, »auch an der Art und den Motiven der Verbrechen ändert sich seit Jahrtausenden nichts. Wir finden nur neue Varianten. Es reicht ein Blick in die griechische Mythologie oder in die Bibel. Inzest bleibt Inzest, Korruption bleibt Korruption, Raub bleibt Raub, Mord bleibt Mord.«

Sie bestellten eine Flasche Vitovska vom Karst, Mineralwasser und zwei Moussaka. Das *Caffè San Marco* war wieder im Aufschwung, seit ein junger Wirt und seine Frau es übernommen und umgestaltet hatten. Die Speisekarte führte auch ein paar griechische Gerichte, eine Hommage an die Vorfahren des Wirts.

»Hast du etwa den Anschlag auf die Russenyacht an der Backe?«, fragte der pensionierte Journalist.

Laurenti schüttelte lächelnd den Kopf. »Die ist in der Hand des Geheimdienstes und der Guardia di Finanza. Aber vielleicht wird die Sache trotzdem noch interessant für uns.« Er umriss kurz seinen morgendlichen Fang beim Harpunentauchen sowie die neueste Meldung von dem Motorboot, das bei Grado angespült wurde. »Ich bin auf die Untersuchungsergebnisse gespannt. Ob die Tote an Bord war oder nicht.«

»Das erinnert mich stark an die Flucht von Roberto Calvi im Juni 1982«, warf Ernesto Bruni ein. »Der Präsident der *Banco Ambrosiano* war damals auf die gleiche Weise von hier ins damalige Jugoslawien gebracht worden, um der Justiz zu entgehen. Zuerst rüber nach Jugoslawien, zwischen Savudrija und Umago, und danach mit der Limousine nach Klagenfurt, wo seine beiden Fluchthelfer zwei sehr junge Freundinnen aus gutem Hause hatten. Anschließend nach Innsbruck und dann ab ins Flugzeug.«

»Und nach kurzer Zeit fand man ihn erhängt unter der Blackfryers Bridge in London, ein klassischer inszenierter Selbstmord. Ich weiß.«

»Allerdings wurden die beiden Wegbereiter verdächtigt und angeklagt, aber nie verurteilt«, fuhr der Journalist fort. »Doch warum sollte man heute noch einmal den gleichen Weg wählen? Dass man über vierzig Jahre später bei offenen Grenzen im Schengen-Raum noch einmal so einen Hokuspokus veranstaltet, kann ich mir schlecht vorstellen. Inzwischen ist sogar Kroatien aufgenommen worden. Und je weniger Zeugen es gibt, umso sicherer bleibt man doch. Oder nicht?«

»Vielleicht fühlt man sich aber auch nur sicherer. Erst mal müssen wir die Gewissheit haben, dass das auch wirklich der Fluchtweg war«, räumte der Commissario ein. »Die Straßen waren auf jeden Fall dicht, auch an den Flughäfen herrschte

Alarm. Die beiden Autos, mit denen Fjodor Iljin hierherge-
bracht wurde, standen unter ständiger Beobachtung, auf dem
Landweg wäre er nicht aus Italien herausgekommen. Allerdings frage ich mich, weshalb sie nicht schon viel früher gestoppt wurden.«

»Das liegt doch auf der Hand«, lachte Ernesto auf. »Irgendjemand wollte wieder einmal den Schwarzen Peter an uns
Trottel im Nordosten loswerden. In Mailand wird jetzt jedenfalls niemand mehr tiefer schürfen. Ich frage mich nur, welche
Verbindungen es nach Triest gibt.«

»Vorher muss ich erst mal wissen, ob all das wirklich so
abgelaufen ist. Ich halte dich auf dem Laufenden.«

Kaum hatte er das Lokal verlassen und war auf die Via Bat-
tisti hinausgetreten, wählte er die vertraute Nummer mit kroatischer Vorwahl. Živa Ravno, die Generalstaatsanwältin der
Republik Kroatien, antwortete schnell.

»Telepathie«, gurrte die über zehn Jahre jüngere Frau. »Ich
habe auch gerade an dich gedacht. Lange nichts gehört. Ich
hätte große Lust auf ein Wiedersehen. Nächste Woche bin ich
in Novigrad im Haus, das mir meine Großeltern vermacht haben. Komm mich besuchen. Bleib ein bisschen. Du weißt, das
Boot liegt vor dem Haus. Und meine Personenschützer sind
nach wie vor stumm wie die Fische.«

Seit sie sich vor zwanzig Jahren anlässlich einer Konferenz
zur Verbesserung der grenzüberschreitenden Zusammenarbeit
zum ersten Mal begegnet waren, standen die beiden unter Verdacht, ein Verhältnis zu haben. Auch wenn sie sich nur sporadisch sähen, sei ihr Kontakt überaus stabil, wurde in der Stadt
gemunkelt. Doch niemand hatte je einen Beweis für diese Hy-
pothese geliefert.

»Was für eine schöne Nachricht, meine Liebe«, sagte Laurenti, doch bevor er seinen Gedanken vollenden konnte, kam
Živa ihm zuvor.

»Aber jetzt brauchst du inoffizielle Amtshilfe, nicht wahr?«

»Ja. Kannst du feststellen, ob letzte Nacht ein Motorboot zwischen Savudrija und Umag angelegt und sofort wieder abgelegt hat? Videoaufzeichnungen wären ideal.«

»Ich sehe, was ich tun kann, aber nur, wenn du nach Novigrad kommst, Proteo.«

»Nichts würde ich lieber tun, Živa.«

»Dann höre ich mich mal um. Ich melde mich, sobald ich mehr weiß, jetzt muss ich nämlich schon wieder in den nächsten Termin.«

Laurentis Hemd hatte dunkle Schweißflecken, als er zurück in die Questura kam. Das Wetter in Triest schlug zuverlässig von einem Extrem ins andere um. Kaum saß er wieder am Schreibtisch, stand Moreno Cacciavacca vor ihm. Der junge Sizilianer mit unübersehbaren Wurzeln in Nordeuropa hatte es eilig, seine neueste Erkenntnis loszuwerden.

»Ich bin auf gut Glück die Videoaufzeichnungen durchgegangen von den frei zugänglichen Kameras entlang der Küste. Hafeneinfahrten und Wetterdienste. Die privaten Überwachungskameras fehlen mir noch, dazu brauchen wir die Erlaubnis des Staatsanwalts. Aber vielleicht geht es auch ohne.«

»Komm zur Sache, Moreno.«

»Ein Schlauchboot ist gestern Nacht sehr langsam und dicht unter der Küste entlanggedümpelt, an Duino vorbei, an der Steilküste und an dem Resort in Sistiana. Dann hat es in Canovella degli Zoppoli angelegt. Ein Mann stieg aus und ging zum Lokal, wo die Wirte schon am Aufräumen waren, wenig später verließ eine andere, ganz in weiß gekleidete Person das Boot, die unserer Leiche nicht unähnlich scheint. Vermutlich die Skipperin. Man sieht wegen der schlechten Lichtverhältnisse leider nicht mehr. Eine halbe Stunde später dann die letzten Aufnahmen vom Hafen von Grignano und vom Park von

Miramare. Außer den beiden war niemand an Bord. Soll ich mich um die anderen Kameras kümmern? Insbesondere die von der *Sailing Yacht A* wären interessant. Die sollen über ein ausgeklügeltes Überwachungssystem verfügen.«

»Gut gemacht. Aber warte damit erst mal noch bis morgen. Wenn mich nicht alles täuscht, bekommen wir noch Aufnahmen von jenseits der Grenze. Schone deine Augen für heute.«

Raffaele Raccaro war von seinem Mittagsschlaf noch ganz benommen, als sein Telefon läutete und gleichzeitig an der Tür sturmgeklingelt wurde. Antonia d'Antimi stand mit blassem Gesicht vor ihm. Sie zitterte am ganzen Leib.

Sie stürzte an ihm vorbei in die Küche und goss sich ein Glas Wasser ein, das sie in einem Zug leerte.

»Ich habe in der Werft angerufen, nachdem ich von Maria immer noch nichts gehört hatte. Sie sagten, die Küstenwache habe sich gemeldet und gesagt, dass das Boot in der Nähe von Grado angespült wurde. Nur das Boot. Es war leer. Außer ein paar Kratzern sei es unbeschädigt. Von Maria haben sie auch nichts gehört oder gesehen, sie meinten aber, bei all ihrer Erfahrung hätte sie mit dem Sturm umzugehen gewusst. Außerdem haben die Behörden das Boot beschlagnahmt, es wird wohl gerade untersucht. Maria habe gestern Abend um zehn einen Gast erwartet, sie habe die Reservierung selbst gemanagt. Sie war offenbar allein auf dem Werftgelände. Die Polizei hat angekündigt, die Aufzeichnungen der Videoüberwachung abzuholen. Bis dahin darf ich das Material nicht sehen.«

Raccaro schaute die nervöse junge Frau fragend an. Er hatte keine Erfahrung mit der Verzweiflung anderer, und sich selbst hatte er solche Gefühle nie erlaubt. Er machte zwei Schritte auf sie zu und versuchte, sie in den Arm zu nehmen. Antonia stieß ihn so heftig von sich, dass er sich gerade noch am Rahmen der Küchentür festhalten konnte.

»Erspar mir dein aufgesetztes Mitleid. Maria ist etwas passiert, das spüre ich.«

»Aber Toni, solange Maria nicht gefunden wurde, gibt es keinen Grund, die Hoffnung zu verlieren.« Sein Einwand klang wenig überzeugend.

»Was war das für ein Auftrag, den du Maria zugeschanzt hast? Wer war der Kerl, den Maria an Bord hatte?«

»Das kann ich dir nicht sagen. Meine Kontakte vertrauen mir. Und ich vertraue meinen Kontakten. Maria vertraut mir auch – das weißt du. Und zwar nicht zum ersten Mal. Sie streicht dabei einen Haufen Kohle ein. Cash auf die Kralle.«

»Wer war der Auftraggeber?«

»Ein telefonischer Kontakt. Ich kann keine Namen nennen, Antonia.«

»Dann gib mir die Nummer.«

»Du verlierst die Nerven. Beruhige dich und versuch, klar zu denken. Nur weil sie sich nicht meldet, heißt das noch gar nichts. Du wirst sehen, es klärt sich alles auf.«

»Sie ist meine Schwester, Raccaro. Mein Gefühl täuscht mich nicht. Und sollte sich herausstellen, dass du dahintersteckst, dann Gnade dir Gott.«

Racarro zögerte einen Moment. Eine Drohung? Sollte er sie stante pede rauswerfen? Er entschied sich, darüber hinwegzugehen. »Hast du mit der Esposito geredet, Toni?«

Sie nickte stumm.

»Und was hat sie gesagt?«

»Sie hat begriffen, was wir von ihr erwarten. Alles andere hätte mich auch überrascht.«

»Der Bürgermeister auch. Als Nächstes nimmst du dir Stadtrat Guattari vor. Und zwar bevor die Angebote in die Gremien kommen. Und bevor er in aller Öffentlichkeit das Maul aufreißt. Schließlich ist er wegen diesem dämlichen *Italien zu-*

erst gewählt worden. Du musst ihn dir kaufen. Gute Geschäfte kennen keine Grenzen.«

»Ich will, dass du deinen Kontakt anrufst, Lele. Jetzt sofort und in meiner Gegenwart.«

Raccaro ging in den Salon hinüber und setzte sich an den runden Marmortisch. Das Telefon legte er auf die spiegelglatte Tischplatte. Antonia goss sich Wasser nach und ging mit dem Glas hinterher.

»Sei so gut und bring mir auch ein Glas«, sagte der Alte. Er wollte nicht, dass sie den Namen seines Kontakts auf dem Display sah. Als sie sich zu ihm setzte, hielt er das Telefon bereits am Ohr.

Toni, die jahrelang am Dolmetscherinstitut studiert hatte, wunderte sich nicht über das schlechte Englisch ihres Chefs. Immerhin konnte er sich verständlich machen, das war in seiner Generation nicht selbstverständlich.

»Here is Jack from Trieste, please give me Tom«, lautete sein erster Satz. Er wartete einen Augenblick. »Hi Tom, I wanted only to be sure that last night everything was okay.« Er schaute Antonia dabei direkt in die Augen. »I understand. Fine. No problems, everything good. Okay. Don't forget the payment. Thanks. Hear you soon I hope.«

Antonia erhob sich. Was sie gehört hatte, hatte sie nicht beruhigt.

»Jack nennst du dich?«, fragte sie erstaunt. »Und du wirst für deine Dienste bezahlt.«

»Im Englischen wird alles vereinfacht. Das ist eine Sprache, die keine Unterschiede kennt.«

Antonia d'Antimi wusste es zwar besser, immerhin hatte sie die Sprache studiert, doch etwas anderes irritierte sie noch: In der Firma hinterließ alles Spuren, jede Art von Verträgen, Korrespondenz, Projektentwürfe, Rechnungen und Überweisungen. Die Zahlungseingänge hatte sie kontinuierlich im Blick.

Sie hatte sich bisher nie gefragt, weshalb Raccaros Telefonrechnung nicht über die Firma abgerechnet wurde, wie das fast überall Usus war. Er hatte sich darauf herausgeredet, dass er sensible Kontakte hatte. In ihren Augen war das glaubwürdig, es war allgemein bekannt, dass in den Logen und Clubs gemauschelt wurde. Wozu waren diese Sekten denn sonst gut? Raccaros Terminkalender verzeichnete auch heute wieder eines dieser schlechten Abendessen, bei denen vor allem auf den Preis geachtet und lausiger Wein gereicht wurde, obwohl alle Mitglieder Geld hatten wie Heu.

»Ich fahre jetzt nach Monfalcone zur Werft, die Firma muss für den Rest des Tages ohne mich auskommen.« Antonia wandte sich ab. »Und dann schau ich in Marias Bleibe vorbei.«

»Vergiss Stadtrat Guattari nicht.«

»Der hat Zeit bis morgen früh. Genau wie alle anderen.«

»Welche anderen?«

Sie antwortete nicht auf seine Frage und zog die Tür hinter sich ins Schloss. Jetzt drehte sie den Spieß um. Ihre Kontakte waren ihr Kapital. Dazu gehörten auch einflussreiche Menschen auf der politischen Gegenseite. Solange sie zum Ziel beitragen konnten.

»Wir haben die Identität der Toten. Oder sagen wir mal, fast.« Chefinspektorin Pina Cardareto setzte sich nur bei Besprechungen mit der ganzen Abteilung, ansonsten tänzelte sie unablässig von der Wand zum Fenster, während sie sprach. Der Commissario hatte lange und vergeblich versucht, es ihr abzugewöhnen.

»Was heißt, Sie haben die Identität fast? Das habe ich noch nie gehört. Entweder haben Sie sie oder nicht.« Laurenti kratzte sich am Kopf und versuchte, seine Mitarbeiterin mit einem strengen Blick zum Hinsetzen zu bewegen. Manchmal half es.

»Es gibt sie zweimal, Chef«, rief sie fast belustigt. »Was bin ich froh, dass selbst Ihnen so etwas bisher noch nicht untergekommen ist. Die Datenbank hat bei dem Bild zwei Personen ausgespuckt. Gleicher Nachname, gleiches Geburtsdatum, 1. Juli 1988, und gleicher Geburtsort, Ravenna. Eine achtzehn Minuten älter als die andere.«

»Warum sagen Sie das nicht gleich? Zwillinge?«

»Eineiige. Antonia und Maria. Die eine steht in Medeazza im Melderegister, das entfernteste Dorf unserer Provinz, das zur Gemeinde Duino Aurisina gehört. Die andere in Triest. Aber welche von ihnen ist nun die Tote? Da hilft uns das Foto nicht weiter. Und die Fingerabdrücke aus der Gerichtsmedizin fehlen uns noch. Das Einfachste wäre, wir würden es an die Medien geben.«

Laurenti schüttelte entschieden den Kopf. »Das können wir nicht machen. Dann würde die noch lebende Schwester alles aus den Nachrichten erfahren, Pina. Das ist unmenschlich. Und bevor wir mit Tausenden Anrufen überschüttet werden, sollten wir vielleicht erst einmal selbst arbeiten. Sie haben doch die Meldeadressen, Pina, also setzen Sie jemanden darauf an, aber denken Sie dran, wir müssen behutsam vorgehen. Musumeci putzt mit dem Foto in der Hand ohnehin schon die Klinken rund um die Piazza San Giovanni. Geben Sie ihm sofort Bescheid.«

»Der sitzt doch sicher längst vor ihrer Stammbar und trinkt Wein, so, wie ich ihn kenne.« Pina Cardareto war eine gute Polizistin, doch die Stänkereien gegen Kollegen konnte sie nicht lassen.

»Dazu sind Sie offenbar viel zu nervös, Pina, um sich irgendwo in Ruhe hinzusetzen und die Umgebung zu beobachten. Sie haben keine Ahnung, wie viele fragwürdige Gestalten ich schon vom Caffè aus entdeckt habe, weil sie zufällig auf der Piazza vorbeikamen, obwohl wir uns zuvor akribisch nach ihnen umgesehen haben. Und diese Piazza ist ein Knotenpunkt. Jeder kommt da mal vorbei. Und sie machen auch köstliche alkoholfreie Cocktails. Rufen Sie ihn schon an.«

Der Sicherheitsbeauftragte am Einlass des Werftgeländes machte große Augen, als Antonia das Fenster herunterkurbelte, doch dann öffnete er die Schranke und winkte sie durch. Sie fuhr bis zum Kai und stieg aus. Arbeiter im Overall der Werft unterbrachen ihre Tätigkeiten, als sie sie sahen. Sie wunderten sich offenbar, wie schlecht sie sich auf dem Gelände auszukennen schien. Dann endlich löste sich einer von den Kollegen und kam auf sie zu.

»Maria«, rief er. »Wo hast du bloß die ganze Zeit gesteckt? Wir haben uns ernste Sorgen gemacht. Warum hast du nicht angerufen?«

»Ich suche Maria auch schon den ganzen Tag«, korrigierte sie knapp. »Also haben Sie auch nichts von ihr gehört?«

»Mein Name ist Gašper, ich bin hier der Produktionsleiter«, sagte er und reichte Antonia die Hand. »Ich wusste zwar, dass Maria eine Schwester hat, aber nicht, dass ihr Zwillinge seid. Komm mit.« Er duzte sie, obwohl sie sich noch nie begegnet waren, und ging voraus zum Bürogebäude. Als sie das moderne, offene Großraumbüro betraten, stand eine hochgewachsene attraktive Rothaarige von etwa fünfzig Jahren sofort auf und kam ihnen aus ihrem Glasseparee entgegen.

»Maria, na endlich«, rief sie so laut, dass ihre Kollegen alle gleichzeitig die Köpfe über ihre Bildschirme hoben. »Komm sofort rein, du musst mir einiges erklären.« Ihr Ton war streng, sie wunderte sich, dass sich der Produktionsleiter vor die Frau stellte.

»Concetta, sie ist Marias Schwester«, sagte er und ging voraus. »Auch sie sucht nach Maria. Wie heißt eigentlich du?«

»Ich bin Antonia d'Antimi«, sagte sie und reichte der Rothaarigen die Hand. »Wissen Sie irgendetwas? Hat sie sich bei Ihnen gemeldet?«

Die Frau, die der Produktionsleiter Concetta genannt hatte, führte sie in das separate Büro. Die Angestellten wandten sich wieder ihren Bildschirmen zu, doch bevor sie sich ihrer Arbeit widmeten, wechselten sie aufgeregt ein paar Worte, wie durch die Glasfront zu sehen war.

»Was ist passiert?«, fragte Concetta Macuso, als sie sich setzten.

»Das würde ich gerne von Ihnen erfahren.« Antonia saß aufrecht in einem Corbusier-Sessel und schaute die Rothaarige fordernd an. »Mit wem ist Maria gestern rausgefahren? Und zu welcher Uhrzeit?«

Concetta zuckte nur die Achseln und öffnete beide Hände. »Ich weiß es nicht. Auf jeden Fall war es nach dem offiziellen Arbeitsende. Maria, Ihre Schwester, hat alle Vollmachten, ihre Projekte allein zu managen. Sie genießt unser volles Vertrauen und hat exzellente Abschlüsse für die Werft angebahnt. Schon seit Jahren. Das funktioniert aber nur, weil sie über die nötigen Freiheiten verfügt. Ambitionierte Segler sind bisweilen eigenartige Menschen. Aber sie hat den Umgang mit ihnen sozusagen im Blut. Sie ist selbst eine Top-Skipperin, das beeindruckt die Leute.«

»Dann sagen Sie mir zumindest, was Sie wissen. Seit gestern Nachmittag habe ich nichts mehr von Maria gehört. Das gab es noch nie. Ich mache mir große Sorgen.«

Gašper erhob sich. »Entschuldigt, ich werde in der Halle gebraucht.«

»Zu Marias Besonderheiten gehört, dass sie auch mal über Nacht mit einem der Boote wegbleibt. Aber diesmal hat sie es nicht angekündigt, was uns erst wunderte, als die Küstenwache den Fund des Boots gemeldet hat. Sorgen machen wir uns erst, seit uns kurz darauf mitgeteilt wurde, dass es vorübergehend beschlagnahmt wurde. Weshalb, konnten wir nicht in Erfahrung bringen. Von Ihnen wusste ich nichts, Antonia, sonst hätte ich Sie umgehend angerufen. Am besten tauschen wir gleich unsere Nummern aus. Wo leben Sie eigentlich?«

»In Triest, ich leite eine Projektentwicklungsfirma. Mein Mann ist ebenfalls Segler, vor drei Jahren hat Maria uns eine Fünfundvierzig-Fuß-Yacht aus erster Hand vermittelt, sie liegt am Molo San Giusto direkt im Zentrum.«

Concetta Macuso erinnerte sich an den Deal, den Maria jedoch privat eingefädelt hatte. Ein stolzes Schiff in allerbestem Zustand, dessen Eigner unerwartet früh verstorben war. Die Erben waren froh darüber gewesen, es loszuwerden.

»Am besten, wir rufen zusammen bei der Guardia Costiera an und fragen, was inzwischen mit unserem Boot geschehen ist.« Concetta ging zu ihrem Schreibtisch und schaltete den Lautsprecher ihres Telefons ein. Sie wurde rasch verbunden und erfuhr, dass das Boot mittlerweile geborgen war und auf Spuren untersucht wurde.

»Ich befürchte das Schlimmste.« Antonia löste die Beklommenheit zuerst auf. Sie erhob sich, außer dem Versprechen, sich gegenseitig auf dem Laufenden zu halten, hatten die beiden nichts mehr zu besprechen. Antonia musste dringend in Marias Wohnung.

Als sie vom Werksgelände fuhr, kam ihr an der Ausfahrt ein grauer Fiat Punto entgegen, dessen Fahrer ein Dokument einsteckte und den Anweisungen des Wachmanns folgend bis zum Bürogebäude weiterfuhr. Antonia bog bei der Mündung des Timavo, wo in der Antike laut Vergil schon die Argonauten auf der Suche nach dem goldenen Vlies gelandet waren, schließlich auf die Landstraße ab, die steil zu den wenigen Häusern der kleinen Ortschaft Medeazza hinaufführte, nicht einmal hundert Einwohner lebten hier. Viele von ihnen hielten Vieh und bauten Wein an. Vor vielen Jahren hatte die Dorfgemeinschaft sich über den Kalender zur Öffnung ihrer Osmizze geeignet, um Besucher das ganze Jahr über anzulocken und den abgeschiedenen Weiler nicht in Vergessenheit versinken zu lassen.

Antonia fuhr bis zum Ortsende auf dem Gipfel des Hügels, parkte den Wagen und betrat den Hof der Osmizza von Boris Pernarčič und seiner Familie. So spät am Nachmittag waren nur wenige Tische besetzt, und sie fand den Inhaber rasch. Maria hatte die beiden einmal einander vorgestellt, er wunderte sich nicht, doch sie musste ihm mit ihrem Namen auf die Sprünge helfen.

»Maria ist nicht da«, sagte Boris, ein sympathischer Mann von sechzig Jahren mit starken Armen. »Man weiß nie, wie lange sie wegbleibt und wann sie wieder kommt. Das habe ich vor wenigen Minuten auch dem Polizisten gesagt, der nach ihr gefragt hat.«

»Einer mit einem grauen Fiat Punto?«, fragte Antonia ernst.

Boris nickte. »Ist ihr etwas zugestoßen?«

»Das wissen wir noch nicht, Boris. Aber ich würde gerne ihr Zimmer sehen.«

Der Wirt zögerte nur kurz, nahm dann einen Schlüssel aus der Schublade und ging voraus, die Treppe über dem ehemaligen Stallgebäude empor. Nur drei hübsche Fremdenzimmer hatte die Familie auf ihrer Osmizza eingerichtet und eines davon dauerhaft an Maria vermietet. Boris schloss auf und öffnete ihr die Tür.

»Ich lass dich allein, Toni«, sagte er. »Tu mir nur den Gefallen, nachher gut abzuschließen und mir den Schlüssel wiederzubringen.«

Sie ging langsam zur Balkontür, zog die Vorhänge zur Seite und öffnete sie. Die pralle Sonne tauchte das Zimmer in goldenes Licht.

»Skipper sind anders«, murmelte Antonia zu sich selbst.

Darin unterschied sie sich von ihrer Zwillingsschwester. »Skipper brauchen nicht viel Platz. Ihr Leben passt in einen Seesack.«

Ihr selbst genügte es, mit ihrem Mann am Wochenende ein, zwei Tage rauszufahren, so es das Wetter zuließ, und im Sommer natürlich der drei- bis vierwöchige Turn runter nach Dalmatien, selten weiter und nur, wenn der Wind günstig stand. Ansonsten war Antonia froh über ihre geräumige Wohnung im obersten Stock eines alten Palazzo in der Nähe der Piazza Venezia. Sicher, auch diese Wohnung war eher asketisch eingerichtet. Maria hingegen genügte ein Balkonzimmer mit Kaffeemaschine und Kühlschrank bei einem Weinbauern. Von dort hatte man freien Blick auf die Baia di Panzano vor den Werften von Monfalcone. Einerseits auf den noblen Yachtbetrieb, von dem Antonia gerade gekommen war, andererseits auf die enorme Industrieanlage der weltgrößten Werft für Kreuzfahrtschiffe, in deren Trockendocks sich ständig zwei der Riesenkübel im Aufbau befanden. Über dreißigtausend Arbeitsplätze hingen angeblich davon ab. Die Arbeiter kamen oft aus Bangladesch oder aus dem Süden Italiens und waren bei Subunternehmern beschäftigt. Ihre Arbeitsbedingungen und Entlohnung waren für die Behörden nur schwer kontrollierbar.

Antonias Blick fiel auf das schmale Regal mit den wenigen Büchern. Das Ladegerät des Telefons neben dem Bett ließ darauf schließen, dass Maria keine lange Abwesenheit geplant hatte. Auf dem Schrank lagen ein großer Rucksack und eine Reisetasche, in den Schrankfächern war ihre Wäsche in beinahe militärischer Ordnung verstaut. Auch im Bad fehlte nichts. Und auch sonst: keine Aufzeichnungen oder Notizen.

Antonia schloss die Balkontür, zog die Vorhänge zu und gab Boris den Schlüssel zurück.

Sechs

Am liebsten hätte sich Proteo Laurenti an diesem Morgen noch einmal umgedreht und weitergeschlafen. Als er am Abend zuvor nach Hause gekommen war, hatte er die fröhlichen Stimmen schon gehört, als er die Wagentür zuschlug. Es mussten Gäste da sein. Und wie immer erfuhr er es erst, als er fast vor ihnen stand.

Vom Büro war er wieder zur Osmizza von Silvano hochgefahren, wo tags zuvor die beiden Seemänner Lojze Sedmak und Ottaviano del Re lautstark Sprüche geklopft hatten, dass man die beschlagnahmte *Sailing Yacht A* am besten versenken sollte. Er traute ihnen zwar fast jeden Unsinn zu, nicht aber, dass sie ihre weinschwangeren Worte in die Tat umsetzten. Doch die Meldung über die Schüsse auf dem Karst bei Monrupino in der vergangenen Nacht verlangte, ihnen auf den Zahn zu fühlen. Lieber wäre es dem Commissario gewesen, er hätte davon nichts mitbekommen. Doch so volltrunken, wie die beiden Männer mit ihrer Ape den Berg hochgeknattert waren, war ihnen durchaus zuzutrauen, dass sie ihre Waffen in der Dunkelheit aus dem Versteck geholt und auf Funktionsfähigkeit getestet hatten. In den Jahrzehnten, in denen Laurenti auf dem Hochplateau verkehrte, hatte er schon die unmöglichsten Dinge erlebt. Zwei der bekanntesten Produzenten, ein Winzer und ein Käsemacher, hatten übermütig die Kraft ihrer Traktoren gemessen, die Ladeschaufeln gegeneinander gerichtet und

Stoff gegeben, bis beide Fahrzeuge wie zwei Hengste bedrohlich auf den Hinterrädern standen und umzukippen drohten. Ein anderer hatte in vergleichbar guter Laune bei Vollmond eine Maschinenpistole auf ein blechernes Garagentor gerichtet und sich am Lärm erfreut. Laurenti hatte in beiden Fällen seinen Beruf vergessen und sich lachend an den Kopf gefasst wie alle anderen auch. Und es gab viele andere Episoden, bei denen niemand hätte sagen können, wie viele Liter Wein der eigentlichen Aktion vorausgegangen waren.

Wie erwartet saßen die beiden Seemänner wieder bei Silvano. Als Laurenti sich mit einer Karaffe in der Hand näherte, winkten sie gleich ab.

»Wir waren es nicht«, sagten sie einmütig, noch bevor er sie gefragt hatte. Er schenkte ihnen allen Wein ein.

»Das weiß ich auch. Woher hättet ihr auch Plastiksprengstoff bekommen sollen. Außerdem war das höchstens ein Ablenkungsmanöver, denn das Zeug war weder gut präpariert noch hätte die Menge für ein Schiff dieser Größe gereicht«, blaffte er. »Was allerdings die Schießerei bei Monrupino angeht, habe ich meine Zweifel. Ich gehe jede Wette ein, dass ihr das wart. Und wenn ich verliere, rühre ich für vier Wochen keinen Wein an.«

»Bleib ruhig und trink weiter«, flachste Lojze Sedmak, in dessen kräftiger Hand, die im Alltag mit schweren Schiffstauen hantierte, das Weinglas fast unsichtbar wurde.

»Bist du als Bulle hier oder als Freund?«, wollte hingegen der schmächtige Ottaviano del Re wissen. »Als Bulle kannst du gleich wieder verschwinden. Mit dem Freund stoßen wir an.«

Laurenti beantwortete die Frage, indem er lächelnd sein Glas hob. »Ich hoffe nur, dass ihr alles wieder an einen sicheren Platz gebracht habt, den keiner auch nur zufällig entdeckt. Passt verdammt gut auf, ihr wisst selbst, dass es auch unter Bullen Leute gibt, die es nicht erwarten können, für Recht und Ordnung zu sorgen. Oder was sie dafür halten.«

Kurz bevor er den Wagen an der Küstenstraße oberhalb seines Hauses parkte, erreichte den Commissario endlich der erwartete Anruf von Gerichtsmedizinerin Poggi. Sie bestätigte ihre erste flüchtige Einschätzung der Leiche vom Morgen. Ihre Worte waren lapidar, das Gespräch kurz: »Kein Wasser in der Lunge, sie war also bereits tot, bevor sie im Meer landete. Ein gezielter Genickschuss, neun Millimeter Parabellum. Wie eine Hinrichtung. Höchstens sechs Stunden, bevor ihr mir die Leiche geliefert habt. Sie hatte nichts zu Abend gegessen, ihr Magen war fast leer, und sie hatte auch keinen Geschlechtsverkehr. Morgen bekommen Sie es schriftlich, Commissario. Aber erwarten Sie keine weiteren Erkenntnisse.«

Laurenti bedankte sich und legte auf. Da war also nichts zu holen. Er schnappte sich den Fünfliterkanister aus dem Kofferraum, der Weißwein aus Silvanos Keller war noch kühl, und trug ihn ins Haus hinunter. Mit jedem Schritt schwollen die fröhlichen Stimmen an.

Laura und ihre älteste Tochter Livia waren dabei, die Miesmuscheln zu putzen, die er am frühen Morgen bekommen hatte. Jeder einzelnen den Bart aus Seegras und Algen abzuzupfen war bei fünf Kilo eine Mordsarbeit, selbst wenn man Übung hatte.

»Wen habt ihr eingeladen?«, fragte Proteo, nachdem er beide begrüßt hatte.

Livia berichtete fröhlich, dass sie heute vier alten Kommilitoninnen und Kommilitonen über den Weg gelaufen war, die gemeinsam mit ihr den Abschluss am Dolmetscherinstitut der Universität gemacht hätten. Alle seien rein zufällig gleichzeitig auf Familienbesuch in der Stadt und arbeiteten sonst in halb Europa verstreut, da habe sie sie in Absprache mit Laura spontan zum Abendessen eingeladen. Im Moment seien sie auf ein Bad unten am Meer.

Proteo Laurenti zog in diesem Moment die Dusche vor, er brauchte ein paar Minuten für sich. Üblicherweise sprang er nach der Arbeit kurz ins Meer. Doch die Stimmen, die vom Wasser zu ihm heraufdrangen, ließen ihn Abstand von seiner Routine nehmen. Man war eben doch nicht immer Herr im eigenen Haus.

Livia bereitete für ihre Studienfreunde die Miesmuscheln zu. Einen Teil als Sauté, mit ein paar Tomaten, Knoblauch und ein wenig frischem Peperoncino aus dem Garten. Sonst brauchte es nichts, die Muscheln öffneten sich im ausladenden heißen Topf und gaben das Meerwasser aus ihrem Inneren frei. Ein köstlicher Sud. Der andere Teil wurde mit Pasta zubereitet, damit auch alle satt wurden. Proteo hörte der fröhlichen Runde, den gemeinsamen Erinnerungen und den Berichten aus dem Arbeitsalltag amüsiert zu.

Livia war nach ihren Erfahrungen in der Anwaltskanzlei für internationale Wirtschaftssachen in Frankfurt und ihrer gescheiterten Eheschließung nach Triest zurückgekommen und arbeitete inzwischen als rechte Hand des Präsidenten der Hafenbehörde, die Wege ihrer Kolleginnen und Kollege waren nicht weniger bunt verlaufen.

Einen Tick hatten alle gemeinsam, sie sprachen unglaublich schnell. Proteo Laurenti und seine Frau Laura mussten sich erst daran gewöhnen und ahnten schon bald, dass es eine Eigenheit der Simultandolmetscher war, die sie außerhalb der Arbeit kaum ablegten. Die lustigsten Episoden handelten allerdings von ihren aktuellen Chefs, deren Marotten und Gewohnheiten. Egal, ob in Brüssel, wo Luca arbeitete, bei Milena in Mailand, bei Jožica, die alle Giusi nannten und die in der hiesigen Landesregierung arbeitete, oder bei Ervino in der Frontex-Zentrale in Warschau, ihre Vorgesetzten schienen sich kaum zu unterscheiden. Laurenti fragte sich, ob hinter seinem Rücken ähnlich über ihn gesprochen wurde. Irgendwann fiel ihm Pina

Cardareto ein, die über die beiden möglichen Identitäten der Toten berichtet hatte. Eigenartig, dass die Kollegen noch immer nicht weitergekommen waren.

»Ich habe auch eine Frage an euch«, warf er in die fröhliche Runde ein. »Es betrifft eine Frau, etwa in eurem Alter, die ihr während des Studiums vielleicht kennengelernt habt.«

»Ah, ich habe vergessen, euch vorzuwarnen«, platzte Livia dazwischen. »Der Commissario hat niemals Feierabend. Passt also auf, was ihr sagt.«

»Entweder heißt sie Antonia oder Maria, das wissen wir noch nicht. Mit Nachnamen d'Antimi, in Ravenna geboren. Kommt euch der Name bekannt vor?«

Die Stille währte nicht lange. »Ich kenne Antonia. Sie war ein Jahr über uns. Ein Strich in der Landschaft und Haare wie der junge Alain Delon. Erinnert ihr euch?«, warf Luca ein, der in Brüssel für die Europäische Kommission dolmetschte.

»Ach die. Sie hatte deshalb den bösen Spitznamen Romy Schneider«, gab Milena dazu. »Ich hatte wenig mit ihr zu tun. Vielleicht mal ein Aperitivo, mehr nicht. Sie war sehr fokussiert und zielstrebig.«

»Ich habe sie mal in der Stadt getroffen«, ergänzte Livia. »Wir haben einen Espresso getrunken. Sie sagte, ihr Mann sei Chefarzt an der Universitätsklinik und ein begeisterter Segler. Sie selbst ist inzwischen Geschäftsführerin eines Stadtentwicklungsbüros. Aber mehr weiß ich auch nicht.«

»Und welche Sprachen hat sie belegt?«, fragte Laurenti.

»Ich habe euch gewarnt«, lachte Livia, »er hört nie auf zu fragen. Papà, es reicht.«

»Englisch und Deutsch, glaube ich«, beschwichtigte Milena. »Aber beschwören würde ich es nicht. Warum, hat sie etwas angestellt?«

»Keine Sorge«, beschwichtige Laurenti. »Wir fragen uns nur, ob sie am Leben ist oder nicht.«

Plötzlich herrschte betroffene Stille am Tisch.

»Sorry, ich wollte euch nicht den Abend verderben. Aber wen hätte ich fragen können, wenn nicht euch. Livia wird euch auf dem Laufenden halten, was wir herausgefunden haben. Und jetzt lass ich euch mal besser allein.« Er erhob sich, lächelte verlegen, trug eine der noch am Tisch verbliebenen Schüsseln in die Küche und schenkte sich Wein nach.

»Danke, Papà.« Livias Stimme klang bitter.

»Warum sind denn plötzlich alle so still?«, fragte Laura, als er in die Küche kam. »Hast du einen schlechten Witz erzählt?«

»Sie glauben noch an das Gute im Menschen. Und sind ein bisschen überempfindlich. Ich habe nur nach einer ehemaligen Studentin gefragt. Die fangen sich gleich wieder. Ich setze mich jetzt auf die andere Terrasse und lese.«

Antonia d'Antimi war früh auf den Beinen, raste durch die Wohnung, verschüttete den Espresso auf der Terrasse und wusste nicht wohin mit ihrer Wut. Noch bevor Bernardino wach war, zog sie die Wohnungstür hinter sich zu und rannte die Treppe hinunter. Den Aufzug nahm sie nur nach oben. Sie schwang sich auf ihr Fahrrad und fuhr durch die erwachende Stadt, in der die ersten Geschäftsinhaber die Rollos vor ihren Läden lärmend nach oben stießen, bis zum Largo Riborgo am Fuß des ziegelroten Hochhauses, in dem Lele Raccaro wohnte. Sie kettete ihr Fahrrad an einen Laternenmasten und ging zur einzigen Bar in der Gegend, die für Frühaufsteher geöffnet hatte. Antonia wollte sich zur Ruhe zwingen, bevor sie ihren Chef zur Rede stellte. Mit Caffè und Brioche setzte sie sich draußen an einen Tisch und überflog die lokalen Nachrichten der Tageszeitung. Nur eine kleine Notiz meldete den Fund eines Toten draußen vor der Steilküste. Ein Rettungsboot der Feuerwehr habe die Leiche aus dem Wasser gefischt. Männlich, Mitte dreißig. Die Identifikation stehe noch aus, vermeldete das Blatt. Sonst nichts. Polizei und Staatsanwaltschaft hielten ihre Erkenntnisse offenbar zurück. Und auch aus der Gerichtsmedizin war nichts nach außen gedrungen. Vor einigen Jahren hatte der damalige Leitende Staatsanwalt einen Skandal ins Rollen gebracht, weil er neben Polizisten, Journalisten auch ihm unterstellte Staatsanwälte wegen Geheimnisverrats zur Anklage gebracht hatte. Dem eitlen Mann waren ausnahmslos alle Gepflogenheiten in der Stadt gegen den Strich gegangen, das fing bei den an der Küstenstraße parkenden Autos der Einheimischen an, die unten vor der Steilküste im Meer badeten. Aber dass seine Kollegen mit Polizisten und Journalisten in alter Vertrautheit redeten, hatte ihn zur Weißglut getrieben. Manch einer wertete es als Minderwertigkeitskomplex dieses mächtigen und sehr eitlen Mannes, der dadurch natürlich keine Freunde in der Stadt dazugewonnen hatte. Und so war er nach Ablauf seiner fünfjährigen Amtszeit schließlich wieder in den Süden gezogen, und niemand weinte ihm auch nur eine Träne nach.

Eine weitere Meldung in der Zeitung nahm eine halbe Seite ein. Zum siebten Mal wurde die erneute Inbetriebnahme der denkmalgeschützten Standseilbahn verschoben, die den Vorort Opicina auf dem Karst mit Triest verband. Hinter vorgehaltener Hand hieß es, sie würde zwar irgendwann wieder fahren, dann aber nur noch für touristische Zwecke und ohne festen Fahrplan. Hundertzwanzig Jahre Geschichte vom Stift eines Bürokraten gestrichen. Und auch der Abrisstermin des Therapeutischen Schwimmbads, dessen Dach vor Jahren wegen statischer Probleme eingestürzt war, wurde zum wiederholten Mal verschoben. Ähnlich lief es mit dem Autotunnel nach Montebello, aus einem Monat Bauzeit waren inzwischen fünfzehn geworden. Von anderen Großprojekten erst gar nicht zu reden. Der Ärger der Bürger blieb wie immer ungehört. Immerhin, dachte Antonia, hatten die *Raccaro Development Studios* ganze Arbeit geleistet und die Kontrolle über beide Projekte nicht verloren. Die einzige Konsequenz, die das Rathaus aus der aktuellen Situation zog, war, künftig keine Fertigstellungstermine mehr zu nennen.

Antonia ging das Foto ihrer Schwester Maria nicht aus dem Kopf. Gestern Abend gegen halb zehn, als sie mit ihrem Mann zu Hause beim Abendessen gesessen hatte, läutete es an der Tür. Eine klein gewachsene, kurzhaarige Polizistin wies sich als Chefinspektorin Cardareto aus. Sie hielt das Foto hoch, worauf Antonia sie stumm hereinließ.

Sie nahm der Polizistin das Bild aus der Hand, Marias Augen starrten sie an. Keine Spur von Angst war in ihnen zu erkennen. Das war Marias Blick, so sah sie immer aus, wenn sie höchst konzentriert war. Ihr Haar musste für das Bild in Ordnung gebracht worden sein. Antonia stützte sich an der Wand ab. Sie hätte nicht nicken brauchen, die Polizistin verstand ihre Antwort auch so.

»Wie kam Maria zu Tode?«, fragte Antonia, Bernardino war neben sie getreten und legte seinen Arm schützend um ihre Schulter. Sie schob ihn brüsk beiseite und schaute die Polizistin fordernd an.

Pina Cardareto wog ihre Worte ab und fragte sich sichtlich, wie viel sie Antonia zumuten durfte. »Gelitten hat sie nicht. Aber das ist für Sie natürlich kein Trost. Ihr scheint nicht einmal bewusst gewesen zu sein, dass sie sich in Gefahr befand. Das würde man in ihren Augen sehen. Es war der Schuss eines Profis.« Sie beobachtete Antonia genau, doch die hatte nicht einmal mit der Wimper gezuckt. »Glauben Sie mir, ich habe viele Tote gesehen, deren Ausdruck panisch war. Hatte Ihre Schwester Feinde? Können Sie sich ein Motiv vorstellen? Hatte sie Streit mit jemandem? Wir benötigen so viele Informationen wie möglich. Alles kann wichtig werden.«

Antonia schüttelte stumm den Kopf. Ihr Mann schaute die Chefinspektorin streng an, sein Blick schweifte zur Tür. »Ich glaube, das reicht für heute«, sagte er in einem strengen Tonfall.

»Lass nur, Dino. Sie kann nichts dafür.« Antonias Stimme war fast nicht zu hören.

»Das ist meine Telefonnummer.« Pina reichte ihr eine Karte. »Und falls Sie außerhalb der Questura mit mir sprechen wollen, ich wohne nur ein paar Häuser weiter. Ihre offizielle Aussage aber brauchen wir bald. Ich melde mich morgen bei Ihnen.«

Bevor Bernardino sie hinauswerfen konnte, war Pina Cardareto bereits auf der Treppe nach unten.

Die Bestätigung ihrer Sorge hatte den letzten verbliebenen Funken Hoffnung vernichtet. Antonia hatte fast die ganze Nacht wach gelegen. Unruhig hatte sie sich zwischen den Laken hin und her geworfen, hatte sich aus den Umarmungsversuchen Bernardinos befreit, obwohl er sie nur beruhigen wollte, damit sie endlich in den Schlaf fand. Im Morgengrauen stand sie auf und trat auf die Terrasse hinaus, sie setzte sich an den Tisch und rief sich Bilder ihres Lebens mit Maria in Erinnerung. Maria und sie im Winter in Cortina, lachend mit Pelzmützen auf dem Kopf und einem Aperitif in der Hand. Weihnachten mit den Eltern auf dem Landgut bei Ravenna, die beiden Golden Retriever-Welpen, Zwillinge wie sie, zu Füßen des Christbaums. Maria als Skipperin einer Sechzig-Fuß-Yacht vor der Insel Cres, wo sie sich getroffen hatten, als Antonia und Bernardino mit ihrer Yacht auf dem Weg nach Süden waren. Maria und einer ihrer schwerreichen Verehrer, der mindestens dreißig Jahre älter war als sie und dem sie erst nach Jahren endgültig Lebewohl sagte. Maria und sie als Schülerinnen kurz vor dem Abitur. Oder als glückliche Kinder zusammen mit der Mutter am Strand von Rimini, wo der Vater sie während der Ferien übers Wochenende besuchen kam. Oder die beiden Teenager auf ihrer ersten Auslandsreise allein am Piccadilly Circus und ein paar Tage später im englischen Seebad Brighton, wo sie einen Sprachkurs absolvierten. Und dann natürlich an all den Orten ihrer neuen Heimat, in Triest und auf dem Karst. Oder im Friaul mit seinen romantischen, nicht endenden Weinbergen. Erst die zu ihr heraufdrängenden Stimmen der Besoffenen in der Via Torino ließen Antonia wieder aufwachen, sie war auf dem Stuhl eingeschlafen. Sie holte sich eine Karaffe Wasser und ein Glas, setzte sich wieder und versuchte, an ihren Film anzuknüpfen. Doch plötzlich drängten sich schreckliche Bilder dazwischen. Maria mit einem Fahrgast auf dem nächtlichen Meer, der sie kaltblütig erschießt, während sie versucht, das Boot am Anleger zu vertäuen. Doch Marias Blick war nicht von Angst gezeichnet, nur konzentriert. Es musste anders abgelaufen sein. Und wieder holten sie spitze Schreie und das Splittern von Glas in die Gegenwart zurück. Der allnächtliche Trubel würde erst bei Tagesanbruch und mit dem Aufsteigen der Sonne ein Ende finden. Dann herrschten drei Stunden herrliche Ruhe, die erst von der Müllabfuhr und den Straßenkehrmaschinen gestört würde, bevor die ersten Menschen sich auf den Weg in ihre Büros begaben und die Kaufleute die klappernden Rollläden vor ihren Auslagen öffnete. Das war der Moment, als Antonia sich leise fertig machte, um Bernardino nicht zu wecken, und die Wohnung verließ.

Als sie den Schlüssel zu Raccaros Haus aus dem Schloss der Eingangstür zog, öffnete sich zeitgleich die Aufzugtür. Ein durchtrainierter hochgewachsener Mann von Mitte vierzig und mit schwarzem Bürstenschnitt trat heraus, er grüßte nicht und streifte sie grob, als er an ihr vorbei auf die Straße trat. Schwarze Jeans, schwarzes T-Shirt, schwarze Lederjacke, weiße Sneakers. Er wohnte mit Sicherheit nicht in diesem Haus, nach all den Jahren kannte sie seine Bewohner vom Sehen. Sie stieg in den Aufzug und fuhr nach oben.

Raffaele Raccaro war frisch rasiert und gewaschen, trug aber noch immer einen aufklaffenden weißen Morgenmantel und darunter geblümte Boxershorts, sie konnte kaum wegsehen, auch wenn sie es sich wünschte. Er schaute sie erstaunt an. Antonia ging wortlos an ihm vorbei zu dem runden Marmortisch, auf dem eine halb leere Karaffe und zwei Wassergläser standen.

Sie deutete darauf. »Du hattest so früh schon Besuch? Wer war der Mann?«

Raccaro winkte ab. »Einer, der mir ein paar Gefallen schuldet.«

»Welche Art von Gefallen?« Ihr Ton war so aggressiv wie die Geste, mit der sie das Foto von Maria aus der Tasche zog und auf den Tisch knallte. »Ein Gefallen dieser Art vielleicht? Maria ist tot. Genickschuss.«

Lele nahm das Foto und hob es sich vor die Augen. Der Alte schielte über den Rand seiner altmodischen Pilotenbrille mit den schmutzigen Gläsern.

»Mein aufrichtiges Beileid, Toni«, sagte er und reichte ihr seine schwammige Hand. Ihrem Blick wich er aus. »Das tut mir wirklich leid. In was hatte sie sich verstrickt? Weißt du etwas?«

»Ich dachte, das könntest du mir sagen, Raccaro. Gestern Nachmittag hast du von einem Batzen Geld geredet, das sie mit einem simplen Job verdient habe. Spätestens da hätte ich hellhörig werden müssen. Wenn ich in meinem Leben eins gelernt habe, dann, dass man mit einfachen Aufgaben niemals viel Geld verdient. Also wie viel? Und wofür? Raus mit der Sprache, Lele.«

»Womit kennt Maria sich aus, Toni? Sie ist Skipperin, eine verdammt gute Skipperin mit viel Erfahrung. Und sie ist auch eine gute Verkäuferin. Gute Skipper sind nicht leicht zu finden und sind sehr teuer. Maria verdient gut mit ihrer Arbeit. Das ist alles.« Raccaro schwadronierte.

»Wie viel, habe ich gefragt.«

Er nahm einen Schluck Wasser, als wollte er Zeit schinden. Der Anblick des spindeldürren kleinen Mannes war lächerlich, wie er dastand in dem offen stehenden Morgenmantel und den Boxershorts, die ihm fast bis zu den Knien schlabberten.

»Ich frag nicht noch einmal.«

»Dreißigtausend, Toni. Bar auf die Hand.«

»Und wofür?«

»Für sie und das Boot. Sie hat das nicht zum ersten Mal gemacht. Sie hat damit einen Haufen Geld verdient in den vergangenen Jahren.«

»Dreißigtausend für ihr Leben, Raccaro. Ich mache jede Wette, der Killer hat nur einen Bruchteil gekostet. Noch mal, wer war der Mann, der gerade bei dir war und mich im Foyer fast über den Haufen gerannt hat?«

Lele zögerte einen Augenblick. Antonia sah ihn hart an, während er nach Worten suchte.

»Ich kenne seinen richtigen Namen nicht. Er wird Stojan genannt. Er ist Mädchen für alles. Ein kleiner Fisch. Und wie ich schon sagte, er schuldet mir ein paar Gefallen. Kleinigkeiten. Ich habe ihm einmal das Geld für einen Rechtsanwalt vorgestreckt. Das ist alles. Mit Marias Tod hat er nichts zu tun. Er weiß nicht mal, wer sie ist.« Raccaro versuchte, wieder Oberwasser zu bekommen. »Ich habe sie immer gut bezahlt. Und du verdienst auch gut bei mir, Toni. Vergiss das nicht. Ich will, dass gute Arbeit gut bezahlt wird. Und jetzt Schluss mit den Spekulationen. Du wirst viel Kraft brauchen in den nächsten Tagen, Antonia. Sag offen, ob du eine Auszeit nehmen willst. Am wichtigsten ist, dass unsere Arbeit nicht darunter leidet. Ich kann dir was abnehmen. Wenn du willst, treffe ich Stadtrat Guattari. Hast du schon einen Termin mit ihm?«

Antonia d'Antimi schüttelte den Kopf. »Er steht gleich bei mir im Kalender. Ich weiß, wo er morgens seinen Caffè trinkt. Keine Sorge, ich vergesse die Arbeit nicht. Aber das Thema ist noch nicht erledigt, Lele. Vergiss das nicht.« Sie erhob sich und ließ den alten Mann allein an seinem runden Tisch zurück.

Nicht einmal damals im Gerichtssaal, als er nach all den Verfahren in der letzten Instanz doch noch verurteilt worden war, war Raffaele Raccaro so beunruhigt wie jetzt, da seine Geschäftsführerin gegangen war. Er musste noch einmal mit Stojan reden und ihn stärker unter Druck setzen. Hatte der Kerl Maria tatsächlich umgebracht? Den Auftrag dazu hatte Lele ihm jedenfalls nicht gegeben. Er hatte lediglich verlangt, dass es keine Zeugen geben sollte. Antonia konnte ihm gefährlich werden. Auch die Geheimhaltung von der Anbahnung seiner Geschäfte kannte Grenzen. Sie kannte alle Hintergründe und Details, schließlich fädelte sie die Deals oft genug selbst ein. Sonst hätte Lele sie nicht anstellen brauchen, sondern müsste auch jetzt, in seinem Alter, noch jeden Tag selbst ins Büro gehen, um die Dinge zu regeln. Oder er müsste seine Aktivitäten ein für alle Male ruhen lassen. Aber daran wollte er nicht einmal denken. Er hatte doch gerade erst die achtzig überschritten. Außer der Schwäche seiner Knie fühlte er sich stählern wie noch vor Jahren.

Der Anruf von Pina Cardareto erreichte ihn, als er gerade die Espressotasse in den Geschirrspüler stellte und sich auf den Weg ins Büro machen wollte. Also fuhr er heute in die entgegengesetzte Richtung und parkte eine Viertelstunde später vor dem Kommissariat in Monfalcone. Die Kollegen vom dortigen Kommissariat hatten den Fund der beiden schwarzen Range Rover gemeldet.

Giorgio Bottò, der Leiter der Abteilung Anticrimine, die für die Vorbeugung oder Aufklärung schwerer Verbrechen zuständig war, war ein alter Bekannter. Hier, in der Industriestadt Monfalcone, hatte er oft mit Clans zu tun, die Arbeitskräfte in Süditalien und Asien für die Subunternehmen der großen Werft rekrutierten. Eine heikle Angelegenheit in Anbetracht der Milliardenaufträge, die von der Werft abgewickelt wurden. Immer wieder war zu vernehmen, dass die internationale Wettbewerbsfähigkeit auf dem Spiel stand.

Bottò begrüßte Laurenti herzlich und nahm gleich seine Autoschlüssel vom Tisch. Ihre berufliche Beziehung reichte sogar zu außerdienstlichen Treffen bei gutem Essen und gutem Wein an sympathischen Plätzen in der Umgebung, die Proteo Laurenti bislang noch nicht kannte.

»Wie ich gehört habe, gehst auch du bald in Ruhestand, Proteo. Ich bin also nicht der Einzige.« Giorgio lächelte, als wäre auch er nur zum Teil glücklich über das Erreichen der magischen Altersgrenze. »Du hast sicher schon Pläne für die Zeit danach.«

Laurenti winkte ab. Er wollte sich mit diesen Gedanken nicht beschäftigen. Noch nicht. »Die reinste Verschwendung von Erfahrung und Arbeitskraft, mein Lieber. Oder fühlst du dich etwa alt? Du bist doch auch keiner von denen, die angefangen haben zu arbeiten, um pensioniert zu werden.«

Giorgio schüttelte lachend den Kopf. »Das nicht, aber ich freue mich darauf, endlich genug Zeit für meine Malerei zu haben.« Vor nicht allzu langer Zeit hatte er sein Talent und eine Kreativität entdeckt, eine Eigenschaft, die in ihrem Beruf nicht unbedingt gefragt war. Er füllte Leinwände jeglicher Größe mit seinen kraftvollen Inspirationen. »Komm mit, ich zeige dir unseren Fund, bevor die Typen vom Geheimdienst aufkreuzen, die uns die Sache mit ihrer bescheuerten Arroganz überhaupt erst eingebrockt haben und noch alles tun werden, um ihr Versagen zu vertuschen.«

Sie brauchten geraume Zeit, das Zentrum von Monfalcone in Richtung Flughafen zu durchfahren, obwohl die Stadt nach den Bombardements der beiden Weltkriege keinen romantisch verwinkelten Ortskern mehr hatte.

»Also geht man auch hier mit der Mode«, sagte Laurenti unterwegs. Er meinte nicht die verschleierten Bengalinnen auf den Bürgersteigen, sondern deren Männer, die bis vor Kurzem noch auf Fahrrädern unterwegs waren und diese inzwischen in überwiegender Mehrzahl durch Elektroroller ersetzt hatten.

»Ihr Triestiner schaut zwar immer auf uns herab, Proteo, aber wir leben nicht mehr auf den Bäumen, in den meisten Aspekten stehen wir euch in nichts nach. Die Roller sind, Gott sei Dank, das Problem der Stadtverwaltung.«

Hinter dem Flughafen bogen sie endlich ab in ein kleines Industriegebiet mit grauen Lagerhallen und einer unerwarteten Vielzahl kleinerer Betriebe. Doch zwischen all den florierenden Unternehmen stand auch die eine oder andere Fabrikleiche, die spätestens durch die beiden heftigen Wirtschaftskrisen der vergangenen fünf Jahre in Insolvenz gegangen war und keinen neuen Käufer gefunden hatte. Die Einfahrt zu einer dieser verlassenen Anlagen war von einem Dienstwagen der Polizei blockiert. Die Uniformierten stiegen aus und salutierten, als die beiden Kommissare vor ihnen hielten.

»Wir gehen die letzten Meter zu Fuß«, sagte Giorgio. »Auf der Rückseite steht ein Tor offen. Hier vorne wirkt alles unverdächtig.« Er zeigte auf die ordentlich verschlossenen Rolltore mit dem Schild des Insolvenzverwalters. »Wer diesen Ort ausgewählt hat, kennt sich aus. Und hat ihn wohl nicht zum ersten Mal für seine Zwecke genutzt.«

»Erstaunlich«, sagte Laurenti, als sie vor den zwei schwarzen Wagen standen, die im Gegensatz zu anderen Fahrzeugen in der Halle weder beschädigt noch verstaubt waren. Auch ein alter Jeep des Zivilschutzes fiel Laurenti ins Auge, natürlich ohne Kennzeichen. »Gibt es denn keine Überwachungskameras in diesem Viertel?«

»Von offizieller Seite nur am großen Kreisverkehr bei der Einfahrt des Industriegebiets. Die Firmen haben natürlich ihre eigenen Systeme installiert. Nur wie du draußen sehen wirst, stehen die Gebäude links und rechts von diesem ebenfalls leer. Die haben also auch keine Kameras. Schon das lässt auf die Professionalität der Bande schließen. Selbst wenn sie von hier mit einem anderen Transportmittel weggefahren sind, wird sich auch dieses wieder irgendwo in der Nähe finden, mitten in der Pampa vermutlich, wo sie dann für die Weiterfahrt in ihr eigentliches Fahrzeug umgestiegen sind. Habt ihr inzwischen aus Mailand die Liste mit den Namen dieser Serben erhalten?«

»Bis gestern Abend lag nichts vor.« Laurenti wählte Mariettas Nummer und bat sie, die Daten an den Kollegen in Monfalcone weiterzuleiten, sobald sie eintrafen.

»Ich mache jede Wette, dass wir den einen oder anderen von denen kennen«, sagte Laurenti. »Die müssen schließlich von hier sein, wenn sie sich so gut auskennen.«

»Wie lautet eure Anweisung?«, fragte Giorgio die beiden Uniformierten an der Einfahrt.

»Niemanden reinzulassen, bis die Mailänder kommen oder jemanden schicken.«

»Also auch keine Spurensicherung?« Er hatte die Antwort noch nicht abgewartet, da hielt er schon das Telefon am Ohr. Die Kriminaltechniker versprachen, sich sofort auf den Weg zu machen. »Sie werden zwar sicher nicht glücklich darüber sein, aber das ist unsere Sache und die der Triestiner Kollegen«, erklärte Bottò den Uniformierten.

Laurenti lächelte süffisant. Er hätte nicht anders entschieden. Vielleicht wäre er sogar noch weitergegangen und hätte die Wagen direkt vor der Nase des Geheimdienstes sicherstellen lassen und erst nach abgeschlossener Untersuchung wieder freigegeben. Egal, wie sehr sie auch zeterten.

»Du bekommst die Ergebnisse der Kriminaltechniker als Erster«, versprach Giorgio, als er Laurenti neben seinem Wagen vor dem Kommissariat absetzte. »Lass mich wissen, wie ihr mit den Ermittlungen weiterkommt.«

»Wo warst du bloß die ganze Zeit?« Marietta legte manchmal einen Ton an den Tag wie eine eifersüchtige Geliebte.

»Hat dich einer deiner Liebhaber in die Wüste geschickt?« Laurenti ahnte, dass ihr gestriger Abend nicht so gelaufen war, wie sie es sich vorgestellt hatte. Sie ließ ihren Launen immer freien Lauf.

»Ach was. Wenn überhaupt, dann schicke ich jemanden in die Wüste. In meiner Straße hat es gestern einen Wasserrohrbruch gegeben, die ganze Nacht haben die Maschinen geröhrt. Ich musste heute früh erst einmal Ewigkeiten den Rost aus den Leitungen schwemmen lassen, bevor ich duschen und Kaffee machen konnte. Der Staatsanwalt sucht dich übrigens und der Questore auch. Und ich wusste nicht einmal, wann du zurückkommst. Wo warst du eigentlich?«

»Bei den Kollegen in Monfalcone. Hätte ich dich um Erlaubnis bitten sollen?«

»Weißt du, was ich für eine schlechte Figur mache, wenn ich nicht Bescheid weiß?«

»Und was steht sonst noch an? Gibt es heute kein Espresso? Willst du mich für den Wasserrohrbruch bestrafen?«

Marietta warf ihm die Tageszeitung vor die Nase und machte sich im Vorzimmer an der Kaffeemaschine zu schaffen. Laurenti überflog die Seiten bis zum Lokalteil. Die Terminverschiebungen der städtischen Bauprojekte widersprachen dem zur Schau gestellten Optimismus der Verwaltung, die einmal mehr von einer goldenen Zukunft sprach. Aus dem Rathaus drang satte Zufriedenheit über die Fortschritte bei der Planung der neuen Seilbahn nach Montegrisa. Die Proteste der Anwohner, über deren Grundstücke die Trasse verlaufen sollte und in deren Gärten Pfeiler aufgestellt würden, wurden nur nebenbei erwähnt. Die neue Taktik war nun offenbar, überhaupt keine Fertigstellungstermine mehr zu nennen. Vogel-Strauß-Politik. Damit vermied man immerhin, dass die Medien schlechte Stimmung verbreiteten. Doch an den Tatsachen ließ sich dadurch nichts ändern: Überall gab es offene Baustellen und begonnene Projekte, dass man den Eindruck gewinnen konnte, mit Verzögerungen wäre Geld zu verdienen.

Er stellte die Tasse ab und las eine Nachricht auf seinem Telefon. Er drehte das Display so, dass Marietta nicht den Absender erkennen konnte. Verdächtigungen ging man am besten aus dem Weg, indem man seine Informationen für sich behielt. Marietta nahm seine Tasse und ging wortlos ins Vorzimmer. Proteo Laurenti schaltete seinen Computer an und öffnete den Posteingang. Er scrollte durch die jüngsten Mails. Eine kam von einer kroatischen Adresse, die er nicht zuordnen konnte. Im Anhang befanden sich fünf Bilder, kein Kommentar, kein Gruß des Absenders. Als wäre die Mail versehentlich an ihn geschickt worden. Inoffizieller ging's nicht. Die Bilder waren mit den Längen- und Breitengraden der Marina von Savudrija versehen, dem Hafen am Fuße des Leuchtturms. Laurenti schickte einen verliebten Smiley auf das Mobiltelefon von Živa Ravno, um sie wissen zu lassen, dass er ihre Nachricht erhalten hatte. Dann rief er Moreno Cacciavacca zu sich, das Computertalent des Kommissariats.

Laurenti zeigte auf den Bildschirm. »Das wurde mir soeben inoffiziell zugespielt. Aufnahmen von dem kleinen Hafen drüben in Kroatien. Was kannst du daraus machen?«

Moreno vergrößerte die Bilder und zoomte auf die Gesichter, die im Halblicht der Marina gerade noch zu erahnen waren. »Die Kamera hatte wohl Wasserflecken auf der Linse. Zwei der drei Personen erkenne ich allerdings auch so. Die eine ist der Russe, dessen Bilder gerade durch die Medien gegangen sind. Und das da ganz rechts beim Boot, die weiß gekleidete Gestalt, kann eigentlich nur unsere Tote sein. Bleibt nur noch die dritte. Mit großer Sicherheit ein Mann, mehr ist erst mal nicht zu erkennen. Aber den kann ich mit etwas Geduld vielleicht so herausarbeiten, dass wir sein Bild durch die Datenbank jagen können. Nur eines ist bedauerlich.«

»Was meinst du?«

»Die Bilder sind aus einer Videoaufnahme herauskopiert. Hier lebt die Skipperin noch. Die ganze Sequenz könnte uns vielleicht Erkenntnisse über den Tathergang liefern.«

»Offiziell haben wir das Material nicht. Das ist nur der erste Schritt. Ich werde mit dem Staatsanwalt reden, damit er im Rahmen der Amtshilfe einen Eilantrag auf Übermittlung der Aufnahme stellt. Mach du dich schon mal an die Arbeit. Und zeig mir bitte, wie ich die Bilder am besten an dich weiterleite.«

Cacciavacca lächelte, es war immer das Gleiche mit älteren Vorgesetzten. Laurenti kam immerhin dazu, seine Nachrichten zu lesen. Allerdings nicht gerade regelmäßig, wie er leicht an der Anzahl der ungeöffneten Mails im Posteingang erkennen konnte. Der Chef überließ es offensichtlich Marietta, ihn auf dem Laufenden zu halten.

»Wie lange brauchst du dafür, Moreno? Es hat absolute Priorität. Außerdem habe ich dann noch etwas anderes für dich.« Laurenti zeigte die paar Aufnahmen, die er mit dem Telefon von dem Range Rover in der Lagerhalle gemacht hatte. »Ich muss mehr über diese Autos wissen. Die Schweizer Kennzeichen sind gut zu erkennen. Anders als auf dem Material, das uns von den Geheimdienstlern zugespielt wurde. Die Kriminaltechniker untersuchen die Wagen gerade. Das Ergebnis erhältst du von den Kollegen in Monfalcone. Setz dich am Nachmittag mit ihnen in Verbindung, mit Gruß von mir.«

Auch in Triest lagen die Orte der Macht zentral. Die Präfektur, die Landesregierung und das Rathaus säumten die prächtige Piazza dell'Unità d'Italia mit ihrem Blick aufs offene Meer, das Polizeipräsidium lag direkt dahinter. Nur der Gerichtspalast und die Kommandanturen der anderen Ordnungskräfte waren etwas weiter entfernt. Klar, dass es in einer solchen Lage nicht an Gastronomie mangelte.

Antonia d'Antimi betrat das Café zwischen Rathaus und der Piazza della Borsa pünktlich, das das Stammlokal der Stadtverordneten des ganz rechten Flügels war. Sie mieden ein anderes nahe gelegenes Café, in dem die sogenannte Opposition verkehrte. Manch einer verteidigte seine Wahl mit dem scheinheiligen Argument, man gebe der Gegenseite einen Rückzugsraum. Aber man hätte auch eingestehen können, dass man sich in stiller Übereinkunft gegenseitig nicht zur Gefahr werden wollte. Antonia d'Antimi wurde jedenfalls mal hier und mal dort gesehen.

Der Stadtrat Alfonso Guattari erwartete sie am Tresen und stellte gerade sein Tässchen zurück auf den Unterteller. Antonia bestellte einen ungesüßten Caffè Shakerato, dann gingen sie zu einem der Tische im hinteren Teil des Raums und setzten sich.

»Professore«, nannte sie ihn, weil sie wusste, dass der kahlköpfige, etwa fünfzigjährige Guattari Wert auf Titel legte, die er nie erworben hatte. Selbst in seinem offiziellen Lebenslauf stand kein Wort von Schulabschluss, eventuellem Studium oder einer abgeschlossenen Berufsausbildung. »Wie steht es um die Ausschreibungen?«

Er betrachtete seine frisch manikürten Hände. »Nun, die

Angebote liegen vor. Heute Nachmittag erfahren wir, wer das Rennen macht. Ein großes Projekt, diese Kabinenbahn auf den Karst. Es wäre zu schade, wenn eine ausländische Firma den Zuschlag bekäme. Die hiesige Wirtschaft braucht Aufträge, die Qualität ist auch garantiert. Finden Sie nicht auch?«

»Nun, viele der Investoren, die in den vergangenen Jahren in Großprojekte eingestiegen sind, kommen aus dem Ausland. Es wäre ein Fehler, sie zu verprellen, was wäre hier los, wenn die Touristen aus Österreich nicht mehr zu uns kämen. In den Bergen entlang der Grenze arbeiten wir gut mit unseren Nachbarn zusammen, Professore. Denken Sie nur einmal an die grenzüberschreitenden Skigebiete und die Lifte. Investitionen dieser Art zahlen sich langfristig aus, ein Auftrag folgt auf den anderen. Und die kostendeckende Auslastung der Seilbahn schaffen wir allein nicht. Dazu brauchen wir die Urlauber. Sie persönlich, Professore, werden an Zustimmung nur gewinnen, wenn Sie diesen Aspekt berücksichtigen. Und natürlich wird Ihr Einsatz dafür auch anderweitig belohnt. Sagen wir einmal so: Mit einem Zehntelprozent des Auftragswerts von sechzig Millionen würden Sie auf einen Schlag um sechzigtausend Euro reicher. Brutto für netto. Ich finde, das ist ein sehr überzeugendes Argument. Und niemand wird davon erfahren. Geben Sie sich einen Ruck, Professore. Die Bürgerinnen und Bürger Triests werden es Ihnen danken. Im Hinblick auf die nächsten Wahlen ist das ein dicker Bonuspunkt. Ich soll Ihnen schöne Grüße von Dottore Raccaro ausrichten. Sie wissen selbst, dass er große Stücke auf Sie hält.«

Guattari zeigte lediglich ein schmieriges Lächeln.

Antonia erhob sich und reichte dem Mann die Hand, bevor er das Ruder übernehmen konnte. Die Chefinspektorin Cardareto erwartete sie Punkt zwölf Uhr für ihre Aussage und die offizielle Identifizierung ihrer Schwester Maria.

Schnurstracks verließ sie das Lokal und eilte durch die engen Gassen des ehemaligen Gettos, in dem ein paar alteingesessene Antiquitätenläden im Angesicht einer Unzahl an Trattorien und Restaurants um ihre Existenz kämpften. Wer Eigentümer der Räume war, tat sich etwas leichter.

Als Antonia die lange Schlange der vorwiegend dunkelhäutigen und meist männlichen Afrikaner und Südasiaten vor der Questura sah, die dort täglich wegen ihrer Asylanträge und Aufenthaltspapiere anstanden, zögerte sie einen Augenblick. Nur einmal hatte sie das Gebäude betreten, als sie einen neuen Reisepass brauchte. Polizisten in Zivilkleidung gingen zielstrebig an all den Migranten vorbei, Antonia schloss sich ihnen an, wies sich bei dem wachhabenden jungen Beamten aus und bat, Chefinspektorin Cardareto zu unterrichten.

Es dauerte ein paar Minuten, bis Pina sie abholte. Die Chefinspektorin begrüßte sie mit Handschlag und drückte ihr noch einmal ihr Beileid aus, dann ging sie voraus über die Treppe in den dritten Stock. Antonia hatte keine Mühe, ihr zu folgen. Die Polizistin hatte ein enges Büro, dessen Regale genauso vor Akten überquollen wie ihr Schreibtisch. An einem zweiten an die Wand gezwängten Arbeitsplatz saß eine mächtige junge Beamtin mit unübersehbaren Segelohren vor ihrem Computer, sie schien regelrecht hinter der Schreibtischplatte eingeklemmt zu sein.

»Die Kollegin Padovan wird das Protokoll führen«, stellte Pina die beiden vor. Sonia Padovan nahm Antonias Daten auf. Dann befragte die Chefinspektorin sie zu dem Verhältnis zu ihrer Schwester Maria, über deren Lebenswandel, über Freunde und Bekannte. Antonia antwortete, so gut sie konnte.

Pina Cardareto machte sich handschriftliche Notizen und diktierte Sonia dann ein paar Sätze, in denen sie die Antworten zusammenfasste. Sie sah ihrer Kollegin dabei über die Schulter und überflog das kurze Protokoll. Dann diktierte sie den letzten Satz, der Antonia regelrecht lähmte.

»Die zweifelsfreie Identifizierung der d'Antimi Maria fand im Beisein von Chefinspektorin Pina Cardareto und Gerichtsmedizinerin Dottoressa Mara Poggi am … Datum von heute und Uhrzeit in einer halben Stunde … statt. Druck bitte beides in dreifacher Ausfertigung aus, Sonia.«

Pina lächelte Antonia verständnisvoll zu, als sie die Tränen in ihren Augen sah. »Es muss sein, Signora d'Antimi. Und ich denke, Sie wollen Ihre Schwester auch noch einmal sehen. Keine Angst, sie sieht beinahe unverändert aus. Wir fahren jetzt zusammen ins gerichtsmedizinische Institut, Dottoressa Poggi erwartet uns. Doch vorher unterzeichnen Sie bitte den ersten Teil des Protokolls.« Sie überflog die Seite nochmals, unterschrieb die drei Ausfertigungen und schob sie Antonia hin. Die anderen drei Blätter steckte sie in einen Umschlag und nahm ihren Autoschlüssel vom Schreibtisch.

»Haben Sie Ihre Eltern schon verständigt?«, fragte Pina, während sie den Wagen durch die Stadt lenkte.

Antonia schüttelte den Kopf. Ihr war nicht nach Reden zumute. »Wann wird ihr Leichnam freigegeben?«, fragte sie nur, bevor sie in die gekachelten Verließe von Mara Poggi hinabstiegen.

»Das muss der Untersuchungsrichter entscheiden. Es hängt von den Ermittlungen ab, und wir stehen leider erst am Anfang. In Fällen wie diesem empfehle ich immer, eine Gedenkveranstaltung im Kreise der Familie und Freunde abzuhalten, bis die Beisetzung stattfinden kann.«

»Welche Fälle meinen Sie?«, fragte Antonia d'Antimi.

»Fälle mit internationaler Dimension.«

»International?«

»Es sieht ganz so aus, als hätte Ihre Schwester Fjodor Iljin außer Landes gebracht, den aus Mailand geflohenen russischen Waffenhändler. Es wird Ihnen nicht entgangen sein. Die Medien haben groß über seine Flucht berichtet. Und wir sind nicht die Einzigen, die dazu ermitteln. Sie können davon ausgehen, dass es Störfeuer von allen Seiten gibt. Auch die Geheimdienste ermitteln. Die Angelegenheit ist heikel. Ihre Schwester wird ihre Dienste nicht gratis zur Verfügung gestellt haben. Rechnen Sie also mit weiteren Befragungen. Auch dazu. Sollten Sie Fragen haben, Antonia, auch zu den Ermittlungen, können Sie sich jederzeit an mich wenden. Und jetzt kommen Sie. Die Identifizierung kann ich Ihnen leider nicht ersparen.«

»Ich habe es Ihnen gestern bereits in aller Klarheit gesagt, Laurenti«, der Polizeipräsident plusterte sich hinter seinem imposanten, leeren Schreibtisch auf wie ein Gockel. »Sie sollen sich aus der Arbeit des Geheimdienstes raushalten und den Kollegen bei ihren Ermittlungen nicht in die Quere kommen.«

»Bin ich das etwa?«, fragte Laurenti und untersagte sich ein Grinsen.

»Diese Beba Varriale hat sich soeben telefonisch bitter darüber beschwert, dass Sie entgegen den Anweisungen die gestohlenen Autos kriminaltechnisch haben untersuchen lassen, bevor ihre Leute sie inspizieren konnten. Was fällt Ihnen ein, Commissario? Wenn Sie das vorher mit mir abgesprochen hätten, hätte ich wenigstens nicht so dumm dagestanden.«

Den Gedanken zum letzten Satz behielt Laurenti für sich. »Ich habe das nicht angeordnet.«

»Wer, wenn nicht Sie?« Schon wieder lief das Gesicht seines Chefs rot an.

»Ich habe gehört, dass das die Kollegen in Monfalcone veranlasst haben, sie haben die beiden Autos schließlich gefunden. Und sie haben recht damit gehabt. Immerhin bestand die

Gefahr, dass die Autos wieder verschwinden. In Container verfrachtet nach Afrika.«

»Und was ist mit der Leiche dieser jungen Bootsfahrerin?«

»Maria d'Antimi ist Skipperin von Beruf, Questore, nicht irgendeine Bootsfahrerin. Ich persönlich habe ihre Leiche aus dem Wasser gezogen. Damit haben die Herrschaften Varriale und Venturini von den Diensten nichts zu tun. Das ist unser Fall. Wir stecken mitten in den Ermittlungen. Der Staatsanwalt hat auch die Kooperation mit den kroatischen Kollegen angeordnet. Wir werden bald weiteres Material bekommen.«

»Dann leiten Sie dieses Material umgehend an Varriale weiter, Commissario. Ohne Wenn und Aber. Ich habe mich hoffentlich klar genug ausgedrückt, dass ich keine Alleingänge wünsche. *Concordia parvae res crescunt, discordia maximae dilabuntur.* Durch Eintracht wächst das Kleine, durch Zwietracht zerfällt das Größte. Vergessen Sie das nie, Laurenti. Und jetzt verschwinden Sie. Und informieren Sie mich über all Ihre nächsten Schritte.«

»Verstanden. Als Erstes werde ich zum Mittagessen gehen, Questore. Einen schönen Tag noch.«

»Ich hatte dich nur für die Fahrt von Savudrija zum Flughafen von Portorož beauftragt, nicht damit, jemanden umzubringen. Bist du wahnsinnig geworden, oder was ist in dich gefahren? Kannst du dir vorstellen, welche Schwierigkeiten du mir damit eingebrockt hast? Du hast den Verstand einer toten Motte.« Raffaele Raccaro spuckte, während er zeterte und keifte, kleine Speichelkügelchen über den runden Marmortisch, der Mann ihm gegenüber starrte verlegen auf seine abgenagten Fingernägel. Auch wenn er seinen Chef um zwei Köpfe überragte, schien er in seinem Stuhl versinken zu wollen.

Sofort nach dem Mittagessen in der serbischen Gostionica war Draško Stojanović, den Raccaro nur Stojan nannte, zum zweiten Mal an diesem Tag zu seinem Auftraggeber aufgebrochen.

»Keine Zeugen, hast du doch gesagt, Lele.« Seine Stimme klang verzagt, offenbar wagte er nicht, lauter zu werden. Zu viel hatte er Raccaro zu verdanken.

»Dreißig Jahre bist du jetzt hier, und du kannst anscheinend noch immer nicht richtig Italienisch, Stojan? Also hast du sie tatsächlich umgebracht. Sag mir, wie und weshalb. Gab es irgendwelche Schwierigkeiten? Raus mit der Sprache.«

»Es war stürmisch, sie legten an, der Russe sprang von Bord, ich habe schon gewartet. Sie hat mich erkannt, wir waren uns schon einmal hier bei dir begegnet. Sie hat mich Stojan genannt, wie du. Sie drehte sich um und wollte abfahren. Da habe ich mich daran erinnert, was du gesagt hast: Keine Zeugen. Sie hat es nicht einmal gemerkt.«

»Woher hattest du überhaupt die Waffe?«

»Die hatte der Russe bei sich, er hätte sie sowieso nicht ins Flugzeug mitnehmen können.«

»Was für eine Waffe war das?«

»Ich habe nicht genau hingesehen. Eine österreichische, glaube ich. Eine Glock.«

»Was bist du nur für ein Volltrottel! Du bist dir nicht einmal sicher, womit du jemanden umbringst. Wo ist sie jetzt?«

»Ich habe sie ins Meer geworfen. So weit, wie ich konnte.«

»Ich hoffe für dich, dass sie nicht gefunden wird. Ab sofort bleibst du erreichbar, hast du mich verstanden. Und du wirst für längere Zeit untertauchen, du fährst nirgendwohin außer von deiner Wohnung zum Lokal und zurück. Keine Treffen mit deinen Kumpels an der Piazza Garibaldi. Und noch etwas: Gewalt zu vermeiden ist eine Stärke. Ich möchte nicht, dass du dich auch nur zufällig in etwas verstrickst. Ist das klar, Stojan?« Raccaros Gesicht war tiefrot angelaufen.

Draško nickte niedergeschlagen. »Und für wie lange?«

»Das wirst du dann schon noch rechtzeitig erfahren. Und jetzt raus mit dir. Ich muss nachdenken.«

Raccaro hörte nicht einmal, wie Stojanović die Wohnungstür hinter sich ins Schloss zog. Es stand viel auf dem Spiel, falls Antonia ausscherte. Sie war seine einzige Vertrauensperson, die über alle Einblicke in seine Geschäfte verfügte. Natürlich würde auch sie einiges riskieren, immerhin trugen fast alle Verträge ihre Unterschrift. Aber das Geld gehörte ihm, er hatte es sein ganzes Leben lang zusammengetragen. Kämen all seine Machenschaften zum Vorschein, dann könnte irgendeiner dieser linken Talarträger es beschlagnahmen lassen. Nur von seiner Stiftung auf Zypern wusste niemand etwas, wo er einen Gutteil seines Kapitals geparkt hatte und damit florierende Geschäfte vor allem mit den sanktionierten Russen tätigte. Ihnen mit seinen Kontakten, seiner Erfahrung und seinem Wissen zu helfen war lukrativ und verlangte kaum Gegenleistungen. Darüber wusste selbst Antonia d'Antimi nicht Bescheid. Und das sollte auch so bleiben.

Den Vorwurf der organisierten Kriminalität zu erheben war zwar schwer, sich davon aber zu entlasten noch schwieriger. Wenn schon nicht der Staat, dann würden im Falle einer Anklage die Anwälte einen Großteil seines Kapitals fressen. Lele Raccaro begann in Gedanken bereits damit, Pläne zu schmieden. Wenn er Antonia damit beschwichtigen konnte, dass er Stojanović über die Klinge springen ließ, würde er dafür einen anderen Serben oder einen Kosovaren beauftragen. Nach den blutigen Bandenkämpfen auf dem Schwarzarbeitsmarkt wäre das für die Ermittler auf den ersten Blick eine der üblichen Rivalitäten unter den Balkanesen. Und wenn nicht, würde Stojan selbst die Verantwortung übernehmen und auch Antonia aus dem Weg räumen müssen. Und zwar bevor sie auf dumme Gedanken kam. Im Anschluss müsste dann aber auch Stojan dran glauben. Keine Zeugen bedeutete eben keine Zeugen. Bei Maria hatte er sich immer sicher sein können, dass sie dichthielt: Einerseits arbeitete ihre Schwester für ihn, und andererseits hatte er sie nicht zum ersten Mal fürstlich für eine kurze Fahrt übers Meer entlohnt.

Es war für Raffaele Raccaro hart zu sehen, wie sein System plötzlich zu bröckeln begann. Er war es nicht gewohnt, untätig zu sein. Selbst während seines Hausarrestes hatte er alle Fäden in der Hand behalten. Entweder hatte er seinen Strafverteidiger als Nachrichtenübermittler eingesetzt oder eben die Haushaltshilfe, die ihm als alleinstehenden Mann wegen seines fortgeschrittenen Alters vom Gericht zugestanden wurde. Von Draško Stojanović jedoch war er nicht nur enttäuscht, er war auch überrascht, denn bisher hatte er sich immer auf ihn verlassen können. Als Zwanzigjähriger war er mitten im Jugoslawienkrieg Teil einer serbisch-kroatischen Bande gewesen, die sich auf den Schmuggel von Waffen und Drogen nach Italien oder Österreich spezialisiert hatten. Um sich der drohenden Einberufung zu entziehen, hatte sich Stojanović schließlich nach Italien abgesetzt und in Triest einen Asylantrag gestellt. Anfangs hatte er sich mit jeder Art von Arbeit durchgeschlagen und auch für Raccaro Botengänge erledigt. Er hatte nie danach gefragt, was sich in den Päckchen befand, die er abzuliefern hatte. Einmal aber war er vor einer Bar mit ein paar Bosniern aneinandergeraten und hatte dabei einen seiner Gegner niedergestreckt. Dummerweise fuhr im gleichen Moment ein Streifenwagen der Carabinieri vorbei. Den Rechtsanwalt, der ihn schon bald darauf aufsuchte und aus der Untersuchungshaft holte, hatte Raccaro geschickt. Und auch den Job als Koch in dem serbischen Lokal oben auf dem Karst hatte er ihm vermittelt. Doch nun hatte sich die Situation für Raccaro verändert, Stojanovićs Fehler bedrohte sein ganzes Geschäftsgebilde.

Laurenti lächelte breit, als er das Treppenhaus hinabstieg und in die pralle Mittagssonne vor die Questura hinaustrat. In zweiter Reihe parkte der Wagen seiner Frau Laura. Der Fahrersitz war leer, er setzte sich auf die Beifahrerseite und wartete. Mit einer vollen Einkaufstasche kam sie nach ein paar Minuten aus dem Supermarkt im Erdgeschoss des ziegelroten Hochhauses, das der Questura gegenüberlag.

»Schön, dass du dir Zeit nimmst.« Laura begrüßte ihn mit einem Kuss. Sie sah wunderbar aus mit ihrem langen strohblonden Haar und ihrem weißen Sommerkleid, unter dem ihre sonnengebräunte Haut zum Vorschein kam. »Zuerst zeige ich dir die Villa in San Vito. Und dann gehen wir Mittagessen und besprechen, wie wir vorgehen wollen. Einverstanden?«

»Was gibt's da zu besprechen, Laura?«

»Das Geld für den Kauf muss doch irgendwo herkommen, Proteo. Und wir müssen uns überlegen, an welchen Notar wir uns wenden, was wir umbauen oder nur renovieren wollen. Und, und, und ...«

Laurenti war immer noch nicht überzeugt von der Idee, das Haus an der Küste gegen eines in der Stadt einzutauschen. Das konnten sie vielleicht irgendwann in zehn, fünfzehn Jahren in Betracht ziehen, oder wenn sie gebrechlicher würden. Aber sie waren beide in guter Form und kerngesund. Nur wenn Laura das Objekt kaufen wollte, weil es ein gutes Geschäft war, wie sie sagte, und bald wiederverkaufen, zum doppelten oder dreifachen Preis, dann würde er mit sich reden lassen. Sie könnte eventuell pro forma ein Büro dort eröffnen und als Unternehmerin Fördermittel der Landesregierung oder aus Rom und Brüssel bekommen. Falls es bis dahin noch die staatlichen Zuschüsse zur Fassadensanierung und Wärmedämmung gäbe, dann ließen sich auch diese für die Renovierung anzapfen. Laura war eine erfolgreiche Geschäftsfrau, er war sich sicher, dass sie wusste, was sie da tat. Aber wenn Laurenti an die Bürokratie dachte, die für all diese Schritte bewältigt werden wollte, verging ihm jegliche Lust. Damit hatte er in seinem Beruf schon genug zu tun.

»Das Haus ist doch viel zu groß für uns, vor allem wenn wir einmal alt sind.« Proteo Laurenti suchte ein letztes Mal verzweifelt nach Argumenten, um Laura von ihren Träumen abzubringen. Die alte Villa aus dem 19. Jahrhundert lag wunderbar in ihrem kleinen Park, war aber so heruntergekommen wie viele Anwesen, deren Bewohner nach Jahrzehnten ohne Renovierungsmaßnahmen umziehen mussten. Entweder ins Altersheim oder auf den Friedhof.

Zum Mittagessen saßen sie in einer alten Pizzeria im Stadtzentrum. Sie hatten Glück gehabt, als sie ankamen, war ein Tisch im Außenbereich frei geworden. Eine Flasche Mineralwasser und ein halber Liter Weißwein standen neben einer Flasche Chiliöl vor ihnen auf dem Tisch, Laurenti machte sich wie immer über eine Romana her, Sardellenfilets, etwas Tomatensoße und Büffelmozzarella und auf seinen Wunsch um Kapern und Knoblauch bereichert. Auch Laura aß immer dieselbe Pizza: eine Marinara mit Sardellenfilets, Tomaten, Knoblauch und Oregano.

»Im Garten können wir uns einen Pizzaofen bauen lassen«, schwärmte sie unbeeindruckt von Laurentis Einwänden. »Holz zum Anfeuern bekommen wir von den alten Bäumen. Denk bloß mal dran, wir hätten auch genug Platz für die Kinder und unsere Enkel. Patrizia findet als Unterwasserarchäologin ohnehin nur befristete Jobs, und Barbara hätte eine Riesenfreude an einem großen Garten, in dem sie mit ihren Freunden spielen und toben kann, ohne dass wir uns Sorgen machen müssten. Und wenn wir die Küche entsprechend ausstatten, hätte auch Marco sein Reich. Er könnte dort sogar Kurse anbieten oder private Gesellschaften bewirten: Beim Chefkoch zu Hause. Und bei Livia weiß man auch nie, was kommt. Irgendwann ist die Amtszeit des Hafenpräsidenten vorbei, und der Nachfolger will vielleicht das Rad wieder zurückdrehen. Wer weiß, ob sie dann nicht auch gehen muss. Ich meine, falls die alten Seilschaften wieder die Oberhand bekommen.«

»Was wir nicht hoffen wollen«, ergänzte Laurenti. »Funktionierende Systeme sind zwar im Handumdrehen ruiniert, sie aufzubauen dauert dafür Jahre. Ich hatte allerdings gehofft, dass unsere Kinder sich eine eigene Existenz aufbauen. Und dann hätten wir beiden endlich Zeit, gemeinsam durch die Welt zu reisen, nur du und ich.«

»Und unsere Enkel? Wer kümmert sich um die Kleinen?« Laura schien sich nicht mehr an die gemeinsamen Pläne zu erinnern. Wie oft hatten sie schon über all die Orte gesprochen, die sie allein in Europa noch nicht gesehen hatten.

»Bislang haben wir nur ein Enkelkind, Laura. Du träumst.«

»Kommt schon noch, ich habe da so ein Gefühl. Und du musst zugeben, dass die Villa wirklich schön ist, und sie würde noch schöner, wenn man sie richtig herrichtet. Vom ersten Stock sieht man sogar das Meer und das Zentrum. Sogar die Questura siehst du.«

»Wenn ich erst mal im Ruhestand bin, will ich die ganz sicher nicht mehr sehen, Laura.«

»Und der dazugehörige Park erst. Einmalig. Aber wir müssen uns sputen, uns bleibt nicht viel Zeit für ein Angebot.« Laura war nicht mehr zu bremsen. »Heute Nachmittag geh ich mit Giulia hin, eine befreundete Architektin, damit sie uns eine grobe Einschätzung gibt. Auch über die Kosten der Renovierung und der Umbauten. Manche Zimmer könnte man sicher miteinander verbinden, einfach die Trennmauern entfernen. Und dann natürlich eine adäquate Heizung, neue Wasserleitungen, die Bäder und Toiletten. Natürlich auch die Küche, das hab ich ja schon gesagt.«

»Allein die Küche, wie du sie dir vorstellst, kostet über hunderttausend. Und glaub bloß nicht, dass ich für Marco und seine Gäste den Maître spielen werde.«

Sie lachte hell auf. »Das ist eine gute Idee, Proteo. Dann hast du auch etwas Sinnvolles zu tun.«

»Laura, es geht uns doch gut draußen an der Küste. Selbst wenn wir das Geld für den Kauf und die anschließenden Renovierungen zusammenbringen, mir würde das Meer fehlen.«

»Ich bin acht Jahre jünger als du, und so lange muss ich mindestens noch arbeiten, bis ich vielleicht einmal rentenberechtigt bin. Mein Anteil am Versteigerungshaus sorgt für ein gutes Einkommen, und deine Pension wird hoch sein. Wenn mein Erbe in San Daniele geklärt ist und wir das alte Haus verkaufen, brauchen wir nicht einmal einen Kredit. Du legst dir ganz einfach wieder einen Scooter zu, einen elektrischen natürlich, und fährst damit ans Meer, so oft du willst. In so einer Lage finden wir nie wieder was. Zumindest nicht zu diesem Preis.«

Seine Argumente interessierten Laura offensichtlich nicht die Bohne. Es schien, als hätte sie schon Entscheidungen getroffen, egal, wie er dazu stand.

»Dann lass die Architektin mal schätzen, Laura. Und wer weiß, ob der Verkäufer in der Zwischenzeit nicht schon ein besseres Angebot bekommen hat? Und nur damit eines klar ist, komm nicht auf die Idee, auch noch einen Hund oder eine Katze anzuschaffen. Dann kauf ich mir nämlich ein Segelboot und umschiffe die Welt.«

Den Kaffee tranken sie schließlich auf der Piazza San Giovanni, von wo aus Laurenti nicht weit zurück in die Questura hatte. Er stutzte für einen Augenblick, als das Abbild der toten Maria d'Antimi plötzlich aus der Bar kam, er folgte ihr mit dem Blick und sah sie nach weniger als fünfzig Metern hinter der schweren Eichentür des nobelsten Palazzos an der Piazza verschwinden. Laurenti wusste, dass Musumeci bereits gestern Nachmittag herausgefunden hatte, was sie dort zu tun hatte.

Und Chefinspektorin Cardareto hatte ermittelt, dass die Frau, die Laurenti gerade gesehen hatte, die Schwester der Toten war.

»Bezahl du den Kaffee, ich muss los. Giulia wartet schon.« Lauras Worte holten Laurenti zurück. Sie drückte ihrem Mann einen flüchtigen Kuss auf den Mund und machte sich auf den Weg zu ihrem Treffen mit der Architektin. Es war immer das Gleiche mit ihr, hatte sie sich einmal etwas in den Kopf gesetzt, half nur Geduld. Manchmal verging ihre Besessenheit auch von allein. Sie begründete ihren Sinneswandel dann oft mit all den Argumenten, die Proteo von Anfang an geäußert hatte.

Chefinspektorin Cardareto hatte die Abteilung gerade versammelt, als Laurenti in die Questura zurückkam. Zwar war Gilo Battinelli ihr gleichgestellt, doch der Mann von der Insel Lampedusa war der Jüngere der beiden und nur halb so ehrgeizig wie die klein gewachsene Kalabresin. Er ging die Dinge gemächlicher an, als passionierter Segler hatte er gelernt, sich in Geduld zu üben. Selbst wenn ein Sturm aufzog, verlor er nicht die Ruhe und Besonnenheit, um das Boot in ruhigere Gewässer zu steuern.

Laurenti betrachtete die Selbstständigkeit der beiden mit Wohlgefallen, seit Jahren nahmen sie ihm eine Menge Arbeit ab und machten damit seine ständige Anwesenheit in der Questura unnötig. Wenn er eines nicht ertrug, dann war das die Eitelkeit der Kollegen in anderen Kommissariaten, die alles an sich zu reißen versuchten, um ihre Mitarbeiter kleinzuhalten. Nur dumme Chefs umgeben sich mit noch dümmeren Kollegen, hatte er einmal auf einer Sitzung der Führungskräfte gesagt und sich damit den Unmut einiger Anwesender zugezogen. Getroffene Hunde jaulen, dachte er belustigt.

Die Chefinspektorin verstummte, als ihr Chef eintrat, er setzte sich in den Kreis der Kollegen und bat darum, auf den aktuellen Stand gebracht zu werden. Pina Cardareto berichtete, dass Battinelli die Strecke von Savudrija nach Grado mit dem eigenen Boot abgefahren war und anhand der Strömungsverhältnisse der fraglichen Nacht, die er von der Guardia Costiera und dem meteorologischen Dienst erhalten hatte, eine Uhrzeit ermittelt hatte, zu der das Schlauchboot von der Marina zurück aufs offene Meer gefahren war.

»Es muss etwa gegen zwei Uhr gewesen sein«, sagte Battinelli. »Und wie der Benzinstand des Boots vermuten lässt, ist Maria d'Antimi mit hoher Geschwindigkeit gefahren.«

»Das ist unmöglich. Die vorliegenden Aufnahmen aus der Überwachungskamera an der Marina zeigen eindeutig, dass sie erschossen wurde. Und eine Tote steuert kein Boot mehr. Der Mörder muss also auch an Bord gewesen sein. Vermutlich ist er abgesprungen«, wandte Moreno Cacciavacca ein.

»Bei diesem Sturm? Das wäre lebensgefährlich«, wägte Gilo Battinelli ab. »Man kann ein Boot durchaus auch von Land aus starten. Man muss nur wissen, wie. Ich würde es in die gewünschte Fahrtrichtung drehen, was im ruhigen Wasser der Marina kein Problem sein sollte, das Steuerrad blockieren, eine Leine um den Gashebel schlingen und dann von der Mole mit einem Ruck auf Vollgas stellen. Das Tau löst sich und bleibt an Land oder fällt ins Wasser. Nach einiger Zeit wird der Gashebel von allein zurückrutschen. Den Rest erledigt die Strömung. Dann ist das Boot allerdings schon so weit von der Küste entfernt, dass der Ausgangspunkt nur noch grob geschätzt werden kann. In diesem Gebiet liegt eine kleine Marina neben der anderen. Wir können von Glück reden, dass wir konkrete Anhaltspunkte haben und der Chef dank seiner speziellen Verbindungen auch die Bilder der Kameras bekommt.«

»Spezielle Verbindungen nennst du das«, lachte Marietta. »Commissario Laurenti ist ein Spezialist in grenzüberschreitender Zusammenarbeit.«

Laurenti würgte ihren Spott mit einer einzigen Handbewegung ab. »Der Staatsanwalt hat bei den kroatischen Kollegen offiziell den ganzen Filmausschnitt angefordert.«

»Das kann ewig dauern«, maulte Sonia Padovan. »Ich kenne die Kroaten.«

»Außer man verfügt eben über spezielle Verbindungen«, ergänzte Marietta noch und verstummte sofort wieder, als sie der Blick der Chefinspektorin traf.

»Der kroatische Untersuchungsrichter muss darüber entscheiden«, sagte Laurenti. »Und dem ist die Dringlichkeit der Sache bekannt. Die Chancen stehen gut, dass es schneller geht als sonst. Sonia, hast du etwas über die Schüsse auf dem Karst erfahren? Bist du mit den Befragungen fertig?«

»Mein Vater sagt ...«

»War dein Vater etwa beteiligt?«, fuhr Pina Cardareto dazwischen. »Oder ist dir ausnahmsweise mal was Vernünftiges zwischen die großen Ohren geflogen? Erspar uns bitte die alten Heldengeschichten der Einheimischen. Wer hat wo geschossen, Sonia?«

Der hünenhaften jungen Beamtin schoss das Blut in die Wangen, ihr Hals zeigte plötzlich große Flecken. »Natürlich ...«, stammelte sie. »... natürlich halten alle dicht auf dem Karst. Natürlich wissen sie, dass ich Polizistin bin, und schweigen mir gegenüber. Selbst wenn sie wüssten, wer es war, und sich untereinander schieflachen. Das hat mein Vater mir gesagt.«

Ein französischstämmiger Einwohner hatte den Karst und seine Bewohner vor vielen Jahren mit dem gallischen Dorf von Asterix und Obelix verglichen. Damals war die Idee aufgekommen, das seit 1954 erloschene, frühere UN-Protektorat *Territorio Libero di Trieste*, das Freie Territorium Triest, wiederzubeleben und sich von Italien loszusagen. Ihr Zaubertrank bestand im Gegensatz zu dem der Gallier allerdings schlichtweg aus exzellenten naturreinen Weinen, von denen sie nicht genug bekommen konnten. Laurenti hatte zu der Zeit vergeblich ver-

sucht, seinen Freunden von dort oben den Unabhängigkeits-
wahn wegen seiner offensichtlichen Aussichtslosigkeit auszureden. Doch ihre Schädel waren so hart wie der Karstmarmor.
Noch immer kletterten einige von ihnen nachts in die höchsten Baumwipfel, um die rote Fahne mit der Hellebarde zu
hissen. Die Fanatischsten unter ihnen weigerten sich sogar,
Steuern oder die Sozialbeiträge für ihre Angestellten zu bezahlen, was Jahre später immer wieder zur Insolvenz einiger
mühsam aufgebauter und zwischenzeitlich erfolgreicher Unternehmen führte. Fanatische Blindheit führt meist in den Niedergang. Im Großen wie im Kleinen.

»Wir lassen die Ermittlungen fallen«, sagte der Commissario nur – er hatte andere Sorgen. »Es war ein Späßchen unter
Besoffenen. Ich weiß, wer dahintersteckt. Die beiden haben in
aller Öffentlichkeit damit angegeben, die *Sailing Yacht A* zu versenken.«

»Warum sind die dann noch auf freiem Fuß?«, empörte
sich Enea Musumeci, nach Sonia der Zweitjüngste des Kommissariats.

»Weil sie es nicht waren, Enea. Hast du nach ein paar Gläsern Wein etwa noch nie Blödsinn von dir gegeben? Sonia hat
insofern recht, als dass wir von den Sturköpfen dort oben keine
verwertbaren Aussagen erhalten werden. Und die brauchen
wir auch nicht, solange niemand zu Schaden kommt. Ich hoffe,
wir sind uns darin einig.«

»Kommen wir also zum nächsten Punkt«, nahm die Chefinspektorin den Faden wieder auf. »Enea hat, als er gestern
Nachmittag die Umgebung um die Piazza San Giovanni ab-
graste, herausgefunden, dass Antonia d'Antimi, die Zwillingsschwester der Toten, Geschäftsführerin der *Raccaro Development Studios* ist.«

»Da schließt sich wieder ein Kreis. Lele Raccaro ist ein
besonderer Liebling eures Chefs. Aber ihr kennt ihn vielleicht

auch, manchmal steht er in seinen schlabbrigen Unterhosen dort drüben auf der Dachterrasse und schaut zu uns herüber.« Marietta konnte sich wieder nicht zurückhalten. »Er ist zwar vor vielen Jahren verurteilt worden, musste aber nie einsitzen, sondern kam mit Sozialarbeit und Hausarrest davon. Kaum zu glauben, dass er immer noch seine krummen Dinger dreht. Im Zusammenhang mit ihm wird eigentlich nur noch von seinen Supermärkten geredet. Und von seiner Kaffeerösterei, die inzwischen aber Eigentum einer österreichischen Aktiengesellschaft ist. Ich habe gehört, er lässt seine Wohnung auf versteckte Wanzen durchsuchen, mit denen man ihn abhören könnte. Jetzt wird's endlich interessant.«

Laurenti winkte ab. »Das sind alles Märchen, Marietta. Der Alte ist uninteressant, solange er nicht rückfällig wird. Cacciavacca, hast du die Fotos aus Kroatien aufbereitet? Konntest du den dritten Mann identifizieren?«

Der Sizilianer lächelte nur, zog ein Blatt aus seinen Unterlagen und hielt es hoch. »Auch wenn das Original verdammt dunkel war, kann ich mit fast neunzigprozentiger Sicherheit sagen, wer der Mann ist. Er ist wegen schwerer Körperverletzung seit Ende der Neunzigerjahre aktenkundig. Eine nächtliche Schlägerei unter Landsleuten in der Nähe der Piazza Garibaldi. Die Carabinieri hatten ihn damals festgenommen. Seither scheint er sauber zu sein. Zumindest bis wir die Fotos bekommen haben. Sein Name ist Draško Stojanović ...«

»Dem Nachnamen zufolge ein Serbe«, unterbrach ihn Sonia Padovan, die väterlicherseits der slowenischen Bevölkerungsgruppe entstammte. Ihre Mutter allerdings hatte sizilianische Vorfahren. Sonia hatte ihr Abitur am slowenischen Gymnasium Triests abgelegt.

»Er wurde 1971 in Vukovar, Jugoslawien, geboren, das gehört heute zu Kroatien und liegt direkt an der serbischen Grenze.«

140

»Wo wohnt er, wo arbeitet er?«, fragte Chefinspektorin Cardareto ungeduldig.

»Seine Sozialversicherung wird von einem serbischen Lokal auf dem Karst bezahlt. Seine Wohnadresse ist aber mit Sežana angegeben, gleich hinter der Grenze. Ich konnte bisher nichts davon überprüfen. Ich würde auf jeden Fall abwarten, bis wir die Videoaufnahme von der Marina in Savudrija bekommen haben und ihn wirklich identifizieren können. Wie ich schon sagte, haben wir bis jetzt keine absolute Gewissheit.«

»Dann macht euch schon mal auf den Weg, Leute«, sagte Laurenti. »Ich kenne das Lokal, die Pljeskavica ist dort recht gut. Wie wäre es, wenn drei von euch dort essen gehen? Schaut euch um, aber seid vorsichtig. Wenn er der Mörder ist, dann ist er nicht zimperlich. Und wie immer gilt: kein Zugriff ohne Haftbefehl. Findet seine Telefonnummer heraus, zapft die Leitung an und so weiter.«

Pina Cardareto ließ ihren Blick über die Anwesenden schweifen. »Sonia hat zu wenig Erfahrung«, sagte sie und zeigte auf Cacciavacca und Battinelli. »Ihr beide kommt mit. Moreno weiß, wie er aussieht. Und du, Gilo, hältst mir den Rücken frei.«

»Ich komme auch mit«, sagte Sonia trotzig.

Die Kalabresin schüttelte den Kopf.

»Ich bin die Einzige«, fuhr Sonia fort, »die den Dialekt versteht, die werden weiß Gott was hinter eurem Rücken reden.«

Pina lenkte ein. Schließlich musste auch die junge Kollegin mal ihre Erfahrungen machen. »Aber denk dran, Sonia, keine Dummheiten.«

»Wir nehmen unsere Waffen mit, aber so, dass sie nicht zu sehen sind«, schlug Cacciavacca vor.

»Auf keinen Fall«, schritt die Chefinspektorin ein, bevor der Chef es selbst tun musste. »Wir gehen in Zivil und unbewaffnet hin. Kein Zugriff. Wer sich auskennt, erkennt sofort, wenn jemand eine Waffe am Gürtel trägt, auch wenn das Hemd darüberhängt.«

»Ich bitte den Staatsanwalt in der Zwischenzeit um den Haftbefehl. Bleibt vorsichtig. Schaut euch unauffällig das Lokal an, die Rechnung bezahlt ihr wie alle anderen zusammen, nicht getrennt.« Laurenti stand auf und ging zur Tür. »Falls es unerwartete Probleme gibt, ruft mich sofort an. Keine Alleingänge. Erst wenn wir den Haftbefehl haben, greifen wir zu. Und zwar hier bei uns. Jenseits der Grenze brauchen wir sonst die slowenischen Kollegen zur Hilfe. Und probiert auf jeden Fall die Pljeskavica. Cacciavacca, komm bitte noch einen Augenblick rüber zu mir.«

Der Inspektor folgte ihm.

»Hast du das Foto mit denen der Männer abgeglichen, die den Russen aus Mailand zu uns gebracht haben? Die Geheimdienstler haben irgendwas von Fotos erzählt, die an einer Raststätte auf der A4 gemacht wurden?«

»Die hab ich noch nicht gesehen.«

»Dann besorg sie uns und check ab, ob Stojanović auch da dabei war.«

Sieben

»Antonietta, es ist etwas Schreckliches passiert.« Die Stimme ihres Vaters Giacomo d'Antimi stockte.

Um halb acht standen Bernardino und Antonia in ihrer Küche und tranken gerade den ersten Caffè, als das Telefon klingelte. Antonia hatte sich schon tags zuvor vorgenommen, ihre Eltern zu unterrichten. Jetzt schoss ihr vor Scham das Blut in den Kopf. Sie erinnerte sich an die Worte der Chefinspektorin und den Rat, es selbst zu tun, bevor sie auf anderem Weg davon erfuhren. Den ganzen Abend war sie den Fragen ihres Mannes ausgewichen. Obwohl sie ihre Schwester gesehen und identifiziert hatte, wähnte sie sich in einem Albtraum, der irgendwann enden musste. Nun stiegen ihr doch noch die Tränen in die Augen.

»Soeben war eine Beamtin der Kriminalpolizei von Ravenna hier und hat uns ein Foto von Maria vorgelegt. Sie war von der Questura in Triest geschickt worden. Deine Schwester ist tot. Sie sagte, es handle sich nicht um einen Unfall.« Wieder stockte seine Stimme, ihr Vater räusperte sich mehrfach. »Die Polizistin konnte nicht mehr sagen, außer dass ihr Besuch eine Amtshilfe für die Kollegen war. Sie wusste nicht einmal, wie und wann es passiert ist. Antonia, was bedeutet, es sei kein Unfall gewesen? Maria sah auf dem Bild ganz normal aus. Nur mit den Haaren stimmte irgendetwas nicht. Und sie war blass, weiß wie die Wand. Wann hast du Maria zum letzten Mal gesehen?«

Im Hintergrund hörte sie ihre Mutter schluchzen. »Sag Antonia, sie muss sofort nach Hause kommen.« Ihre Stimme klang verzweifelt.

»Entschuldige, Papà. Sie haben es mir schon gestern Mittag gesagt. Aber ich wollte erst ein klares Bild haben, bevor ich mit euch spreche. Ich kann es selbst noch nicht glauben.«

»Wann kommst du, Antonia?«

»Sobald ich kann, Papà. Ich will noch in Marias Wohnung. Dann komme ich.«

»Fahr gleich los, deine Mutter braucht dich, Tonietta.«

»Vor heute Abend werde ich nicht da sein. Ruf bitte euren Hausarzt an und frag ihn nach einem Beruhigungsmittel für Mamma.«

»Wir haben alles hier, sie will nichts nehmen.«

»Ich melde mich, sobald ich losfahre.« Sie legte auf.

Aufgebracht lief sie ins Badezimmer. Sie richtete nur rasch ihr Haar und verließ die Wohnung. Sie schloss die Tür hinter sich und fuhr mit dem Aufzug in die Tiefgarage. Ihr Auto stand in einer großen Pfütze, noch war die Garage nach den Überschwemmungen nicht wieder völlig getrocknet. Der Wagen sprang mit einem tiefen Röhren an, während sie zur Ausfahrt steuerte, in jeder Kurve quietschten die Reifen auf dem Belag. Im einsetzenden Berufsverkehr brauchte sie zur Piazza San Giovanni länger als mit dem Fahrrad. Sie parkte den Wagen in einer Lieferzone und sah beim Aussteigen mit Entsetzen die Schlagzeilen des Lokalblatts vor dem Zeitungskiosk: *Anschlag auf Russenyacht. Was hat die Tote aus dem Meer damit zu tun? – Angebote zur Seilbahn ausgewertet.*

Sie kaufte die Zeitung, stieg die Treppen zur Beletage hinauf und war nicht die Erste im Büro, doch sie fand kaum die Kraft, ihre Mitarbeiterinnen zu begrüßen, und wehrte alle Fragen ab, die sie ihr zum bevorstehenden Arbeitstag stellen wollten. Antonia d'Antimi überflog ihren Terminkalender und schrieb drei Nachrichten, mit denen sie um Verschiebung wegen eines Trauerfalls in der Familie bat. Dann schlug sie die Zeitung auf.

»Das ist doch der übelste Wiederkäuerjournalismus«, empörte sich Marietta, als ihr Chef zur Tür hereinkam, und schlug mit der flachen Hand auf die aufgeschlagene Tageszeitung. Sie hätte auch auf den Computer einschlagen mögen, wo sie einige Seiten der überregionalen Presse geöffnet hatte. »Ich möchte nicht wissen, wer diese Informationen herausgegeben hat. Hör dir das an: *Der Verdacht fällt auf die vor der Steilküste geborgene tote Schlauchbootfahrerin.* Und jetzt sag mir einer, wie eine Leiche eine Bombe legt.«

»Ich lese es lieber selbst, meine Liebe«, sagte Laurenti.

Endlich erhob sich Marietta und machte sich an der Espressomaschine zu schaffen. Der Commissario nahm die Zeitung von ihrem Schreibtisch und verschwand in seinem Büro. Die Meldung war zum Aufmacher auf der Titelseite aufgebauscht worden und verdrängte wichtigere Nachrichten, wie den Einspruch der Naturschutzbehörde gegen das Seilbahnprojekt, in die Seitenspalten.

»Selbst im Fernsehen wurde der Mist zitiert«, rief sie zu Laurenti hinüber.

»Schaust du etwa mit deinen Verehrern jetzt schon Nachrichten an, Marietta? Das ist aber mal was Neues«, lachte Laurenti, als sie ihm den Kaffee brachte.

»Es ist doch so, einer wiederholt den Schwachsinn des anderen. Und was am Ende rauskommt, weißt du selbst. Ich kann mir gut vorstellen, wer die Meldung rausgegeben hat.«

Marietta schimpfte schon seit Monaten über den Niedergang der Medienlandschaft, selbst das Niveau der renommierten Tageszeitungen wurde flacher und flacher, vom öffentlichen Fernsehen ganz abgesehen. Die neue Regierung in Rom versuchte mit beeindruckender Geschwindigkeit, jede kritische journalistische Stimme zum Verstummen zu bringen und durch parteikonforme Kollegen zu ersetzen. Gewiss, jeder Regierungswechsel, egal welcher Couleur, hatte zu Rotationen auf den Chefsesseln der Medienhäuser geführt, doch so tief in die Redaktionen durchzugreifen musste von langer Hand geplant worden sein, auch wenn es dort durchaus Widerstand gab. Dass die tatsächlich unabhängigen Medien auch noch am eigenen Stuhl sägten, durch nachlässige Recherche oder Wiederholung ungeprüfter Informationen, war als Phänomen neu und nicht auf die Politik zurückzuführen.

»Und wer war das deiner Meinung nach?«

»Na, die Frau, die dich schon seit einer halben Stunde versucht zu erreichen. Sie will umgehend zurückgerufen werden.« Marietta legte ihm einen Zettel auf den Tisch, auf den sie in wütenden Buchstaben einen Namen geschrieben hatte. »Du kannst dir nicht vorstellen, wie die sich aufgeführt hat. Als würde ihr Büro niederbrennen. Ich würde allzu gerne wissen, wer ihr Druck macht. Die haben doch nur Schiss, dass publik wird, wie schlecht sie arbeiten. Schließlich war es ihr Job, auf Fjodor Iljin aufzupassen.«

»Ich melde mich später«, murmelte der Commissario.

»Und was soll ich ihr sagen? Sie wird es gleich wieder versuchen.«

»Sag ihr, ich wäre beschäftigt, und lass dich auf keine Diskussion ein. Ruf die beiden Chefinspektoren zu mir und stell mich bitte gleich zu Staatsanwalt Scoglio durch.«

Der Artikel strotzte vor vagen Behauptungen, weder stimmten die Uhrzeit noch der Ort, an dem er Maria d'Antimi gefunden hatte, außerdem war sie keine banale Schlauchbootfahrerin, sondern eine gestandene Skipperin.

»Der Staatsanwalt«, meldete Marietta.

Laurenti nahm das Gespräch an. »Wissen Sie, wer diesen

Schwachsinn an die Medien gegeben hat, Dottor Scoglio?«, fragte er grußlos.

»Ich hatte schon Ihr Kommissariat im Verdacht und habe mich gefragt, was Sie damit beabsichtigen, Laurenti. Ich war es jedenfalls nicht. Dafür hatte ich gestern Nachmittag die hiesige Geheimdienstchefin am Telefon, die unser vollständiges Ermittlungsmaterial verlangt. Es war mir nicht möglich, sie von der Unrechtmäßigkeit ihrer Forderung zu überzeugen. Ich bin mir sicher, sie wird sich jetzt direkt an die Kollegen in Rom wenden. Seien Sie auf der Hut. Sie werden Druck von oben bekommen.«

»Ist das Material aus Kroatien schon bei Ihnen eingetroffen?«

»Mein Sekretär lädt es gerade herunter. Bei der Datenmenge kann das dauern, sagt er. Sobald wir fertig sind, werden wir Sie informieren, Commissario. Und dann kommen Sie in mein Büro, und wir sehen es uns zusammen an.«

Pina Cardareto und Gilo Battinelli standen bereits in der Tür, als Laurenti auflegte. »Wie war euer Abendessen?«, fragte er.

»Pina und Musumeci sind beim Bier geblieben. Glück für sie. Mir brummt ganz schön der Schädel«, sagte Gilo Battinelli. »Ich habe nur Prosecco getrunken.«

»Ja, und danach einen Rakija nach dem anderen«, lachte seine Kollegin. »Das war schwarz gebranntes Zeug. Da brauchst du dich nicht zu wundern.«

»Irgendwie musste ich dieses Karađorđeva Šnicla verdauen.«

»Mit Pommes und Käsesoße? Du hast das schwerste Gericht bestellt und restlos aufgegessen. Also die Erwartungen an ein serbisches Restaurant hat es erfüllt. Die Bedienung ruppig und schlecht gelaunt. Zumindest bis Sonia sie runtergeputzt hat. Anstellen würde ich Draško Stojanović aber nicht. Keine

Ahnung, was der die ganze Zeit getan hat, es hat Ewigkeiten gedauert, bis das Essen kam.«

»Der war ja auch allein in der Küche, und die Tische auf der Terrasse waren alle belegt«, sagte Cacciavacca.

»Ich wollte eigentlich keine Restaurantkritik hören«, sagte Laurenti amüsiert. »Habt ihr euch da drinnen mal umgesehen?«

»Allerdings. Auf jeden Fall gibt es einen Nebenausgang, der muss im Falle eines Zugriffs abgesichert werden. Aber ansonsten könnten wir sofort losschlagen.« Pina Cardaretos Bizeps trat deutlich hervor.

»Um diese Uhrzeit ist da noch nichts los. Wir fahren zum Staatsanwalt, sobald dieser müde Sekretär die Daten aus Kroatien runtergeladen hat. Er ist leider nicht besonders auf Zack.«

»Aber das macht doch der Computer, und unsere Leitungen sind schnell.« Battinelli schüttelte den Kopf. »Soll ich Moreno Cacciavacca hinschicken?«

»Der kann uns begleiten. Auf jeden Fall will der Staatsanwalt, dass wir es zusammen ansehen. Er wird Augen machen, wenn wir zu viert kommen. Haltet euch bereit, ich muss nur noch einen Anruf erledigen.« Mariettas Stimme, die aufgeregt am Telefon ihren Chef verteidigte, drang bis in sein Büro. »Stell sie durch«, rief er.

»Hat der Questore Ihnen nicht gesagt, dass Sie die Akten zum Fall der toten Attentäterin an uns überstellen sollen, Commissario?« Wie hatte der Staatsanwalt es so treffend genannt? Mopedstimme?

»Hat er, Dottoressa Varriale, hat er. Und auch der Staatsanwalt hat mich über Ihren Wunsch unterrichtet.«

Pina und Gilo saßen noch immer an Laurentis Tisch und folgten dem hysterischen Gekeife der örtlichen Geheimdienstchefin.

»Und warum haben Sie das dann noch nicht getan? Sie verschwenden unsere Zeit.« Ihre eigene Stimme musste der Frau Kopfschmerzen bereiten.

»Ein Jegliches hat seine Zeit, verehrte Dottoressa Varriale, und alles Vorhaben unter dem Himmel hat seine Stunde«, feixte er.

Pina Cardareto grinste breit. Sie bewunderte ihren Chef, wie nonchalant er mit der Situation umging, wo sie selbst die direkte Konfrontation gesucht hätte.

»Sie bekommen das Material, sobald wir alles zusammenhaben«, sagte Laurenti und legte auf.

Marietta stand im Türrahmen, auch sie hatte mitgehört. »Das gibt ein Erdbeben«, sagte sie vergnügt. »Diese Schnepfe wird keine Ruhe geben.«

»Was kann sie schon tun?«, fragte Proteo Laurenti und zuckte mit den Schultern. »Soll sie es versuchen. Aber merkt euch endlich eines: Warum die Stirn bieten, wenn der Arsch genügt? Pina, Sie sollten es vom Wing Chun Kung Fu am besten wissen, dass man dem Gegner am besten ausweicht, solange man ihn nicht treffen kann.«

»Wing Chun betreibt Ihre Kollegin Xenia Zannier, Commissario. Ich bin Kickboxerin. Und da sind Tiefschläge verboten, aber Lowkicks sind erlaubt.«

»Sich mit dem Prediger Salomon aus der Affäre zu ziehen kann man schon für einen Lowkick halten, Pina.«

»Seit wann bist du eigentlich bibelkundig?«, fragte Marietta.

»Gute Poesie vergisst man nicht. Und jetzt gehen wir zum Staatsanwalt.«

»Hast du die Zeitung gelesen, Toni?«, fragte Raccaro. Er war nach ihrem Vater der zweite Anrufer am Morgen. »Jetzt erheben natürlich die Naturschützer ihre Stimme, wie immer, wenn es um zukunftsbringende Konzepte geht. Deswegen mache ich mir keine Sorgen, das lässt sich über ein Dekret der Landesregierung regeln. Aber hast du gelesen, dass der italienische Anbieter mit seinem Angebot vorne liegen soll? Das entspricht ganz und gar nicht unserem Plan.«

»Das heißt noch gar nichts. Da steht auch, dass die Prüfung der Angebote hinsichtlich der technisch-ökonomischen Details und der zeitlichen Aspekte durch die Fachabteilungen der Kommune gerade erst beginnt. Da ist noch vieles im Fluss.« Antonia d'Antimi trommelte mit den Fingern auf die Tischplatte und hörte nur halbherzig zu. Während er redete, ging sie in Gedanken die kommenden Stunden durch. Über die Autobahn waren es nach Ravenna je nach Verkehr mindestens vier Stunden, sofern es auf der A4 wegen der Abertausenden Lkws nicht wieder zu endlosen Staus kam. Antonia hatte Zweifel, ob sie ihre Eltern gleich wieder allein lassen und in der Nacht noch zurückfahren konnte.

»Du weißt, was auf dem Spiel steht, Toni. Besorg dir die Kopien der Angebote und schaue selbst, was wir noch tun können. Im Zweifel mit unseren Anwälten, es darf nur nicht durchscheinen, dass wir dahinterstecken. Ich habe gestern Abend beim Essen mit einem Bekannten gesprochen.«

Sie wusste, dass er in einer seiner Logen oder Clubs war, deren Treffen zu seinen abendlichen Lieblingsbeschäftigungen gehörten. Sie hatte einmal ein Foto gesehen, auf dem Raccaro am Kopfende eines Tisches saß, er hatte ein Lätzchen umgebunden und verschlang Linguine mit billigem Tiefkühl-Hummer. Sein Haar war sichtbar frisch in Dunkelblond gefärbt gewesen, und der Sugo verteilte sich von den Mundwinkeln bis unter die Nase und über das Kinn. Ein Glas Weißwein stand vor ihm, über und über bedeckt von den fettigen Spuren seiner Lippen und Finger. Der kleine alte Mann mit seiner schrecklich antiquierten Brille und dem selbstbewussten Grinsen sah aus wie seine eigene miese Parodie. Sie konnte das Bild nicht vergessen. »Ich bin heute nicht mehr im Büro, Lele. Ich muss zu meinen Eltern fahren, sie haben die Nachricht von Marias Tod heute früh erhalten. Ich kann sie jetzt nicht allein lassen.« Ihre Stimme stockte. »Ich werde ihnen noch beibringen müssen, dass sie ermordet wurde.«

Raccaro schwieg einen Augenblick. »Ich habe dir gestern schon gesagt, dass du freinehmen sollst, Toni«, stammelte er. »Sag deinen Mitarbeiterinnen, sie sollen sich mit ihren Fragen derweil an mich wenden.«

»Ich habe das Telefon selbstverständlich dabei, in koordinatorischen Fragen bin ich auf jeden Fall erreichbar.« Sie biss sich auf die Zunge, eigentlich hatte sie sagen wollen, dass sie ihn unter keinen Umständen ihre Geschäfte verpfuschen lassen wollte. Er war vielleicht noch dazu gut, hinter den Kulissen ein paar Fäden zu ziehen, darüber hinaus schuf er nur Verwirrung. Er hatte keine Ahnung von Details oder technischen Abläufen. Und sie brauchte ihre Arbeit, um sich nicht völlig dem Verlust ihrer Schwester auszusetzen. »Ich melde mich, sobald ich weiß, wann ich zurückkomme, Lele. Und vergiss nicht, dass du mir eine Antwort schuldest. Ich will wissen, wer der Kerl von gestern Morgen war. Und worin der Auftrag bestand, den du Maria gegeben hast. Wir sind noch lange nicht fertig miteinander.«

»Deine Eltern brauchen dich jetzt. Du kannst sie nicht gleich wieder allein lassen.« Raccaro hatte gehofft, ihre Drohung wäre bereits Schnee von gestern. »Richte ihnen bitte mein tief empfundenes Beileid aus, Antonia.«

Moreno Cacciavacca begann sofort zu reden, als sie alle vier in der grauen Giulietta saßen. »Irgendjemand muss in dem Industriegebiet hinter dem Flughafen bereits vor Längerem ein Depot mit gestohlenen Autos eingerichtet haben. Ich habe die Wagen auf der Liste der Kollegen in Monfalcone überprüft. Alle gestohlen, ob schon vor Längerem oder ganz frisch wie die beiden Range Rover. Die wurden übrigens in Lugano geklaut, am helllichten Tag. Und waren schon über der Grenze, bevor der Diebstahl bei der Schweizer Polizei angezeigt wurde. Zugelassen sind sie auf eine Vermögensverwaltung. Von denen wimmelt es da drüben nur so, könnt ihr euch ja denken. Der alte Jeep des Zivilschutzes stammt allerdings von einem nahe gelegenen Schrottplatz. Wer den gestohlen hat, musste gewusst haben, dass er noch fahrtüchtig war. Die anderen Karren stehen dort wahrscheinlich schon seit Längerem.« Cacciavacca klappte seinen Computer auf, als Pina die Giulietta auf einem den Behörden vorbehaltenen Parkplatz zum Stehen brachte. »Dann eben später«, sagte er und packte das Gerät wieder ein. »Ich wollte euch nur zeigen, dass der dritte Mann am Hafen, dieser Draško Stojanović, nicht zu den fünf Serben gehört, die Fjodor Iljin aus Mailand geschleust haben.«

Sie betraten das Gerichtsgebäude um halb elf durch den Nebeneingang und stiegen die Treppe bis zum dritten Stock hinauf, wo Staatsanwalt Scoglio sein Büro hatte. Ohne auf das Schild an der Tür des Vorzimmers zu achten, gingen sie an dem blassen Aushilfssekretär vorbei, dessen Mund vor Empörung offen stand. Laurenti betrat das Büro von Scoglio als Erstes. Der Staatsanwalt blickte von einer Akte auf.

»Na, das sieht ja fast danach aus, als wollten Sie mich festnehmen«, lächelte er und erhob sich. »Ich wusste nicht, dass Sie gleich die ganze Questura mitbringen, Commissario.«

»Nur die halbe, Dottore. Meine Kollegen kennen Sie bereits. Hat das Genie dort drüben endlich die Daten heruntergeladen? Falls nicht, haben wir für alle Fälle unseren Spezialisten dabei.«

»Ich sehe mal nach.« Scoglio ging in sein Sekretariat. »Ist der Film bereit?«

»Gehen wir ins Kino?«, fragte das Gespenst.

»Die Aufnahme aus Kroatien ...«

»Die lädt immer noch.«

Der Staatsanwalt war fassungslos über die schnöde Antwort seines Mitarbeiters. Laurenti gab Cacciavacca ein Zeichen.

»Unmöglich«, sagte Moreno. »Laden Sie etwa die Komplettverfilmung der Bibel oder von Dantes Inferno herunter? Lassen Sie mich mal nachsehen.« Er drängte den Mann zur Seite, bewegte die Maus, doch der Bildschirm blieb dunkel. Er bückte sich zum Computer hinab, das Gerät war warm, und der Lüfter summte leise. »Geben Sie den Bildschirm frei. Glauben Sie bloß nicht, dass ich die Tricks nicht kenne«, blaffte er, die Wangen des Sekretärs wurden rot wie die eines überführten Schülers.

Cacciavacca beugte sich an ihm vorbei über die Tastatur und gab ein paar Befehle ein, worauf das Gerät einen Neustart machte. Er steuerte die zuletzt geöffneten Dateien an und landete auf einer Plattform für Kryptowährung.

»Da schau einer an«, lächelte Moreno. »Du tradest? Während der Arbeitszeit? Früher haben wir die Kollegen noch auf Pornoseiten erwischt, worüber man wenigstens lachen konnte. Aber jetzt auch noch auf der Suche nach raschem Reichtum ... Schäm dich.«

Cacciavacca setzte sich. Ruckzuck hatte er die Datei mit dem Video heruntergeladen. Scoglio wurde rot, weil er sich hatte zum Idioten machen lassen.

»Bravo«, sagte er schließlich. »Zehn Minuten habe ich noch.«

»Das reicht.« Cacciavacca öffnete die Datei. Dunkle Bilder aus der Nacht, das stürmische Meer mit den weißen Wellenkämmen. Die Lichter der Mole, die beizeiten vom grellen Strahler des Leuchtturms wie von einem Blitz erhellt wurde. Ein schwarz gekleideter Mann stand in der Tür eines alten Fiats und gab Zeichen mit der Lichthupe. Kurz darauf kam das Boot an die Mole, die weiß gekleidete Maria d'Antimi warf ihm eine

Leine zu, die er an einem Poller festmachte. Ein anderer Mann kletterte über eine feste Eisenleiter an Land und ging auf den Wagen zu. Der Schwarzgekleidete sagte ein paar Worte und streckte die Hand aus. Der Russe übergab ihm einen Gegenstand, der erst bei genauerem Hinsehen als Pistole zu erkennen war.

»Draško Stojanović, kein Zweifel«, entfuhr es Moreno Cacciavacca.

Der Fahrer des Wagens kam zur Mole zurück, wo Maria wieder ins Boot hinabkletterte. Im Moment, als sie sich bückte, war der ausgestreckte Arm von Stojanović zu sehen, der Rückschlag der Waffe und ein Sekundenbruchteil später der weiß gekleidete Körper am Boden des Boots. Stojanović sprang hinab, legte die Leine um den Gashebel und kletterte zurück auf die Mole, wo er das Boot mit einem Fußtritt aufs Meer richtete. Dann zog er mit einem Ruck an der Leine und ließ los. Der Bug hob sich, warf helle Gischt hinter sich auf, und das Boot schoss aufs schwarze Meer hinaus.

»Ich gehe zurück zu der Szene, in der er zu erkennen war«, sagte Moreno.

»Warte! Zuerst will ich den Streifen bis zum Ende sehen.« Laurenti starrte gebannt auf den Schirm.

»Bis zum Happy End?«, fragte Gilo Battinelli.

»Das kennen wir schon, ich habe es eigenhändig aus dem Meer gezogen. Hier schau, darauf habe ich gewartet.«

An der Mole holte Stojanović mit dem rechten Arm aus. Er rannte drei Schritte und warf die Waffe weit aufs Meer hinaus. Dann drehte er sich um und ging zu seinem Auto zurück, gab dem Russen ein Zeichen einzusteigen und fuhr los.

Scoglio schaute auf seine Uhr. »Es ist eindeutig genug«, sagte er zu Laurenti. »Aber ich muss los. Schicken Sie in drei Stunden jemand wegen des Haftbefehls vorbei. Vorher schaff ich es nicht.« Er ging hinüber in sein Büro und kam kurz darauf mit einer dicken Akte unter dem Arm und einem Talar über den Schultern zurück. Er verschloss die Tür und eilte davon.

»Ich leite das gleich an uns weiter«, sagte Cacciavacca und machte sich an der Tastatur zu schaffen.

»Gut gemacht«, sagte Laurenti beim Espresso in der *Bar X*, die gute hundert Meter vom Gerichtsgebäude entfernt lag. »Wer von euch kümmert sich um den Haftbefehl? So, wie ich Scoglio kenne, wird er ihn nicht vor sechzehn Uhr ausgestellt haben. Und dann nehmt ihr den Kerl fest.«

»Die gleiche Gruppe wie gestern«, ordnete Pina Cardareto an. »Musumeci nehmen wir aber auch noch mit. Sonia und er bewachen den Seitenausgang, während wir drei hineingehen. Punkt sechs nehmen wir ihn hoch.«

Pünktlich um elf Uhr stand Draško Stojanović vor dem kleinen Mann am runden Tisch. Raccaro machte sich nicht die Mühe, zu seinem Handlanger aufzusehen.

»Um diese Zeit?«, fragte er nur.

»Wir haben heute Ruhetag.« Draško war wie immer in seiner Freizeit fast komplett schwarz gekleidet, nur die Sneakers waren weiß.

»Wie bist du hergekommen?«

»Mit dem Auto, warum? Ich hatte Glück, vor der Questura wurde zufälligerweise gerade ein Parkplatz frei.«

»Hast du mit dem Auto auch den Russen zum Flugplatz gebracht?«

»Ja, warum?«

»Wurdest du in der Zwischenzeit kontrolliert?«

»Nein.«

»Dann wirst du es heute noch an einem abgelegenen Ort in Brand setzen. Am besten auf der italienischen Seite der Grenze. Aber vorher wirst du es bei der slowenischen Polizei gestohlen melden. Sag, dass du die letzten drei Tage nicht gefahren bist.

Du hättest deswegen erst lange danach gesucht, weil du dir nicht sicher warst, ob du nicht vielleicht vergessen hast, wo er steht. Aber vergiss nicht, zu Fuß zu den Bullen zu gehen. Wenn dein Wagen verschwunden ist, nimmst du einen Leihwagen, entweder offiziell oder den eines Freundes. Verstanden?«

»Aber warum?«

»Weil der Russe Spuren in deiner Karre hinterlassen hat. Sobald sie denken, dass sie gestohlen wurde, schließt sich für die Polizei ein Kreis. Dann gehen sie nicht weiter in die Details.«

Draško Stojanović nickte. »Und gibst du mir Geld für einen neuen?«

»Wie viel?«

»Für zweitausend finde ich irgendeine alte Schleuder.«

»Dann findest du sie auch für tausend. Du hast genügend Freunde, die sie dir irgendwo so aufmöbeln, dass sie noch ein paar Jahre fährt. Dafür lege ich noch einen Hunderter drauf, mehr nicht.« Raccaro zog die offenbar vorbereiteten Scheine aus der Tasche und warf sie auf den Tisch. »Zähl nach, Stojan. Und wenn es nicht reicht, dann leg selbst was drauf.«

Stojanović nahm das Geld und steckte es unbesehen ein. Als er gerade gehen wollte, fuhr Raccaro ihn an.

»Stopp. Das ist nur der erste Teil. Hast du eine Pistole?«

Draško nickte.

»Funktionsfähig?«

»Ja.«

»Was für eine?«

»SIG P220.«

»Ist sie benutzt?«

»Nicht, seit ich sie habe. Seit über zwanzig Jahren.«

»Munition?«

»Genug. Aber wofür?«

»Du hast die Skipperin erledigt. Würdest du sie wiedererkennen?«

»Sicher, wenn sie noch leben würde.« Sein Grinsen über die Frage verging ihm schnell.

»Das wirst du noch einmal tun.«

»Aber die ist doch schon tot.«

»Das glaubst nur du. Dir ist ein Fehler unterlaufen. Du bist an der Marina von Savudrija zu weit gegangen. Aber sie hat überlebt. Deshalb wirst du die Konsequenzen tragen und es zu Ende bringen. Verstanden, Stojan?«

Draško Stojanović nickte langsam und mit fragendem Blick. »Und wo?«

»Schreib mit.« Raccaro schob ihm seinen Notizblock zu.

Draško Stojanović schrieb sowohl Antonias private Adresse sowie die der *Raccaro Development* Studios auf, riss das Blatt vom Block und steckte es ein.

»Aber es muss bald passieren. Sie wird vermutlich morgen Abend zurückkommen. Da ihr heute Ruhetag habt, hast du genug Zeit, alles vorzubereiten. Sobald ich ihre Ankunftszeit kenne, sage ich dir Bescheid, dann schlägst du sofort zu. Sofort. Verstanden?«

Der Koch nickte, und als er den Mund öffnete, um eine Frage zu stellen, schnellte Leles Hand in die Luft und hieß ihn schweigen.

»Ich bin noch nicht fertig. Wenn du das erledigst, sind wir beide quitt, Stojan. Das ist dann dein letzter Auftrag. Aber wehe, du verpfuschst ihn. Du kennst mich gut genug, um zu wissen, dass ich nicht scherze.«

Draškos Augen blitzten auf bei der Aussicht, nicht mehr in der Schuld des schmierigen alten Mannes zu stehen.

»Wenn du willst, dann verschwinde ich anschließend aus der Stadt und aus der Gegend. Nur bräuchte ich dafür ein bisschen Starthilfe. Allein schaffe ich es nicht. Zehntausend genügen.«

Er spielte seit vergangenem Jahr mit dem Gedanken, in

seine Heimat zurückzukehren, dort mit dem ersparten Geld und seiner Erfahrung als Koch eine eigene Gastwirtschaft zu eröffnen. Er würde keine Mühe haben, Personal zu finden. Er könnte sogar zwei seiner Schwestern einstellen. Und Leerstand gab es genug in Topolovnik, hundert Kilometer östlich von Belgrad, nahe der Donau, die das Land von Rumänien trennte. Derzeit lebten kaum mehr als tausend Personen in der Gemeinde, die Mehrheit war während des Kriegs und der anschließenden wirtschaftlichen Misere nach Triest ausgewandert und hatte hier Arbeit gefunden. Auch die Ausstattung für ein eigenes Lokal ließ sich günstig in Italien finden und billig in die Heimat transportieren. Die Schar der italienischen Serben wären gute Kunden, wenn sie zu Familienbesuchen in die alte Heimat kamen, ums orthodoxe Osterfest, in den Sommerferien, zu Weihnachten und zum Jahreswechsel. Abseits davon hätte er ein stressfreies Leben.

»Was hast du vor?« Raccaro schaute verwundert auf. Dann verzog sich sein Gesicht zu einem schmierigen Grinsen.

»Ich sagte doch, dass ich verschwinde, wenn du mir ein bisschen Starthilfe gibst. Ich würde in meinem Dorf eine Konoba eröffnen. Mit zehntausend Euro würde ich ziemlich weit kommen.«

»Gute Idee, Stojan, darüber reden wir, wenn du es hinter dich gebracht hast.« Nur er kannte den zweiten Teil seines Plans.

Pina Cardareto ließ die Giulietta in zweiter Reihe stehen und händigte die Wagenschlüssel dem Wachbeamten am Eingang aus, als sie in die Questura zurückkamen. Während alle vier das Treppenhaus emporstiegen, gab sie Anweisung, die Abteilung zusammenzurufen, um das weitere Vorgehen für die Festnahme von Draško Stojanović zu besprechen. Auch Commissario Laurenti kam dazu.

»Schaut mal her. Das wollte ich euch schon im Auto zeigen.« Cacciavacca klappte zum zweiten Mal seinen Computer auf. »Ich habe inzwischen mehr über Stojanović herausgefunden.«

Cacciavacca scrollte durch die Bilder, die der Mann immer dann im Einwohnermeldeamt abgegeben hatte, wenn er neue Personendokumente brauchte oder den Führerschein verlängern musste. Anfangs war er kaum zwanzig Jahre alt gewesen, inzwischen durfte er um die fünfzig sein. Die einst faltenlosen und sympathischen Gesichtszüge waren über die Jahre immer härter geworden.

»Vor vielen Jahren wurde gegen ihn ermittelt, weil er Mitglied einer serbisch-kroatischen Schmugglerbande gewesen zu sein schien, die während des Sezessionskriegs in Jugoslawien bei uns große Geschäfte machte. Drogen, Waffen, Menschen und was weiß ich noch alles. Die Bosse wurden festgenommen und zu langjährigen Haftstrafen verurteilt. Stojanović nicht. Er war zu jung für eine tragende Rolle. Allerdings hat er auch nicht mit den Ermittlern zusammengearbeitet, kein Wort ist ihm über die Lippen gekommen. Nach Auskunft von ein paar älteren Kollegen haben sie ihn regelrecht durch die Mangel gedreht. Ohne Erfolg.«

»Vermutlich seine Überlebensstrategie«, warf Chefinspektorin Cardareto ein.

»Sprich weiter, Cacciavacca«, sagte Laurenti.

»Den Umgang mit Waffen hat er im Wehrdienst gelernt, den Umgang mit Booten auch. Er war entlang der Grenze auf der Donau im Einsatz. Nicht weit von seinem Heimatort östlich von Belgrad.«

»Alte Gewohnheiten sind schwer abzustellen«, warf Gilo Battinelli ein. »Bei meiner letzten Schulung in Rom war das ein großes Thema. Im implodierenden Jugoslawien herrschte bis zur Jahrtausendwende ein echter Boom beim Schmuggel über die Donau, vorwiegend Treibstoff. Große Geschäfte zwischen vordergründig verfeindeten Völkern, die sich an der Front gegenseitig abschlachteten. Wie immer im Krieg musste irgendwer für Nachschub sorgen, sonst wäre er zu früh zu Ende gewesen. Das UN-Embargo gegen Serbien zu umgehen war über die Donau fast problemlos machbar, sofern gute Kontakte bestanden. Und mit dem aktuellen Krieg im Osten erblühen die Geschäfte jetzt gerade wieder wie Tulpen im Frühjahr. Es wird noch einiges auf uns zukommen. Aber nicht mehr nur über die Donau, sondern auch auf der Adria. Albanien und Montenegro sind Hotspots. Dieser Stojanović hat eine gute Schule hinter sich.«

Cacciavacca nutzte Battinellis Redepause. »Zehn Jahre nach der Bandengeschichte war Stojanović in eine nächtliche Schlägerei an der Piazza Garibaldi verstrickt. Das war schon im November 2001. Die Kollegen der Carabinieri kamen zufällig vorbei und haben ihn festgenommen. Trotz des Vorwurfs der schweren Körperverletzung kam er mit einer Bewährungsstrafe davon. Er hatte den besten Strafverteidiger der Stadt. Woher er den kannte und wer ihn bezahlt hat, wissen wir nicht. Auf jeden Fall war dem Kerl nicht die alleinige Schuld nachzuweisen. Seither wurde er nicht mehr auffällig bis ...«

»Bis zur Ermordung von Maria d'Antimi, die wir auf dem Video von der Marina gesehen haben.« Gilo Battinelli hob die Hand zum Einspruch. »Und was treibt unser vorbildlicher Bürger sonst so? Wenn er bei der Flucht des Russen geholfen hat, kann er logischerweise kein unbeschriebenes Blatt sein. Die Katze lässt das Mausen nicht.«

Auf dem Bildschirm tauchten die Gesichter der fünf Männer auf, die Fjodor Iljin von Mailand nach Triest gebracht hatten. Aufnahmen von der Autobahnraststätte bei Vicenza, die der Geheimdienst veröffentlicht hatte.

»Draško Stojanović war nicht Teil der Gruppe«, antwortete Moreno Cacciavacca. »Zumindest nicht, wenn die Aufnahmen alle Beteiligten zeigen ...«

»Und wir davon ausgehen können, dass es nicht noch andere Bilder gibt«, meinte Marietta, die erstaunlich lange die Klappe gehalten hatte. »Wir wissen doch, wie die Herrschaften vom Geheimdienst arbeiten. Gerüchte streuen, falsche Fährten legen, verdächtiges Material an sich raffen und dann heimlich verschwinden lassen.«

»Also ich gehe in diesem Fall davon aus, dass es anders läuft. Sie treten auf der Stelle, sonst würden sie nicht so auf die Herausgabe unserer Ermittlungsergebnisse drängen«, sagte der Commissario nachdenklich. »Aber das wirft eine andere wichtige Frage auf: Wer hat die Fluchthelfer und das Boot organisiert? Wer hat Maria d'Antimi angeheuert? Und Draško Stojanović für die nächste Strecke? Wohin wurde dieser Iljin gebracht? Hätte eine schicke Limousine auf ihn gewartet, wäre die Situation eine andere. Iljin hat Geld wie Heu, um seine Flucht in die Sicherheit zu finanzieren. Also?«

»Ich mache jede Wette, dass das letzte Stück nicht besonders weit war«, sagte Pina Cardareto. »Dieser uralte Fiat taugt kaum für lange Strecken.«

»Da sie übers Wasser gekommen sind, schließe ich einen weiteren Transport mit dem Boot aus. Wenn ich fliehen müsste und genug Geld hätte, würde ich es per Hubschrauber oder Flugzeug versuchen. Die Straßen können kontrolliert werden.«

Marietta fiel Gilo Battinelli ins Wort. »Von der Marina zum Flugplatz von Portorož sind es nur ein paar Kilometer. Und von Kroatien nach Slowenien gibt es inzwischen keine Grenzkontrollen mehr. Es dauert nur einige Minuten dahin. Bis vor ein paar Jahren sind dort häufig irgendwelche russischen Privatjets gelandet, meistens für Casinobesuche. Auf jeden Fall sind die Russen nur selten über die Grenze bis zu uns gekommen. Ihr Geld haben sie drüben gelassen. Habt ihr das etwa alles schon wieder vergessen?« Sie gab sich empört.

Alle außer Laurenti schüttelten ihre Köpfe. Er und Marietta kannten die Eigenheiten des Grenzgebiets wie die eigene Westentasche. Alle anderen in der Abteilung waren zu jung oder irgendwo im Binnenland fern aller Grenzen aufgewachsen.

»Aber zurück zu Stojanović«, mahnte Laurenti. »Pina, wie werdet ihr später vorgehen?«

»Punkt achtzehn Uhr schlagen wir im Restaurant zu, bevor die ersten Gäste kommen«, sagte die Chefinspektorin. »Sonia, du und Enea bewacht den Seitenausgang, Moreno und Gilo kommen mit mir. Nur noch einmal zur Sicherheit: Kontrolliert eure Waffen, bei Stojanović müssen wir auf alles gefasst sein.«

»Das könnt ihr auch ohne mich erledigen.« Sonia Padovans Grinsen reichte fast bis zu ihren Ohren.

»Was soll das heißen?«, fragte Pina energisch.

»Morgen wäre ich auch mitgekommen, aber heute hat das Lokal Ruhetag. Das habe ich schon gestern Abend gesehen.« Sonia genoss ihren Schachzug, nachdem sie zuletzt für fast alle ihre Äußerungen kritisiert worden war. Plötzlich herrschte betretenes Schweigen.

»Gut gemacht, Sonia«, sagte Laurenti schließlich. »Manchmal ist es gut, die Spielverderberin zu sein. Immerhin hast du uns eine Riesenblamage erspart. Hat jemand einen Vorschlag, wie wir da rauskommen? Vergesst nicht, für jeden Einsatz jenseits der Grenze benötigen wir die offizielle Erlaubnis und müssen mit den slowenischen Kollegen zusammenarbeiten. Das muss beantragt und genehmigt werden. Und das kann dauern. Streicht euch alles andere aus dem Kopf.«

»Ich gehe zum Büro des Staatsanwalts und kümmere mich um den Haftbefehl.« Musumeci war bereits aufgestanden.

»Und ich würde heute gern früher in den Feierabend, ich habe eine Verabredung in Sežana«, sagte Sonia Padovan.

»Abgelehnt. Du bleibst hier.« Laurenti kannte sie seit ihrer Taufe. Er wusste allzu gut, dass sie sich kaum an die Regeln halten würde, wenn sie allein war.

»Ich werde den Flugverkehr in der Fluchtnacht überprüfen.« Moreno Cacciavacca hatte lange geschwiegen und nahm den Faden von Gilo Battinelli wieder auf. »Zumindest den offiziellen. Militärische Flugzeuge werden selbstverständlich nicht gemeldet.«

»Kannst du auch die ausländischen Maschinen prüfen?« Marietta himmelte ihn an. Und obwohl sie fast doppelt so alt war wie er, hielt er sich auffallend oft im Vorzimmer des Commissario auf.

»Kein Problem, man muss nur wissen, wo. Es wird nicht allzu lange dauern.«

»Dann tu das«, knurrte Laurenti. »Das alles hilft uns aber noch nicht bei der Frage weiter, wie wir Draško Stojanović festnehmen können, und zwar ohne Schießerei und ohne Gesetze zu überschreiten.«

»Warum warten wir nicht einfach bis morgen? Was ist schon ein halber Tag? Morgen können wir ihn einfach aus der Küche holen.« Der Vorschlag kam von Enea Musumeci, dessen Gesicht sofort rot anlief, als hätte er etwas Unanständiges geäußert.

Laurenti sprang ihm zur Seite. »Keine schlechte Idee. Es sieht immerhin so aus, als fühlte sich Stojanović sicher. Direkte Fluchtgefahr besteht nur, wenn er sich beobachtet fühlt. Enea hat recht.«

»Ich kann mich nur über euch wundern«, sagte ausgerechnet Marietta. »Auf der einen Seite kriegt ihr Jungspunde den Hals nicht voll, andererseits wartet ihr darauf, dass euch alles auf dem Silbertablett serviert wird.«

»Jetzt lass aber mal die Kirche im Dorf«, widersprach ihr Pina, die wirklich nie zur Ruhe kam und neben ihrer Arbeit mit flinker Hand bösartige Comics über den Alltag in der Questura aufs Blatt warf oder zynische kurze Theaterstücke schrieb. Sie fühlte sich von Mariettas Bemerkung zu Unrecht gemeint.

Marietta aber war nicht zu bremsen. »Ihr überseht das Naheliegendste. Wir haben einen serbischen Kollegen bei der Squadra volante, dem mobilen Einsatzkommando. Warum fragen wir nicht erst mal ihn, ob er einen der Verdächtigen kennt. Er ist sehr nett und hilfsbereit.«

»Ich kann mir schon denken, was du mit ›hilfsbereit‹ meinst«, blaffte Pina.

»Es ist doch euer Job, die Leute zum Reden zu bringen«, antwortete Marietta scharf. »Aber ihr lauft mit Scheuklappen durch die Gegend. Ihr solltet euch mal ein wenig öffnen, das bewirkt Wunder.«

Enea Musumeci starrte breit grinsend auf Mariettas Dekolleté. »Das ist eben nicht jedem gegeben«, sagte er. »Wie heißt der Kollege denn? Dann nehme ich gerne mal Kontakt zu ihm auf.«

»Inspektor Vukotić. Vuk Vukotić, VuVu im Kollegenkreis. Den kennt ihr doch.«

»Der ist aber Italiener, nicht Serbe«, widersprach Gilo Battinelli.

»Ich habe auch die doppelte Staatsangehörigkeit«, mischte sich Musumeci ein. »Oder was willst du damit sagen?«

»Dritte oder vierte Generation serbischer Einwanderer«, sagte Marietta. »Die Sprache seiner Vorfahren hat er von klein auf gelernt. Und er versteht auch die Neuangekommenen und lässt sich keine Märchen erzählen. Ganz wie Musumeci, der sich von den Deutschen auch keine Bären aufbinden lässt.«

»In Ordnung, ruf ihn an«, sagte der Commissario. »Er soll sofort herkommen.«

Die serbische Gemeinde stellte um die zehn Prozent der Einwohner Triests, offiziell registriert war jedoch nur ein Bruchteil von ihnen. Über die Jahrhunderte hatte es mindestens fünf große Einwanderungswellen aus Serbien nach Triest gegeben. Kaufleute, Bankiers, aber auch Schriftsteller waren gekommen, an einigen Palazzi erklärten emaillierte oder steinerne Tafeln die Bauzeit und den Namen des serbischen Bauherrn. Nicht nur kriegerische oder ideologische Wirren auf dem Balkan hatten für Zuwanderung gesorgt. Einwanderer aus ganz Europa hatten sich die wirtschaftliche Bedeutung dieses Schnittpunkts zwischen Norden und Süden, Osten und Westen zunutze gemacht.

Der Commissario erhob sich und ließ sie allein. Marietta folgte ihm in sein Büro.

»Ich muss ein paar Telefonate führen«, sagte er und zog vor ihrer Nase die Tür zu, was er nur selten tat. Normalerweise hörte sie vom Vorzimmer aus all seine Gespräche mit. Und oft genug erinnerte sie ihn später an Termine, die er vereinbart, aber nicht notiert hatte. Oder an andere Details, die er zugesagt hatte. Eine glänzende jahrzehntelange Symbiose, nicht zuletzt behauptete sie, sie würde Proteo Laurenti besser kennen als seine Ehefrau Laura.

Die Generalstaatsanwältin der Republik Kroatien antwortete nach dem zweiten Klingeln. »Wann besuchst du mich in Novigrad? Ich bin ab übermorgen dort und freu mich schon«, flüsterte Živa Ravno.

Proteo Laurenti sah sie vor sich wie damals vor zwanzig Jahren, als sie sich kennengelernt hatten. Das schwarzbraune Haar zu einem dicken Zopf geflochten, den sie immer wieder über die Schulter zurückwarf, und ihr enger grauer Pullover, der ihre wunderbaren Formen nachzeichnete. Ihre aufmerksamen dunklen Augen waren seinen Worten gefolgt, und ihr unerwartetes Lächeln hatte ihn manchmal ganz schön in Verlegenheit gebracht. In der Öffentlichkeit hätte sie höchstens die konzentrierte Aufmerksamkeit füreinander verraten, die sich in ihren

Zügen abzeichnete. Alles andere blieb im Reich der Vermutung. Die Bodyguards der Generalstaatsanwältin schwiegen, ihre strengen Blicke musterten ununterbrochen die Umgebung ihrer Chefin, ihr konnte sich niemand nähern, wenn sie es nicht ausdrücklich zuließ. Und Proteo Laurenti schwieg eisern und verzog keine Miene, wenn er auf Živa Ravno angesprochen wurde. Nicht einmal wenn Marietta mehr oder weniger raffiniert auf sie anspielte. Wenn er mit Živa reden wollte, schloss Laurenti stets die Tür.

Als sie mit Anfang dreißig nach dem Studium in München und Zagreb und einer ersten Dienstzeit am Gericht in Zagreb zur leitenden Staatsanwältin für den kroatischen Teil Istriens ernannt wurde, hatten nur wenige auf die junge Frau gesetzt. Vielsprachig und mit konzentrierter Entschiedenheit setzte sich Živa jedoch gegen alle Widerstände durch. Eine funktionierende Justiz musste nach Ende des Krieges im ehemaligen Jugoslawien in dem jungen Staat erst aufgebaut und stabilisiert werden. Es hatte zahllose Versuche der alten Seilschaften gegeben, gemeinsam mit fragwürdigen ausländischen Geschäftspartnern das idyllische Hügelland mit seiner langen Küste unter sich aufzuteilen: Es ging um Korruption der Lokalpolitiker, Manipulation in der Aufbauarbeit, Betrug und Bereicherung und Geldwäsche im großen Stil. Bis Živa Ravno kam, war auch der Sicherheitsapparat, die Exekutive, manipulierbar gewesen. Hätte sie damals nicht den Schutz ihres direkten Vorgesetzten genossen, wäre ihre Laufbahn, vielleicht auch ihr Leben, nur kurz gewesen. Doch je mehr von den zwielichtigen Drahtziehern hinter dem Ausverkauf Istriens und Dalmatiens aufgeflogen und verurteilt waren, und je näher sich das Land der Europäischen Union annäherte, desto stabiler wurde auch ihre Position. Bis ihr der Sprung nach ganz oben gelang und schließlich die Rückkehr nach Zagreb. Gleichwohl hatte sie den Ruf einer alleinstehenden und attraktiven, aber harten Arbeiterin ohne Privatleben, die nie müde wurde und ihr Amt wie eine Löwin verteidigte. Viel wusste man nicht über sie, außer dass sie sich am liebsten in dem Haus ihrer Familie in Novigrad erholte.

»Also, wann kommst du, mein Lieber?«, fragte sie.

»Sobald ich hier Klarheit habe. Dein Material war hilfreich, danke, wir sind einen guten Schritt vorangekommen. Trotzdem befürchte ich, dass die Ermittlungen noch dauern werden. Die Geheimdienste versuchen, uns reinzupfuschen. Und diese Aasfresser würden sich die Hände reiben, wenn ich jetzt ein paar Tage verschwinden würde. Den Gefallen will ich ihnen nicht tun.« Laurenti klang wieder sachlicher.

»Es war nicht einfach, dir das Material zur Verfügung zu stellen, das sage ich dir. Die zuständige Staatsanwältin ist wahnsinnig ehrgeizig und dazu noch eine eingefleischte Nationalistin mit allen denkbaren Vorurteilen gegen euch Italiener. Es brauchte mein Machtwort als Vorgesetzte und einiges an Diplomatie, sie davon zu überzeugen. Sie wird keine Ruhe geben, schließlich ist der Mord auf unserer Seite begangen worden. Ich rechne damit, dass sie einen internationalen Haftbefehl und einen Auslieferungsantrag für den Mörder stellt.«

»Stojanović hat längst die italienische Staatsangehörigkeit. Das kann sich also hinziehen. Hast du die Aufnahme gesehen?«

»Dazu hatte ich keine Zeit. Weshalb?«

»Weil Stojanović die Mordwaffe von der Mole aus ins Meer geworfen hat. Es braucht gut ausgerüstete Taucher.«

»Ich weiß, dass die Staatsanwältin das bereits veranlasst hat. Und sie wird einen Teufel tun, die Analyse herauszurücken, falls sie das Ding überhaupt finden. Obwohl der Untergrund dort ziemlich felsig ist. Es ist besser, wir besprechen das unter vier Augen. Und zwar bei mir.«

»Ich verspreche dir, sobald wir diese Sache gelöst haben,

mach ich mich auf den Weg. Und dann werden wir kaum über die Arbeit reden.«

»Ich freue mich drauf«, lächelte Živa. »Ich bin die ganze Woche allein. Lass dir was einfallen. Jetzt muss ich aber zu einem Termin. Immer das Gleiche am letzten Tag vor dem Urlaub.«

Kaum hatte Laurenti aufgelegt, klingelte sein Telefon wieder.

»Die Techniker haben die Fingerabdrücke aus den Range Rover ausgewertet«, vermeldete Giorgio Bottò vom Kommissariat in Monfalcone. »Einer von den fünf Fluchthelfern ist in der Gegend gemeldet. Oben in Doberdò del Lago. Direkt neben der Kirche. Meine Leute haben sich bereits umgesehen und mussten lange nach ihm fragen. Er wurde seit Ewigkeiten nicht mehr gesehen, niemand kennt ihn näher. Nur der Mann im Meldeamt glaubt, sich vage an ihn zu erinnern. Am Haus hängt ein Briefkasten, auf dem zwar sein Name steht, aber auch viele andere. Er hat offenbar keine eigene Wohnung. Es war aber auch sonst niemand zu Hause.«

»Eine Deckadresse. Irgendjemand kontrolliert beizeiten die Post, mehr nicht. Und solange nach keinem der Gemeldeten gefahndet wird, funktioniert das gut.«

»Ich wüsste nicht einmal, weshalb wir nach ihm fahnden sollten«, sagte der Kollege aus der Werftenstadt. »Er hat nur einen Mann von A nach B gebracht, den er offensichtlich nicht mal kannte. Das ist noch kein Verbrechen.«

»Aber wir wissen es doch besser«, sagte Laurenti. »Hilfe zur Flucht aus dem Hausarrest? Klar, sie können sich darauf rausreden, einen Anhalter mitgenommen zu haben, auch wenn es niemand glaubt. Aber in einem hast du recht: Die Fünf haben kein schweres Delikt begangen, sie haben nicht besonders viel riskiert, außer ihren Führerscheinen. Nicht einmal den Autodiebstahl können wir ihnen direkt anhängen. Und zwei von ihnen haben sogar Waffenbesitzkarten. Die Sache wurde ganz schön raffiniert geplant. Ich schicke dir die Unterlagen. Und wenn du den Fall los bist, dann lädst du mich zum Essen ein. Einverstanden?«

Um 13:30 Uhr setzte Raffaele Raccaro sich trotz des schönen Wetters an einen Tisch im Inneren des kleinen Lokals in der Via Genova und behielt den Eingang fest im Auge. Die wenigen Meter hierher hatten ihn erschöpft. Er schob es auf den bevorstehenden Wetterumschwung, wie immer, wenn er sich sein tatsächliches Alter nicht eingestehen wollte. Obwohl er ohnehin schon wusste, was er essen würde, studierte er die schmale Speisekarte. Schließlich bestellte er ein Glas Rotwein, Mineralwasser und eine Portion Ćevapčići mit Pommes frites.

Zorka sah ihn sofort, als sie das Lokal betrat, gab ihm einen schlaffen Händedruck und setzte sich zu ihm an den Tisch. »Wenn du dich meldest, brennt es irgendwo. Hast du Probleme mit der Putzfrau?« Das Alter der Frau war schwer zu schätzen, so viele Falten zeichneten ihr Gesicht, den Hals und ihre Handrücken. Das Haar zeigte vereinzelte graue Strähnen, sie hatte es sorglos zu einem kurzen Pferdeschwanz gerafft. Zorkas Kleidung war einfach, nur ihre Handtasche deutete darauf hin, dass sie nicht unbedingt arm war.

»Möchtest du auch etwas essen?«, fragte Lele.

Zorka schüttelte den Kopf. »Sag mir, was du willst. Ich habe nicht viel Zeit, muss mich um meine Leute kümmern, sonst machen die, was sie wollen.«

Sie hielt viele Fäden in der Stadt in der Hand, kommandierte eine Armee von Putzkräften und Handwerkern, die jede Art von Arbeit zu erledigen wussten. Zorka Radovan war als junges Mädchen nach Triest gekommen und hatte sich dank ihrer Entschlossenheit immer weiter durchgekämpft, bis sie so etwas wie die heimliche Patin für die Zuwanderer aus dem

Osten war. Wer sich von ihren Landsleuten an sie wendete, konnte sicher sein, dass sie ihnen von einer Unterkunftssuche bis zur Begleitung bei Behördengängen beistand. Aber ihr Preis war hoch, aus der Abhängigkeit, in die man sich bei ihr verstrickte, gab es kein Entkommen, bis sie nicht selbst der Meinung war, es sei der richtige Punkt erreicht. Zorka, deren Nachnamen niemand ihrer Landsleute kannte, hatte die *Trśćanski Srbi* dank ihres Elefantengedächtnisses und ihrer Kontakte fest im Griff. Schon deswegen besuchte sie regelmäßig die Gottesdienste der serbisch-orthodoxen Kirche und stand mit dem Priester in stetem Austausch. Auch ihre Kontakte zum hiesigen Generalkonsulat waren exzellent. Allein ihr Familienleben war vielen ein Rätsel. Manchmal war von einem Ehemann die Rede, der zu Hause geblieben war, ob Zorka allerdings Kinder hatte, war unbekannt. Anfangs hatte sie alle Räume von Raccaros einstigem Imperium selbst geputzt, heute organisierte sie nur noch die Kräfte, die seine Wohnung und die Büros reinigten sowie die drei Supermärkte. Die Serben waren fleißige und zuverlässige Leute.

Leles Essen wurde serviert. Noch vor dem ersten Bissen bestellte er rohe Zwiebeln und Ajvar nach, mit dem er die Ćevapčići üppig bestrich. »Es gibt Probleme mit Stojan«, sagte er kauend.

»Was hat er angestellt?«

»Dinge, die er besser nicht getan hätte. Er muss verschwinden.«

»Dann sorge ich dafür, dass er dahin zurückgeht, wo er herkommt.«

»Das hat er schon selbst angeboten, aber das meine ich nicht.« Raccaro sprach zwar leise, fuchtelte aber nervös mit seinem Messer herum, der rote Ajvar spritzte auf das Revers seines grauen Jacketts. »Nicht sofort, sondern in zwei Tagen. Und zwar endgültig, Zorka. Es gibt kein Pardon.«

»Das ändert alles.« Die Frau schaute sich flüchtig um, sie waren die einzigen Gäste im Lokal. Die Kellner bedienten die Tische auf der Straße, die Küche lag um die Ecke, die Ventilatoren für die Abluft summten monoton, die Pommes in der Fritteuse und das Fleisch auf dem Grill brutzelten vor sich hin, Geschirr klapperte.

»Ich habe diesen Ort bewusst gewählt«, sagte Lele. »Keine Sorge. Du und ich, wir kennen uns schon lange, Zorka. Und du hast mich damals darum gebeten, dass ich Stojan den Anwalt besorge und bezahle. Wir müssen nicht in die Details gehen.«

»Die will ich auch gar nicht wissen. Nur, du verlangst verdammt viel. Er hat sich seit mindestens zehn Jahren nichts zuschulden kommen lassen.«

»Und das hätte auch so bleiben sollen, Zorka. Ich habe an die fünf Männer gedacht, die den Russen aus Mailand geholt haben.«

Die Frau stutzte und schüttelte dann fast belustigt den Kopf. »Einer genügt. Aber das wird ziemlich teuer. Frühestens übermorgen, hast du gesagt? Ich gebe dir Bescheid. Vorkasse natürlich.«

Zorka erhob sich abrupt und verließ grußlos das Lokal. Raccaro sah, wie sie die Straße überquerte und die Kirche mit den blauen Kuppeln betrat. Er hätte darauf wetten können, dass sie sie durch den Seitenausgang zur Piazza Sant'Antonio sofort wieder verlassen würde und danach zwischen all den Touristen verschwand.

Lele war beruhigt, er goss Mineralwasser über die Ajvar-Flecken auf seinem Jackett und tupfte es sorgsam mit der Serviette ab. Dann nahm er einen großen Schluck Rotwein und aß gemächlich weiter. Der sonst so knausrige alte Mann hatte keine Mühe, Geld lockerzumachen, sofern ihn das vor Schwierigkeiten bewahrte. Und sowohl Antonia wie auch Stojan konnten ihn in Schwierigkeiten bringen, vor denen er sich unbedingt

hüten musste. Ganz gegen seine Gewohnheit ließ er ein groß-
zügiges Trinkgeld liegen, als er die Rechnung beglich, und verließ das Lokal. Bisher hatte er noch immer alle Probleme gelöst.

»Dottoressa Varriale«, sagte der Commissario in gestellter
Freundlichkeit, er hatte seine Bürotür wieder geöffnet und die
lokale Geheimdienstchefin angerufen. »Ich hoffe, Sie kommen
mit Ihren Ermittlungen gut voran. Ich wollte mich bei Ihnen
melden, ich habe Ihnen nämlich einen Handel vorzuschlagen.«

»Einen Handel, Laurenti? Ich glaube, Sie träumen. Sie haben uns gar nichts vorzuschlagen. Wenn Sie irgendetwas haben,
dann die Verpflichtung, uns jedwedes ermittlungsrelevante
Material auszuhändigen. Im Interesse der Sicherheit unseres
Landes. Und zwar seit wir es angefordert haben. Seit vorges-
tern, Commissario.« Ihre Stimme überschlug sich, als erlitte
ein Zweitaktmotor einen Kolbenfresser.

Von Neugier getrieben kam Marietta herüber und stellte
sich hinter ihren Chef.

»Aber wir haben doch gar nichts, Dottoressa.« Laurenti
nutzte den Moment, in dem sie nach Luft schnappte. »Nichts
außer der Gewissheit, dass der Mord im Ausland passiert ist.
Wir haben also eigentlich gar nichts damit zu tun. Der Fall liegt
in der Hoheit der Kroaten. Und die zuständige Staatsanwältin
in Istrien hat etwas gegen uns Italiener. Ich kann Ihnen die
Überwachungsaufnahmen der Tatnacht im Rahmen der Amtshilfe natürlich zukommen lassen, damit Sie es selbst sehen ...«

»Und warum rufen Sie dann an?«

»Stimmt es, dass die *Yacht A* über ein Überwachungssystem verfügt, Dottoressa?«

»Amtsgeheimnis. Darüber darf ich Ihnen nichts sagen.«
Ihre Stimme beruhigte sich ein bisschen. Beba Varriale schien
zu ihrer Souveränität zurückzufinden.

»Nun, Ihre Aufnahmen gegen unsere, Dottoressa. Das wäre doch was.«

»Passen Sie mal gut auf, Laurenti. Wir haben die Pflicht, den Anschlag auf die *A* vollständig aufzuklären. Wir müssen wissen, was sich innerhalb unserer Grenzen tut. Und das bedeutet, über die Beteiligten im Bilde zu sein. Und zwar über alle. Vor allem, wenn die Polizei so lax mit der Sicherheit umgeht wie Sie und Ihre Kollegen.«

»Hat der Staatsanwalt Ihnen die Bilder etwa nicht übermittelt?« Laurenti feixte. »Dann sind mir natürlich die Hände gebunden. Entschuldigen Sie bitte die Störung.«

Er legte auf, hieß aber Marietta zu warten. Sie wollte gerade ihren Kommentar abgeben, als der Dienstapparat wieder läutete. Laurenti zeigte nur darauf, Marietta nahm ab und verlängerte die Grußformel künstlich.

»Polizia di Stato, Questura di Trieste, Kommissariat von Vicequestore aggiunto Commissario Proteo Laurenti. Was kann ich für Sie tun?«

Noch während sie redete, hörte Laurenti schon die knatternde Stimme am anderen Ende der Leitung. »Geben Sie ihn mir sofort«, brüllte die Varriale.

»Der Commissario ist im Moment in einer Besprechung, Signora. Aber ich notiere gerne Ihre Nummer und Ihr Anliegen. Er wird Sie dann gleich zurückrufen.«

»Sagen Sie ihm, er kann das Material bei uns im Büro ansehen. Ich will den Namen dieser kroatischen Staatsanwältin. Und die Aufnahmen, die er hat. Sowie den Namen des Skippers.«

»Und Ihr Name bitte, Signora?« Marietta hatte auf ihre Engelsstimme umgeschaltet und grinste.

»Dottoressa Varriale. Er weiß dann schon, wer ich bin.«

»Gewiss, Dottoressa.« Sie legte auf. »Weißt du eigentlich, wie alt diese Kröte ist?«

Laurenti schüttelte den Kopf. »Mit Sicherheit jünger, als sie wirkt.« Ein Klopfen an der Tür unterbrach sie.

»Ciao, VuVu«, begrüßte Marietta den sportlichen Mann Mitte dreißig, der sie mit Wangenkuss begrüßte. »Komm rein.«

Dem Commissario reichte er freundlich die Hand. Sie kannten sich vom Sehen. Der Kollege Vuk Vukotić, Inspektor bei der Squadra volante, hatte geschimpft, als Mariettas Anruf ihn kurz nach Mittag weckte. Doch er fing sich schnell und hoffte, sie würde ihn am Nachmittag zum Strand begleiten. VuVu, wie er gerufen wurde, hatte sich auf einen halben Tag am Meer gefreut, nachdem er nach der nächtlichen Patrouille erst im Morgengrauen ins Bett gekommen war. Und Marietta hatte ihn schon ein paarmal an ihren Lieblingsstrand unter den hoch aufragenden hellgrauen Felsen der Steilküste geführt, wo unter der Woche nur wenige andere sich an ihrer durchgängig gebräunten, streifenfreien Haut erfreuten.

Sie vertröstete ihn auf ein andermal, heute benötigten sie seine Hilfe. Kein anderer Beamter kannte die große serbische Gemeinde in der Stadt besser. Die Dringlichkeit hinter dem Ansinnen war deutlich herauszuhören gewesen, und wie immer siegte sein Pflichtbewusstsein. In heißen Phasen arbeitete er oft ruhelos mehrere Tage hintereinander, bis zum Umfallen. Letzte Nacht aber war es trotz der angenehmen Temperatur vergleichsweise ruhig geblieben. Marietta führte ihn in den Besprechungsraum.

»Gleich eines vorweg, um Missverständnisse zu vermeiden«, sagte Vuk Vukotić, als sie am großen Konferenztisch saßen. »Ich bin Italiener wie ihr. Ich habe nicht einmal die doppelte Staatsangehörigkeit. Aber ich habe die Sprache meiner Eltern und Großeltern von klein auf gelernt. Meine Mutter hat Wert darauf gelegt, weil mein Vater außer seinem Nachnamen kein Wort Serbisch beherrschte. Schon sein Großvater ist hier geboren worden. Und mir nützt es, die Sprache zu sprechen, wenn ich wissen will, was sich hier unter den Serben tut. In Mailand, Rom und anderswo haben wir chinesische Kollegen oder Marokkaner, Ägypter, und nicht alle sind, wie ich, Nachkommen früherer Einwanderer.«

»Von Südtirol gar nicht zu reden. Wenn du da die Sprache nicht sprichst, binden sie dir einen Bären nach dem anderen auf«, warf Musumeci ein, der die Leute dort bestens verstand und ihre Tricks kannte.

»Oder von unserem Umland.« Pina Cardareto schaute Sonia Padovan an.

»Und jetzt zu eurem Fall, Marietta hat ihn für mich schon kurz zusammengefasst.«

»Kennst du Draško Stojanović?«, fragte Gilo Battinelli.

»Nur flüchtig. Er arbeitet oben auf dem Karst als Koch. Und vor ein paar Tagen habe ich ihn hier in der Nähe gesehen. Er kam an einem frühen Vormittag aus dem Hochhaus dort drüben. Wenn ihr euch für ihn interessiert, muss er einiges ausgefressen haben. Er ist uns in der Vergangenheit nicht aufgefallen. Um was geht's?«

»Sagen wir mal so«, zögerte Chefinspektorin Pina Cardareto nachdenklich. »Er kann verdammt gut mit Waffen umgehen.«

»Das braucht dich bei seinem Alter und seiner Herkunft nicht zu wundern. Fast alle Männer seiner Generation wurden in den Krieg geschickt, außer man konnte sich rechtzeitig absetzen. Du kannst Gift darauf nehmen, dass fast alle Männer dieses Alters aus dem früheren Jugoslawien und egal, ob sie Serben, Kroaten, Bosnier, Mazedonier oder Kosovaren sind, einmal eine Kalaschnikow in der Hand gehabt haben. Als sie dann hierherkamen, wo sie bereits Freunde oder Verwandte hatten, waren viele von ihnen völlig traumatisiert. Dank der anfänglichen Schwarzarbeit auf dem Bau oder sonst wo haben sie das allmählich überwunden und sich mit der Zeit stabilisiert.

Die Serben, die hierhergekommen sind, sind fleißige und gewissenhafte Leute. Keine Kriminellen. Auch wenn die kursierenden Klischees etwas anderes behaupten, die haben sich seit dem Faschismus nicht verändert. Aber wer aus dem Osten kommt, ist nicht automatisch ein Verbrecher.« Er wandte sich an Musumeci, mit dem er sich gelegentlich in einer losen Gruppe *ausländischer Bullen* traf, wie sie sich nannten, um ihre Erfahrungen auszutauschen. »Enea, du weißt am besten, wovon ich spreche. In Deutschland warst du wegen deinem Vor- und Nachnamen der Itaker, obwohl du besser Deutsch sprachst als deine Mitschüler mit ihrem Dialekt. Und in Italien warst du dann wegen deinem weichen R der Crucco.«

»Schon, aber wer hat denen denn geholfen, als sie angekommen sind? Haben die hier jemanden, der ihnen hilft?«, warf Musumeci ein. »Die haben doch vermutlich kein Wort Italienisch gesprochen.«

»Davon kannst du ausgehen. Nennen wir es der Einfachheit halber lieber *gute Kontakte*. Inzwischen brauchen die meisten allerdings niemanden mehr. Viele Ex-Jugoslawen haben hier ihre eigenen Firmen aufgebaut, wo diejenigen, die heute noch nachkommen, Arbeit finden. Außerdem ist die große Zuwanderung aus diesen Ländern längst vorbei. Nicht vergleichbar mit den Neunzigern und den Jahren danach. Einige gehen inzwischen sogar wieder zurück in ihre Heimat, um das hier verdiente Geld dort zu investieren.«

»Heißt das, sie sind völlig unabhängig?« Musumeci insistierte. »Daran glaube ich leider nicht. Sie müssen doch zumindest einen Popen haben, einen Generalkonsul und …«

»Das ist etwas anderes«, sagte Vukotić. »Es gibt immer jemanden, der dir irgendwie weiterhelfen kann. Da ist zum Beispiel eine Frau, die über unglaublich viele Kontakte verfügt und Anlaufstelle für alles Mögliche ist. Wohnung, Arbeit, Hilfe bei der Bürokratie, Aufenthaltsberechtigung und so weiter. Zorka heißt sie, mehr weiß ich auch nicht. Ich habe sie selbst nie kennengelernt.«

»Ich habe inzwischen die Daten von dem kleinen Flughafen in Portorož ausgewertet«, wechselte Moreno Cacciavacca das Thema. »In der fraglichen Nacht hat dort um zwanzig nach zwei ein zweistrahliger Jet abgehoben und kurz nach dem Start schließlich Kurs nach Nordosten genommen. Dann muss er die Kennung abgeschaltet haben. Von diesem Moment an ist er nicht ohne Weiteres verfolgbar, selbst wenn er sich wenig später wieder zugeschaltet hätte. Wir wissen aber nicht einmal, ob Stojanović ihn wirklich dahin gebracht hat, nachdem der Russe an Land war.«

»Jetzt verstehe ich, weshalb ihr mich braucht«, merkte VuVu auf. »Ihr sprecht von der Flucht von Fjodor Iljin. Da musst du nur zwei und zwei zusammenzählen. Aus der EU gibt es keine Flüge nach Russland mehr. Von Belgrad schon. Die Serben unterlaufen die Sanktionen genauso wie die Türken. Überprüf die Flugdaten vom Flughafen in Belgrad. Ich gehe jede Wette ein, dass der Russe dort umgestiegen ist. Und wahrscheinlich nicht auf einen Linienflug, sondern wieder in eine private Maschine.«

Als sie ihn zur Tür begleitete, fragte Marietta den Kollegen, ob er Lust auf einen Aperitif hätte, doch Vuk Vukotić lehnte ab. Auch diese Nacht musste er Dienst schieben, und den hielt er nur nüchtern durch.

»Mich wundert das alles nicht«, lachte Marco beim Abendessen. »Bei den lausigen Gehältern in der Gastronomie muss man doch bescheuert sein, sich heute noch zu den Bedingungen anstellen zu lassen. Leistung wird sowieso nicht honoriert, und seit die Gäste kaum noch Trinkgeld dalassen, seit man mit dem Telefon bezahlen kann, kommt davon überhaupt nichts mehr bei den Köchen an. Meistens teilt das Servicepersonal alles unter sich auf und vergisst einfach, dass sie ohne die Küche nichts zu servieren hätten. Und wenn einem Wirt das Wasser bis zum Hals steht, dann nimmt er sich das Trinkgeld selber, und das Personal glotzt den Mond an. Was bin ich froh, dass ich kein eigenes Restaurant eröffnet habe. Oma hatte mir zwar immer versprochen, es zu finanzieren, aber ...«

»Aber sie hätte nicht einmal das Geld dazu gehabt, mein lieber Marco«, unterbrach ihn seine Mutter.

»Und es ist bislang auch kein geheimes Konto von ihr aufgetaucht.« Sein Vater stand wie immer auf Lauras Seite. »Wenn es dir wirklich mal an etwas gefehlt hat, dann am eigenen Willen, etwas aufzubauen, das Bestand hat.«

Marco, der immer noch die Vorzüge des elterlichen Haushalts genoss, hatte heute einen seiner drei freien Tage, die er mit seinem neuen Arbeitgeber ausgehandelt hatte. Doch das alte Abkommen mit seinen Eltern hatte noch Bestand: An den freien Abenden musste er für die Familie kochen. Auch wenn die inzwischen deutlich kleiner war, erwarteten Proteo und Laura einen Standard, der der hohen Qualität der Zutaten gerecht wurde. Marco hatte es im Blut, aus der Reichhaltigkeit der italienischen Küche und ihrer saisonalen Zutaten ein Festmahl zuzubereiten. Und Laurenti ließ es sich nicht nehmen, den Wein dafür bei befreundeten Winzern auf dem Karst zu kaufen.

»Erzähl mal, wie es dir in deinem neuen Job ergeht«, bat Laura. »Ich kenne das Restaurant eigentlich nur wegen seiner vorzüglichen Fleischspeisen.«

»Es läuft gut, bald werde ich auch Fisch auf die Speisekarte bringen«, fuhr Marco fort, nachdem er eine köstliche Ceviche als Vorspeise servierte, die er aus der von Laurenti gefangenen Corvina zubereitet hatte. Mit Limettensaft mariniert und mit einer Schote frischem Peperoncino, roten Zwiebeln und Koriander verfeinert. Alles aus dem eigenen Garten. »Aber die

Zeit der niedrigen Preise ist endgültig vorbei. Nur Qualität wird sich durchsetzen, nicht nur bei den Zutaten, sondern auch im Service. Wer glaubt, dass die Gastronomie auch weiterhin der Abstellplatz für Leute ist, die nichts mit sich anzufangen wissen, wird sich bald wundern. Allein die Transportkosten machen die Waren sündhaft teurer. Und glaubt bloß nicht, dass die regionalen Händler auf Preiserhöhungen verzichten. Man muss also genau wissen, was aus den Zutaten rauszuholen ist. Schaut euch nur mal Papàs Fisch an. Ich habe ihn filetiert. Das muss man auch können: Heute essen wir die Ceviche, aber ich hätte auch ein Tatar machen können. Und im Anschluss gibt's eine schöne Fischbrühe aus dem Kopf und den Gräten. Mit Lemongras, Ingwer, Koriander und ein paar Reisnudeln. Und zum Hauptgang serviere ich die Filets all'acqua pazza. Drei Gänge aus einem Fisch. Alles ohne Transport. Dazu eine sehr kurze Kochzeit bei einfachster Zubereitung. Wenn wir da nicht im Trend liegen?«

»Man muss nur wissen, wie's geht«, kommentierte seine Schwester Livia. »Aber erzähl das mal jemanden, der nicht am Meer aufgewachsen ist und keine Ahnung hat, wie ein guter Fisch schmeckt, geschweige denn, wo man ihn kaufen kann. Abgesehen davon, dass man im Zweifel für einen Fisch aus der Zucht mehr bezahlen müsste als wir für einen frischen Wildfang.« In fünf Jahren Frankfurt hatten ihre Kochkünste ganz schön gelitten, sie selbst musste erst wieder zurückfinden. Einmal hatte sie frevelhafterweise sogar eine Carbonara mit Sahne zubereitet, ihre Familie hatte sich maßlos über sie lustig gemacht.

»Vor allem, wenn der Fischer im Haus wohnt«, scherzte Proteo Laurenti.

»Wenigstens schmeckt er nicht nach der Leiche, die du mit ihm rausgezogen hast.« Marco lachte laut und hielt sich die Nase zu.

»Wo wir schon beim Thema Kochen sind, euer Vater und ich haben uns heute eine herrliche alte Stadtvilla angesehen, die einer meiner Kunden verkaufen möchte. Sie hat sogar einen eigenen kleinen Park, aber muss komplett renoviert werden. Sie liegt zentral und hat dennoch Meerblick. Schon die alte Küche ist riesig. Wenn man die gut umgestaltet, könnte Marco dort sein eigenes Privatrestaurant einrichten. Acht bis zehn Plätze ließen sich mit dem richtigen Tisch schon schaffen. Was haltet ihr davon?«

Proteo räumte die Suppentassen ab. Er hätte seiner Frau am liebsten den Hals umgedreht. Einer ihrer alten Tricks bestand darin, ohne Absprache möglichst viele Menschen auf ihre Seite zu ziehen, die dann alles wiederholten, was sie sagte, und um eigene Vorstellungen bereicherten. Er entkorkte eine weitere Flasche Wein und ging zurück zum Tisch.

»Ihr könnt in die Stadt ziehen, wenn ihr reif fürs Altersheim seid. Ich will nicht weg von hier. Wer hat schon das Meer vor dem Haus?«, protestierte Marco. »Und kochen kann ich hier auch für euch.«

Auch Livia schüttelte nachdenklich den Kopf. »Was willst du denn in der Stadt, Mamma? Besser als hier kann's nirgendwo sein. Und die paar Kilometer bis ins Zentrum sind doch kein Problem. Im Zweifel nimmst du den Bus oder rufst ein Taxi, wenn du nicht mehr selbst fahren willst. Wer würde ein Haus wie unseres gegen eines im Stadtzentrum tauschen?«

Laura kämpfte nicht für ihre Idee, sie sagte nur, dass die Architektin ihr nach der Besichtigung zugeraten habe, solange es beim genannten Preis blieb. Sie wusste genau, dass ihre Kinder ohnehin zu ihnen zurückkämen, sollte es bei ihnen mal nicht so gut laufen. Auch in die Stadt.

»Patrizia hat mich heute aus Mumbai angerufen«, wechselte Livia das Thema. »Es geht allen gut, auch wenn sie sich ein bisschen eingesperrt fühlt. Das Schiff liegt nur kurz dort, niemand darf von Bord. Und sowieso, dafür hätten sie beizeiten vorher ein Visum beantragen müssen. Sie langweilt sich extrem. Ein Containerschiff ist eben keine Kreuzfahrt. Das Einzige, was ihr bleibt, ist, an Deck spazieren gehen, wo es natürlich keine Liegestühle gibt. Alkohol gibt es auch nicht. Und das Essen ist wohl immer das gleiche. Der philippinische Koch hat eben keine anderen Zutaten, sagt sie. Ich glaube ehrlich gesagt nicht, dass sie und Barbara den guten Gigi für die ganzen drei Monate begleiten. Ihr Mann mag das gewohnt sein, sie ist es offenbar nicht. Mit den romantischen Vorstellungen von uns Landratten hat das alles jedenfalls nichts zu tun. Warten wir's ab, aber ich wette drauf, dass sie spätestens von Singapur zurückfliegt. Vielleicht auch schon von Colombo in Sri Lanka, da legen sie vorher an.«

»Erinnert ihr euch nicht, dass sogar Gigi ihr mit aller Entschiedenheit davon abgeraten hat?« Marco lachte bei dem Gedanken daran, wie stur Patrizia darauf beharrte, als Gigi versuchte, ihr diese Schnapsidee auszureden. »Aber ihre Eifersucht war wohl zu groß. Ich würde ja sogar von einer Kreuzfahrt abraten, immerhin habe ich ein halbes Jahr auf so einem Kübel in der Küche geschuftet. Meine Kabine lag drei Stockwerke unter der Wasseroberfläche, und ich musste sie mit einem geschwätzigen Franzosen teilen. Schrecklich. Ich war völlig traumatisiert. Hätte mich wenigstens einer dieser russischen Oligarchen angeheuert. Die tun sich immer schwerer, Seeleute zu finden, und zahlen deswegen ein Schweinegeld.«

»Sei froh, dass dir das bisher erspart geblieben ist. Stell dir vor, du wärst einer der Seemänner auf der *Yacht A*. Die dürfen auch nicht an Land, weil sie kein Visum haben. Nur im ernsten Krankheitsfall werden sie eventuell evakuiert«, erklärte Proteo Laurenti. »Und mit dem Essen ist es dort auch nicht besser. Nach dem Anschlagsversuch haben wir ein klares Bild von der Situation an Bord. Ihre Einkäufe laufen über die Schiffsagentur, die sie an einen Billigsupermarkt weiterleitet. Die zusammengestellte Ware wird auf eine Palette gepackt und am Molo Pescheria zur Abholung bereitgestellt. Ein Zulieferboot bringt die Ware hin, das war's. Und auch dort gibt es keinen Alkohol. Und erst recht keinen Kaviar.«

»Habt ihr inzwischen rausgefunden, wer den Anschlag verübt hat?«, fragte Livia.

Laurenti schüttelte den Kopf. »Nur eine vage Ahnung. Es war vermutlich ein Ablenkungsmanöver, um diesen russischen Waffenschieber aus dem Land zu schleusen. Nur, das zu beweisen braucht Zeit.«

»Dann ermittelt schneller«, lästerte Marco. »Wenn ich so lange brauchen würde wie ihr, wäre ich meine Kundschaft ruckzuck los.«

»Seit wann hat Kochkunst etwas mit dem demokratischen Rechtsrahmen zu tun?«, schloss Laurenti das Thema. »Gibt's eigentlich kein Dessert?«

Acht

Antonia kam sich inzwischen fremd vor, wenn sie in die bezaubernde historische Altstadt von Ravenna zurückkam, in der ihre Eltern den Großteil des Jahres lebten. Jetzt, ohne ihre Schwester Maria, war es Antonia fast unheimlich, an den niedrigen Häuser im Zentrum entlangzugehen. Im Zentrum Triests waren die Palazzi so viel höher und die Straßen breiter und heller.

Sie hatte ewig für die Fahrt gebraucht, schon Richtung Venedig hatten zwei Unfälle zu langen Staus und bis zum Stillstand geführt. Und auch um Bologna herum war an Vorankommen nicht zu denken gewesen. Wehe dem, der dort täglich seinen Weg zur Arbeit zurücklegen musste. Zumindest konnte sie bei dem Tempo eine Menge Telefonate erledigen. Unter anderem hatte ihr Stefania Esposito, die Verantwortliche für die Ausschreibungen städtischer Großprojekte, signalisiert, dass es Spielraum gebe. Das konnte vieles bedeuten, doch mehr wollten sie am Telefon nicht dazu sagen, sie verabredeten sich für den nächsten Nachmittag. Sie konnte nur die Angebote für das Seilbahnprojekt gemeint haben.

Mit Beklemmung und feuchten Händen klingelte Antonia gegen achtzehn Uhr am Haus ihrer Eltern in der Nähe der Markthalle, die eine vorausschauende Stadtregierung vor wenigen Jahren wieder zum Florieren gebracht hatte und die sie bei ihren seltenen Besuchen zu Hause gerne aufsuchte.

Ihr Vater öffnete mit grauem Gesicht und geröteten Augen. Sie hatte ihn noch nie in ihrem ganzen Leben weinen sehen. Nicht einmal vor Freude. Er umarmte sie nur knapp und schloss sorgsam die Tür. Erst als sie den langen dunklen Flur hinuntergingen, an dessen Wänden die goldgerahmten Stammbäume der Familien hingen, brachte er die ersten Worte hervor. Er flüsterte fast. »Ich mache mir Sorgen um deine Mutter. Seit heute Morgen sitzt sie wie gelähmt in ihrem Stuhl und sagt kein Wort. Sie reagiert auf gar nichts. Nicht einmal das Wasserglas rührt sie an. Sie weint nur stumm vor sich hin. Und natürlich mache ich mir auch Sorgen um dich, Antonia.«

»Um mich, Pà?«

»Jetzt, wo deine Schwester nicht mehr da ist. Zusammen wart ihr stark.«

»Wir haben beide unser eigenes Leben gelebt. Und darin waren wir grundverschieden, Pà.«

»Du wirst uns alles in Ruhe erklären müssen. Dein Zimmer ist gemacht. Du schläfst hier. Und jetzt geh und begrüße Mutter.«

Sie betraten den großen Salon, dessen Fensterläden geschlossen waren und nur wenig Licht hereinließen. Das antike Mobiliar war Teil des Familienerbes und wurde auf Mutter Francescas Anordnung täglich vom Hauspersonal gepflegt. Wie immer stand alles penibel an seinem Platz. Nur, das bemerkte Antonia sofort, standen heute keine frischen Blumen in der Vase. Sie trat auf ihre Mutter zu, die auf einem Stuhl vor einem verdunkelten Fenster in der Beletage saß und Antonia nicht einmal ansah.

»Mamma«, sagte Antonia, so leise sie vermochte. »Es ist schrecklich. Ich war wie gelähmt, als ich davon erfuhr. Ich war es, die Maria identifizieren musste. In der Gerichtsmedizin von Triest, Mamma, hörst du? Nur eines tröstet mich: Maria war sofort tot. Sie hat nicht gelitten.«

»Warst du dabei?« Francesca sprach, als gäbe sie Antonia die Schuld.

»Nein, Mamma. Dann wäre Maria jetzt auch hier, da kannst du dir sicher sein. Ich wusste nichts von ihren Unternehmungen. Wir haben uns nicht oft gesehen, auch wenn wir regelmäßig miteinander telefoniert haben. Selbst wenn sie zwei Wochen mit dem Boot unterwegs war, hat sie sich gemeldet. Seeleute sind in vielem eigen.«

Sie kniete sich vor den Stuhl ihrer Mutter und drückte ihre kalte kraftlose Hand. Ihr Vater Giacomo wartete reglos hinter ihnen, bis er endlich einen Stuhl für Antonia heranzog, um dann in die Küche zu gehen und mit einer Karaffe frischem Wasser zurückzukommen. Francesca della Porta wendete nicht einmal den Blick, als Antonia ihr das Glas an die Lippen führte.

»Trink, Mamma.«

Antonia hatte ihre Mutter so noch nie gesehen. Das Haar der sonst so stolzen Dame wirkte ungepflegt, die Lippen waren blass. Auf einmal sah sie aus wie eine alte Frau.

»Ich will nichts, bis ich nicht die Wahrheit erfahre.« Ihre Stimme war fast nicht zu hören.

Antonia stellte das Glas auf die Fensterbank und trank ihr eigenes in einem Zug aus.

»Mamma, du musst etwas essen und trinken.« Ihre Worte blieben ungehört. »Papà, ich werde etwas kochen. Wir brauchen jetzt viel Kraft, bei allem, was noch auf uns zukommt.«

»Was soll noch Schlimmeres kommen, Antonia? Nein, bleib bei deiner Mutter, ich werde etwas aus der Markthalle kommen lassen.« Giacomo d'Antimi verließ den Raum auf leisen Sohlen.

»Mamma, was willst du wissen? Ich weiß nicht, ob ich eine Antwort darauf habe. Ich habe selbst so viele Fragen.« Antonia beugte sich vor, als wäre ihre Mutter schwerhörig, und streichelte ihr die Hand.

Endlich schaute Francesca ihre Tochter lange an.

»Warum hast du es uns nicht selbst gesagt? Weshalb musste erst die Polizei kommen und uns informieren?« Ihr Blick war ungnädig.

»Ich habe doch auch erst gestern davon erfahren. Ich war wie gelähmt, nachdem ich Maria gesehen habe. Ich wusste nicht, was ich euch hätte sagen sollen. Ich hatte Angst. Und außerdem wollte ich es selbst einfach nicht glauben.«

»Aber du hast sie doch gesehen.«

»Trotzdem, Mamma. Ich weiß, es ist keine Entschuldigung. Aber. Bitte verzeih mir.«

»Die Polizistin sagte, dass es kein Unfall war. Was bedeutet das, Antonia?«

»Sie wurde ermordet.« Antonia brach in Tränen aus und rutschte von ihrem Stuhl.

»Von wem?«

»Ich weiß es nicht. Die Polizei ermittelt«, brachte sie stockend hervor.

»Und warum hast du nicht auf sie aufgepasst?«

»Wie denn, Mamma? Wie? Wir sind sechsunddreißig Jahre alt. Maria war immer allein mit dem Boot unterwegs. Auch wenn sie Gäste hatte, die sie versorgen musste. Sie war mir keine Erklärung schuldig.« Antonia fing sich wieder, wie immer, wenn es pragmatisch wurde. »Nicht einmal die Kollegen von der Werft haben gewusst, mit wem sie unterwegs war. Mich trifft keine Schuld. Das musst du mir glauben.«

»Du bist die Ältere, Antonia.« Der Vorwurf ihrer Mutter klang bitter.

»Um achtzehn Minuten, Mamma. Du hast doch immer gesagt, dass ich deine Vernunft habe und Maria die Abenteuerlust von Papà.«

Sie hörte die Schritte ihres Vaters im Flur und wie er in der Küche seine Einkäufe auspackte. Kurz darauf kam er zu ihnen in den Salon.

»Wo ist eigentlich dein Bernadino?«, fragte er.

»Er hat heute eine schwierige Operation. Wenn alles gut geht, ist er um achtzehn Uhr fertig. Bei Komplikationen dauert es deutlich länger.«

»Wie?« Die Stimme ihrer Mutter klang jetzt kräftiger, fast hart.

»Was, wie?«

»Wie wurde Maria ermordet?«

»Ermordet?« Giacomo d'Antimi fuhr auf. »Wer sagt das?«

»Ich habe es Mamma erzählt, als du einkaufen warst. Maria wurde erschossen. Sie muss sofort tot gewesen sein. Wahrscheinlich hat sie es nicht einmal mitbekommen. Das sagt zumindest die Gerichtsmedizinerin. Und auch die Polizei.« Wieder schossen ihr die Tränen in die Augen.

»Und wo?«

»Ich war doch nicht dabei«, rief Antonia verzweifelt schluchzend und rieb sich die Augen. »Es muss irgendwo im Golf von Triest gewesen sein. Mitten in der Nacht. Ein Polizist hat sie frühmorgens vor der Küste gefunden. Sie lag im Wasser.«

Endlich nahm Francesca della Porta ihr Glas von der Fensterbank und trank es leer. Ihr Mann schenkte sofort nach. Es schien, als fände die sonst so entschiedene Frau zu ihrer Haltung zurück.

»Ich will sie auch sehen«, sagte sie auf einmal. »Ich will meine Maria sehen.«

Antonia warf ihrem Vater einen Hilfe suchenden Blick zu. Keiner der beiden antwortete auf Francescas Forderung.

»Ich denke, wir müssen die Ermittlungen abwarten«, sagte

er nur. »Antonia hat Maria bereits identifiziert. Jetzt müssen wir darauf warten, dass sie von der Justiz freigegeben wird.«

»Maria hat immer gesagt, dass sie einmal verbrannt werden will und ihre Asche im Meer verstreut werden soll«, sagte Antonia zaghaft.

»Das kommt überhaupt nicht infrage. Sie wird im Grab der Familie beigesetzt.« Francesca hatte schlagartig ihre alte Stimme zurückgefunden. Sie erhob sich und ging aus dem Zimmer. Giacomo dagegen blieb ruhig, legte endlich seinen Arm um Antonias Schulter und zog sie an sich. Sie spürte seine Tränen auf ihren Wangen. Nicht einmal als Maria und sie das Abitur bestanden oder fast zeitgleich ihren Abschluss an der Universität gemacht hatten, hatte der Mann sich gerührt gezeigt. Immer bewahrte er seine aufrechte Haltung. Sogar bei Antonias und Bernardinos Hochzeit in der Basilika San Vitale von Ravenna mit dem schönsten Mosaik der Welt, wohin Maria als ihre Trauzeugin mit dem Boot über den Kanal gekommen war und sich zur Zeremonie in eine Art Kapitänsuniform geworfen hatte. In ihrer Verzweiflung schlang Antonia jetzt ihre Arme um seinen Hals. Sie wusste nicht, wie lange sie so verharrt hatten, als sie die Stimme Francescas aus der Küche vernahmen.

Antonia ließ ihren Vater los, strich sich über Wangen und Haar und ging hinüber.

»Deck bitte den Tisch«, ordnete ihre Mutter an. Sie hatte ihre Frisur gerichtet und sich zurückhaltend geschminkt. »Messer, Gabel, Löffel.«

Das improvisierte Abendessen bestand aus Passatelli in Brühe, gefüllten Zucchini und Baccalà mit Kartoffeln und Oliven. Sie aßen schweigend, bis Francesca della Porta das Besteck ablegte.

»Wo sind Marias Sachen?«, fragte sie.

»Sie sind noch in ihrem Zimmer. Ich werde sie morgen abholen.« Mit ihrer Antwort hatte Antonia auch angekündigt, dass sie nur für eine Nacht bei ihren Eltern blieb.

»Hat sie allein gelebt?«, fragte Giacomo d'Antimi.

»Wie gesagt, Seeleute sind anders. Sie hat sich bei einem Weinbauern eingemietet, von ihrem Zimmer aus konnte sie sogar ihre Werft sehen. Maria hat immer gesagt, sie könne nicht ohne die Weite und die Einsamkeit des Meers leben. Andererseits hat sie Urlauber rumgeschippert, sie bewirtet, sie hat einfach keine Ruhe gefunden, aber sie hat sich immer mit der engsten Koje an Bord begnügt. Ich habe das nie verstanden.«

»Wie lange bleibst du, Antonia?« Ihre Mutter schaute sie fordernd an. »Wir brauchen dich hier mehr denn je.«

»Ich komme wieder, sobald ich kann, Mamma. Ich muss den Ermittlern zur Verfügung stehen. Und ich verspreche euch, ich werde nicht nachlassen, ihnen Dampf zu machen. Vor allem werde ich darauf bestehen, dass sie bald freigegeben wird. Verlasst euch darauf.«

Ihr Vater seufzte. »Das kann sich über Wochen hinziehen.«

»Wir sollten auf jeden Fall anfangen, die Gedenkfeier zu planen. Die Beisetzung erfolgt dann später. Im engsten Familienkreis.« Antonia kannte das Traditionsbewusstsein ihrer Mutter und das unverrückbare Festhalten an Zeremonien, dem sich Maria und sie nie entziehen konnten. Es gab keinen Weg daran vorbei.

In der Wohnung der Familie d'Antimi brannte das Licht fast bis zum Tagesanbruch. Doch bereits um acht Uhr zwang sich Antonia wieder aus dem Bett. Sie fühlte sich erschlagen vor Müdigkeit, doch die wiedergefundene Harmonie mit ihren Eltern hatte sie zuversichtlicher gemacht. Nur eines hatte ihr, seit sie Maria in der Gerichtsmedizin gesehen hatte, Kopfzerbrechen bereitet: Weshalb sie unter ihrem weißen Skipperdress einen Neoprenanzug getragen hatte. Das schien ihr untypisch für ihre Schwester. Wenn sie selbst mit Bernardino die Adria hinabsegelte, zog sie so ein Ding nicht einmal bei Unwetter über. Hatte Maria damit gerechnet, dass sie ins Wasser gehen würde? War sie Teil eines größeren Plans gewesen und hatte nebenher ein ganz anderes Ding gedreht? Raffaele Raccaro hatte doch selbst gesagt, dass er Maria schon häufiger große Summen bezahlt habe. Wofür? Doch von diesen Zweifeln erzählte Antonia ihren Eltern kein Wort.

Als Proteo Laurenti vom Schwimmen zurückkam, staunte er. »Was führst du im Schilde?«, fragte er seine Frau. »Hast du im Lotto gewonnen? Gibt es einen Grund zum Feiern?«

Laura hatte einen üppigen Frühstückstisch auf der Terrasse gedeckt: Obstsalat, Joghurt, Wildlachs, Spiegeleier, luftgetrockneter Schinken, frischer Toast, Tomaten mit Mozzarella und Basilikum, Olivenöl, Honig und Marmelade. Das Tischtuch hatte sie mit frischen Rosenblüten bestreut, und sie strahlte ihrem patschnassen Gatten freudig entgegen. Laura schlang ihre leicht gebräunten Arme um seinen Hals und gab ihm einen langen Kuss.

»Du schmeckst nach Meer, mein Liebster. Zieh dich rasch an.«

»Ich wollte dich gerade um das Gegenteil bitten.«

»Mach schnell, sonst werden die Eier kalt.«

»Gewiss nicht.« Er streifte ihr das Kleid ab.

An jedem anderen Morgen tranken sie ihren Espresso in der Küche im Stehen und verabredeten nur, wer für den Abend einkaufen würde und welche Besonderheiten im Laufe des Tages bevorstanden, bevor sich jeder von ihnen an die Arbeit machte.

Was also war heute mit Laura los? Als Proteo Laurenti schließlich unter der Dusche stand, gingen ihm verschiedene Möglichkeiten durch den Kopf. Entweder drohte die Welt unterzugehen, oder es war ein Wunder geschehen. Vielleicht würden sie zum zweiten Mal Großeltern werden, oder Laura hatte früher als erhofft mit ihren Geschwistern das Erbe regeln können. Unmöglich, ihm schwante nichts Gutes. Und in der Tat offenbarte sie ihm, während sie frische Spiegeleier servierte, dass sie gestern entgegen dem ausdrücklichen Willen ihres Mannes und der Kinder ein Angebot für die Villa gemacht hatte. Der Erbe hatte es bei einem Telefonat am Abend auch sofort angenommen. Laura hatte bereits einen Termin bei ihrer Hausbank wegen des Kredits, und dafür brauchte sie die Unterschrift ihres Ehemanns, da sie bei der Hochzeit Gütergemeinschaft vereinbart hatten. »Und auch beim Notar musst du dabei sein, Proteo«, schloss sie ihre Erklärung.

Laurenti wusste seit Jahrzehnten, dass er sich gegen Lauras Willen niemals durchsetzen würde. Es war sinnlos, jetzt noch etwas zu versuchen. Schweigend trank er einen weiteren Espresso und machte sich schließlich auf den Weg.

Der Commissario fuhr an diesem Morgen zuerst zur Riva Giovanni da Verrazzano im Industriegebiet um den Neuen Hafen. Mariettas Recherche zufolge lag dort, genauer gesagt im Canale Navigabile, die *Putela*, das fünfundzwanzig Meter lange Zulieferboot von Ottaviano del Re, wenn er gerade keine Serviceleistungen für die auf Außenreede wartenden Schiffe abwickelte. Für Ottaviano begann der Tag gewöhnlicherweise um vier Uhr morgens, sommers wie winters, egal bei welchem Wetter. Er lieferte alles, womit die verantwortlichen Schiffsagenturen ihn beauftragten, solange die Ware nicht zu schwer oder zu sperrig für sein Schiff war. Meistens arbeitete er allein und beendete seinen Arbeitstag schon kurz nach Mittag. Außerdem hatte Marietta herausgefunden, dass Laurenti, sollte er den Mann nicht auf der *Putela* vorfinden, wahrscheinlich in einer nahe gelegenen Trattoria fündig würde, die schon morgens um sechs öffnete und für wenig Geld eine erste warme und rustikale Mahlzeit anbot. Ein Knochenjob sei das gewiss nicht, lautete der überflüssige Kommentar seiner Assistentin, denn Laurenti hatte ihn, seit er den Mann kannte, immer mit irgendwelchen Freunden am Tresen oder Tisch einer Osteria getroffen.

Der Commissario brauchte seine Aussage, weil sich im Laufe der bisherigen Ermittlungen ergeben hatte, dass die *Sailing Yacht A* einmal die Woche mit Ware versorgt wurde, die Ottaviano mit der *Putela* anlieferte. So hätte es auch am Morgen nach dem Anschlag passieren sollen, was wegen der Ermittlungen so lange aufgeschoben wurde, bis die Schiffsagentur beim Hafenamt protestierte. Marietta hatte über ihre kaum zu bremsende Kontaktfreudigkeit eines Abends auch herausgefunden, dass die Ware bei einem der Supermärkte von Raffaele Raccaro bestellt wurde. Ihr Opfer war ein erst vor Kurzem nach Triest gezogener Angestellter der Schiffsagentur gewesen, der auf Kontaktsuche zufällig in ihrem Stammlokal gestrandet war.

Während Proteo Laurenti von der auf Stelzen gebauten Stadtautobahn abfuhr, dachte er über die Rolle des Alten in der ganzen Sache nach, der, obwohl inzwischen deutlich über achtzig, noch immer aktiv war. Vor Jahren hatte der Commissario ihn zwar der Korruption und als Auftraggeber eines Mordes überführt, doch Raccaro war es dank seiner Tricks und sehr gewiefter Rechtsanwälte gelungen, so glimpflich davonzukommen, dass sich manch einer lauthals über den Zustand der Justiz in diesem demokratischen Rechtsstaat beschwerte. Laurenti sah ihn oft, wenn er auf seiner Terrasse im Hochhaus gegenüber der Questura stand oder auf seinem Weg zur Piazza Unità auf dem Gehweg vorbeihuschte. Weshalb aber tauchte dieser verschlagene alte Strippenzieher jetzt wieder im Umfeld der aktuellen Ermittlungen auf? Fanden seine schmutzigen Spielchen nie ein Ende?

Das Boot von Ottaviano del Re lief gerade seinen Liegeplatz

an, als der Commissario aus dem Wagen stieg. Proteo Laurenti hatte den Eindruck, dass zwei Männer an Bord waren, von denen der eine sich in dem engen Führerhaus schlagartig kleiner machte und hinter der Windschutzscheibe abduckte, als sie näher kamen. Laurenti winkte Ottaviano zu und legte schließlich das schwere ölige Tau um einen Poller, das man ihm zum Festmachen zuwarf. Etwas verlegen wischte Laurenti seine Hände notdürftig mit einem Papiertaschentuch ab und hielt sie ungelenk von seiner Kleidung weg.

»Langweilst du dich oder wartest du auf mich?«, fragte del Re. »Du weißt doch, dass Lojze und ich den Anschlag verübt haben, so besoffen, wie wir waren.« Er reichte ihm eine Flasche. »Hier. Seifenwasser. Wasch dir die Pfoten.«

»Ich bin tatsächlich nicht zufällig vorbeigekommen. Sag mal, hast du keinen Helfer an Bord? Seit wann arbeitest du allein?«

»Ermittelst du inzwischen auch wegen Schwarzarbeit?«

»Wo ist er denn? Sag ihm, dass er rauskommen soll. Ich habe zwei Köpfe hinter den Fenstern der Kabine gesehen, als ihr reingefahren seid.«

Ottaviano del Re wusste, dass er seinen Kopf nicht aus der Schlinge ziehen konnte und dass auch dem Commissario klar war, dass es in Unternehmen wie seinem immer jemanden gab, der einem zur Hand ging. Bei Kontrollen zählten am Ende die Glaubwürdigkeit der Ausreden und der gute Wille der Beamten, ein weiteres Mal ein Auge zuzudrücken. Zu kleine Fische fängt man nicht.

Und trotzdem staunte Laurenti, als sich der Mann aufrichtete und aus der Kabine trat.

»Die Götter sind gegen mich«, stammelte Amedeo, der Fischergehilfe, den Laurenti schon von Silvias Miesmuschel-Kutter gezogen hatte. »Da, wo ich nicht bin, da ist das Glück. Hast du es auf mich abgesehen, Bulle?«

»Wir wissen beide, was Sache ist.«

»Aber ich ...«

»Schweig. Du kannst von Glück reden, dass ich keine Handschellen dabeihabe. Du bist ein Schwachkopf, und wenn du willst, dann bekommst du das mit Stempel und Unterschrift auf amtlichem Papier. Wir hatten eine Abmachung, und ich hab dich nur davonkommen lassen, weil ich deiner Chefin Silvia einen Gefallen tun wollte. Aber vor allem, weil unsere Knäste überfüllt sind. Hast du eigentlich eine Ahnung, was es bedeutet, mit acht anderen in einer Viererzelle zu landen, und keiner von denen spricht deine Sprache. Da wirst du nach deren Pfeife tanzen. In deinem eigenen Land, in dem du dich bisher so sicher gefühlt hast, dass du dich keinen Augenblick um die Gesetze geschert hast. Gesetze, mein Amedeo, die am Ende auch dich schützen. Vor allem aber hast du dein Versprechen gebrochen. Du weißt, was das heißt?«

»Drück noch mal ein Auge zu, Proteo«, mischte sich Ottaviano nun doch ein.

»Kann ich nicht. Will ich nicht. Und darf ich auch nicht.«

»Schau, ich wäre aufgeschmissen ohne ihn. Und er ohne mich. Und am Ende sogar ohne dich. Es gibt doch viele, die während ihrer Strafe arbeiten dürfen. Zu Hause geht Amedeo zugrunde.«

»Das entscheidet allein der Richter. Halt du dich da raus. Zu dir komme ich noch.« Laurenti hatte die Nase voll von der immer gleichen Jammerei all jener, die erst dann um Verständnis baten, wenn sie erwischt wurden. Sein ganzes Arbeitsleben hatte er sich die dämlichen Ausreden der Überführten anhören müssen.

»Entschuldige bitte, Commissario«, druckste er nun mit falscher Demut herum. »Es ist immer das Gleiche. Die Großen lässt man laufen, uns kleine Fische locht man ein.«

»Die Welt ist ungerecht, Amedeo. Aber die Großen, wie

du sie nennst, lassen sich auch nicht nachts vor irgendwelchen Spelunken in Schlägereien verwickeln.«

»Wenn die mich zu sich nach Hause zum Champagnertrinken einladen würden, würde ich das auch nicht tun.«

»Du wohnst doch da drüben?« Laurenti wies auf die Sozialbauten jenseits der Hochstraße.

Amedeo nickte niedergeschlagen.

»Da gehst du jetzt schnurstracks hin und packst eine Tasche mit dem Nötigsten. Und dann wartest du, bis die Kollegen dich abholen kommen.«

Hilfe suchend schaute der Seemann seinen Kapitän an, der lediglich einen Fünfziger aus der Brieftasche zog und ihm in die Hand drückte.

»Mach, was der Bulle gesagt hat, Amedeo«, sagte Ottaviano ungerührt.

»Die Alternative ist, dass ich die Streifenkollegen kommen lasse, die bringen dich direkt in den Knast. Ohne Zahnbürste.«

Der kleine drahtige Mann mit den tätowierten Armen steckte den Schein ein und ging schweigend mit gesenktem Kopf und den Händen in den Hosentaschen davon.

»Ich weiß, dass du nicht wegen ihm gekommen bist, Laurenti«, sagte Ottaviano del Re endlich. »Also, was liegt an?«

»Du könntest mir etwas über die Lieferungen erzählen, die du zur A bringst.«

»Zuerst will ich aber wissen, seit wann du Amedeo auf dem Kieker hast. Über die A weiß ich wahrscheinlich sowieso kaum mehr als du. Warte, bis ich den Kahn dicht gemacht habe, dann gehen wir zusammen was essen. Ich bin seit der Dämmerung auf den Beinen.« Dass der Commissario wegen Amedeo bisher niemanden verständigt hatte, war Ottaviano del Re nicht entgangen.

Wenig später saßen sie trotz des schönen Wetters an einem

Tisch mit rot karierter Plastiktischdecke im Innenraum der Trattoria.

»Was lieferst du denn alles zur *A*?«

Ottaviano bestellte für sich ein Glas Rotwein und einen Teller Gnocchi mit Ragout. Laurenti begnügte sich mit einem Espresso.

»Nur den Fraß aus dem Supermarkt.«

»Und was bestellen die?«

»Das meiste steckt in großen Kartons, die ich nicht aufmache. Dazu säckeweise Reis. Eine Unmenge stilles Mineralwasser. Gemüse. Manchmal auch ein paar Kühlboxen, die ich wieder mitnehme, sobald sie ausgepackt sind. Eine große kulinarische Abwechslung haben sie nicht. Nur der Kapitän ist Europäer, ein Franzose, habe ich gehört. Ich habe ihn nie selbst gesehen. Der Rest sind alles Asiaten. Ein Scheißleben auf dem Schiff, wenn du mich fragst. Schon seit über einem Jahr liegen die dort und waren noch kein einziges Mal an Land. Aber denen auf den Öltankern oder Containerschiffen geht es eigentlich auch nicht anders. Seeleute sind eigen.«

»Sie haben zumindest eine andere Vorstellung von Zeit. Und solange sie ihr Geld bekommen, brauchen sie offensichtlich wenig, außer einer funktionierenden Internetverbindung. Aber sag mal, wie ist das eigentlich bei Sturm? Fährst du auch bei Sauwetter?«

»Das hängt von der Windstärke ab. Meine Dschunke hält auch einem schweren Sturm stand. Nur kannst du dann die Anlieferung vergessen. Dann schlagen die Bordwände gegeneinander, und du kannst nichts übergeben.«

»Und mit welcher Kleidung macht man das? Im Sommer natürlich. Wie in der Nacht vor dem Anschlag auf die *A*. Da war das Unwetter schon am Abklingen. Die Bora setzte ein.«

»Das hängt davon ab. Wenn man leicht friert, schützt man

196

sich mehr. Mir macht das nichts aus. Ich bin außerdem ein guter Schwimmer und kenne unser Meer gut genug.«

»Schützen womit?«

»Ein Pullover unterm Ölzeug.«

»Und wenn man kein Ölzeug trägt, nur Shirt und Hose?«

»Bist du wirklich so dämlich? Ein Neoprenanzug zum Beispiel.«

»Danke. Ich wollte das nur aus dem Mund eines Fachmanns bestätigt bekommen. Ich bin nur ein Schwimmer, kein Kapitän.«

»Du weißt nicht, was dir abgeht, Commissario.«

»Ich weiß auch vieles andere nicht, Ottaviano.« Proteo Laurenti erhob sich. »Übernimmst du meinen Kaffee? Ich muss los.«

Italia–Austria 1 : 0. Made in Italy gewinnt. Nach ersten Informationen wird der italienische Anbieter den Zuschlag für den Bau der Seilbahn erhalten.

Beinahe hätte Raffaele Raccaro seinen Kaffee verschüttet, als er die Zeitung aufschlug, die ihm wie immer seine Putzfrau mitgebracht hatte. Auf der gesamten zweiten Seite wurde über den neuesten Stand des Projekts berichtet. Der größte Artikel berichtete von einer anonymen Quelle im Rathaus, die zu wissen glaubte, dass der italienische Anbieter die Nase vorn hatte.

Raccaro wählte umgehend Antonias Nummer. Jähes Erwachen, als sie die Telefonnummer sah. Sie nahm den Anruf nur widerwillig an. Das Beisammensein mit ihren Eltern hatte sie beruhigt, trotz des traurigen Anlasses war es ein harmonisches Beisammensein gewesen, wie sie es zuletzt als Heranwachsende erlebt hatte.

»Was gibt's?«, fragte sie ohne einen weiteren Gruß.

»Hast du schon die Zeitung gesehen, Toni?« Lele schien vergessen zu haben, dass sie nicht in Triest war.

»Ich bin in Ravenna. Was ist denn passiert?«

»Oh, entschuldige bitte. Wie geht es deinen Eltern?«

»Den Umständen entsprechend. Also, was steht in der Zeitung?«

»Dass die Konkurrenz die Nase vorn hat.«

»Unmöglich. Rein technisch unmöglich.«

»Anscheinend hat das jemand aus dem Rathaus durchsickern lassen. Ich dachte, du hättest die Sache unter Kontrolle. Oder gibt es etwas, das ich wissen sollte?«

»Nur dass es zu früh ist für Entscheidungen. Die Angebote werden gerade im Detail geprüft, das dauert mindestens zwei Wochen. Und danach werden offene Fragen mit den Wettbewerbern geklärt. Auch das dauert einige Zeit. Dass schon eine Entscheidung gefallen sein soll, ist unmöglich.«

»Dann setze ich mich mit dieser Esposito in Verbindung, solange du nicht hier bist, Toni. Gib mir ihre Nummer.«

»Es tut mir leid, aber zu viele Köche verderben den Brei. In einer Stunde bin ich wieder auf dem Rückweg. Dann kümmere ich mich selbst. Du weißt, dass du mir vertrauen kannst. Bisher konnte ich all unsere Interessen durchsetzen. Ohne Ausnahme. Und nur weil die Zeitung Probleme hat, ihre Seiten zu füllen, ist das kein Grund, nervös zu werden, Lele. Ich habe gestern während der Fahrt einen Termin mit Stefania Esposito vereinbart. Für heute Nachmittag.«

»Wo trefft ihr euch?«

»Um sechzehn Uhr in einer dieser Chinesen-Bars am Ende der Via XXX Ottobre. In der Nähe ihres Büros. Ich melde mich danach bei dir. Du wirst sehen, das ist nichts als heiße Luft.«

»Dann treffen wir uns anschließend in deinem Büro. Ich wollte ohnehin mal wieder nach dem Rechten sehen.«

Antonia d'Antimi legte verärgert auf. Der alte Sack konnte es offensichtlich kaum erwarten, wieder einmal auf dem Siegertreppchen zu stehen. Misstrauische und habgierige alte Männer hatten in ihrer ungeduldigen Eitelkeit schon blutige Kriege angezettelt. Wenn nicht sogar das eigene Lebenswerk an die Wand gefahren, weil sie niemand mehr vertrauten und alle anderen für zu blöd hielten. Ein klares Zeichen von Angst, dachte sie.

Bevor sie zum Frühstück mit ihren Eltern in die große Küche hinüberging, rief Antonia ihren Mann an. Sie erzählte Bernardino vom gestrigen Tag und kündigte an, dass sie kurz nach Mittag Marias Sachen abholen wollte. Um diese Zeit müsste der Verkehr zulassen, dass sie ohne lange Staus durchkam. Bernadino zeigte sich erleichtert. Er würde ihr nach Beendigung seiner Visiten helfen, wenn sie zu Marias Unterkunft fuhr. Im Anschluss wollten sie in der Osmizza auch gleich einen Happen zusammen essen, bevor Antonia wieder ganz auf das Mittagessen verzichtete. Vor allem aber wollte er seine Frau nicht allein lassen, wenn sie die Sachen ihrer toten Schwester packte. Bernardino erinnerte sich gut daran, wie er vor ein paar Jahren den elterlichen Haushalt auflösen musste. Das konnte selbst eine so nervenstarke Person wie Antonia umhauen.

»Stojan, hast du getan, was ich dir gesagt habe? Das mit deinem Auto.« Lele Raccaro rief ihn sofort nach dem Gespräch mit Antonia an. Sobald sie am Nachmittag zurückkäme, sollte sein Handlanger sie aus dem Weg räumen.

»Die Anzeige habe ich gestern erledigt. Das mit dem Wagen mach ich heute. Ich habe auch schon den richtigen Platz dafür gefunden.«

»Mehr muss ich nicht wissen. Du wirst danach sofort in die Stadt kommen. Sie ist um sechzehn Uhr in der Via XXX Ottobre. Du machst der Sache ein Ende, und dann bist du frei.«

»Was ist mit der Starthilfe für Serbien?«

»Die bekommst du, Stojan. Versprochen. Dir darf aber kein weiterer Fehler unterlaufen.«

»Du weißt, dass du dich auf mich verlassen kannst.«

Draško würde das Problem für ihn lösen. Lele Raccaro war zuversichtlich. *Zu viele Köche verderben den Brei*, das war ein starkes Stück. Wieder hatte sich Toni einfach über ihn hinweggesetzt. Er hatte keinen Zweifel an der Richtigkeit seines Auftrags. Nur der Moment war heikel. Das Rückgrat der Firma war zur Schwachstelle geworden. Raccaro hatte genug Lebenserfahrung, um zu wissen, dass sich jeder selbst der Nächste war. Fransen die Ränder aus, kommt auch das Zentrum ins Wanken. Gäbe es erst Ermittlungen über die Geschäfte der letzten Jahre, würde Antonia ihn skrupellos verraten, wenn nicht sogar mehrfach belasten, um den eigenen Kopf aus der Schlinge zu ziehen. Doch sie täuschte sich über ihn. Selbst aus dem Hausarrest vermochte er, seine Geschäfte zu stabilisieren und die Verluste wieder reinzuholen. Damals hatte Zorka ein Mobiltelefon durch die Kontrollen geschmuggelt, das in Rumänien registriert gewesen war. Und zum Glück war die genaue Ortung und Überwachung in einem Hochhaus äußerst schwierig. Zorka würde auch diesmal die Ordnung wiederherstellen. Weder dieser Laurenti noch der schreckliche Staatsanwalt Scoglio mit seinem schütteren Haar würden ihm etwas nachweisen können. Der einzige Unterschied war: Zorka war in der Zwischenzeit selbst zu Einfluss gekommen, sie hatte Zugriff auf fast die gesamte Gemeinde ihrer Landsleute und konnte sich auch auf viele andere Migranten aus dem zerfallenen Jugoslawien verlassen, die es aus eigener Kraft nicht schafften. Manch einer nannte sie *Kuma*, Patin. Sprache verbindet, auch wenn sich dieser Zusammenhalt in den Jahren nach dem Zusammenbruch Jugoslawiens immer mehr verflüchtigte.

Es gab kein Problem, das Zorka nicht zu lösen vermochte. Dank ihrem überaus bescheidenen Auftreten, ihrem glänzenden Gedächtnis und sogar ihren brillanten Kontakten in die Behörden. Vor ein paar Jahren hatte sie sogar Commissario

Laurenti einen Mann vermittelt, der von Malerarbeiten und den Sanitärreparaturen über Gartenarbeiten bis hin zu Ausbesserungen an den Trockenmauern auf den Terrassen im Garten über dem Meer alle Arbeiten verrichtete. Bezahlen ließ er sich selbstverständlich auch von den Laurentis schwarz. In den letzten zwanzig Jahren hatte die Frau ein perfektes System aufgebaut.

Raccaro erwartete sie in Kürze. Offiziell kam sie zur Kontrolle seiner Putzfrau. Unangekündigtes Erscheinen an den Arbeitsplätzen ihres Personals gehörte zu ihren Routinen. Es gewährte den Kunden Sicherheit und den Beschäftigten eine klare Führung, an die sie sich beim kleinsten Unbehagen wenden konnten. Zorka Radovan war eine Garantie.

Lele stand auf, um sich anzuziehen. In Anbetracht des Wetters wählte er zu seiner grauen Hose ein weißes kurzärmliges Hemd mit Schulterklappen und zwei Brusttaschen. Seine blassen Arme ragten wie die einer dürren Puppe aus den Ärmeln hervor.

Als er in den Salon zurückkam, klingelte Zorka. Die Putzfrau öffnete ihr und wurde sofort ermahnt, weil sie die vollen Mülltüten im Flur gesammelt hatte, anstatt sie sofort zu entsorgen. »Man sieht, dass du vom Dorf kommst. Was ist, wenn der Herr Besucher erwartet? Das macht keinen guten Eindruck.«

Die Putzfrau kam den Anweisungen sofort nach. Nachdem sie die Wohnungstür hinter sich ins Schloss gezogen hatte, begann Zorka sofort zu berichten.

»Es ist alles bereit, du musst mir nur noch sagen, wann.«

»Wer macht es?«

»Nennen wir ihn Bogdan. Seinen richtigen Namen weiß nur ich. Er kennt Stojanović flüchtig, hat aber nichts mit ihm zu tun. Also? Wann?«

»Heute Nachmittag hat Stojan noch etwas für mich in der Stadt zu erledigen. Um sechzehn Uhr. Es dauert nicht lange, aber wir müssen das noch abwarten. Sag das diesem Bogdan. Am besten schlägt er gleich danach zu. Oder sofort nach Stojans Schichtende. Die Küche schließt für gewöhnlich gegen elf.«

»Was kümmert dich diese Spelunke? Ob die heute Abend aufmacht oder nicht, macht für dich keinen großen Unterschied.« Zorka hatte recht, ihre Entschiedenheit beruhigte Raccaro.

»Ich dachte nur, dass dann im Dorf nichts mehr los ist. Keine Zeugen, außer es fährt zufällig jemand vorbei.«

»Das lass mal meine Sorge sein, Lele. Ich gebe ihn also kurz nach sechzehn Uhr frei. Als Profi muss man den richtigen Moment abpassen. Und eins sag ich dir: Billig wird es nicht.«

»Was willst du?«

»Fünf für mich und fünf für Bogdan.«

Raccaro wusste, dass dieser Kerl von überallher stammen konnte: Serbe, Deutscher, Kosovare, Schweizer, Albaner, Österreicher. Nur der Preis ließ vermuten, dass der Killer eher vom Balkan kam. Lele nickte nur. Das versprochene Startgeld für Draško würde er sich sowieso sparen. Ein Nullsummenspiel also.

»Hast du das Geld im Haus? Sonst komme ich in zwei Stunden noch mal vorbei.«

»Du hast bei mir noch nie aufs Geld warten müssen, Zorka.« Lele verließ den Salon.

Die Chefin hörte ihre Putzfrau zurückkommen und rief sie zu sich. Sie wollte nicht, dass die Frau zufällig Raccaro am Safe sah. Erst als er zurückkam, schickte sie die Frau wieder an die Arbeit.

»Hier, zähl nach, Zorka.« Lele legte einen Briefumschlag auf den Tisch.

»Muss ich bei dir nicht, Lele. Du hast dich noch nie verzählt. Aber ich möchte dir einen Rat geben, wenn du erlaubst.«

»Was denn? Stimmt etwas nicht?«

»Ich erlaube mir das nur, weil wir alte Freunde sind. Zieh dir ein anderes Hemd an und wirf dieses am besten sofort weg. Du siehst darin lächerlich aus. Deine Arme sehen aus wie behaarte Zahnstocher.«

Neun

»Ich war sowohl bei der Hafenbehörde in Triest und bei der von Monfalcone. Alle haben mir nur Gutes über Maria d'Antimi erzählt. Sie muss ein richtiger Seebär gewesen sein und hatte keine Angst vor Stürmen. Allein dafür hatten alle den größten Respekt. Offenbar ist sie alle Unternehmungen immer mit klarem Kopf angegangen. Sie hatte wohl immer ein klares Ziel vor Augen. Ein erfahrener Steuermann hält eben auch unter widrigen Umständen den Kurs.« Gilo Battinelli, selbst ein erfahrener Segler, unterrichtete die Abteilung über die Ergebnisse seiner Befragungen. »Maria war gut gerüstet und hatte immer einen guten Überblick. Sie muss auch bei ihrer letzten Ausfahrt gewusst haben, was sie tat. Bei ungünstigen Verhältnissen hat sie immer die kritischen Daten abgefragt, bevor sie hinausfuhr. Den meisten Bootsbesitzern mangelt es zwar nicht an Geld für teure Boote, dafür sind sie an Dilettantismus nicht zu überbieten. Maria d'Antimi war eine Klasse für sich.«

Battinelli hob die Stimme, bevor sich unter den Kollegen ein Geplänkel über die schlimmsten Hobbykapitäne entfalten konnte, von denen jeder mindestens einen kannte. »Zur besonderen Klasse von Maria d'Antimi gehörte auch, dass sie nichts dem Zufall überließ. Bei Unwetter trug sie wohl immer einen Neoprenanzug unter ihrem weißen Dress, das ist eher unüblich.«

Der Commissario horchte auf.

»So warm, wie das Meer ist?«, fragte Enea Musumeci erstaunt.

»Täusch dich da mal nicht, bei fünfundzwanzig Grad Wassertemperatur hält man im Wasser zwar lange durch. Aber es ist trotzdem elf Grad kälter als die durchschnittliche Körpertemperatur. Nach einiger Zeit kannst du da schon Probleme bekommen.«

»Man sieht, dass keiner von euch Kinder hat.« Der Commissario lächelte. »Wenn die klein sind, verbringen sie den halben Sommer im Meer. Aber sie kommen zwischendurch immer wieder raus. Zum Aufwärmen. Und wenn sie mal zu lange im Wasser sind, klappern sie mit den Zähnen.«

»Der Neoprenanzug verlangsamt das Auskühlen, und er gibt Auftrieb. Auch wenn wir im Golf von Triest fast immer ein Ufer sehen können, kann man bei Sturm nie sagen, wohin er einen treibt und wann man gerettet wird, falls man überhaupt ein Notsignal absetzen konnte.«

»Maria d'Antimi jedenfalls konnte das nicht, wie wir auf dem Video gesehen haben. Als das Schlauchboot aufs Meer hinausgeschossen ist und über die Wellen hüpfte, war sie bereits tot. Irgendwann muss sie von Bord geschleudert worden sein.« Sonia Padovan machte eine dementsprechende Bewegung.

»So wird es gewesen sein«, schloss Battinelli seinen Bericht.

»Lassen wir einmal eure Piratenfantasien beiseite«, schritt der Commissario endlich ein. »Erinnert ihr euch eigentlich noch, an was wir arbeiten? Woran ermitteln wir?«

»Klar doch, am Fall mit der Toten im Wasser.« Endlich äußerte sich auch Cacciavacca, der bisher nur ein paar Notizen gemacht hatte.

»Und worum geht es dabei?«

»Um den Mord an Maria d'Antimi.«

»Bist du dir da sicher?«

»Sicher, worum soll es sonst gehen?«

»Na ja, überleg doch mal, wie das alles angefangen hat. Mit der Befreiung des Russen aus dem Hausarrest und seinem Transport aus Mailand hierher. Maria d'Antimi verlor ihr Leben auf der letzten Etappe seiner Flucht. Drüben an der kroatischen Küste. Aber weder durch die Hand von diesem Fjodor Iljin noch durch die eines der fünf Fluchthelfer, wie wir durch die Aufnahmen der Überwachungskamera an der Marina von Savudrija wissen. Ein anderer Mann hat sie umgebracht.«

»Draško Stojanović, auch das wissen wir«, ergänzte Sonia Padovan.

»Aber in wessen Auftrag handelte er? Dieser Fjodor Iljin konnte kein besonderes Interesse an ihrem Tod haben, oder? Auch wenn es heißt, dass er Geschäfte mit dem Tod macht. Als Waffenhändler. Sein Ziel war es, sich in Sicherheit zu bringen, damit ihn die Amerikaner nicht bekommen. Auf dem Landweg oder mit dem Flugzeug hätte er aber nicht fliehen können, die Kollegen an den Grenzen haben bereits auf ihn gewartet. Und der Anschlag auf die beschlagnahmte *Sailing Yacht A* war vermutlich nur ein Ablenkungsmanöver, um die Kräfte auf dem Wasser zu binden. Da gehe ich jede Wette ein. Ein richtiger Profi hätte das anders gemacht.« Bevor er fortfuhr, ließ Laurenti den Blick über die Kollegen streifen. Keiner protestierte. »Also: Wer ist der Auftraggeber? Das müssen wir herausfinden. Es wird eine Kleinigkeit sein, den Mörder einzulochen im Vergleich zu dem mysteriösen Drahtzieher. Setzen wir also noch einmal da an. Ich statte inzwischen der schrecklichen Beba Varriale vom Geheimdienst einen Besuch ab und biete ihr unser kroatisches Filmchen im Tausch gegen die Aufnahmen von der *Yacht A*. Cacciavacca, du begleitest mich. Sonia, du fährst.«

»Ich nehme mir noch einmal Antonia d'Antimi vor.« Pina

Cardareto stand ebenfalls auf. »Und dann treffen wir uns um 17:30 Uhr hier und fahren nach Prosecco. Um Punkt achtzehn Uhr nehmen wir Draško Stojanovic in der Trattoria fest.«

»Dienstgeheimnis«, rief Marietta gegen zehn Uhr aus dem Vorzimmer herüber und stellte das Telefonat durch. Dann stand sie auf und schloss demonstrativ die Tür zu Laurentis Büro, bevor er selbst es tun konnte.

Vor Jahren hatte er seiner Assistentin einen, wie er glaubte, ernsten Vortrag gehalten, dass auch zu den Dienstgeheimnissen zählte, wer ihn anrief oder mit wem er redete. Noch nie hatte er Anlass zu glauben, dass Marietta wichtige Informationen nach außen trug. Doch ihr die Provokationen abzugewöhnen würde ihm auch in seinem letzten Dienstjahr nicht mehr gelingen.

»Sie kann es einfach nicht lassen«, lachte Živa Ravno auf der anderen Seite der Leitung. »Jedes Mal, wenn ich über das Festnetz anrufe, zieht sie die gleiche Nummer ab. Sie behauptet nicht nur, dich besser zu kennen als deine Frau, sie scheint auch eifersüchtiger als jede existierende Ehefrau zu sein.«

»Eine Ermahnung würde Marietta nur recht geben. Ich gebe mich geschlagen. Bist du schon am Meer?«

»Und wie. Im Moment schaukle ich in meinem alten Holzboot auf den Wellen.« Die Generalstaatsanwältin der Republik Kroatien war in Istrien geboren und hatte ihre gesamte Kindheit am Meer verbracht. »Etwa zweihundert Meter entfernt kreuzt ein Patrouillenboot, um auf mich aufzupassen. Das heißt, der Bikini ist das Mindeste, obwohl mein Körper so dringend die Sonne braucht. Und auch in der engen Gasse zu meinem Haus steht an jeder Kreuzung ein Gorilla. Gott sei Dank nehmen die Einheimischen es mir nicht krumm. Im Gegenteil, sie freuen sich immer, wenn ich komme. Sie glauben vermutlich, das mache auch sie wichtiger. Bis jetzt habe ich auch noch nichts aus dem Büro gehört. Keinen einzigen Anruf habe ich erhalten. Ein Paradies, wirklich, Proteo. Fehlst nur noch du.«

»Am liebsten würde ich sofort losfahren. Und die gute Nachricht ist: Wir machen Fortschritte, große sogar. Dank deiner Aufnahmen von der Marina, Živa. Aller Erfahrung nach braucht der Kerl ein paar Tage, bevor er auspackt. Aber dann wird alles unglaublich schnell gehen. Und sobald wir hier fertig sind, setz ich mich in den Wagen und fahr los. Versprochen.«

»Ein Fischer aus der Nachbarschaft hat mir heute früh einen Steinbutt und Muscheln gebracht und frische Sardellen, die liebst du doch so sehr. Ich weiß gar nicht, wie ich das alles ganz allein essen sollte. Ein paar alte Schulfreunde haben angeboten, mir zu helfen. Hier wird heute Abend geschlemmt. Dazu komme ich in Zagreb nicht. Ganz abgesehen von der Zeit zum Einkaufen und Kochen. Ins Restaurant zu gehen wie jeder andere auch ist sowieso unmöglich. Immer sind meine Aufpasser dabei. Also bitte, lass dir nicht allzu viel Zeit, mein Lieber.«

»Jetzt steht mir erst mal ein anderer Besuch bevor, Živa. Ich muss mit der Chefin des hiesigen Geheimdienstbüros einen Kuhhandel schließen. Entschuldige mich, ich bin sowieso schon spät dran.«

»Quäle sie«, lachte Živa. »Ganz egal, wo, Geheimdienstler denken immer, dass sie über dem Recht stehen. Und lass mich wissen, wann du mit der Sache fertig bist.«

»Hast du noch andere Geliebte?«

»Das ist eine Frage der Diskretion, mein Guter«, lachte sie fröhlich.

»In diesem Haus wurde am 9. September 1822 Prinz Napoleon geboren. Großzügiger Unterstützer unseres Risorgimento und des Schicksals des Landes«, murmelte Sonia Padovan verwundert, als sie die Inschrift auf der Steintafel in der Via Bonaparte Napoleone las, bevor sie an der bewachten Einfahrt zum Park der Villa Necker hielt. »Ich dachte, Napoleon wurde auf Korsika geboren.«

»Und zwar sechzig Jahre früher.« Laurenti lächelte großzügig. »Seine Sippe war weitverzweigt. Der hier ist so was wie der Großneffe des bekannten Napoleon. Ich weiß ja, dass ihr in den Dörfern auf dem Karst keine Straßennamen habt. Das hat uns bei Einsätzen das Leben schon oft genug schwer gemacht. Wer kennt schon die Baujahre, nach denen die Häuser nummeriert sind? In den Straßennamen Triests findest du dafür ganz Europa. Schau, gleich da oben gibt es auch eine Via Principe di Montfort. Das war der gleiche Mann. Und unten im bischöflichen Palais hat Joseph Fouché, Napoleons gefürchteter Polizeichef, sein Licht ausgeblasen. Mach einmal eine gute Stadtführung, dann lernst du deine Stadt auch besser kennen. Ich werde nie verstehen, warum die Einheimischen egal welcher Stadt sich immer einbilden, alles zu wissen, aber im Grunde keine Ahnung davon haben, wo sie leben.«

»Du bist schon länger hier, als ich auf der Welt bin. Warum redest du immer noch so über uns?«

»Ich bin doch selbst mittlerweile einer von euch, Sonia. Gewohnheiten verstellen den Blick. Es wird nicht besser.«

Eine Wache in Militäruniform baute sich an der Fahrerseite auf. Sonia tippte auf die Sirene des zivilen Polizeiautos, die nur kurz aufheulte.

»Papiere bitte«, sagte der Soldat ungerührt.

»Polizia di Stato«, entgegnete Sonia.

»Militärisches Sperrgebiet«, antwortete der Soldat. »Haben Sie einen Termin beim Regionalkommando der Armee? Dann zeigen Sie mir Ihre Papiere, bitte.«

»Kein Grund zum Streiten.« Laurenti beugte sich zum Fahrerfenster hinüber. »Die Direktorin des Geheimdienstes erwartet uns. Melden Sie Commissario Vicequestore Laurenti mit zwei Kollegen.«

»Falsche Einfahrt. Der Eingang ist drüben in der Via Belpoggio.«

»Freie Parkplätze gibt's aber nur hier. Wir stehlen schon nichts. Also bitte.« Laurenti lächelte.

»Einverstanden. Ausnahmsweise können Sie bei den ehemaligen Stallungen parken. Dort sind auch die Büros des Geheimdiensts.«

Er öffnete die Schranke, salutierte und ließ sie passieren. Im Schritttempo fuhr Sonia Padovan über das weite Gelände, das fast verlassen schien. Die majestätische Treppe zu der enormen neoklassizistischen Villa Necker war von Blättern und morschen Ästen bedeckt, niemand schien sie je zu benutzen. Wozu diente eigentlich das Militär, wenn nicht dazu, mindestens ein paar frisch rekrutierte Soldaten zu Reinigungsarbeiten abzukommandieren? Die Zeiten, als Triest nach Winston Churchills Worten am südlichen Ende des Eisernen Vorhangs lag, waren seit Langem vorbei. Warum aber hielt das Verteidigungsministerium noch immer diesen großen alten Park samt diesem wunderbaren, fast dreihundert Jahre alten Gebäude in seiner Hand und sperrte die Öffentlichkeit aus?

Nur drei Autos standen auf dem Parkplatz, zu dem sie der Soldat geschickt hatte.

»Die sitzen also im Pferdestall«, lachte Moreno Cacciavacca auf dem Rücksitz.

Sonia parkte direkt am Eingang, ohne den weißen Linien auf dem Asphalt Beachtung zu schenken.

»Wozu hast du eigentlich deinen Computer dabei, Moreno?«, fragte Laurenti beim Aussteigen.

»Wenn ich Sie richtig verstanden habe, machen wir einen Tausch. Und ich will das Material prüfen, das sie uns im Gegenzug geben sollen. Man weiß nie, was sie einem andrehen.«

»Du bleibst beim Wagen, Sonia«, wies Laurenti die Abteilungsjüngste an, deren Enttäuschung sich sofort auf ihrem Gesicht abzeichnete.

Es gab weder eine Klingel, noch konnte man die Tür von außen öffnen. Dafür überwachten zwei Kameras den Eingang. Moreno pochte mit der Faust gegen das schwere Eichenholz. Nichts. Laurenti wählte die Nummer der Chefin. Keine Antwort. Kurz darauf ging die Tür von innen auf. Ein junger Mann sah sie prüfend an und trat dann zur Seite, um sie einzulassen. Staubige Kartons stapelten sich auf der Treppe, als warteten sie seit geraumer Zeit darauf, weggeräumt zu werden. Wenn Laurenti bei den unzähligen Hausdurchsuchungen während seiner langen Karriere eines gelernt hatte, dann dass man schon direkt am Eingang vieles über die Bewohner des Hauses erfuhr oder darüber, was einen in den restlichen Räumen erwartete.

Der alte Holzboden im Flur des Hochparterres knarzte unter ihren Schritten. Die Büros, an denen sie vorbeigingen, waren verlassen. Erst am Ende des Ganges saß Beba Varriale an einem von Papierstapeln überhäuften Schreibtisch vor einem Bildschirm. Die Tastatur vor ihr trug schmutzige Ränder. Gegenüber, halb von der offen stehenden Tür verdeckt, der Arbeitsplatz von Giovanni Venturini, ihrem Stellvertreter. Beiden war Laurenti vor einigen Tagen beim Präfekten begegnet.

»Da sind Sie ja endlich, Commissario«, legte die Chefin los. Sie trug ein hochgeschlossenes, dottergelbes Kleid, das beinahe zu platzen drohte. Ihre Haut war blass, das Haar glänzte, als hätte sie es seit Tagen nicht gewaschen. »Ich wollte schon den Questore bitten, Sie loszuschicken. Ihr Leben will ich auch gerne haben.«

Was hatte diese Person bloß, dass sie immer mit den übergeordneten Instanzen drohen musste? War es ein Minderwertigkeitskomplex? Übertriebene Obrigkeitshörigkeit? Oder schlicht Faulheit, sich nicht selbst um eigene Autorität bemühen zu müssen? Doch in seinem ganzen Leben war es noch niemandem gelungen, Laurenti mit dieser Masche zu beeindrucken.

»Werten Sie es bitte als Ausdruck von besonderem Respekt«, grinste er. »Oder nennen wir es einfach meine Angst davor, es Ihnen nicht recht machen zu können, Dottoressa Varriale.«

Die Frau schaute ihn skeptisch an. »Der Eingang befindet sich in der Via Belpoggio. Fürs nächste Mal.«

»Da bin ich aber froh, denn so, wie es auf der Hintertreppe aussieht, könnte man meinen, Ihre Büros würden in Kürze aufgelöst.« Er und Cacciavacca standen irgendwo auf halbem Weg zwischen den Schreibtischen dieser beiden Wichtigtuer. Keiner bemühte sich, ihnen einen Sitzplatz anzubieten. Varriale erging sich über notorische Unterbesetzung und die Taubheit des Ministeriums für ihre dringenden Forderungen nach mehr Personal.

»Ich schätze, Sie haben heutzutage noch mehr zu tun als zu Zeiten des Kalten Krieges, Dottoressa Varriale. Sie können einem nur leidtun.« Laurenti und seine Kollegen fragten sich seit Langem, warum das hiesige Büro des Dienstes nicht längst geschlossen war. Die Ermittlungsmethoden hatten sich so schnell verändert, dass viele der früheren Tätigkeiten längst von anderen Stellen übernommen worden waren. Undercoveragenten waren heute vorwiegend virtuell in der nebulösen Datenwelt unterwegs. Vermutlich unterhielt man die meisten Niederlassungen nur noch aus Prestige.

»Den Kollegen Moreno Cacciavacca habe ich mitgebracht, weil er sich so sehr für Ihre Arbeit interessiert, dass er am liebsten gleich bei Ihnen anheuern würde. Obwohl ich ihm schon oft gesagt habe, dass das kein Zuckerschlecken sei und er von Glück reden kann, dass er nur bei der Polizei arbeitet. Aber sagen Sie ihm das bitte selbst, mir glaubt er nicht. Erzählen Sie

212

ihm bitte auch von dem Material, das Sie dankenswerterweise mit uns teilen wollen.«

Moreno machte große Augen. Nie hatte er auch nur ansatzweise Ähnliches von sich gegeben. Er war hochzufrieden mit seinem Beruf und dem Einsatzort Triest. Vor allem aber hatte er als Informatiker eine herausragende Stellung in der Abteilung. Die meisten Kollegen wussten gerade einmal, wie sie ihre Mobiltelefone zu bedienen hatten.

Auch die Varriale machte große Augen. »*Sie* wollten *mir* etwas übergeben, Laurenti. Das hat mir der Questore persönlich versprochen. Und Staatsanwalt Scoglio auch. Also: Haben Sie das Material dabei?« Ihre Stimme überschlug sich.

»Nun, Dottoressa, das darf ich offiziell überhaupt nicht. Ich bin mir sicher, das haben Ihnen die beiden bereits erklärt. So ist nun mal die Rechtslage. Die einzige Möglichkeit, die ich sehe, ist, dass wir uns unter Kollegen auf dem kurzen Dienstweg ein bisschen zur Hand gehen, und auch das geht nur, wenn es strikt unter uns bleibt. Es darf nicht der geringste Ton darüber aus diesen Büros nach draußen dringen.«

Das schlug dem Fass fast den Boden aus, denn größere Wichtigtuer in Sachen Geheimhaltung als Beba Varriale und ihre Untergebenen gab es in ganz Triest nicht. Sie gaben Informationen nur weiter, wenn sie damit jemandem gezielt schaden konnten.

»Lass dich nicht provozieren, Beba. Der Commissario ist für seinen eigenwilligen Humor bekannt.« Endlich mischte sich ihr Stellvertreter ein und erhob sich hinter seinem Schreibtisch. Ein Hemdzipfel hing ihm aus der Hose, die er mit einem Ruck hochzog. Im Sitzen hatte er offenbar seinen Gürtel gelockert. Überhaupt wirkte er ziemlich entspannt. »Hören wir doch erst einmal, was er uns anzubieten hat, und sehen dann, ob es uns interessiert oder nicht. Vergessen Sie nicht, Herr Kollege, dass Sie von uns bereits die Namen der fünf Serben erhalten haben, die den Russen aus Mailand geschleust haben. Jetzt sind Sie am Zug.«

»Auf Anweisung des Mailänder Untersuchungsrichters sind die Namen landesweit an alle Dienststellen gegangen, Venturini. Das war nicht Ihre Idee. Wir spielen Ihnen aber eventuell dennoch etwas Material zu. Auch ohne Anweisung von oben. Die Bedingungen kennen Sie. Eine Hand wäscht die andere.«

Laurenti tat, was er aus dem Büro des Staatsanwalts gewohnt war. Er nahm einen großen Stapel Akten von einem der Stühle und legte sie auf den Boden. Cacciavacca tat es ihm nach, doch er stapelte die Unterlagen unverfroren auf dem Schreibtisch der Chefin.

Als sie endlich saßen, klappte Moreno den Laptop auf und spielte die Aufzeichnungen der Überwachungskamera an der Marina von Savudrija an, die das heranfahrende Boot zeigten, den an Land kletternden Russen, den Mann vor dem alten Fiat, der Maria d'Antimi kaltblütig erschoss und dann das Boot mit der Toten aufs nachtschwarze Meer hinausschickte.

»Trotz dieser Bilder können wir die Identität des Mörders nicht ermitteln«, log Laurenti. »Aber ich bin mir sicher, Sie haben dafür andere Mittel. Der Mord ist übrigens auf kroatischem Staatsgebiet passiert. Die dortigen Behörden werden ihn also aufklären müssen.«

Moreno Cacciavacca staunte über seinen Chef und biss sich auf die Zunge. »Deswegen interessiere ich mich für die Arbeit bei Ihnen«, log nun auch er. »Sie verfügen über ganz andere Mittel und Maßnahmen. Auch da, wo uns die Hände gebunden sind. Manchmal ist es wirklich zum Heulen.«

»Ich habe bereits am Telefon gesagt, dass uns die Bilder des Überwachungssystems der *Sailing Yacht A* zur Zeit des Anschlags interessieren.« Der Commissario setzte sein charmantestes Lächeln auf. »Haben Sie das Material vorbereitet? Können wir uns auf einen Tausch einigen?«

»Lass nur, Beba«, intervenierte ihr Stellvertreter. »Ich habe die Aufnahmen geprüft. Da ist nichts drauf, was man nicht zeigen kann. Nur die Außenkameras und die Unterwasseraufnahmen. So viel sieht man bei den Witterungsverhältnissen ohnehin nicht.«

Er reichte Cacciavacca einen USB-Stick und hielt seine geöffnete Hand fordernd vor den Sizilianer, der seinen Stick vom Computer abzog, aber außer Reichweite des Mannes zur Seite legte. Moreno steckte den Stick ein und öffnete die Datei.

»Ich prüfe nur, ob die Bilder drauf sind. Gesunde Skepsis gegenüber der Technik schadet nie.« Er startete die Aufnahme. Vier Minuten, die er im Schnelldurchlauf scannte. Das Material war mehr als mager, signalisierte er seinem Chef mit einem kurzen Blick. Das schnelle Boot fuhr eng an die Bordwand heran. Das Gesicht des Mannes, der das Päckchen an der Außenwand der *A* anbrachte, blieb verborgen. Zehn Sekunden nur, nachdem das Boot weitergefahren war, durchzuckte ein Lichtblitz das Bild, das Schiff schwankte kaum. Dann herrschte erneut Dunkelheit.

»Was soll das? Es heißt, die hätten ein Infrarotsystem und Nachtsichtkameras«, wunderte sich Cacciavacca zerknirscht und zog den Stick ab. »Und über vierzig Kameras, aber das ist nur die Aufnahme einer einzigen. Sie müssen doch viel mehr Bilder haben als diese. Aus ganz unterschiedlichen Blickwinkeln.«

Venturini zuckte gleichgültig mit den Schultern und ging nicht weiter darauf ein.

»Entschuldigung«, sagte der Commissario. »Einen Tausch können Sie das nicht nennen. Da gibt selbst die Webcam des Wetterdienstes auf der Piazza Unità mehr her, und die kann man von jedem Mobiltelefon einsehen.«

Moreno steckte seinen Speicherstick wieder in die Jackentasche. Laurenti erhob sich, Cacciavacca klappte den Laptop zu und tat es ihm nach.

»Wenn Sie nicht mehr zu bieten haben …« Der Commissario wandte sich zum Gehen.

»In dieser Stadt funktioniert überhaupt nichts«, geiferte die Dotterblume hinter ihrem Schreibtisch und platzte fast vor Ungeduld. »Selbst den Weltuntergang werdet ihr Triestiner noch vermasseln, wenn er kommt.«

»Das gibt uns immerhin große Sicherheit, Dottoressa. Finden Sie nicht auch?« Laurenti fixierte die Frau und ihren Stellvertreter und konnte sich ein Lächeln nicht verkneifen. Aufgeladene Stille und Bewegungslosigkeit.

»Sagt Ihnen der Name Raccaro etwas?« Ihre Stimme klang nun etwas zurückhaltender.

Knickte die Varriale womöglich ein, fragte Laurenti sich. »Ein guter Winzer im Friaul.«

»Den meine ich nicht.«

»Haben Sie auch einen Vornamen? Der Nachname ist weitverbreitet.«

»Raffaele Raccaro.« Dottoressa Varriale schaute ihn streng an.

»Ach der. Unser Nachbar, vierundachtzig inzwischen, er wohnt direkt gegenüber der Questura. Du kennst ihn auch, Cacciavacca. Der mit der Dachterrasse im obersten Stock.«

»Der dürre Klapprige mit den abgefahrenen Boxershorts?« Moreno spielte mit. »Jeden Tag eine andere Farbe mit lustigen Mustern.«

»Was hat der alte Mann verbrochen?« Der Commissario fragte sich, ob die Frau bluffte oder ob sie wirklich nicht in die Akten geschaut hatte.

»Er hat ein paar Tage vor der Flucht des Russen einen Anruf aus Zypern erhalten.« Wieder zierte sie sich weiterzureden.

»Mehr nicht? Zypern ist Teil der EU. Was soll daran verwerflich sein?« Laurenti spielte den Ahnungslosen, um sie in ihrer Überheblichkeit zum Reden zu bringen.

»Sagen wir es so, seit die Sanktionen der EU und von Großbritannien gegen die Russen in Kraft getreten sind, befinden sich auch telefonische Kontakte aus Zypern im Zentrum unseres Interesses. Wenn Sie wüssten, wie viele Russen sich in Zypern, auf Malta oder in Ungarn die europäische Staatsbürgerschaft erkauft haben. Ab einer halben Million ist dort alles möglich. Auch ihre Vermögen sind dort teilweise angelegt. Und bevor die Briten sich von Europa verabschiedet haben, war das auch in einem der fünf karibischen Staaten möglich: Antigua und Barbuda, Grenada, St. Kitts und Nevis, Santa Lucia und Dominica auf den Kleinen Antillen.«

»Danke für den Geografieunterricht.« Das Problem der sogenannten *Golden Passports* war schon seit Jahren bekannt. »Doch warum überwachen Sie diese Inseln erst jetzt? Das ist doch seit Langem ein offenes Geheimnis.«

»Werden Sie mal nicht polemisch, Laurenti.«

»Also, was hat Raccaro gesagt, wenn Sie schon darauf rumhacken?«

»Das EU-Recht bezieht sich nicht auf alle Rechtsformen. Stiftungen, Trusts et cetera sind davon weitgehend unberührt.«

»Und was hat Raccaro damit zu tun?«

Sie zögerte einen Moment und wandte den Blick ab, bevor sie antwortete. »Zuerst einmal fiel auf, dass er am Telefon Englisch gesprochen hat. Er sagte, dass er die richtigen Leute hätte und man sich keine Sorgen machen möge, weil alles perfekt geplant sei. Offensichtlich war es nicht das erste Gespräch zwischen den beiden Parteien. Das wissen wir aber nicht mit Sicherheit.«

»Da habe ich Sie offensichtlich überschätzt. Wir sind bisher davon ausgegangen, dass Ihnen nichts entgeht. Wirklich eine großartige Arbeit, Dottoressa«, flachste Laurenti.

»Das ist alles, was ich Ihnen sagen kann. Eigentlich dürften Sie nicht einmal das wissen.«

»Mit wem hat er gesprochen?«

»Das kann ich nicht sagen. Nur so viel: Auch der Gesprächspartner hat Englisch gesprochen. Raccaro nannte sich Jack, der andere Tom. Dem Akzent nach ist er Russe.«

»Gib ihr das Material, Cacciavacca. Und dann gehen wir.« Laurentis Blick schweifte zum Fenster hinaus, hinter dem Park der Villa Necker erhob sich der Hügel von San Vito. Dort oben stand die Villa, in die seine Frau sich vernarrt hatte und wegen der sie wohl im Moment mit ihrer Hausbank um einen Kredit verhandelte.

Moreno Cacciavacca nickte betont langsam und händigte Venturini nach längerem angeblichem Suchen in seinen Taschen schließlich den Stick aus. »Vom Datenvolumen entsprechen sie sich. Wir können also guten Gewissens tauschen.«

»Verraten Sie mir bitte nur noch eines, Dottoressa Varriale«, sagte Laurenti, als er sich erhob. »Warum sind Sie eigentlich so ungern in Triest? Und warum schon so lange? Die ganze Stadt redet davon, dass Sie gerne in Ihre Heimat zurückkehren würden. Ich komme im Übrigen auch von dort. Von Neapel nach Salerno ist es ein Katzensprung. Warum bleiben Sie hier, wenn Ihnen alles zuwider ist?«

»Privatsache, Laurenti.«

»Und ich dachte, es wäre ein Dienstgeheimnis.« Er würde sich bis zum letzten Tag darüber wundern, dass selbst Menschen wie die Dottoressa ein Privatleben hatten. War es ein Hund? Ein Pudel oder Dobermann? Oder vielleicht eine neurotische weiße Perserkatze?

»Wie ist es gelaufen? Habt ihr etwas bekommen?«, fragte Sonia Padovan neugierig nach, als sie zu ihr ins Auto stiegen. Eine

Dreiviertelstunde hatte sie im Wagen in der prallen Sonne auf die Kollegen gewartet.

»Nicht das, wonach wir gesucht haben. Dafür etwas anderes. Auch nicht mehr als einen Tipp, aber mehr, als ich erwartet hatte. Du weißt, Cacciavacca, ab jetzt müssen wir doppelt auf der Hut sein, dass sie uns nicht unsere Erkenntnisse abluchsen. Diesen Hinweis haben wir nur bekommen, weil die feine Dame glaubt, wir würden die Vorarbeiten für sie erledigen.«

»Langsam beginne ich zu verstehen«, sagte Moreno verhalten, »weshalb Sie unsere Daten gegen das dürftige Material herausgerückt haben.«

»Du musst zwischen den Zeilen lesen und dich immer fragen, weshalb dir jemand etwas preisgibt. Leute wie die Varriale erzählen dir, was du willst, und noch viel mehr. Das ist legitim. Aber erst wenn du in der Lage bist, das Ungehörte zu erfassen oder zu erkennen, an welcher Stelle sie nicht die ganze Wahrheit sagen, kommst du weiter. Dafür braucht es gute Vorbereitung und viel Erfahrung. Sonia, fahr bitte erst mal den Hügel hoch«, sagte Laurenti, als sich die Schranke zur Straße öffnete. »Ich will mir noch etwas anderes ansehen, wenn wir schon in der Nähe sind. Ich sage dir den Weg.«

Das hohe Tor zum Garten der Villa stand offen, als sie in das Sträßchen einbogen, und wurde eilig geschlossen, als sie näher kamen.

»Halte bitte direkt vor der Einfahrt dort.«

Der Commissario stieg aus, kaum dass sie den Wagen gestoppt hatte. Die beiden Kollegen verstanden, dass ihr Chef wegen irgendetwas besorgt war, und folgten ihm. Beide überprüften den Sitz ihrer Waffen im Gürtelholster. Das Türschloss schien unversehrt, und das Tor schwang langsam auf, als Laurenti mit der Schulter dagegendrückte, und gab den Blick auf einen verbeulten dreckig-weißen Lieferwagen mit offenen Hecktüren frei. Aus dem Inneren des Gebäudes waren Gepolter und fluchende Männerstimmen zu hören. Sonia zog ihre Beretta und ging in leichtem Bogen auf die verglaste Terrassentür zu, wo sie auf die beiden Kollegen wartete. Laurenti stieg die Stufen zum Haupteingang empor und klingelte. Plötzliche Stille, kein Ton war mehr aus dem Gebäude zu vernehmen. Vermutlich war der Strom schon vor Langem abgestellt worden. Auch dieses Türschloss war intakt. Er ging zu Sonia und gab Cacciavacca ein Handzeichen, sich auf der anderen Seite zu positionieren. Als er den Salon betrat, knirschten Scherben unter seinen Sohlen. Auf einmal war es in der Villa mucksmäuschenstill.

»Da ist jemand«, hörte er eine viel zu laut flüsternde Stimme.

»Polizei«, rief er. »Das Gebäude ist umstellt. Kommen Sie mit erhobenen Händen heraus.«

Er traute seinen Augen kaum, als er die Gesichter zu dem Gepolter zu sehen bekam, in deren Blicken hingegen Erleichterung geschrieben stand.

Ottaviano del Re war der Erste, er senkte sofort die Arme. »Reg dich nicht auf, wir sind keine Einbrecher«, sagte er. »Wir haben den Auftrag, einige Dinge abzuholen. Ich bin nicht allein. Meinen Gehilfen kennst du bereits.«

»Zweimal zu viel, Amedeo.« Laurenti gab Sonia Padovan das Zeichen, dem Kerl Handschellen anzulegen.

»Mach ihn da am Heizkörper fest.«

»Das meinst du doch nicht im Ernst«, protestierte Sonia. »Das ist Folter.«

»Das ist keine Folter. Ich habe dort eine Schachtel Kekse gesehen. Die kannst du ihm danebenstellen.«

»Und wie soll er die essen? Da kommt er doch mit gefesselten Händen gar nicht ran.«

»Ein paar Dehnübungen werden ihm guttun.«

»Und dann?«

»Nichts. Irgendwann wird er solch einen Lärm veranstalten, dass die Nachbarn die Polizei rufen werden.«

»Aber das ist doch ... das sind doch wir.«

Laurenti verschwieg, dass er den zuständigen Überwachungsrichter verständigen würde, sobald sie draußen waren. »Und jetzt zu dir, Ottaviano. Wer hat euch beauftragt?«

»Ein Auktionshaus. Die Chefin selbst hat uns die Schlüssel gegeben.« Ottaviano stellte sich schützend vor seinen Gehilfen, doch Sonia schob ihn grob zur Seite. Gegen die breiten Schultern der Polizistin, die im elterlichen Steinhauerbetrieb gelernt hatte, ganze Grabsteine allein zu bewegen, und ihn weit überragte, hatte er keine Chance.

»Jetzt hängt alles vom Geschick deines Anwalts ab, Amedeo. Ich hoffe, du hast noch seine Telefonnummer. Das ist der einzige Rat, den ich dir geben kann.«

Laurenti versuchte, seine Wut zu unterdrücken. Wenn es stimmte, was Ottaviano behauptete, dann konnte nur Laura hinter der Sache stecken.

Bei allem, was die Geheimdienste einem preisgaben oder unterjubelten, galt es auf der Hut zu sein. Manchmal spielten sie einem das Material nur als Ablenkungsmanöver zu, in der Hoffnung, damit für eine Weile von den eigentlichen Ermittlungen abzulenken, oft genug hatten sich ihre Tipps schon als Sackgasse erwiesen, Beweise waren verschwunden oder neue fragwürdige Beweise hinzugekommen. Eines stand jedoch fest – es galt immer, zwischen Dichtung und Wahrheit unterscheiden zu können.

Laurenti hatte die Füße auf den Schreibtisch gelegt und schaute auf das Teatro Romano hinunter sowie auf die Einfahrt zum Parkhaus direkt unter der Stadt, die vor Urzeiten von den alten Römern erbaut worden war. Einige Jahre zuvor war die Garage in den Burghügel von San Giusto gegraben worden, und eigenartigerweise hatte es beim Bau kaum archäologisch bedeutende Funde gegeben, die das Projekt lange verzögert hätten. Allmählich fiel der Blick des Commissario auf das Grün, das Gras, die Sträucher und Bäume oberhalb der Stufen des Teatro Romano. Ein Scharfschütze hätte von dort leichtes Spiel, ihn umzulegen, dachte Laurenti manchmal, wenn er schlechte Laune hatte. Schließlich schaute er auf das Hochhaus zu seiner Linken, in dem auch Raffaele Raccaro wohnte. Der Commissario dachte an die Zeit nach dessen Festnahme vor mehr als zwölf Jahren zurück.

Während der Ermittlungen war Raccaros gesamtes noch vorhandenes Vermögen durchleuchtet worden, zumindest der Teil, den dieser verschlagene Fuchs nicht mehr rechtzeitig liquidiert hatte. Alles nachvollziehbare Geschäftsvorgänge ohne offensichtliche Verschleierungsversuche. Zumindest schien es damals so. Wenn aber Dottoressa Varriale und ihr Stellvertreter Venturini bei seinem Besuch nicht gelogen hatten, dann könnte Lele gut gefüllte Konten auf Zypern haben. Auf der Insel war es ein Leichtes, über entsprechende Treuhänder die wahren Eigentümer von Firmen und Vermögen zu verschleiern. Der Mann war inzwischen über vierundachtzig Jahre alt. Was wollte er mit all seinem Vermögen eigentlich, das er zu Lebzeiten nie ausgeben oder innerhalb seiner Familie vererben können würde?

Cacciavacca trat ein und setzte sich dem Commissario schweigend gegenüber. Er wusste sehr wohl, dass sein Chef nicht schlief und er Geduld haben musste, um dessen Gedankengänge nicht zu stören. Erst als Proteo Laurenti die Beine vom Tisch nahm und die Augen öffnete, die er beim stillen Nachdenken häufig schloss, begann der Sizilianer zu reden.

»Sie erlauben, aber ich verstehe immer noch nicht, weshalb Sie auf den Deal mit dem Geheimdienst eingegangen sind.«

»Genau darüber habe ich gerade nachgedacht. Varriale hat

uns einen wichtigen Hinweis gegeben, glaube ich zumindest. Wir müssen lediglich herausfinden, wo wir am besten nachhaken. Gibt's sonst was?«

»Ja. Das Bildmaterial von der *A* scheint nur auf den ersten Blick unbrauchbar. Nachdem ich mir die Aufnahmen wieder und wieder angesehen habe, ist mir doch etwas aufgefallen, das die Kollegen vom Geheimdienst noch nicht entdeckt haben. Auch wenn man das Gesicht des Mannes, der das Sprengstoffpäckchen an der Bordwand anbringt, nicht erkennen kann, ist darauf etwas anderes zu sehen, das zu seiner Identität führt.«

»Ach ja?«

»An seinem linken Handgelenk. Eine Panerai.«

»Das ist zwar eine teure Uhr, Moreno, doch davon gibt es viele.«

»Nicht von diesem Modell. Eine Panerai Luminor 1950. Ein Original. Es wurden gerade einmal hundert Exemplare davon hergestellt, und man muss heute mindestens Hunderttausend für eine gute gebrauchte hinlegen. Genau diese seltene Uhr wird wieder sichtbar, als der Mann an der Mole von Savudrija die Eisenleiter hinaufklettert, wo Draško Stojanović ihn erwartet. Ich würde Ihnen das gerne auf einem großen Monitor zeigen, wenn Sie mitkommen.«

»Ruf Pina dazu.«

Moreno Cacciavacca hatte die Aufnahmen von Bord der *Sailing Yacht A* bereits an der richtigen Stelle angehalten. Er zoomte die Armbanduhr heran und drückte auf Pause, um dann zu den Bildern vom kleinen Hafen von Savudrija zu wechseln. Keine Frage, es handelte sich um die gleiche unverwechselbare Armbanduhr, ein Sammlerstück.

»Fjodor Iljin«, sagte Pina Cardareto.

»Das heißt, dass seine Flucht von Raccaro organisiert wurde. Und dieser Stojanović ist sein Handlanger. Jetzt brauchen wir nur noch die Belege für seine Verbindung nach Zypern. Von den Geheimdienstlern bekommen wir die aber sicher nicht. Marietta«, rief Laurenti. »Hast du Raccaros Telefondaten vom Staatsanwalt bekommen? Die brauchen wir unbedingt. Es brennt.«

Pina grinste dreckig. Cacciavacca schaute ihn hingegen mit großen Augen an. »Sie meinen, der Mann, der die Flucht des Russen organisiert hat, ist Raccaro?«

»Meine Meinung ist uninteressant, Cacciavacca. Wir tragen nur die Fakten zusammen. Dass Raccaro Anrufe aus Zypern erhalten hat, müssen wir nicht anzweifeln. Die Frage wird lediglich sein, was sich davon vor Gericht beweisen lässt.«

»Eine ganz andere Frage habe ich noch«, warf Moreno ein. »Was passiert eigentlich mit diesem Amedeo? Wie lange wollen Sie den noch am Heizkörper hängen lassen?«

»Den hat längst der Haftüberwachungsrichter abholen lassen, und der dreht ihn noch eine Weile durch die Mangel. Am Ende wird er wohl wieder freikommen. Ich habe ein gutes Wort für ihn eingelegt. Dummheit ist im Knast nicht heilbar. Und die Zellen sind ohnehin überfüllt.« Dann griff Laurenti zu seinem Telefon.

Zehn

Feuer kennt keine Grenzen. Deshalb war die Aufregung in dem kaum neunzig Einwohner zählenden Weiler Medeazza groß, als aus einem Wäldchen am Rand einer Senke mit Weingärten nordöstlich des hoch gelegenen Dorfs dichte schwarze Rauchwolken aufstiegen. Kurz darauf verschärfte eine gewaltige Detonation den Schrecken der Bewohner noch. Unklar blieb nur, ob das Feuer, das erste in diesem Jahr, diesseits der Grenze oder schon drüben im benachbarten Slowenien ausgebrochen war. Es waren keine fünfhundert Meter bis dort.

Kurz zuvor hatte ein verschwitzter, kräftiger Fünfzigjähriger die Osmizza betreten und Weißwein und Mineralwasser bestellt. Er habe den langen Anstieg von der Mündung des Timavo bis hierher, zum höchsten Punkt des Dorfs, zu Fuß zurückgelegt, erklärte er und trank. Nun stand er zwischen den besorgten Bewohnern von Medeazza und schaute auf das Feuer hinüber. Bald schon näherten sich Sirenen, und die Fahrzeuge der Feuerwehr fuhren den Feldweg hinab in Richtung Wald.

In dem extrem heißen und trockenen Sommer zuvor hatten unzählige tiefliegende Löschflugzeuge und Hubschrauber tagelang Wasser aus dem Golf von Triest über dem Grenzgebiet abgelassen. Löschtrupps aus vielen Ländern Mitteleuropas waren zur Verstärkung angerückt, über zwanzig Dörfer im Grenzgebiet waren evakuiert worden, der Eisenbahnverkehr von und nach Triest war stillgelegt worden, die Autobahn und die einzige Ausweichstrecke über die Landstraße waren zeitweise gesperrt worden. Selbst die große Werft in Monfalcone musste für mehrere Tage die Werkstore schließen. Die vielen Blindgänger aus dem Ersten Weltkrieg verschärften die Situation, die durch die monatelange Trockenheit und die ausbleibenden Regenfälle entstanden war, nur noch. Aberwitzige Mengen an Munition und Giftgaskartuschen waren während der zwölf Schlachten am Isonzo verschossen worden, und noch heute fanden sich Bombensplitter und sogar scharfe Granaten.

Als offizielle Brandursache wurde später der von den vielen Zügen auf den Bahngleisen verursachte Funkenflug gemeldet, der das trockene Gestrüpp entlang der Strecke entzündet habe. Und natürlich hatten einige schwachsinnige Brandstifter die Situation verschlimmert, als die Situation bereits außer Kontrolle war. Wegen ihnen musste ein riesiger Supermarkt geräumt, der naheliegende Campingplatz evakuiert und der idyllische Rilke-Weg zum Schloss von Duino auf den hohen Felsen über dem Meer für Spaziergänger gesperrt werden.

Die Bora aus Ostnordost hatte zur Erleichterung der Familie Laurenti das Feuer wenigstens von Triest und ihrem Haus an der Steilküste vor der Stadt weggetrieben. Aber selbst bei ihnen hing der dunkelgelbe Qualm über dem Garten, die Luft war schwer und roch nach Feuer, das unaufhörliche Brummen der gelb-roten Canadair-Löschflugzeuge beim blitzschnellen Auftanken im Wasser und dem sofortigen Durchstarten dominierte die Geräuschkulisse über dem Golf. Der Schiffsverkehr zum Hafen von Monfalcone wurde umgeleitet, und kein einziges Boot der sonst unzähligen Freizeitkapitäne war weit und breit noch auf dem Meer zu sehen gewesen. Die gesamte Region war für Tage in Angst und Sorge. Die Unterbrechung der Hauptverkehrsrouten nach Triest hatte, wie zuletzt im Januar 2003 während eines heftigen Schneesturms, in der Stadt zu einem Versorgungsengpass geführt, in einigen Supermärkten fehlten frische Lebensmittel, und auch in den Kühlregalen entstanden Lücken. Die Büros im Stadtzentrum blieben für einige Tage verwaist, während die umliegenden Bars fast aus allen Nähten platzten, weil die Leute unbedingt über die aktuelle Situation reden mussten.

Und obwohl auch dieses Frühjahr zu trocken gewesen war, hatte es den Sommer über regelmäßig geregnet. Die Feuerwehr hatte den Brand auch bald unter Kontrolle, und einer der Bewohner von Medeazza vermeldete, er habe gesehen, dass ein altes Auto mit slowenischem Kennzeichen in Flammen aufgegangen war.

Draško Stojanović kam in die Osmizza zurück, bestellte eine Karaffe Wein, Schinken und Käse und setzte sich an einen Tisch im Hof. Ein Bekannter aus Monfalcone sollte ihn bald abholen, dem er seinen alten roten Peugeot-Combi abschwatzen wollte, mit dem er zurück in sein Heimatdorf östlich von Belgrad fahren konnte. Gleich morgen früh würde er frohen Mutes die Reise antreten, sobald Raccaro ihm sein Geld ausbezahlt hätte. Ganz so, wie er es versprochen hatte.

Antonia d'Antimi war zufrieden, als sie nach der letzten Mautstelle die Ausfahrt Monfalcone-Ost nahm. Sie kam gut voran, auf den Abschnitten ohne Radarkontrollen konnte sie das Limit von einhundertdreißig Stundenkilometern überschreiten, und ganz anders als am Vortag hatte sie die Strecke von Ravenna bis hierher in weniger als drei Stunden zurückgelegt. Sie wunderte sich über die entgegenkommenden Feuerwehrfahrzeuge, als sie das Sträßchen nach Medeazza hochfuhr. Hatte es etwa schon wieder gebrannt?

Bernardino würde erst in gut einer halben Stunde zu ihr stoßen. Bis dahin blieb ihr Zeit, Marias Sachen zu packen. Sie erschrak beim Anblick des Mannes, der allein an einem Tisch in der Nähe des Eingangs saß. War das nicht der Kerl, der sie vor ein paar Tagen in der Tür zu Raccaros Wohnhaus angerempelt hatte? War es Zufall, oder was führte ihn hierher? Er schaute kurz zu ihr auf, wandte aber dann den Kopf ab, als suche er nach jemandem.

Boris, der Inhaber der Osmizza, drückte Antonia erneut sein Mitgefühl zum Tod ihrer Schwester aus, reichte ihr anstandslos den Zimmerschlüssel und fragte, ob sie Hilfe benötige. Antonia schüttelte den Kopf und holte zwei leere Reisetaschen aus dem Auto. Und wieder drehte der Mann an dem Tisch beim Eingang sein Gesicht weg, als sie sich zu ihm umdrehte. Sie stieg die Treppe zu Marias Zimmer empor, sie spürte bei jeder Stufe, dass der Kerl ihr mit seinem Blick folgte. Sie schloss die Tür hinter sich ab, nachdem sie eingetreten war, und legte die beiden Taschen aufs Bett. Marias sorgsam gefaltete Kleider fanden Platz in der größeren, ihr Kosmetikbeutel und die sonstigen Gegenstände aus dem Bad passten sogar noch mit hinein. Antonia räumte auf wie ein Roboter, sie verbot sich, in Gedanken zu versinken, und stopfte alles, was sie zu fassen bekam, eilig in die zweite Tasche. Ganz unten im Schrank fand sie zwei Plastikbeutel, in denen sie Marias Schuhe verstaute. Erst als sie ein Paar hochhackige feuerrote High Heels hochhob, sank Antonia aufs Bett, Tränen liefen ihr die Wangen hinunter, und ihr Blick verschwamm. Nie hatte sie ihre Schwester in solchen Schuhen gesehen, sie selbst trug am liebsten Ballerinas. Und ja, ihnen beiden war klar, dass sie nicht über die aufregenden Kurven verfügten, mit denen sie Männern die Köpfe hätten verdrehen können. Dass Maria sich aber – bei welchen Gelegenheiten auch immer – derart aufdonnerte, war ihr nie in den Sinn gekommen. Und obwohl sie sich gegenseitig immer alles erzählt hatten, hatte Maria nie von irgendwelchen Romanzen berichtet, denen sie entgegengefiebert hätte. Höchstens erzählte sie mit lautem Lachen von irgendwelchen One-Night-Stands in fernen Yachthäfen. Antonia wischte sich die Tränen aus den Augen und wollte die High Heels gerade in eine der Tüten verpacken, als sie ein Geräusch an der Tür vernahm. Sie sah, dass die Klinke gedrückt wurde. Sekunden später klopfte es laut an der Tür. War das der Kerl aus dem Hof? Sie traute sich kaum zu atmen und blieb reglos auf dem Bett sitzen, die roten Stöckelschuhe hielt sie noch immer mit der linken Hand hoch. Sie dachte fieberhaft darüber nach, was sie tun sollte, suchte nach ihrem Telefon, in dem die Nummer der kleinen Polizistin mit dem Bürstenschnitt gespeichert war, die ihr neulich die Botschaft von Marias Tod überbracht hatte. Noch einmal klopfte es an der Tür, noch entschiedener jetzt. Sie ließ die Schuhe fallen und fand ihr Telefon.

»Toni, mach auf. Bitte.« Dinos Stimme. »Ich weiß, dass du da bist, Boris hat es mir gesagt.«

Antonia ging wie benommen zur Tür und schloss auf. »Bist du schon da?«, fragte sie mit dünner Stimme und fiel ihrem Mann in die Arme, der sie zum Bett führte, sie sorgsam niederlegte und ihr ein Kissen unter den Kopf schob. Er tastete an ihrem Hals nach dem Puls und stand auf, um ein Glas Wasser zu holen.

»Was heißt hier *schon* da, ich bin eine halbe Stunde zu spät, Toni. Trink und bleib liegen. Was treibst du denn auch schon wieder«, tadelte er sie. »Ich habe dir doch gesagt, wir machen das zusammen.«

Erst als sie nach der Uhrzeit fragte, verstand sie, dass sie viel länger mit Marias Sachen verbracht hatte, als ihr bewusst gewesen war. Sie trank das Wasser in einem Zug aus. Dann setzte sie sich auf und bat um ein weiteres Glas. Bernardino schob die Vorhänge beiseite und öffnete die Balkontür. Heiße Sommerluft strömte herein und hauchte Antonia neues Leben ein.

»Lass uns runtergehen, Toni, wir sollten beide etwas essen. Den Rest erledigen wir dann später. Zusammen.«

Auf dem Treppenabsatz zögerte sie einen Moment. Der Tisch, an dem der Kerl gesessen hatte, war inzwischen von anderen Gästen belegt. Auch im Hof war er nirgends zu sehen. Antonia atmete auf und ließ sich von ihrem Mann die restlichen Stufen hinunterbegleiten, ihr Schritt war unsicher. Dino führte sie zu einem schattigen Platz unter einem Sonnenschirm. Er ging in den Gastraum hinein, um zu bestellen. Als er zurückkam, hatte Antonia das Telefon am Ohr. Sie sprach langsam, aber klar.

»Ich bin mir sicher, er war es, Signora. Und ich fürchte, es war kein Zufall. Er hat mich gesucht.« Dann beschrieb sie Stojanović, so gut sie konnte. »Ja, wir warten hier. Danke.«

Chefinspektorin Pina Cardareto versprach, gleich loszufahren. In einer halben Stunde hätte sie die am weitesten entlegene Ortschaft im Zuständigkeitsgebiet der Questura von Triest erreicht. Doch schon nach wenigen Minuten hielt ein Streifenwagen des Kommissariats von Sistiana vor dem Tor der Osmizza. Ein massiger, bärtiger Uniformierter und sein schmächtiger Kollege traten in den Hof und schauten sich suchend um. Antonia gab ihnen ein Handzeichen und schob das halb geleerte Vesperbrett zur Seite. Die beiden Polizisten blieben vor ihnen am Tisch stehen.

»Die Questura hat uns verständigt, Signori.« Der schmächtige Uniformierte sprach wie selbstverständlich mit Bernardino.

»Meine Frau hat Sie verständigt«, sagte Bernardino und deutete auf Antonia.

»Ist die verdächtige Person noch hier?«, fragte der Größere.

Antonia schüttelte den Kopf. »Seit ich in den Hof zurückgekommen bin, habe ich ihn nicht mehr gesehen. Boris«, rief sie schließlich den Wirt, der umgehend zu ihnen herüberkam, als er die Polizisten sah.

»Ciao«, begrüßte er die Bullen salopp, als kannten sie sich

230

seit Langem. Außerhalb des Dienstes zählten auch sie zu seinen Gästen.

»Boris, entschuldige«, übernahm Antonia das Wort. »Der Mann, der vorhin an dem Tisch dort drüben saß, ist der noch irgendwo?«

»Nein, der ist abgeholt worden, er hat bezahlt und ist gegangen. Ich habe nur gesehen, dass er mit einem roten Peugeot-Kombi weggefahren ist. Er schien froh zu sein, dass sein Kumpel endlich gekommen ist, er hatte es ziemlich eilig mit dem Bezahlen. Mehr kann ich auch nicht sagen.«

»Hast du das Kennzeichen gesehen?«, fragte der korpulente Uniformierte.

»Nein, ich hab die beiden auch nicht gekannt. Dem Akzent nach war er eher Serbe als Kroate. Ganz sicher kein Slowene. Hat er was angestellt?«

»Wissen wir nicht. Wir sind nur hier, solange die Triestiner Kollegen noch unterwegs sind.« Sie entfernten sich vom Tisch und stellten sich in der Nähe des Eingangs auf.

»Wollt ihr etwas trinken?«, rief Boris ihnen hinterher.

»Besser nicht, wir wissen nicht, wer kommt.«

Antonia und Bernardino aßen den restlichen Schinken und Käse. In Anwesenheit der Polizisten hatte Toni sich ein wenig beruhigt.

War es Zufall oder eine von Raccaros Fallen? Lele wusste immer alles. Er hätte es auf der Stelle erledigen können, aber Draško Stojanović trug natürlich keine Waffe bei sich, als er seinen alten Fiat zuerst in Slowenien gestohlen gemeldet und wenig später direkt hinter der Grenze auf italienischer Seite in Brand gesetzt hatte, nachdem er die Kennzeichen abmontiert und im Gestrüpp versteckt hatte. Er hatte alles durchkalkuliert, der Abstand zwischen der Diebstahlsanzeige in Sežana und dem Feuer war ausreichend groß gewesen, um glaubwürdig zu sein. Und er saß längst in der Osmizza beim gespritzten Weißen, als der Tank des Autos explodierte und alle losliefen, um vom Ortsrand das Feuer in Augenschein zu nehmen und aufgeregt die Erinnerungen an die Großbrände des vergangenen Jahres auszutauschen. So konnte er sich unbemerkt unter die Schaulustigen mischen und, als die Feuerwehr den Brand unter Kontrolle gebracht hatte, ins Lokal zurückkehren. Dann tauchte plötzlich dieses androgyne Wesen auf, das der Skipperin zum Verwechseln ähnlich sah.

Schon am Morgen, nachdem er den schweigsamen Russen zum Flugzeug gebracht und im Anschluss Raccaro aufgesucht hatte, um Bericht zu erstatten, war ihm diese Person eigenartig vorgekommen. Doch hatte er ihrer ersten Begegnung aufgrund seiner Müdigkeit bislang keine weitere Beachtung geschenkt.

Aber jetzt? Er war sich nicht mehr so sicher, ob seine Kugel sie wirklich getötet hatte, obwohl sie reglos am Boden des Boots lag, als er es über das schäumende Meer in die Dunkelheit zurückschickte. Sie hätte unmöglich vor ihm nach Triest zurückkommen können. Und auch dass Raccaro behauptete, sein Schuss sei in der stürmischen Nacht danebengegangen, konnte er sich kaum vorstellen. Dennoch hatte er den Auftrag angenommen, das Kapitel definitiv zu schließen, schließlich wusste er, dass es ihn sonst seinen Kopf kosten würde.

Sie hatte ihn im Hof der Osmizza einen Augenblick zu lange angeschaut, bevor sie mit einem Schlüssel in der Hand die Stufen zu den Gästezimmern hinaufgestiegen war. Dann kam auch schon sein Kumpel, um ihn abzuholen. Er wollte sich nicht setzen, sondern auf der Straße beim Auto auf ihn warten, und Draško hatte es eilig. Unten am Parkplatz vor der Mündung des Timavo ins Meer tauschten die beiden Geld und Schlüssel. Der Bus, mit dem sein Freund in Richtung Monfalcone zurückfuhr, kam fast gleichzeitig. Draško hatte sein Wort gegeben, das Auto gleich in Topolovnik umzumelden und den Fahrzeugbrief über einen der täglich hin- und herfahrenden Kuriere zurückzuschicken, damit der es ordentlich abmelden konnte. Vielleicht aber wollte der ihn auch gestohlen melden, um dann auch von der Versicherung zu kassieren. Draško hätte es auf jeden Fall so gemacht. Das uralte Spiel mit den Grenzen und der mühsamen Kommunikation zwischen den sich argwöhnisch beobachtenden Staatsapparaten. Bedauernswert, wer sie nicht zu seinem Vorteil zu nutzen verstand.

Die Sitze des Peugeot waren durchgesessen, Türen, Fenster und Armaturenbrett klapperten, aber der Motor lief rund, das Licht funktionierte, die Bremsen griffen. Nur der Tank war so gut wie leer. Bevor er zu seiner Wohnung in Sežana fuhr, um die Pistole zu holen, und danach in die große Stadt am Meer hinunter, tankte Draško Stojanović in Sistiana für zehn Euro. Drüben in Slowenien war der Sprit deutlich billiger, dort würde er ihn vollmachen und damit tags darauf, wenn der Verkehr es zuließ, mindestens bis nach Belgrad kommen.

»Jetzt könnten aber auch Sie etwas mehr erzählen, Commissario. Was hat Beba Varriale wirklich Interessantes gesagt?« Moreno Cacciavacca war noch einmal ins Büro seines Chefs zurückgekommen, der über einem Blatt mit Notizen saß, die er durch Linien und Pfeile miteinander verband.

Laurenti erhob sich. »Komm mal mit. Manchmal denkt man außerhalb der gewohnten Umgebung besser nach.« Der Commissario ging schon zur Treppe, während Cacciavacca noch seine Dienstwaffe einsteckte.

Ein paar Minuten später steuerten sie auf der Piazza San Giovanni einen Tisch unter den Sonnenschirmen der Bar an. Drei schlanke hochgewachsene Männer mit den gleichen T-Shirts der Bar, einer mit rotem Bart, einer mit schwarzem Bart und der dritte mit kahlen Wangen, begrüßten Proteo Laurenti herzlich. Eine Bestellung war nicht nötig, rasch standen die üblichen Gläser vor ihnen.

»Sieht so aus, als wären Sie nicht das erste Mal hier«, kommentierte Cacciavacca amüsiert.

»Du redest wie ein Polizist, Moreno. Wenn ich etwas anderes will, sag ich es gleich, wenn ich komme. Und jetzt hör mal zu: Da drüben im zweiten Stock dieses Palazzos sind die Büroräume von Raffaele Raccaros Firma. Sie wird von Antonia d'Antimi geleitet, der Zwillingsschwester unserer Toten.«

»Aber deshalb sind Sie wohl kaum Stammgast in diesem Lokal.«

Laurenti lachte. »Sicher nicht. Das sind uralte Verbindungen aus einer Zeit, als noch keiner der heutigen Inhaber geboren war. Damals war ich noch Inspektor. Abgesehen von allem anderen ist es aber auch der Standort der Bar. Hier kommt irgendwann fast jeder mal vorbei, der im Zentrum zu tun hat. Egal welchen Alters, welcher sozialen Schicht. Die vorgeblich Guten, die wirklich Guten und auch die Miesen und Falschen. Ebenso die Unscheinbaren, die man gleich wieder vergisst.«

»Raccaro auch?«

»Sehr selten. Aber in die Bar geht er nie. Vermutlich ist sie für ihn vermintes Gelände. Und bevor du noch weiterfragst: Varriale und Venturini habe ich auch noch nie hier gesehen.«

»Aber Sie wollten mir erzählen, warum Sie auf deren Deal eingegangen sind?«

»Wie immer kommt man vom Tausendsten auf einen«, rückte Laurenti heraus. »Als wir Raccaro damals dingfest gemacht haben, waren die beiden noch nicht in der Stadt. Sie wissen nichts von dem angeblichen Konflikt, den der Mann und seine Verteidiger auf die perfideste Art medienwirksam verbreiten wollten: Sie behaupteten, ich hätte aus persönlicher Voreingenommenheit gegen ihn ermittelt und Beweise manipuliert. Außer ein wenig Zeit hat es ihnen allerdings nichts gebracht. Die Verleumdungsklage, die im Anschluss daran unumgänglich war, hat die Sache für Raccaro sogar noch verschlimmert. Nur unter seinesgleichen schien es den gegenteiligen Effekt zu haben. Als er seine Strafe abgebüßt hatte, war sein Rückhalt bei denen größer denn je, und er erstand am Ende wieder auf wie Phoenix aus der Asche und fand sofort zu seinen dreckigen Geschäften zurück.«

»Jetzt verstehe ich, warum Sie den Kerl auf dem Kieker haben, Commissario. Trotz allem ist es Ihnen nicht gelungen, ihm sein Handwerk zu legen. Eine Niederlage. Zumindest ein Pyrrhussieg. Sie müssen verdammt sauer auf ihn sein.«

»Warum, Moreno? Das gehört dazu. Kein Grund, beleidigt zu sein oder es persönlich zu nehmen. Aber ich frage mich, warum die Varriale ausgerechnet jetzt seinen Namen ins Spiel bringt.«

Cacciavacca hob fragend die Schultern.

»Ganz einfach, weil sie nicht weiterkommen bei der Untersuchung in Sachen Fjodor Iljin. Ihr ganzes Spitzelsystem funktioniert nicht. Erinnere dich an unseren Fall, Moreno. Wer Maria d'Antimi erschossen hat, wissen wir. Draško Stojanović werden wir in Kürze hochnehmen. Da sind Pina Cardareto und Gilo Battinelli dran.«

»Die Chefinspektorin ist vorhin wie von Sinnen losgerannt. Sie hat nur gesagt, dass Antonia d'Antimi einen Notruf losgelassen habe. Sonia ist mit ihr gefahren.«

»Dann übernimmt Battinelli die Sache allein, auch gut. Aber erinnere dich daran, was ich in der Konferenz gesagt habe: Vergesst niemals die Kernfrage. Also, woran arbeiten wir?«

»Eigentlich am Mord an Maria d'Antimi. Zumindest war das der Ausgangspunkt. Inzwischen wird aber klar, dass Sie es auf Raccaro abgesehen haben, Chef.«

»Falsch, Moreno. Abgesehen habe ich es auf denjenigen, der hinter allem steckt.«

»Also Raccaro«, wehrte sich Cacciavacca.

»Und wenn sich herausstellen sollte, dass er es nicht ist? Es bringt nichts, nur die Handlanger und Auftragsausführer hochzunehmen, denn dann kommen die Hintermänner davon. Genau das müssen wir verhindern.«

»Das heißt, wenn sich herausstellen sollte, dass Raccaro es nicht war, müssten wir wieder von vorne anfangen.«

»Dafür sind wir da.«

Antonia d'Antimi hatte einen Tisch gewählt, an dem sie mit dem Rücken zur Wand sitzen konnte. Immer wieder schweifte ihr Blick über den Hof. Bernardino hatte sich an ihre Seite gesetzt, nachdem die beiden Uniformierten auf die Straße hinausgegangen waren, um dort auf die Kollegen aus der Questura zu warten. An ihnen vorbei kam niemand ungesehen in den Hof der Osmizza. Doch an Wochentagen waren zu dieser Uhrzeit sowieso nur wenige Gäste zu erwarten, und die, die zur Mittagspause gekommen waren, waren längst wieder bei der Arbeit. Nur ein paar Rentner saßen ein Stück weiter noch beim Wein und brabbelten vor sich hin.

Sie mussten nicht lange warten, bis die kleine Polizistin, von einer hünenhaften Kollegin begleitet, den Hof betrat. Chefinspektorin Pina Cardareto trug Jeans und ein dunkles T-Shirt, unter dem ihr kräftiger tätowierter Bizeps hervortrat. Am Hosenbund bedeckte es nur knapp ihre Waffe. Die große Kollegin mit den Segelohren trug eine weite Bluse, die die Beretta besser verbarg.

»Schneller ging's nicht«, sagte Pina anstelle eines Grußes. »Aber wie ich sehe, haben Sie inzwischen etwas gegessen. Gut so. Und jetzt lassen Sie uns bitte die Plätze tauschen. Eine alte Regel beim Personenschutz. Sie sind nicht gleich zu erkennen, und wir haben die Situation im Blick und können im Notfall sofort reagieren.«

Widerspruchslos tat Antonia d'Antimi, was die Polizisten von ihr verlangten.

»Und jetzt erzählen Sie bitte, was passiert ist.«

»Wie ich es bereits am Telefon sagte, saß dieser Kerl dort am Tisch, als ich gekommen bin.« Antonia wiederholte ihre Beobachtungen, sprach von der Angst, die sie beim Anblick des Mannes überkam, weil er sie einen Augenblick zu lange angesehen habe, als hätte er sie erkannt. Ob er wegen ihr hier war, fragte sie sich. Immerhin sei sie gekommen, um Marias Sachen zu holen. Als ihr Mann etwas dazu ergänzen wollte, ging sie mit einer unwirschen Handbewegung dazwischen. »Lass mich ausreden. Vielleicht bin ich seit ihrem Tod einfach zu nervös. Oder hysterisch. Verzeihen Sie.«

»Machen Sie sich keine Vorwürfe, Signora d'Antimi. Es ist gut, dass Sie angerufen haben. Dafür habe ich Ihnen meine Nummer schließlich gegeben. Meine Kollegin Sonia Padovan zeigt Ihnen jetzt ein paar Fotos, und Sie sagen einfach, ob Sie jemanden wiedererkennen. Einverstanden?« Pina Cardareto gab Sonia ein Zeichen. Als die junge Polizistin ihr Telefon aus der Hosentasche zog, war ihre Pistole deutlich zu sehen. Sie zog rasch den Zipfel ihrer Bluse wieder darüber und strich mit den Fingern über das Display.

»Der ist es«, sagte Antonia schon bei der zweiten Aufnahme. »Ohne den geringsten Zweifel. Woher haben Sie das Bild?«

»Kennen Sie ihn, Signora?«

Antonia schüttelte entschieden den Kopf. »Ich bin ihm höchstens einmal zufällig begegnet, aber da bin ich mir nicht sicher.«

Bernardino zog das Gerät zu sich, doch er schüttelte gleich den Kopf. »Ich kenne ihn nicht. Wer ist das?«

»Wir fahnden nach ihm.« Pina richtete sich auf. »Signora d'Antimi, ich muss Sie bitten, uns bis ins letzte Detail zu erzählen, was Sie heute bis zu Ihrer Ankunft in Medeazza getan haben und wer davon wusste. Außerdem müssen wir wissen, was Sie heute noch vorhaben und wer davon Kenntnis hat. Denken Sie gründlich nach. Lassen Sie bitte nichts weg. Alles kann wichtig sein, es geht um Ihre Sicherheit. Und darum, diesen Mann festzunehmen.«

Antonia nickte und nahm einen Schluck Mineralwasser, bevor sie begann. »Dass ich Marias Sachen holen wollte, wusste nur Dino.« Sie lächelte ihrem Mann zu. »Ich war seit gestern Nachmittag in Ravenna bei meinen Eltern, auch ihnen habe ich alles erzählt. Sie wissen aber nicht, wo Maria gewohnt hat.« Sie kam ins Stocken, schluckte mehrmals, räusperte sich und fügte an: »Mein Mann hat es ganz sicher niemandem erzählt, Inspektorin, er hatte den ganzen Morgen Visite.«

Sonia grinste breit. Auch wenn sie noch neu im Dienst war, hatte sie schon häufig gehört, wie Frauen sich vor ihre Männer stellten. Oft genug sogar vor gewalttätige Ehemänner, die sie kurz zuvor noch misshandelt hatten.

»Und was haben Sie heute noch vor, Signora d'Antimi?«, fragte Pina Cardareto ungerührt.

»Marias Sachen sind in Dinos Wagen, es ist nicht viel. Er bringt sie nach Hause. Und ich fahre ins Büro. Um sechzehn Uhr habe ich einen Termin in einer Bar am Ende der Via XXX Ottobre.«

»Und wer weiß von diesem Termin?«

»Nur die betreffende Person. Und mein Chef natürlich.«

»Die Namen, Signora. Bitte. Es ist wichtig.«

Antonia schüttelte den Kopf. »Es ist rein geschäftlich.«

»Das spielt keine Rolle. Auch Ihre Schwester war geschäftlich unterwegs. Jemand hat sie angeheuert, um den Russen außer Land zu bringen. Der Mann, vor dem Sie Angst haben, handelt kaum auf eigene Faust. Wir haben sein Foto nicht zufällig dabei. Wenn wir Sie schützen sollen, dann gilt das nicht nur für heute.«

»Und warum haben Sie es dann überhaupt so weit kommen lassen, wenn Sie das alles schon wissen?« Bernardinos Stimme klang angespannt.

Wieder schlich sich ein Grinsen in Sonias Gesicht. Auch das war typisch, Männer plusterten sich viel zu schnell auf und sahen den Tatsachen nicht in die Augen.

»Sie haben einen guten Instinkt, Signora d'Antimi. Sie sind tatsächlich in Gefahr. Wir wissen davon leider nicht viel länger als Sie.« Die Chefinspektorin überging Bernardinos Einwand einfach. »Der Mann, den Sie hier gesehen haben, hat in der Tat mit dem Tod Ihrer Schwester zu tun. Und dass Sie und Maria Zwillinge sind, bringt einen völlig neuen Aspekt ins Spiel. Zumindest für jemanden, der das nicht weiß. Ich schließe nicht aus, dass er bei Ihrem Anblick nicht minder erstaunt war. Vermutlich dachte er, Sie wären tot. Und dann stehen Sie plötzlich vor ihm. Eine mögliche Zeugin.« Pina Cardareto machte eine längere Pause. »Vorhin meinten Sie, den Mann vielleicht schon einmal gesehen zu haben. Wann war das und wo genau?«

Antonia ließ sich Zeit. Schließlich richtete sie ihre Augen auf die Chefinspektorin. »Am Morgen, bevor ich von Marias Tod erfahren habe.«

»Und wo?«

»Im Eingang des Hauses, in dem mein Chef wohnt. Aber hundertprozentig sicher bin ich mir nicht. Es war nur im Vorübergehen.«

»Wo wohnt Ihr Chef, und wie ist sein Name?«

»Kennen Sie das rote Hochhaus beim Teatro Romano?«

»Gegenüber der Questura, meinen Sie. Natürlich. Ich sehe es jeden Tag. Wie heißt Ihr Chef?«

Wieder zögerte Antonia. »Raccaro«, sagte sie schließlich. »Raffaele Raccaro.«

»Mit wem haben Sie nachher einen Termin in der Via XXX Ottobre?« Pina verzog keine Miene.

»Mit einer städtischen Angestellten. Sie verantwortet die Ausschreibung großer Bauprojekte.«

»Hat sie einen Namen, Signora?«

»Stefania Esposito.«

»Weiß diese Frau, was mit Maria passiert ist?«

»Nein. Von mir jedenfalls nicht. Es ist ein rein geschäftlicher Termin, nichts Privates.«

»Und warum treffen Sie sich in einer Bar und nicht im Büro?«

»Man kann Geschäftliches auch beim Kaffee besprechen.«

Da hatte sie zweifellos recht, oft genug entfernte man sich in die Öffentlichkeit, wenn man sicher sein wollte, frei von unerwünschten Mithörern zu sein.

»Raccaro weiß von Maria?«

»Natürlich, warum?«

Pina Cardareto verzog noch immer keine Miene. »Wir müssen uns einen Überblick verschaffen, mehr nicht. Gibt es sonst noch jemanden, der weiß, wo Sie sind? Kollegen, Freunde oder auch nur Bekannte?«

»Meine Frau ist nicht sehr gesprächig«, wandte Bernardino ein. »Manchmal muss selbst ich ihr die Dinge aus der Nase ziehen.«

»Mein Mann hat recht«, räumte Antonia d'Antimi ein.

»Sind Sie auf Facebook, Instagram oder in anderen sozialen Netzwerken?«, fragte endlich auch Sonia.

»Um Gottes willen, nein. Zumindest nicht aktiv, ich habe ein paar Accounts, damit ich nicht völlig abgeschieden bin von meinen Freunden. Aber ich schaue höchstens zweimal im Monat rein.«

»Was hätten Sie getan, wenn dieser Mann nicht hier aufgetaucht wäre? Wo wären Sie hingefahren, nachdem Sie Marias Sachen abgeholt hatten?« Die Chefinspektorin lenkte das Gespräch zum Kern ihrer Ermittlung zurück.

»Warum wollen Sie das wissen?« Für Antonia überschritt die Befragung jedes Maß.

»Auch wenn ich mich wiederhole, Signora d'Antimi.« Pina zwang sich zu Geduld und sogar zu ausführlichen Erklärungen. »Wir versuchen, Sie zu beschützen. Und zwar nicht nur hier im Hof der Osmizza und nicht nur vorübergehend. Wie ich bereits erklärt habe, ist der Mann auf dem Foto in den Mord an Ihrer Schwester verwickelt. Es liegt also in Ihrem doppelten Interesse, uns in die Details einzuweihen. Dann lässt sich hoffentlich eine Strategie herausarbeiten.«

»Wollen Sie meine Frau unter Polizeischutz stellen?«, fragte Bernardino misstrauisch.

»Was glauben Sie, was wir hier gerade tun? Im Moment halte ich das für mehr als angebracht. Keine Angst, Signora, Sie selbst werden es nicht einmal bemerken. Wir werden gleich die Genehmigung des Staatsanwalts einholen. Bis dahin weichen meine Kollegin und ich nicht von Ihrer Seite.«

»Und mein Mann?« Antonia war entsetzt.

»Ach, lass nur«, beschwichtigte Dino unbekümmert.

Pina schwieg eine Weile. »Für ihn besteht keine akute Gefahr. Wahrscheinlich kennt dieser Typ Ihren Ehemann nicht einmal. Als Zeugin kommen nur Sie infrage. Also, wenn ich es richtig verstanden habe, dann sind Sie mit zwei Autos gekommen. Antonia, wo würden Sie jetzt normalerweise hinfahren?«

Antonia d'Antimi zögerte, antwortete aber nach einem Blick auf die Uhr. »Jetzt ist halb drei. Ich würde in die Stadt fahren, den Wagen in unserer Tiefgarage parken, dann mit dem Fahrrad ins Büro, wo ich in etwa einer Stunde ankommen würde. Ich würde den Mitarbeiterinnen ein paar Anweisungen geben und anschließend zu Fuß die paar Meter zu der Bar gehen, in der ich mit Stefania Esposito verabredet bin. Das Gespräch wird kaum länger als eine halbe Stunde dauern. Danach zurück ins Büro bis etwa 18:30 Uhr. Und auf dem Heimweg zu Raccaro, meinem Chef, um ihn auf den aktuellen Stand zu bringen. Es geht um ein großes Projekt. Anschließend würde ich endlich nach Hause fahren und mit Dino entscheiden, ob wir zum Abendessen ausgehen oder zu Hause kochen. Ich erinnere mich nicht einmal, was wir im Kühlschrank haben. Aber für eine Pasta reicht es immer. Sonst nichts. Oder wollen Sie auch wissen, zu welcher Uhrzeit wir schlafen gehen? Da haben wir keine festen Zeiten.«

»Gut, dann machen Sie jetzt alles genau so wie geschildert. Und keine Angst, Signora d'Antimi, wir sind an Ihrer Seite.«

»Und wie lange soll das dauern?«

»Ich bin keine Hellseherin. Wenn es läuft, wie wir es geplant haben, sollte es in ein paar Stunden vorbei sein. Und jetzt begleichen Sie bitte die Rechnung und fahren los, wie Sie es beschrieben haben. Gucken Sie sich nicht nach uns um, das ist zu auffällig. Übrigens, ich habe Ihren Wagen bereits gesehen, ich nehme also an, dass Sie die Verkehrsregeln nur als Vorschläge betrachten. Fahren Sie bitte so, wie Sie immer fahren. Sonia und ich interessieren uns nicht für Ihren Führerschein. Einem heimlichen Beobachter könnte es aber auffallen. Und vielleicht ändert er seinen Plan, wenn er misstrauisch wird. Los jetzt, damit Sie im Zeitplan bleiben.«

»Wer zu spät kommt, den bestraft das Leben. Die Freigabe der Anrufliste ist längst in Arbeit, meine Süße«, sagte Marietta mit unüberhörbarer Ironie in den Hörer, als die Chefinspektorin sie anweisen wollte, nochmals Raccaros Kommunikationsdaten einzufordern. »Und zwar mit allem Nachdruck, wie der Commissario befohlen hat.«

»Wer weiß, was du wieder unter ›Nachdruck‹ verstehst. Ruf mich sofort an, wenn du sie bekommst. Und sorge bitte auch umgehend dafür, dass der arme Staatsanwalt den Personenschutz von Antonia d'Antimi anordnet. Es ist Gefahr in

Verzug. Sonia und ich bleiben ihr so lange dicht auf den Fersen. Sag dem Chef, dass sie um sechzehn Uhr einen Termin am Ende der Via XXX Ottobre hat. Alles Weitere später, wir müssen los.«

Pina Cardareto bog auf die Hauptstraße Richtung Triest ab und blieb in Sichtweite zu Antonias Wagen. Sobald eines der Autos zwischen ihnen zu langsam wurde, überholte sie schnöde und hielt doch den nötigen Abstand. Auf manchen Abschnitten gelang es der kleinen Dienst-Giulietta nur mit Mühe, an dem Sechszylinder dranzubleiben. Bernardinos Wagen hatten sie schon kurz nach Abfahrt abgehängt. Der Mann schien besonnener unterwegs zu sein.

»Wenn die immer so rast wie jetzt, muss sie verdammt aufpassen, dass sie den Führerschein behält«, sagte Sonia vom Beifahrersitz. »Wahrscheinlich lässt sie ihre Firma all die Strafzettel bezahlen. Zutrauen würde ich's ihr.«

Am Lungomare von Barcola stockte der Verkehr wegen der vielen Badegäste, die nach einem Parkplatz suchten, am Ende herrschte totaler Stillstand. Die Blaulichter eines Rettungswagens waren in der Ferne zu sehen. Hier krachte es im Hochsommer fast täglich. Auf einmal wendete Antonia und bretterte in die Gegenrichtung davon. Auch Pina Cardareto musste umdrehen, um sie nicht aus den Augen zu verlieren. Der Umweg führte sie den steilen Anstieg nach Santa Croce hinauf und von dort über den Karst wieder hinunter in die Stadt. Sonia Padovan schimpfte, sie hatten Antonia d'Antimi zwar gesagt, sie solle fahren wie immer, aber das hier artete beinahe zu einem Autorennen aus. Sie waren bei Weitem nicht die Einzigen, die die Ausweichstrecke genommen hatten. Nur sehr langsam fanden sie zurück ins Zentrum. Antonia bog bei der Piazza Venezia von der breiten Uferstraße ab und verschwand wenig später in einer Tiefgarage. Die beiden Polizistinnen beobachteten von einem Taxistand aus, wie sie wenig später ihr Fahrrad die

Rampe hochschob, das Telefon am Ohr. Alles wie abgesprochen. Insgesamt war sie zwar über zwanzig Minuten zu spät, doch das hatte sie ihrer Geschäftspartnerin wohl schon mitgeteilt.

Sonia fluchte, als die Frau sich in den Sattel schwang und in die für den Autoverkehr gesperrte Via Torino hineinfuhr. Dorthinein hätten sie ihr nur mit Blaulicht folgen können. Und das war ausgeschlossen.

»Im Gegensatz zu Stojanović wissen wir, wo wir sie finden«, sagte Pina Cardareto und fuhr bis zur Piazza San Giovanni, wo Antonia d'Antimi gerade das Fahrrad ins Entree des Palazzo schob, in dem sich ihr Büro befand. Sie parkten den Wagen im Halteverbot und stiegen aus. Ein Blick auf die Uhr bestätigte, dass die Frau sich eisern an ihren Plan hielt, den sie in Medeazza durchgegangen waren. Schon gleich würde sie wieder herauskommen, um zum vereinbarten Treffen mit der städtischen Funktionärin zu kommen.

»Marietta hat mich über alles informiert, Pina«, sagte Laurenti, als sie seinen Anruf entgegennahm. »Ich sehe Sie und Sonia auf der anderen Straßenseite. Sie sind eine exzellente Schützin, Pina. Sollten Sie Stojanović erwischen, lassen Sie ihn unter allen Umständen am Leben. Wir brauchen seine Aussage, um die Hintermänner überführen zu können. Geben Sie das auch an Sonia weiter. Jetzt heißt es Nerven behalten. Verstanden? Cacciavacca und ich bleiben in der Nähe.«

Pina bestätigte knapp und verabschiedete sich, sie steckte das Telefon wieder ein und trat in den Schatten des Palazzo zurück.

Ihr Chef sah, wie sie mit Sonia sprach und wie sich dann beide für einen Augenblick zu den Tischen seiner Stammbar umdrehten und zu ihm herüberschauten, bevor sie sich zu Fuß auf den Weg machten, um Antonia d'Antimi zu folgen, die gerade aus dem Gebäude trat und gleich in die Via delle Torri abbog. Kurz darauf verschwanden auch die beiden Polizistinnen hinter der Ecke.

Laurenti lehnte ab, als einer der jungen Wirte nachschenken wollte. »Danke, vielleicht später, wir sind noch bei der Arbeit.«

»Du hast wirklich einen Traumjob, Proteo«, scherzte Federico, der aufmerksame Wirt mit dem schwarzen Bart. »Wer arbeitet schon von einer Bar aus?«

»Na, du?!«

»Ja, aber du kannst die Lokale wechseln, wie du willst, und ich muss den ganzen Tag hier sein und Leute wie dich bedienen.«

Sie wurden durch Laurentis Telefon unterbrochen. Er wunderte sich, seine Frau Laura rief zu dieser Zeit eigentlich nie an.

»Der Notar hat sich gemeldet, bei ihm ist ein Termin ausgefallen, wir könnten jetzt sofort zu ihm kommen.«

»Wovon redest du, Laura?«

»Von was wohl? Von der Villa in der Stadt natürlich. Wir müssen den Vorvertrag besprechen, den er dann an einen Kollegen in Genf schickt, wo ihn der Verkäufer unterzeichnet. Das erspart ihm einen Besuch in Triest.«

»Das geht jetzt nicht. Ich habe zu tun.«

»Den nächsten freien Termin gibt es aber erst in knapp vier Wochen.«

»Dann nehmen wir den. Ich muss zuvor auch noch wegen einer Beweissicherung ins Ausland. Im Moment kann ich wirklich keinen Termin einschieben.«

»Und wenn der Verkäufer es sich in der Zwischenzeit anders überlegt? Proteo, bitte.«

Die Kollegen Gilo Battinelli und Enea Musumeci traten an den Tisch, setzten sich aber nicht, sondern blieben neben Cacciavacca stehen und schauten den Commissario erwartungsvoll an.

»Es geht nicht, Laura. Geh du hin und sag, ich sei mit allem einverstanden und würde die Unterschrift dieser Tage nachreichen.«

»Wirklich?« Sie traute ihren Ohren nicht.

»Natürlich.«

»Bist du dir wirklich sicher?«

»Wenn ich es doch sage …« Er verdrehte kurz die Augen. Immer das Gleiche: Auch wenn er bereits allem zugestimmt hatte, fragte Laura noch dreimal nach.

»Du bist ein Schatz, Proteo. Ich liebe dich.«

Er legte auf. »Was gibt's?«, fragt er die Kollegen. »Hat Marietta euch hergeschickt?« Er kannte die Umsichtigkeit seiner Assistentin seit Jahrzehnten.

»Sie hat gesagt, dass es bei euch brennt. Wir sind sofort losgefahren.«

»Und jetzt stehen bereits zwei unserer Autos im Halteverbot gegenüber dem Palazzo. Pina ist mit Sonia in der Via XXX Ottobre, ganz am Ende der Straße. Sie schützen Antonia d'Antimi. Offensichtlich ist Stojanović hinter ihr her. Wir passen ihn für alle Fälle hier ab. Ihr geht die Via Carducci hinunter, den anderen Weg haben Pina und Sonia im Auge.«

Nach einem fragenden Blick auf die leeren Gläser machten die beiden Männer kehrt und gingen schnell auf die vielspurige Hauptverkehrsader zu, die das Zentrum Triests in zwei Teile schnitt.

»Sie sind unbewaffnet, Commissario?«, bemerkte Moreno Cacciavacca. Nach dem Auslandstermin traute er sich nicht zu fragen.

»Wir sind kein Exekutionskommando. Du hast doch deine Beretta bei dir. Also, sei wachsam.«

Zu Laurentis Eigenheiten gehörte auch, immer unbewaffnet aus dem Haus zu gehen. Misstrauisch schaute er auf manche Kollegen aus anderen Kommissariaten, die selbst in ihrer Freizeit die Waffe bei sich trugen. Abgesehen davon, dass die

9-Millimeter FS 92 in geladenem Zustand über ein Kilo wog, hatte er sie in der Vergangenheit bei den wenigsten Festnahmen gebraucht. Außerdem waren seine Kolleginnen und Kollegen immer bewaffnet und auch die besseren Schützen, weil er das vorgeschriebene Training im Schießstand meist ausfallen ließ. Er war sehr besonnen im Umgang mit der Pistole. Die Leidenschaft für Waffen, die manche pflegten, war ihm immer fremd gewesen. Er war schließlich weder bei den Spezialabteilungen oder Einsatzkommandos, noch ging er auf Streife.

Stefania Esposito und Antonia d'Antimi trafen zwar mit Verspätung, aber gleichzeitig an der verabredeten Bar ein, die von einer chinesischen Familie geführt wurde wie inzwischen zahlreiche Lokale und Geschäfte in Triest. Einige der Inhaber waren bereits in dritter Generation hier, hatten einen hiesigen Hochschulabschluss. Das waren oft erfolgreiche und stille Geschäftsleute, deren Großeltern vor Jahrzehnten bescheiden in Triest angefangen hatten. Die Mehrzahl der Triestiner schenkten ihrer Herkunft keine Beachtung, solange der Caffè ihren Ansprüchen genügte. Die beiden setzten sich an eines der Tischchen vor dem Lokal.

»Mein Chef war heute Morgen sehr aufgebracht, als er die Zeitung gelesen hat«, begann Antonia gleich nach der Bestellung, dem einleitenden Geplauder über den dichten Verkehr während der Badesaison in Barcola und der gegenseitigen Bestätigung, dass den Leuten das Autofahren selbst für kurze Strecken einfach nicht abzugewöhnen war. »Signor Raccaro hatte den Eindruck, das Rennen wäre schon entschieden. Die Sache ist: Bei den technischen Abläufen kann ich mir beim besten Willen nicht vorstellen, dass die Angebote so schnell im Detail geprüft werden konnten. Können Sie mir bitte sagen, wie der tatsächliche Stand der Dinge ist? Die neue Seilbahn ist uns sehr wichtig, Stefania, das wissen Sie.«

»Der Artikel ist mir nicht entgangen. Sie wissen selbst, wie Journalisten sind. Es genügt, dass irgendjemand sagt, er würde einen italienischen Anbieter bevorzugen, und schon wird es in falschen Zusammenhang gebracht. Ich meine, das würden wir uns doch hoffentlich alle wünschen.«

»Klar, sofern keine schwerwiegenderen Gründe dagegensprechen, zu denen durchaus diplomatische Rücksichten zählen, die mit Geld allein nicht aufzuwiegen sind.«

»Die technischen Auflagen und Normen stehen aufgrund der Sicherheitsvorschriften fest. Die sind für alle Anbieter verbindlich. Der wirschaftliche Spielraum ist demnach sehr eng. Die technische Prüfung verlangt noch Zeit. Es hängt schließlich an Design, Bauzeiten, Serviceleistungen, Betriebs- und Unterhaltskosten und so weiter.«

»Es drängen sich auch politische Erwägungen auf, Stefania, die zwar später nicht so genannt werden, aber, längerfristig gedacht, durchaus Einfluss haben sollten. Und die lassen sich nur schwer widerlegen.«

»Wie gesagt, die Detailprüfung benötigt Zeit. Bis jetzt ist keine Entscheidung gefallen. Vergessen Sie die Zeitung. Solange wir in regelmäßigem Kontakt stehen, werden Sie auf dem Laufenden gehalten.«

»Ich habe bereits beim letzten Treffen angedeutet: Bei den persönlichen Serviceleistungen für Sie fehlt es den *Raccaro Development Studios* weder an Flexibilität noch an Großzügigkeit.«

»Ich weiß das sehr zu schätzen, Antonia. Und werde es nicht vergessen. Ich schlage übrigens vor, dass wir zum Du übergehen. Ich glaube, wir kennen uns nun lange genug. Stefi, bitte.«

»Toni.« Sie nahm lächelnd an und legte das Geld für die Getränke auf den Tisch. Selbst wenn sie den Vorschlag hätte ablehnen wollen, es wäre unmöglich gewesen, die neue Vertraulichkeit in dieser Phase des Projekts auszuschlagen. Doch

Antonia d'Antimi hatte die Distanz ohnehin nur aus Professionalität gewahrt.

Draško Stojanović hatte den Peugeot ein paar Ecken weiter im Halteverbot abgestellt. Sollten sie ihm doch einen Strafzettel verpassen, es war ihm egal. Der Wagen war noch auf den Vorbesitzer zugelassen, und morgen zu dieser Zeit würde er schon fast am Ziel sein und sofort neue Kennzeichen anschrauben.

Wie jeden Tag trug Draško ein weites schwarzes T-Shirt, schwarze Jeans und weiße Sneakers. Seine SIG P 220 steckte im Hosenbund. Immer wieder schaute er ungeduldig auf seine Armbanduhr. Er drückte sich in einen Hauseingang schräg gegenüber der Bar, von der aus er die lebende Tote und eine blonde Frau im eifrigen Gespräch verwickelt sah. Wie er aus ihren Gesten schloss, mussten sie über geschäftliche oder ähnliche Probleme reden. Draško Stojanović entsicherte im Verborgenen seine Waffe.

Battinelli und Musumeci waren die Via Carducci hinuntergelaufen, um zur genannten Bar zu gelangen. Auf der angrenzenden Piazza Oberdan lag die Talstation der berühmten, denkmalgeschützten Standseilbahn seit inzwischen sieben Jahren verlassen da. Zwischen ihren rostigen Gleisen sammelten sich Zigarettenkippen und anderer Abfall, aus den Rissen im Asphalt sprossen kümmerliche Halme von Unkraut. Anstatt die bei Bevölkerung und Touristen gleichermaßen beliebte Bahn in Betrieb zu halten, bemühten sich dunkle Kräfte nun um die Erbauung einer Gondelbahn zu dem abseits der Zivilisation gelegenen, aus Stahlbeton errichteten, brutalistischen Marientempel auf dem Karst. Böse Stimmen munkelten verschwörerisch, das ganze Vorhaben sei ohnehin nur ein Test für die Zukunft, wie viel man den Leuten zumuten konnte, bis die Empörung überhandnahm.

Gerade als Battinelli und Musumeci um die Ecke bogen, stoppte auf dem Zebrastreifen vor der Bar eine schwarze Ducati. Ein Mann in schwarzer Kluft und schwarzem Helm klappte den Seitenständer herunter und parkte seine Maschine, ohne den Motor abzustellen. Er öffnete den Reißverschluss seiner Jacke nur etwas über die Hälfte und tastete, während er sich umschaute, mit der Hand hinein, als würde er sich versichern wollen, dass alles an seinem Platz war.

Gilo wählte die Nummer seiner Kollegin, Pina antwortete sofort.

»Ich sehe euch. Auffälliger geht's kaum.«

»Und wo seid ihr?«, fragte Battinelli.

»Wir studieren die Angebote im Schaufenster des Reisebüros.«

Er hatte die beiden Kolleginnen ausgemacht, die ihre Position fünfzig Meter weiter bezogen hatten. Drei Hauseingänge lagen im Schatten der Fassaden zwischen ihnen und der Bar gegenüber, vor der Antonia d'Antimi und Stefania Esposito saßen. Raccaros Managerin legte gerade das Geld für die Rechnung auf den Tisch.

»Siehst du die Zielperson?«, fragte Pina.

»Allerdings, zusammen mit der Blonden. Aber da ist noch ein zweiter Mann. Mit einem Motorrad. Die beiden Frauen interessieren ihn offenbar nicht.« Battinelli legte auf.

Die Fußgängerzone platzte zu dieser Uhrzeit aus allen Nähten. Toni und Stefi lächelten sich freundlich zu, und die städtische Bedienstete nahm ihre Handtasche von einem leeren Stuhl. Nach einigen weiteren Floskeln erhoben sich die beiden vom Tisch.

Battinelli stieß seinen Kollegen mit dem Ellbogen, als die Frauen sich mit Wangenküsschen verabschiedeten, doch sechs junge Mädchen in viel zu kurzen Kleidchen drängten sich mit lautem Gelächter an der Bar vorbei. Die beiden Frauen ließen sie lächelnd vorbei, bevor sie in getrennte Richtungen losgingen.

Musumeci entsicherte seine Waffe, als der Mann mit dem schwarzen Helm von seiner Maschine abstieg und ebenfalls die Pistole zog. Draško Stojanovic stürzte aus dem Hauseingang auf die Straße hinaus und zog die SIG. Er stürmte mit der erhobenen Waffe direkt auf Antonia zu, musste aber den kreischenden Gören ausweichen.

Pina Cardareto und Sonia Padovan rannten schlagartig los.

Der Motorradfahrer hob die Hand, als Draško noch fünf Meter von ihm entfernt war.

Enea Musumeci überholte den Chefinspektor, legte an und drückte ab.

Das Echo des Schusses hallte von den Häusern zurück. Draško Stojanović machte auf dem Absatz kehrt. Die Mädchen liefen davon und versperrten Pina und Sonia den Weg.

Zwei Herzschläge lang verharrte Antonia geschockt auf der Stelle, bevor sie panisch um ihr Leben lief und gleich hinter der ersten Ecke verschwand. Vor Schreck sah sie die beiden Polizistinnen, die ihr entgegenkamen, nicht.

Am sichersten fühlt man sich da, wo man sich auskennt. Antonia d'Antimi rannte an aufgeschreckten Passanten vorbei, sie wusste, dass sie gleich den Palazzo erreichen würde, in dem das Büro lag und hinter dessen schwerem Eichentor sie sicher war.

Stojanović hatte wertvolle Sekunden verloren. Er war deutlich größer, seine Schritte länger als die Antonias. Auf Höhe der Kirche Sant'Antonio Taumaturgo war er nur noch höchstens dreißig Meter hinter ihr. Zu weit, um innezuhalten und mit der Pistole einen gezielten Schuss abzufeuern. Als sie die Via delle Torri erreicht hatte, warf Antonia einen Blick über die Schulter. Im vollen Lauf riss sie zwei Stühle vor einem Café um und schleuderte sie hinter sich auf den Weg. Hunde fingen an zu bellen. Passanten schrien sich verstörte Warnungen zu. Sie würde es nicht in den Palazzo schaffen, die Tür aufzuschließen würde zu lange dauern. Sie lief über die stark befahrene Querstraße und mischte sich unter die Menschen auf der Piazza San Giovanni. Antonia sah Draško Stojanović hinter dem vorbeifahrenden Bus verschwinden. Beinahe wäre er unter die Räder geraten. Sie sprang über die niedrige Absperrung vor dem Verdi-Denkmal und ließ sich in die hüfthohen Salbeibüsche fallen.

Laurenti und sein Kollege sprangen von ihren Stühlen auf. Noch bevor der Bus vorbeigefahren war, richtete Cacciavacca seine Waffe in Richtung Stojanović.

Der Bus war vorüber, und Draško schoss. Doch Antonia d'Antimi war auf der Piazza San Giovanni nirgendwo zu sehen, stattdessen schaute er in den Lauf einer Waffe. Weiter hinten auf der Piazza splitterte Glas. Vor dem Eingang der Bar ertönte Geschrei, das von einem weiteren Schuss übertönt wurde.

Mit weit aufgerissenen Augen sank Stojanović auf die Knie, brach zusammen und krümmte sich auf dem Kopfsteinpflaster. Seine Waffe glitt ihm aus der Hand.

Moreno Cacciavacca erreichte ihn mit zwei Schritten, schob Draškos Waffe mit dem Fuß zur Seite und kniete sich neben ihn. Als er ihn grob an der Schulter packte und auf den Bauch drehte, schrie der Mann vor Schmerz auf. Ungerührt fixierte Cacciavacca seine Arme mit Handschellen auf dem Rücken. Ein Kreis Schaulustiger bildete sich um sie. Cacciavacca nahm die Pistole des Serben an sich und stand auf. Unter dem Gefesselten breitete sich das Blut langsam über das Pflaster aus. Sirenen näherten sich.

Endlich kamen auch Pina Cardareto und Sonia Padovan dazu. Die Chefinspektorin steckte ihre Beretta wieder in den Hosenbund, als sie die Situation überblickt hatte. Sie nahm

Cacciavacca die Waffen ab, verstaute sie in Plastikbeuteln und übergab sie der Kollegin.

»Dann bist du also nicht nur am Computer gut«, sagte sie und klopfte dem Kollegen auf die Schulter. Nur selten kamen ihr anerkennende Worte über die Lippen.

Sonia verscheuchte unter Protest zwei Stammgäste der Bar, die sich Draško Stojanović näherten. Sie diskutierten laut, ob und wo sie ihn schon gesehen hätten.

Commissario Laurenti half Antonia d'Antimi nicht auf die Beine, als sie sich aus dem Salbei aufrappelte. Sie schlotterte am ganzen Leib und starrte ihn an, als hätte sie etwas Verbotenes getan und erwarte nun die verdiente Strafe.

»Das war verdammt knapp«, sage Laurenti. »Sind Sie unversehrt?«

Sie tastete ihren Körper ab und nickte dann, als wollte sie sich ihrer selbst versichern. Ihr Blick schweifte über die Schaulustigen, dann stieg sie über das niedrige Geländer aus dem Beet unter der kolossalen Statue.

»Bleiben Sie ruhig, ein Rettungswagen trifft gleich ein«, versuchte der Commissario sie zu beruhigen.

»Ich bin okay.« Sie schüttelte entschieden den Kopf. »Aber so sicher, wie Ihre Kolleginnen es behauptet hatten, war ich offensichtlich nicht.«

»Sie sind am Leben, Signora.«

Enea Musumeci starrte auf die Waffe in seiner Hand und steckte sie erst wieder ein, als Battinelli ihn dazu aufforderte. Die Passanten erwachten ebenfalls aus der Erstarrung und trauten sich, auf den leblosen Körper zuzugehen, der vor ihnen auf dem Boden lag. Gilo Battinelli breitete seine Arme aus, mit dem Dienstausweis in der Hand befahl er den Leuten zurückzutreten. Er wies Musumeci an, mit den Stühlen der Bar eine provisorische Abgrenzung zu schaffen. Sirenen näherten sich rasch. Endlich steckte Battinelli seinen Ausweis ein, überprüfte die Waffe in seinem Gürtelholster und kniete sich neben den Mann auf dem Boden. Er schob das Visier des Helms zurück, aus dem ihn tote Augen anstarrten, und schüttelte dann den Kopf.

Von den Streifenwagen, die von beiden Seiten in die Fußgängerzone gefahren waren, rannten Uniformierte zu ihm herüber und sperrten die gesamte Straße.

Musumeci hob die Waffe des Toten auf, sicherte sie, roch am Lauf, überprüfte das Magazin und ließ sie schließlich in einen transparenten Plastikbeutel gleiten. Seine Hände zitterten: »Eine Glock 19, ältere Bauart. Das Magazin ist noch voll.«

»Tot«, sagte Battinelli zu Musumeci und den Kollegen. »Aber er ist es nicht. Das ist nicht Stojanović.« Er suchte nach der Halsschlager. Wieder schüttelte er den Kopf.

»Das war mein erstes Mal«, stammelte Musumeci. Sein Gesicht war aschfahl.

»Auch das erste Mal passiert irgendwann«, knurrte sein Kollege. »Du musst deine Waffe abgeben, Enea. Vorschrift. Steck sie in einen Beutel. Du wirst eine andere Pistole bekommen, sobald du das Protokoll unterschrieben hast.«

Eine junge Frau schlüpfte unter der Absperrung durch und sprach mit einem der Streifenpolizisten. Der Mann folgte ihr schließlich um die Ecke. Battinelli ging ihnen hinterher und fand sie vor einer schwarzen Ducati mit laufendem Motor.

»Schalt den Motor aus und zieh den Schlüssel ab«, wies Battinelli an, der plötzlich hinter dem Uniformierten stand. Als er sich nach der Frau umschaute, war sie nirgendwo mehr zu sehen. Entweder hatte sie Angst vor der eigenen Zivilcourage, oder sie wollte sich jede Form von Zeugenaussage und schriftlichem Protokoll ersparen.

Uniformierte bahnten einem Rettungswagen den Weg durch die Schaulustigen auf der Piazza San Giovanni, die nur widerwillig Platz machten.

»Bauchschuss. Auf den ersten Blick nicht lebensbedrohlich, aber er muss sofort operiert werden. Er ist nicht vernehmungsfähig«, sagte der Notarzt, während einer der Sanitäter einen Notverband an Stojanovićs Oberkörper anbrachte. Sie hoben ihn auf eine Bahre und verfrachteten ihn in den Krankenwagen.

»Ich fahre mit«, sagte Cacciavacca und schob sich an Laurenti vorbei.

»Du bleibst hier«, ordnete Pina an. »Stell fest, wo die erste Kugel eingeschlagen hat, und sperr dort auch ab. Sonia, du fährst mit und bleibst im Krankenhaus, bis du abgelöst wirst, verstanden? Stojanović wird für die OP ohnehin unter Narkose gesetzt werden. Er wird für geraume Zeit außer Gefecht sein. Die Ärzte sagen dir Bescheid, sobald er wieder wach ist. Lass niemanden zu ihm, der nicht zum Klinikpersonal gehört. Lass dich nicht von irgendwelchen Beschwerden weichkochen. Du bewegst dich keinen Schritt von der Tür weg. Verstanden?«

»Bier ist für heute aus«, murrte der Kellner. »Eine Kugel hat die Zapfanlage gekillt.«

Cacciavacca ging zum Tresen. Laurenti führte Antonia d'Antimi, die seiner Anordnung nur widerwillig folgte, ins Innere der *Malabar*, sie stand noch sichtlich unter Schock. Die Sicherung der Piazza übernahmen die Uniformierten und die anrückenden Kriminaltechniker, die sich von den Gaffern nicht stören ließen.

»Großartig, dass ihr uns so gut beschützt«, maulte Daniele. Der junge Wirt hatte die linke Hand provisorisch verbunden. Trotzdem versuchte er, die Scherben zusammenzuklauben. Er grinste abschätzig und verdrehte die Augen, als er die Polizisten vor sich sah. Frustriert gab er auf, als Moreno Cacciavacca und Pina Cardareto ein Absperrband vor dem Tresen befestigten und einen der Techniker riefen.

»Sei mal nicht so weinerlich. Ab heute Abend seid ihr in allen Medien, eine bessere Werbung kriegst du nicht mal für Geld, mein guter Daniele. Bring uns lieber ein großes Glas Wasser.« Laurenti führte Antonia in eine Ecke und setzte sie auf einen der Hocker. Sie stürzte das Wasser in einem Zug hinab. »Die Gefahr ist vorüber, Signora.«

»Vorüber? Was ist vorüber? Er lebt doch noch.«

Giuseppe Verdi hatte sich nicht stören lassen, stoisch duldete er die Möwe auf seinem Kopf, die sich für die Kameras des Regionalfernsehens zu platzieren schien. Sein Blick fiel unverändert auf die Beletage des gegenüberliegenden Palazzos, wo sich die Büros der *Raccaro Development Studios* befanden. Laurenti und Cacciavacca blieben im Innenraum der Bar. Hier würden die Reporter keinen Zutritt bekommen. Endlich traf auch Staatsanwalt Scoglio ein. Noch war der Fall nicht abgeschlossen. Kaum hob Proteo Laurenti den Blick und schaute über den Platz, fror ihm fast das Gesicht ein. Staatsanwalt Scoglio folgte Laurentis Augen und packte ihn am Arm. So nah waren sich die beiden noch nie gekommen.

»Wir bekommen schlechte Gesellschaft. Wer zum Teufel hat die Geheimdienstler informiert? Cacciavacca, hol uns was zum Schreiben.«

»Schlechtes Alibi, Laurenti.« Scoglio hatte recht. »Sie haben behauptet, von der Gefahr gewusst zu haben, die von Stojanović für Signora d'Antimi ausging, Commissario. Warum haben Sie es dann so weit kommen lassen?«

»Nun, wir wussten davon und waren auf alles gefasst. Er hätte der Frau nichts tun können. Chefinspektorin Cardareto ist nicht von ihrer Seite gewichen. Wir wussten allerdings nichts von dem anderen Angreifer auf dem Motorrad. Den haben die Kollegen Battinelli und Musumeci, Gott sei Dank, rechtzeitig erwischt. Erst wenn wir wissen, für wen der gearbeitet hat, kommen wir weiter.«

»Das klingt, als hätten Sie einen Verdacht?«

»Das wäre zu viel gesagt.«

»Was ist es dann?«

»Ich frage mich, was einen serbischen Koch dazu bringt, einen Anschlag auf die Geschäftsführerin einer Projektentwicklungsgesellschaft durchzuführen. Welches Motiv könnte er haben? Ich wollte Sie übrigens noch bitten, dass Sie mich zur Beweissicherung nach Kroatien schicken.«

»Wieso denn das, Laurenti? Dazu reicht doch eine offizielle Anfrage.«

»Nun, die Videoaufnahmen von Savudrija und dem Mord an Maria d'Antimi wurden mir unter der Hand zugespielt. Vor Gericht können wir uns nicht darauf stützen. Zwei Tage sollten genügen. Sie wissen selbst, wie lange die Bearbeitung der schriftlichen Anfragen dauert. Sicherer und schneller ist es auf dem direkten Weg.«

»Es heißt ja, Sie pflegen gute Kontakte«, der Staatsanwalt zeigte ein seltenes Grinsen. »Also gut, schreiben Sie mir zwei Zeilen, dann werde ich sehen, was ich tun kann, Commissario.« Scoglio legte schlagartig die Stirn in Falten, sein Blick fiel über Laurentis Schulter zum Eingang.

Der Commissario drehte sich um.

»Das ist also Ihr Büro?«, schnatterte Beba Varriale los. Sie trug noch immer ihr viel zu enges gelbes Kostüm. »Ich suche Sie schon den ganzen Nachmittag.«

»Na, dann ist es umso schöner, dass Sie mich endlich gefunden haben. Ist es nicht gemütlich hier?«

»Ihren Job will ich haben. Weshalb wissen wir nichts von Ihren Umtrieben?«

»Alles hat seine Zeit, Dottoressa, vor allem wenn Gefahr im Verzug ist. Wie Sie an der Anwesenheit von Dottor Scoglio erkennen, ist unser Vorgehen nicht geheim. Der Festgenommene hatte einen Anschlag geplant. Wir konnten im letzten Moment eingreifen und das Schlimmste verhindern. Wer hat Sie informiert?«

»Auch wir haben unsere Kontakte«, mischte sich Venturini ein. »Wer ist der Tote?«

»Welcher Tote? Wir haben einen Verdächtigen, und der ist im Krankenhaus. Er wird es überleben, meinte der Notarzt. Sobald er vernehmungsfähig ist, werden wir auch erfahren, wer sein Auftraggeber ist.«

»Stellen Sie sich nicht dümmer, als Sie sind. Wir wissen, dass es einen Toten gab.«

»Dann fragen Sie doch Ihren *guten* Kontakt.«

»Wer ist es?« Beba Varriale kreischte wie eine Motorsäge auf Metall. Die wenigen Gäste im Inneren der Bar drehten sich zu ihnen um.

Staatsanwalt Scoglio mahnte mit dem Zeigefinger auf den Lippen zur Ruhe. »Sagen Sie es ruhig, Laurenti.«

Der Commissario zuckte nur mit den Schultern. »Noch kennen wir seine Identität nicht. Sobald sie feststeht, werden wir Sie informieren. Verlassen Sie sich darauf.«

»Verlassen? Auf Sie?« Die Varriale machte auf dem Absatz kehrt.

Venturini folgt ihr auf die Piazza hinaus, über die seine Vorgesetzte wild gestikulierend davonstapfte.

»Kurz und unerfreulich. Machen Sie sich auf einen Anschiss gefasst«, meinte der Staatsanwalt.

»Wie lange wollt ihr die Zapfanlage eigentlich absperren?«, fragte Daniele.

»Die Kollegen müssen erst einmal alles dokumentieren. Und dann ist immer noch nicht geklärt, wo die Kugel eingeschlagen hat. Sei froh, dass ich hier bin. Sonst hätten sie vorübergehend dein ganzes Lokal dichtgemacht. An eurer Stelle würde ich für den Rest des Tages auf Cocktails umstellen.«

»Nach der Kugel braucht ihr nicht lange suchen. Die steckt doch mitten im Zapfhahn.« Daniele lächelte spöttisch. »Ich habe sie sogar gespürt, als ich das letzte Bier gezapft habe. Gott sei Dank hat sie mich nur gestreift.« Er hob wie zum Beweis die Hand.

»Warum haben Sie das nicht gleich gesagt? Das muss aufgenommen werden. Und medizinisch behandelt«, sagte Staatsanwalt Scoglio ernst. »Aber die Sanitäter und der Notarzt sind schon weg.«

»Es blutet doch nur ein bisschen«, beschwichtigte Daniele. »Und gegen Tetanus geimpft bin ich auch.«

»Ihr jungen Leute begreift es nie. Sie hatten mehr Glück als Verstand. Ein paar Zentimeter weiter rechts, und Sie wären ein toter Mann.«

Daniele grinste. »Ich begreife allerdings sehr gut, dass kein Geld reinkommt, solange wir keine Getränke verkaufen können, Dottore. Die Bar lebt vom Umsatz. Also sagen Sie bitte, wann ich die Theke wieder freigeben darf.«

»Gib den Kriminaltechnikern draußen Bescheid«, wies der Commissario Moreno Cacciavacca an. »Das entscheiden die. Und dann gehst du direkt in die Questura und schreibst das Protokoll. Lass es von Pina gegenlesen. Anschließend besorgst du dir eine Ersatzwaffe.«

Das Telefon unterbrach Laurenti. Es war die Nummer von Gerichtsmedizinerin Mara Poggi. »Dottoressa, was kann ich für Sie tun?«

»Nichts, Commissario. Aber ich für Sie. Ich lasse den Toten jetzt abtransportieren.«

»Konnten Sie etwas feststellen?«

»Glatter Kopfschuss von links, etwa neunzig Grad. Ihre

Leute sind gute Schützen. Er war sofort tot. Ein Treffer in die Hand hätte allerdings auch gereicht.«

»Ich wette darauf, dass er auf die Hand gezielt hatte. Vermutlich waren Sie noch nie in so einer Situation, Dottoressa.«

»Keine Sorge, Commissario. Ich bin nicht hier, um ein Gutachten über die Notwendigkeit des Treffers abzugeben. Übrigens, einer Ihrer Kollegen glaubt, den Mann zu kennen. Er befragt im Moment die Zeugen.«

»Dann holen Sie ihn sofort ans Telefon.« Laurenti starrte den Staatsanwalt an, bis er eine bekannte Stimme auf der anderen Seite hörte.

»Die Dottoressa war schneller, ich hätte mich schon noch gemeldet. Aber wenn die Leute erst mal weg sind, bekommen wir keine Aussagen mehr. Battinelli und ich haben alle Hände voll zu tun.« Es war Inspektor Vuk Vukotić von der Squadra volante. »Es wäre nicht schlecht, wenn Sie es sich es vor Ort selbst anschauen würden.«

»Mara Poggi sagt, Sie kennen den Toten?«

»Er heißt Aleksandar Zupan, Commissario. Deckname Bogdan. Ich habe ihn sofort erkannt. Er hat ein längeres Vorstrafenregister, zuletzt wegen organisiertem Raub von großen Baumaschinen. Lauter Bagger, Kräne und Planierraupen. Von Baustellen in ganz Norditalien, die bei uns über die Grenze nach Osten verschoben wurden. Er war für die Planung zuständig und für die Beschaffung der entsprechenden Transportpapiere. Er war erst seit einem Jahr wieder auf freiem Fuß und vermutlich auf der Suche nach einem neuen Job. Ich schätze, er hat dringend Geld gebraucht und hätte sich für fast alles hergegeben. Wir kennen seine Kontakte. Zumindest teilweise.«

»Ich bin schon auf dem Weg«, sagte Laurenti. »Entschuldigen Sie, Dottore«, sagte er zum Staatsanwalt. »Außer ... außer Sie wollen mitkommen. Es ist ganz in der Nähe.«

Grußlos eilten sie aus der Bar. Auf dem Fußweg umriss Laurenti die Situation.

»Eine interessante Konstellation.« Scoglio hielt ihn am Arm fest. »Bleiben Sie verdammt noch mal stehen und hören Sie mir zu. Also, Ihrer Analyse zufolge soll jemand diese Antonia d'Antimi aus dem Weg räumen, was Ihre Leute um ein Haar verhindern können. Der zweite Verdächtige, dieser Zupan, soll gleichzeitig einen anderen Auftrag gehabt haben und kam ihm in die Quere. Sonst wäre es doch für Stojanović ein Kinderspiel gewesen, die Frau zu erledigen. Zupan wird aber vor der Ausführung seines Auftrags von einem Polizisten Ihres Kommissariats zu Fall gebracht.«

»Leicht wäre es für Stojanović nicht gewesen, schließlich war die Chefinspektorin mit einer weiteren Kollegin ununterbrochen bei Signora d'Antimi. Aber ich erkläre es gerne noch einmal, Herr Staatsanwalt, auch wenn wir noch nicht alles wissen. Das Wichtigste bei jedem Einsatz ist das Timing! Präzise Planung kann ein unschlagbares Instrument sein, um Überraschungen abzuwehren, sofern alles aufs Genaueste miteinander abgestimmt ist und nur die Beteiligten über den Plan Bescheid wissen.«

»Hören Sie doch mit Ihren Theorien auf, Laurenti.«

»Die einzige Theorie, Dottor Scoglio, die ich habe, ist, dass irgendjemand jetzt auf Kohlen sitzt. Und das ist der Auftraggeber. Der wird ziemlich nervös werden, wenn er begreift, was passiert ist. Drahtzieher sind …« Doch anstatt seinen Satz zu beenden, sprach Laurenti in sein Telefon. »Pina, lassen Sie Antonia d'Antimi auf keinen Fall gehen. Halten Sie sie fest, bis ich mit Battinelli eintreffe. Wir brauchen eine klare Strategie, um an die Hintermänner zu kommen. Tun Sie das Möglichste. Und überlegen Sie, wo wir sie unterbringen können. Sie muss allerdings damit einverstanden sein, wir können sie nicht festhalten. Und das hängt allein von Ihrer Überzeugungskraft ab.

Vielleicht hilft es, wenn Sie sagen, Draško Stojanović wäre aus dem Krankenhaus abgehauen.« Er legte auf, ohne die Antwort abzuwarten, und wandte sich wieder an den Staatsanwalt, der ihn mit hochgezogenen Augenbrauen ansah. »Es wird besser sein, Signora d'Antimi erst einmal aus dem Verkehr zu ziehen, um dem Drahtzieher glauben zu machen, seine Rechnung wäre aufgegangen. Dazu brauche ich aber Ihre Hilfe, Dottore. Das muss glaubwürdig an die Medien weitergegeben werden. Und was den Strippenzieher angeht: Schauen wir uns doch noch einmal die Ausgangslage an.«

»Raus mit der Sprache. Wer glauben Sie, ist es?«

Laurenti schüttelte den Kopf und ging weiter. »Wenn ich eins und eins zusammenzähle, dann entpuppt sich eine Absicht von besonderer Perfidie. Antonia d'Antimi sagte aus, dass sie Stojanović bei Raccaro gesehen habe. Sie arbeitet selbst für ihn.«

»Und Sie glauben, der alte Mann steckt dahinter?«

»Wie ich bereits sagte, es spielt keine Rolle, was ich glaube. Ich weiß nur, dass er eitel ist. Und gierig und eine Spielernatur dazu.«

»Und sein Motiv?«

»Probieren Sie einmal, so einem sein Spielzeug wegzunehmen.«

Bei ihrer Ankunft in der Via XXX Ottobre fuhr soeben der Wagen mit der Leiche ab. Vuk Vukotić und Gilo Battinelli sprachen mit einer chinesischen Frau vor der Bar, offensichtlich die Wirtin. In der Tür des Lokals standen schon zwei Mitarbeiter mit Eimer und Schrubber in den Händen bereit.

Elf

Man hätte wissen müssen, was passiert war, um auch nur noch einen Hauch von Blut auf dem Gehweg vor der Bar zu erahnen. Die Angestellten der Wirtin waren schnell und emsig am Werk gewesen, die Pfützen auf dem Trottoir längst getrocknet. Und jetzt konnte sich das Lokal kaum retten vor Andrang. Die Nachrichten hatten scharenweise Neugierige hergelockt, und an allen Tischen wurde über dasselbe Thema geredet: Warum war es nicht mehr wie früher? Und wie ließ sich die Sicherheit in Triest wiederherstellen? Die übliche Verklärung: Als hätte man früher ausgerechnet hier, wo die europäischen Ideologien aufeinanderprallten, wie im friedvollen Paradies gelebt.

In den vergangenen Tagen war es heiß geworden. Die leichte Bora hatte sich gelegt, die Sonne knallte ungekühlt auf die Palazzi und das Pflaster in der Fußgängerzone Triests. Es war knapp einundzwanzig Uhr, als Proteo Laurenti sich vor dem Büfett gegenüber der chinesischen Bar niederließ und dessen Speisekarte studierte. Er hatte Laura schon vor zwei Stunden angerufen, um ihr zu sagen, dass sie zu Hause nicht mit dem Abendessen auf ihn warten sollten. Er war nicht unzufrieden mit dem Stand der Dinge. Immerhin hatten die spärlichen Angaben der Geheimdienstler und die Aussage von Antonia d'Antimi zusammengenommen ein Gesamtbild ergeben, mit dem er im Traum nicht gerechnet hätte: Die *Raccaro Develop-*

ment Studios hatten Firmenkontakte nach Zypern und erhielten jährliche Zahlungen an einen Sitz in Limassol. Gute Kontakte zu den Russen also, die die Insel als Plattform für ihre von den Sanktionen behinderten Geschäfte nutzten. Der Alte selbst hatte nie ein Wort über diese Verbindungen verloren.

Doch trotz anhaltender Beratungen im Kommissariat waren sie nicht zu einer überzeugenden Strategie gelangt. Raccaros Anruflisten lagen noch nicht zur Auswertung vor. So hing alles an der Aussage von Draško Stojanović, den sie nach Auskunft der Ärzte nicht vor dem kommenden Morgen vernehmen konnten. Und es war alles andere als sicher, ob er seinen Auftraggeber verriet. Es wäre nicht das erste Mal, dass die Angst vor dem Auftraggeber größer war als vor den polizeilichen Konsequenzen. Draško war Opfer und Täter zugleich. Die Operation hatte der Mann gut überstanden, doch sein Körper würde Zeit brauchen, die Narkosemittel abzubauen. Der Staatsanwalt hatte die permanente Bewachung anstandslos genehmigt, und Sonia Padovan wurde von ihrem Posten in der Uniklinik nach drei Stunden endlich abgelöst, wo der Mann wieder zu sich gekommen war. Ein Monitor neben dem Bett bildete seinen Blutdruck, Herzschlag und Körpertemperatur ab. Sein freies Handgelenk war mit Handschellen ans Bettgestell gefesselt.

Der Commissario hatte irgendwann einräumen müssen, dass seine ursprüngliche Absicht, Antonia d'Antimi gegenüber den Medien vorübergehend für tot zu erklären, nicht aufging. Zu viele Augenzeugen, die schon kurz nach der Schießerei von Reportern interviewt worden waren. Immerhin konnte es ein Weg sein, den wahren Gesundheitszustand Stojanovićs zu verschweigen. Wenn in den Medien von zwei Toten geredet wurde, konnte ihnen das nur recht sein. Würde man Draško gleich morgen früh mit dem Rettungshubschrauber aufgrund angeblicher Komplikationen in eine andere Stadt verlegen, würde das hiesige Krankenhauspersonal kaum von sich aus darauf hinweisen, dass er sich nicht in Lebensgefahr befand.

Was konnten sie Raffaele Raccaro nachweisen? Seine Bewährungsfrist hatte er anstandslos hinter sich gebracht. Dass er geholfen hatte, den Russen aus Italien schleusen zu lassen, war kein Kapitalverbrechen. Er würde ohnehin alles auf Stojanović abwälzen, der es durchgeführt hatte. Und dafür, dass er Aleksandar Zupan, alias Bogdan, auf Draško angesetzt hatte, gab es nicht einmal Indizien. Die Zahlungen an die zyprische *FFCC Development* waren laut Antonia d'Antimi stets gegen Rechnung erfolgt. Und selbst wenn sie Raccaro nachweisen konnten, für sanktionierte Russen auf Zypern Geld zu waschen, konnte er alles auf seine Geschäftsführerin schieben. Weshalb sollte er solche Unterstellungen nicht einfach aussitzen? Mit den steuerlichen Details müssten sich ohnehin die Spezialisten der Finanzpolizei befassen. Die Ermittlungen würden also Zeit brauchen.

Inspektor Vukotić hatte zwar auf Mariettas Anruf geantwortet, war aber noch bis zum frühen Morgen auf Patrouille.

Proteo Laurenti fügte sich schließlich seinem Schicksal und schickte die Kollegen nach Hause. Er ließ den Wagen bei der Questura stehen und schlenderte durch die Straßen. Zerstreut erwiderte er die Begrüßung von ein paar flüchtigen Bekannten, die im Zentrum spazieren gingen. Auf die Piazza San Giovanni wollte er an diesem Abend nicht noch einmal zurück. Er hatte Hunger und keine Lust zu reden. Nicht einmal den Weg in die Via XXX Ottobre hatte er geplant, erst als er auf einmal am Tisch gegenüber der Bar saß und Rotwein sowie einen Teller mit panierten Sardellen bestellte, realisierte er, wo er war. Das »Wiener Schnitzel der Adria«, wie er das Gericht einmal im Scherz genannt hatte, war für ihn das klassische Trost-Essen.

Jetzt, da er einen Abend für sich hatte, fiel ihm auf, dass es die langen Tage waren, nach denen sich alle sehnten, an denen der Himmel sich dunkelblau färbte und die Luft angenehm lau war. Er trug noch immer seine graue Stoffhose und ein hellblaues Hemd, während alle anderen leichter bekleidet waren. Es waren sehr viel mehr Menschen hier unterwegs als an gewöhnlichen Tagen. Eng umschlungene Pärchen oder kleine Grüppchen. Die Berichte des Regionalfernsehens mussten die Neugier entfacht haben. Auf jeden Fall hatte das Personal der Bar alle Hände voll zu tun.

In der Questura hatte Laurenti Antonia d'Antimi mit einer Frage zu ihrer Firma konfrontiert und sie damit aus der Rolle des knapp seinem Schicksal entkommenen Opfers geholt. »Sie arbeiten lange genug für Raccaro, um die geschäftlichen Hintergründe zu kennen. Welche Kontakte pflegt die Firma nach Zypern?«

Antonia schoss das Blut in den Kopf. »Geschäftliches hat hier nichts zu suchen«, brachte sie schließlich hervor.

»O doch.« Laurenti ließ nicht locker. »Alle Finanzen laufen durch Ihre Hand, Signora. Wie heißt die Firma auf Zypern? Oder wollen Sie, dass unsere Kollegen die Bücher der vergangenen Jahre prüfen? Sie werden nicht verhindern können, dass wir erfahren, was wir wissen wollen. Aber Sie haben die Wahl: Arbeiten Sie mit uns zusammen, dann ist alles schneller vorbei. Außerdem ist es sicherer für Sie. In doppelter Hinsicht. Zuerst einmal ist Ihre körperliche Unversehrtheit in Gefahr. Und sollten Sie in einem Verfahren gegen Raccaros Firma wegen Steuerhinterziehung oder Geldwäsche angeklagt werden, dann entlasten Sie Ihre Aussage und die Bereitschaft, mit uns zusammenzuarbeiten. Also: Wie heißt die Firma, und wo hat sie ihren Sitz?«

Antonia begriff im Handumdrehen, dass sie die Situation zu ihren Gunsten wenden musste. »*FFCC Development*. In Limassol. Ich kenne niemanden dort persönlich. Ich führe lediglich Raccaros Anweisungen aus. In den Rechnungen ist immer von ›Strategischer Beratung‹ die Rede. Auch wenn eine direkte Gegenleistung – soweit ich weiß – nie geleistet wurde. Aber Raccaro wird schon wissen, wofür er zahlt.«

»*FFCC* – die beiden doppelten Konsonanten in seinem Vor- und Zunamen. Wie hoch waren die Beträge?«

»Das hing ganz vom Gewinn ab. In guten Jahren war es auch mal mehr als eine Million.«

Laurenti staunte, die *Raccaro Development Studios* machten offensichtlich größere Geschäfte, als er gedacht hatte.

»Wie viel Geld hat Raccaro auf Zypern?«

»Weiß ich nicht. Wie ich schon gesagt habe, ich tätige lediglich die Überweisungen dorthin. Seit ich in der Firma bin, kam nie Geld von dort zurück.«

»Nun zu Ihrer persönlichen Situation, Signora. Sie wissen sehr genau, dass Sie im Moment alles andere als sicher sind.«

Es war nicht einfach, Antonia d'Antimi davon zu überzeugen, dass sie vorübergehend von der Bildfläche verschwinden musste und nicht einmal Raccaros Anrufe beantworten durfte. Es war am besten für sie, sie würde erst einmal alle Kontakte aus Triest und dem Umland meiden. Am Ende war es Marietta gewesen, die ihr eine Lösung nahelegte, mit der die Frau sich anfreunden konnte.

»Es wird nur ein paar Tage dauern. Sie haben erzählt, dass sie nach dem Verlust Ihrer Schwester einen Abend bei Ihren Eltern waren und gleich wieder abgefahren sind. Vergessen Sie Ihr Pflichtbewusstsein und akzeptieren Sie, dass niemand auf dieser Welt Ihnen Maria zurückgeben kann. Seit Sie bei uns sind, ruft Raccaro fast im Viertelstundentakt an. Bringt Sie das nicht ins Nachdenken? Macht er das sonst auch? Fahren Sie nach Ravenna. Ihre Eltern werden erleichtert sein, Sie zu sehen. Überzeugen Sie Ihren Mann, Sie zu begleiten. Und fahren Sie noch heute Abend. In Triest werden Sie in den nächsten Tagen keinen Schritt ohne Personenschutz tun können. Wir dürfen Ihnen nicht von der Seite weichen, Antonia. Selbst vor der Wohnungstür müssten wir jemanden abstellen. Also, fahren Sie.«

»Die Kollegin hat recht«, bestätigte Pina Cardareto. »Fahren Sie auf keinen Fall mit der Bahn, nehmen Sie Ihren Wagen. So, wie Sie fahren, sind Sie schnell in Ravenna. Ihre Wohnung werden wir allerdings trotzdem überwachen müssen. Nur für den Fall, dass unerwünschte Besucher nach Ihnen suchen oder versuchen, eine böse Überraschung für Ihre Rückkehr zu hinterlassen. Wie lange brauchen Sie, um zu packen?«

Endlich überwand Antonia d'Antimi ihren Stolz, noch weiterhin den übelsten Anfeindungen zu trotzen. Ihren Mann hatte sie schnell überzeugt, und als ihr Wagen aus der Tiefgarage fuhr, saß Bernardino am Steuer. Eine Zivilstreife begleitete sie bis nach Palmanova und überließ sie wie angeordnet ihrem Schicksal, als feststand, dass sie keine Verfolger hatte.

Raffaele Raccaro saß auf heißen Kohlen, er wusste nicht, ob sein Auftrag erfüllt worden war. Die ersten Meldungen in den Fernsehnachrichten waren vage und beunruhigten ihn. Dass Antonia nicht auf seine Anrufe antwortete, konnte alles Mögliche heißen. Hatte sie es erwischt, oder versteckte sie sich? Wenn sie lebte, könnte sie ihm gefährlich werden. Aber auch Zorka hatte er nicht erreichen können, stattdessen stand sie plötzlich unvermittelt selbst vor seiner Tür. Und sie war ungehalten.

»Ich hoffe für dich, dass du nicht unter Beobachtung stehst, Lele«, zischte sie beim Eintreten. »Hätte ich auf deine hysterischen Anrufe geantwortet, wäre eine Verbindung zwischen uns vollkommen offensichtlich. Bist du völlig verrückt geworden? Wo ist der rationale Geschäftsmann von früher geblieben?«

»Du hättest nur mit einem Ja oder Nein antworten müssen, Zorka. Nichts daran ist verwerflich.«

»Hängt ganz von der Frage ab. Abgesehen davon, dass ich keine Antwort weiß, außer dass nicht alles glattgelaufen ist. Und ich hoffe für dich, dass es nicht dein Fehler war. Nach allem, was ich höre, ist Bogdan tot. Wie und warum weiß ich noch nicht.«

»Was ist mit Stojan?«

»Draško Stojanović wurde in die Uniklinik eingeliefert. Genaueres über seinen Zustand erfahre ich morgen nach der Schicht der diensthabenden Krankenschwester, der habe ich diesen Job vor Jahren besorgt. Wenn du mehr wissen willst, schau die Nachrichten an oder such im Internet. Aber vor allem: Ruf mich nicht mehr an. Ich melde mich, wenn ich mehr rausgefunden habe. Verstanden?« Mit diesen Worten ließ Zorka ihn im Flur stehen und schlug die Tür hinter sich zu.

Lele schaltete wieder den Fernseher ein und zappte durch die Kanäle. Nichts Neues. Immer wieder das Gleiche mit anderen Worten und Bildern. Zorkas Besuch hatte ihn nur noch nervöser gemacht. Er verspürte Hunger, war aber nicht in der Lage, sich selbst etwas zuzubereiten. Raccaro steckte seine Geldbörse ein, schlüpfte in sein Jackett und in die Mokassins. Sorgfältig schloss er die Tür hinter sich ab und rief den Aufzug. Gleich am nächsten Morgen wollte er sich darum kümmern, dass seine Wohnung wieder einmal auf Abhörgeräte untersucht wurde.

Vor der Questura herrschte ungewöhnliche Geschäftigkeit, als Lele auf die Straße hinaustrat. An- und abfahrende Streifenwagen, Uniformierte und Zivilbeamte der Polizia di Stato sowie verwandter Behörden. Ein Team des Regionalfernsehens bemühte sich vergeblich um Interviews. Raccaro, der unentschlossen war, welche Richtung er einschlagen wollte, entschied sich, der Geschäftigkeit auszuweichen, und überquerte den Corso Italia. Auch an dem serbischen Lokal humpelte er vorbei, wo er seinen Hunger für gewöhnlich mit ein paar Ćevapčići stillte. Als die Dämmerung den Tag erstickte, fand er sich völlig ungeplant am Ende der Fußgängerzone der Via XXX Ottobre. Er erinnerte sich nicht, ob er in den letzten Jahren jemals zu dieser Uhrzeit in dieser Gegend unterwegs gewesen war, hier, wo die Lokale nicht mehr so dicht gestreut waren. Raccaro fuhr zusammen, als er plötzlich und vollkommen unerwartet in die Augen des Commissario starrte, der ihn beim langsamen Näherkommen beobachtet hatte und vor dessen Tisch er, ohne es selbst zu bemerken, stehen geblieben war, um das Geschehen in der gegenüberliegenden Bar zu beobachten. Erst als er sich zum Weitergehen umdrehte, erkannte er Laurenti und grüßte verlegen. Die Einladung des Commissario, sich zu ihm zu setzen, traf ihn mehr als unerwartet. Früher am Tag wäre er sie mit argloser Geste übergangen und hätte sich entfernt, als würde er anderswo dringend erwartet.

»Zu dieser Zeit noch unterwegs, Dottor Raccaro?« Laurenti nahm lächelnd sein Jackett von der Lehne des freien Stuhls. »Bei diesen Temperaturen? Sie sollten dringend etwas trinken. Meine Schwiegermutter, Gott hab sie selig, hat jeden Tag gepredigt, dass man viel trinken soll. Zwei Liter mindestens. Und zwar Wasser, nicht Wein.« Laurenti lachte. »Sie ist weit über neunzig geworden mit ihrem Rezept. Die panierten Sardellen waren recht ordentlich. Oder bevorzugen Sie Ćevapčići? Werfen Sie einen Blick in die Karte.«

Die Sticheleien waren Raccaro nicht entgangen. Er nahm einen großen Schluck Wasser, bestellte schließlich einen Teller Gnocchi mit Gulasch und ein Glas Roten.

»Und Sie, Commissario? Was treibt Sie hierher? Haben Sie nicht längst Feierabend?«

»Das gibt's in meinem Beruf nur bedingt, Dottore. Heute war viel los. Aber glauben Sie bitte nicht, dass ich auf die Rückkehr des Täters an den Tatort hoffe. Das gibt's nur bei Agatha Christie. Oder wenn einer nicht weiß, ob er Erfolg hatte. Dann allerdings müsste die Leiche noch an Ort und Stelle liegen. Am ehesten macht man das aus schlechtem Gewissen. Aus Reue, sozusagen. Richtigen Profis passiert das nicht. Was hat Sie denn auf diesen Abendspaziergang getrieben?«

»Zurzeit wird viel renoviert in der Stadt. Gleich hier um die Ecke. Ein Palazzo nach dem anderen. Tagsüber ist überall viel los, erst in den Abendstunden erkennt man, ob sich ein Investment lohnt. Ob der Verkehr irgendwann abflaut oder ob sich irgendwo illegal eingereistes Gesindel rumtreibt.«

»Sie wollen in diesem Stadtteil investieren, Dottore?« Laurenti gab sich verwundert. »Sie haben doch schon die beste Wohnung der Stadt.«

»Ich suche für eine Mitarbeiterin. Die Geschäftsführerin meiner Firma. Gutes Personal ist anspruchsvoll.«

»Ist das nicht die Schwester der Frau, die ich vor ein paar Tagen aus dem Wasser gezogen habe? Wie heißt sie gleich? Maria d'Antimi. Zuerst dachte ich, sie wäre ein Mann. Sie erinnerte mich an den jungen Alain Delon, als sie da über mir im Wasser trieb. Erst die Gerichtsmedizinerin hat das Missverständnis aufklären können. Stellen Sie sich das vor, da geht man morgens nach dem Aufwachen guter Dinge fischen, und dann so was.«

»Ihr Name ist Antonia, nicht Maria.«

»Die Tote hieß Maria.«

»Meine Angestellte, meinte ich. Antonia d'Antimi. Ich fürchte, dass sie eine Menge Angebote von der Konkurrenz bekommt. Aber ich möchte sie nicht verlieren. Endlich läuft es einmal gut, und dann kommt was dazwischen. Und ich bin nicht mehr der Jüngste, Laurenti. Ein bisschen mehr Ruhe zu haben wäre schön.«

»Wem sagen Sie das, Dottore. Das wünsche ich mir auch. Aber in Ihrem Alter könnten Sie die Firma doch einfach verkaufen und tun, was Sie wollen.«

»Nehmen Sie sich die eigenen Worte zu Herzen, bei Ihnen

dürfte es schließlich auch bald so weit sein, Commissario. Und Ihre monatlichen Bezüge dürften auch in der Pension noch beachtlich sein.« Der spindeldürre Alte lächelte falsch und bemerkte den Tropfen Rotwein nicht, der von seinen Lippen auf das weiße Hemd fiel. Erstaunlich war vor allem, dass er über Laurentis persönliche Angelegenheiten im Bilde war, als hegte er seit Langem einen Plan.

Doch wenn Proteo Laurenti eines gar nicht ausstehen konnte, dann waren es schlechte Lügen. Sie waren nur ein Beweis dafür, dass jemand sein Gegenüber nicht ernst nahm. Raccaro hätte wissen müssen, dass sich bei den bisherigen Ermittlungen auch Klarheit über die Lebensumstände von Antonia d'Antimi ergeben hatte. Die luxuriöse Wohnung mit der großen Dachterrasse, mit Meerblick und Tiefgarage in der Nähe der Rive, gehörten ihr und ihrem Mann. Und sie war schuldenfrei. Ausgeschlossen, dass Lele ausgerechnet in diesem Viertel eine Wohnung für sie suchte.

»Signora d'Antimi muss sehr niedergeschlagen sein über den Tod ihrer Schwester. Man weiß ja, dass zwischen Zwillingen viel engere Bindungen bestehen als zwischen normalen Geschwistern«, lenkte er aufs Thema zurück.

»Um sie müssen wir uns nicht sorgen. Toni ist außergewöhnlich stark. Und ebenso intelligent. Ohne sie wäre die Firma nicht die Hälfte wert. Ich bin ihr sehr verbunden. In meinem Alter ist es nicht einfach, noch jemanden zu finden, der nicht heimlich in die eigene Tasche wirtschaftet. Aber Toni kann ich blind vertrauen.«

Die Bedienung servierte die Gnocchi für den alten Mann, der so kräftig Parmigiano darüberstreute, dass das eigentliche Gericht darunter verschwand. In Windeseile verputzte er den ganzen Teller. Diese Gier hatte Laurenti bei alten Menschen schon häufiger beobachtet. Auch seine Schwiegermutter hatte vom ersten bis zum letzten Gang nie etwas übrig gelassen und war auch noch immer als Erste fertig. Doch im Gegensatz zu ihr faselte Raffaele Raccaro auch noch weiter, während er kaute: Wie schwierig inzwischen der Umgang mit öffentlichen Aufträgen sei, sinnlose Gesetze blockierten angeblich das Wirtschaftswachstum und lenkten die nötigen Mittel doch nur in Steuerparadiese um. Und die Wettbewerbsrichtlinien der Europäischen Union seien schädlich für die nationale Volkswirtschaft. Ein freier Markt sei seiner Erfahrung nach etwas völlig anderes.

Laurenti konnte sich vorstellen, was Lele darunter verstand: Leute schmieren und korrumpieren. Auch das Loblied auf Antonia d'Antimi war zu auffällig. »So überschwänglich, Raccaro? Sie sind so voll des Lobes für die junge Dame, dass sich Zweifel geradezu aufdrängen. Würden Sie bedingungslos darauf wetten, dass Ihre Geschäftsführerin nie auf eigene Faust gehandelt hat?«

»Nun, wenn Sie in Ihrem Leben so viel mit Personal zu tun gehabt hätten wie ich, könnten Sie auch mit der Eigenmächtigkeit von Führungskräften umgehen«, antwortete Raccaro ausweichend.

Laurenti versuchte erst gar nicht zu zählen, wie viele Kolleginnen und Kollegen er während seiner Laufbahn in der Questura hatte. Und erst recht nicht, wie viele in den anderen Abteilungen, wie viele Staatsanwälte und Chefs er hatte kommen und gehen sehen. Ein Questore musste spätestens nach fünf Jahren die Stadt wechseln.

»Und trotz Ihrer Zweifel an der Loyalität von Signora d'Antimi wollen Sie ihr eine Wohnung kaufen?«

»Entweder man steht zueinander oder man trennt sich. Und zwar schnell. Niemand ist unersetzlich.«

»Aber das würde heißen, dass sie selbst noch mal zurück an die Arbeit müssten. Und das mit vierundachtzig. Kein Vergnügen, oder?«

»Wenn es ums eigene Geld geht, gibt es keine Alternative. Davon habt ihr Staatsdiener natürlich keine Ahnung. Ihr lebt auf Kosten der Allgemeinheit. Und letztlich ist Toni noch immer Teil der Firma. Leider ist sie im Moment unauffindbar.«

»Und da wollen Sie logischerweise vorbauen. Als hätten Sie eine böse Vorahnung.«

»Nennen Sie es, wie Sie wollen, Commissario. Erfolgreiche Geschäftsleute handeln weitsichtig.«

»Weitsichtig und kaltblütig, wenn es sein muss. Ein Rausschmiss kann teuer werden. Billiger ist es, wenn es sich auf die eine oder andere Art von selbst klärt, nicht wahr?«

»So ist es. Wenn die Vertrauensbasis angeknackst ist, lässt sich das oft nicht mehr kitten.«

»Mit den richtigen Kontakten kostet ein Profi nicht einmal viel Geld. Und erspart einem eine Menge Papierkram, bis hin zu Abfindungsklagen.« Laurenti brach schlagartig ab.

Raccaro brauchte etwas Zeit, bis er begriff. »Sehen Sie hinter jedem Busch einen Feind, Commissario? Sie denken wohl von allen schlecht. Das schränkt Sie ein.«

»Sagen Sie, Signor Raccaro, was wird eigentlich mal aus Ihrem Vermögen?«, fragte der Commissario endlich. Er fragte nicht nur als Ermittler. Es interessierte ihn auch, was einen Vertreter von Raccaros Kaste antrieb, der keine Erben hatte und erst recht nicht als großzügiger Wohltäter bekannt war. Warum sind alte Männer nur so eitel? Warum tun sie sich so schwer loszulassen?

Er hatte schon viele äußerst erfolgreiche Unternehmer gesehen, die auf geradezu eifersüchtige Weise ihr ganzes Lebenswerk ruinierten, anstatt es vorher in die Hände fähiger Nachfolger zu legen. Proteo Laurenti hatte stets behauptet, ihm könne das nicht passieren, weil er das Feld schon von allein und zum richtigen Zeitpunkt räumen würde. In Raccaros Fall vermutete er, dass dieser selbst vor Mord nicht zurückschrecken würde.

»Es geht doch nicht ums Geld, Laurenti. Davon habe ich mehr als genug. Auch wenn mich Ihre Ermittlungen damals einen großen Teil meines Vermögens gekostet haben.« Immerhin hatte er sich so die langjährige Haft erspart. »Und vergessen Sie nicht, wer Sie bezahlt, Laurenti. Theoretisch bin auch ich Ihr Arbeitgeber.«

»Als verurteilter Steuerhinterzieher? Machen Sie sich nicht lächerlich«, lachte Laurenti ihm ins Gesicht. Er wusste sehr wohl, dass er den Alten nur über gezielte Provokationen zum Reden brachte. Und mit etwas Glück verriet Raccaro sich, sobald er ausreichend wütend war. »Die Demokratie und der Rechtsstaat sind offensichtlich nicht Ihre Sache, Raccaro, während ich einen Eid darauf abgelegt habe. Wir haben getan, was das Gesetz verlangt. Selbst mit Ihren Verleumdungen sind Sie gescheitert.«

»Sie verstehen das alles nicht, Commissario. Das entnehme ich schon Ihrer Frage. Ihre drei Kinder werden Sie überleben, wenn nicht … Man weiß schließlich nie, was passiert. Sie müssen nichts regeln, solange sie sich einig sind und sich nicht zerstreiten. Ich habe mir immer gewünscht, dass Antonia alles übernimmt. Aber dieser Traum ist wohl geplatzt.«

»Das liegt wohl daran, dass Sie den Hals nicht vollbekommen, Raccaro. Weshalb musste sie ihr Leben lassen, Raccaro?«

»Ich hoffe, Sie werden es herausfinden, Commissario.« Der Alte ließ sich nicht anmerken, ob die Botschaft bei ihm angekommen war.

»Antonia d'Antimi saß für Sie in allen Gremien. Sie konnten sich auf sie verlassen. Warum also haben Sie einen Killer auf sie angesetzt?«

»Sie sind doch nicht ganz bei Trost, Laurenti. Wenn ich etwas zu gestehen hätte, würde ich von allein zu Ihnen kommen.« Er winkte hektisch nach der Kellnerin, ließ sie die Auswahl an Desserts vorbeten und bestellte ein Stück Apfelstrudel mit extra viel Puderzucker, worauf er mehrfach hinwies. Die junge Frau nahm es mit einem spöttischen Lächeln zur Kenntnis, und kaum stellte sie den Teller vor ihn, wurde ihre Rache sichtbar: Selbst die Gabel war unter einer zuckrigen weißen Schicht verschwunden. Als Raccaro sie ungehalten wegblies, legte sich der Staub auf seine Hose. Das Hemd des Alten war mit Wein- und Soßenflecken gesprenkelt wie ein Gemälde von Jackson Pollock.

»Ersparen Sie mir die Predigt eines angeblich gehorsamen Staatsdieners, Commissario.« Lele kam so langsam aus der Deckung. »Sie und Ihresgleichen halten sich gegenseitig den Rücken frei. Ein Glück, dass die Öffentlichkeit nicht weiß, was wirklich vor sich geht, sonst bräche die kalte Anarchie aus. Noch zollen die Schafe Ihnen Respekt. Doch es ist zu hoffen, dass die neue Regierung mit einer umfassenden Justizreform gegen diese Eigenmächtigkeiten durchgreift.«

»Ja, es ist schon schrecklich hier.« Laurenti verbarg die Genugtuung darüber, dass Raccaro sich heißredete, so gut er konnte. »Warum wandern Sie nicht einfach aus, Dottore? Portugal bietet sehr attraktive Steuergesetze für Rentner aus der EU. Oder Malta. Und Zypern erst. Sie verfügen dort schließlich über ausreichend Kapital, Raccaro. Klimatisch ist es auch besser, und direkte Kontakte nach Russland sind von Vorteil.«

»Ich weiß nicht, worauf Sie hinauswollen, Laurenti. Unser Gespräch ist beendet.«

»Nur für heute, Raccaro. Ich hoffe, Sie werden mir morgen noch etwas über die *FFCC Development* in Limassol erzählen.«

Lele blieben für einen Augenblick die Gesichtszüge stehen, dann erhob er sich unwirsch und schaute sich nach der Bedienung um.

»Stecken Sie Ihre Geldbörse wieder ein. Ihre Gnocchi übernehme ich gerne. Privat, nicht auf Spesen, nicht dass Sie sich gleich wieder aufregen müssen. Danke für den unterhaltsamen Abend.«

Raccaro hatte die Worte des Commissario nicht mehr gehört. Laurenti sah, wie er sich mit viel zu strammen Schritt auf den Heimweg machte. Der Alte raste regelrecht in Richtung Via Milano.

Laurenti beglich am Tresen die Rechnung. Seine Bemerkung »Doppelt Puderzucker« entlockte der Kellnerin ein Lächeln. Manchmal sind es Kleinigkeiten, die einem die Laune vermiesen, aber auch wieder vergessen lassen können. Erst als er wieder ins Freie hinaustrat, hörte er das Geschrei in einiger Entfernung. Ein Unfall an der Fußgängerampel der Via Milano, glaubte er und beschloss, in die entgegengesetzte Richtung zur Piazza Oberdan zu gehen und dort in ein Taxi für den Heimweg zu steigen. Verkehrsunfälle waren Sache der Kollegen. Sein Tag war so schon lang und anstrengend gewesen. Er war nicht unzufrieden, morgen würde er Raccaro definitiv knacken.

»Ich schätze, es wird bald ein Gewitter geben«, sagte der Fahrer. »Die Bora hat schlagartig nachgelassen, und die Luft ist stumpf geworden. Wenn wir Glück haben, knallt es schon heute Nacht. Danach werden sich alle wieder ein bisschen beruhigen.«

»Wieso, war heute etwas anders als sonst?«

»Die Leute fangen an zu spinnen. Diese Hitze tut niemandem gut. Ich weiß ja nicht, welchem Beruf Sie nachgehen, aber ich spüre es schon den ganzen Tag. Haben Sie denn nichts bemerkt?«

»Ich hatte keine Zeit, aufs Wetter zu achten. Die Stadt war voller Leute, wie immer, wenn es warm ist.«

»Sie machen mir vielleicht Spaß, Signore. Zwei Morde hatten wir noch nie an einem Tag. Zumindest nicht in den letzten fünfzig Jahren. Und dann noch dieser Verrückte.«

»Welcher Verrückte«, hakte Laurenti nach, damit er selbst

nicht reden musste. Er fühlte schlagartig die Müdigkeit. Morgen früh würde er sich von einem Dienstwagen abholen lassen. »Was ist passiert?«, fragte Laurenti, da hatten sie das Zentrum schon hinter sich gelassen und bald den halben Weg zur Küste geschafft.

»Da steht eine Ampel auf Rot. Trotzdem springt so ein alter Sack auf die Straße, als würde er verfolgt. Da kann keiner mehr bremsen.« Der Taxifahrer schüttelte den Kopf. »Ganz in der Nähe, wo ich Sie aufgesammelt habe. Ein Kollege hat es über Funk gemeldet. Ich weiß nur, dass auf der Via Milano gerade kein Durchkommen mehr ist. Warum nur haben es ausgerechnet die Alten immer so eilig? Ist es die Angst vor dem Tod?«, lachte der Mann über sich selbst. »Ich fang am besten erst gar nicht damit an, was ich in den letzten dreißig Jahren als Taxifahrer erlebt habe. Inzwischen sind ein paar Jüngere dazugekommen, die das Geld von Papà verpulvern, aber nur halb so originell sind wie die Alten. Die böten Stoff für einen ganzen Roman.«

»Es ist besser, wenn Sie die Geschichte auf sich beruhen lassen. Wir sind gleich da.« Laurenti beschwichtige, bevor sein Fahrer sich warmredete. »Ich mag keine halben Sachen.«

Zwölf

»Was willst du eigentlich machen, wenn du hier fertig bist?«
Wie so oft platzte Sonia Padovan mit ihrer Frage unvermittelt
und auf ihre kindlich naive Art mitten in die morgendliche
Strategiebesprechung des Kommissariats. »Mein Vater hat gesagt, dass du bald pensioniert ...«

»So wird das nie was mit dir«, fuhr Marietta sie an. »Die
Meinungen deines Vaters interessieren hier niemanden. Merk
dir das endlich, bevor du deinem Mundwerk noch einmal
freien Lauf lässt.«

»Zurück zur Sache«, pflichtete ihr die Chefinspektorin bei
und überging die fragenden Blicke ihrer Kollegen, die Sonias
Neugier offenbar teilten. »Draško Stojanović wurde heute in
aller Früh nach Monfalcone verlegt und wird dort rund um die
Uhr bewacht. Sein Gesundheitszustand ist stabil, er ist außer
Lebensgefahr. Battinelli und ich fahren gleich zu ihm und quet-
schen ihn aus.«

»Staatsanwalt Scoglio hat eine Pressemeldung rausgegeben, dass das Leben des Mannes am seidenen Faden hinge und
er deshalb mit dem Hubschrauber in eine Spezialklinik in Mailand verlegt worden sei. Das klingt weit genug weg, den Namen
der Klinik haben wir natürlich nicht genannt. So ist das auch
mit den besten Kontakten nicht kontrollierbar.« Der Commissario übernahm wieder die Führung. »Was gibt es Neues
über die Identität des Toten in der Via XXX Ottobre?«

»Aleksandar Zupan hatte ein langes Vorstrafenregister.«
Cacciavacca hatte seinem Computer keine Ruhe gelassen.
»Was mich wundert, ist, dass er nach all den Jahren im Gefängnis in Italien geblieben ist und nicht irgendwo anders einen
Neubeginn versucht hat. Sein Telefon wird derzeit ausgewertet.«

»Verdammte Telefone«, schimpfte Laurenti. »Es dauert
Ewigkeiten, bis wir die Verbindungsdaten bekommen. Und bei
den ausländischen Telefongesellschaften haben wir überhaupt
keine Chance.«

»Marietta hat mir vorhin die Liste von Raccaros Gesprächen gegeben. Mit der Auswertung bin ich bald durch.«

»Siehst du, das dauert jetzt schon Tage.«

»Das ist keine Frage der Technik, sondern der Gesetze.«

»Es geht nicht nur um die Telefonate aus Zypern. Wir wollen auch wissen, wen er selbst angerufen hat. Mach diese Leute
ausfindig. Fang mit den jüngsten Anrufen an, die Nummern,
die er zuletzt gewählt hat.«

Als Proteo Laurenti am Abend zuvor endlich nach Hause gekommen war, saß Laura mit dem Telefon vor dem stummgeschalteten Fernseher, über dessen Bildschirm irgendeine der
unsäglichen Talkshows flimmerte, die seit geraumer Zeit überhandgenommen hatten. Geschwätz und Besserwisserei ersetzten Recherche und fundierte Information. Laurenti entledigte
sich seiner Klamotten und stellte sich unter die Dusche, bevor er im Morgenmantel in die Küche ging, wo ein Kirschkuchen zum Auskühlen stand. Offensichtlich hatte seine Frau am
Nachmittag die Zeit gefunden, die Früchte vom Baum im Garten zu ernten, zu entsteinen und zu verarbeiten. Er schnitt sich
ein Stück herunter und schenkte sich ein Glas kühlen Weißwein vom Karst ein. Dann ging er hinaus auf die Terrasse und
schaute aufs nächtliche Meer. In der Ferne beherrschte Wetter-

leuchten den Horizont, fernes Donnergrollen kündigte ein Gewitter an, das sich allmählich aufbaute. Und irgendwo ganz in der Nähe bellte ein Fuchs. Das Stück Kuchen verputzte Proteo Laurenti im Handumdrehen, Laura hatte ihn offensichtlich mit einem Schluck Maraschino angereichert. Er war lange nicht so trocken wie der unter Puderzucker erstickte Strudel von Raccaro. Und auch ihr Kuss schmeckte nach dem Kirschlikör, als sie endlich herauskam, um ihn zu begrüßen. Sie brachte ein Glas und den Wein mit und prostete ihm zu.

»Du bist wirklich ein Schatz, Proteo«, sagte Laura gut gelaunt. »Nie hätte ich mir zu träumen gewagt, dass du so einfach zustimmst.«

»Wovon sprichst du, Laura?«

Ihr Lachen war glockenhell. »Jetzt tu doch nicht so, Liebster. Wir werden in der Stadt wirklich glücklich werden, alles liegt direkt um die Ecke. Du wirst schon sehen.«

»Du sprichst in Rätseln«, knurrte Laurenti. Er wusste nur noch, dass sie ihn angerufen hatte, kurz bevor die Schießerei im Zentrum losging. »Ich kann mich wirklich nicht erinnern, worüber wir gesprochen haben. Hast du die Nachrichten nicht gesehen?«

»Na, vom Vorvertrag für die Villa. Tu doch nicht so, als wüsstest du nichts davon.« Ihr Tonfall verdüsterte sich schlagartig. »Du kannst gleich morgen beim Notar vorbeigehen. Die Kolleginnen am Empfang wissen Bescheid, seine Mitarbeiterinnen werden ihn kurz aus seinem Termin rufen, damit er deine Unterschrift bezeugt. Es dauert nicht lange. Nur, bitte, Proteo, vergiss es nicht, bitte.«

»Dein Kuchen ist köstlich, Laura. Erinnere mich morgen noch mal daran. Bei uns brennt's lichterloh.«

»Patrizia und Barbara kommen übrigens bald zurück. Sie hat die Nase voll vom Leben auf dem Containerschiff, sie langweilt sich schrecklich. Sobald sie Singapur anlaufen, geht sie an

Land und nimmt den nächsten Flug nach Europa. Sie wollte es uns ja nicht glauben, dass drei Monate an Bord eines solchen Kübels zu lang sind, vor allem, wo sie nichts Vernünftiges unternehmen kann. Auch das Essen ist inzwischen anscheinend ziemlich einseitig. Und weil an Bord Alkoholverbot herrscht, hat sie schon vier Kilo abgenommen.«

»Und was sagt Gigi dazu? Er hat sich das sicher anders vorgestellt.«

»Sie sagt, es sei alles in Ordnung. Gigi habe volles Verständnis dafür.«

»Vermutlich ist er froh, dass wieder Normalität an Bord einzieht. Wenn man sich ständig auf der Pelle sitzt, ist selbst ein dreihundert Meter langes Schiff schnell zu klein.«

»Er kennt ihren Trotzkopf lange genug. Den hat sie schließlich von dir.«

»Das sagst du so einfach, Laura.«

»Alle wissen das. Wie war eigentlich dein Tag?«

»Danke, dass du noch danach fragst.« Laurenti nahm einen großen Schluck Wein und griff zu seinem Telefon. »Es geht in Triest inzwischen zu wie im Wilden Westen. Zwei Tote. Mindestens. Im Zentrum, auf offener Straße. Entschuldige, aber eine Sache muss ich noch nachsehen, sonst kann ich nachher nicht schlafen.«

Laura gab ihm noch einen Kuss und ging zurück in den Salon. Laurenti wurde dreimal durchgestellt, bevor er bei der richtigen Person landete, die seine Stimme auf Anhieb erkannte und nichts von ärztlicher Schweigepflicht, Datenschutz und der Privatsphäre des Patienten faselte. Es war tatsächlich Raffaele Raccaro gewesen, der über die rote Ampel in ein Auto gelaufen war. Der Fahrer hatte keine Chance, noch rechtzeitig zu bremsen. Doch Lele war glimpflich davongekommen.

»Mehrere Rippenbrüche und Prellungen, höllisch schmerzhaft zwar, aber nicht lebensgefährlich. Ich weiß, wovon ich spreche. Da helfen selbst die stärksten Schmerzmittel nicht viel«, unterrichtete der Commissario seine Abteilung am nächsten Morgen. »Innere Organe sind nicht verletzt worden, trotzdem verursacht schon die kleinste Berührung starke Schmerzen. Die Ärzte haben gewusst, mit wem sie es zu tun hatten, und es mit der pingeligen Untersuchung fast ein wenig übertrieben. Der Chef der Notaufnahme ist ein guter Bekannter von Raccaro. Er hat ihn auf eigene Verantwortung entlassen, Lele hat es unterschrieben und sich dann von einem Taxi heimbringen lassen. Wie er das mit sieben gebrochenen Rippen geschafft hat, bleibt mir ein Rätsel. Kein Verband, kein Gips, da gibts nichts, was hilft.« Laurenti warf einen Blick auf seine Notizen. »Links die vierte, fünfte, sechste und siebte, drei davon gekrümmt, und rechts die fünfte, sechste und siebte Rippe, ebenfalls gekrümmt. Dazu verschiedene Traumata und Abschürfungen an Ellenbogen, Knien und an der Stirn. Er wird mindestens dreißig Tage außer Gefecht sein, schreibt der Arzt, ist aber vernehmungsfähig. Der bei Verkehrsunfällen übliche Alkoholtest ergab 0,9 Promille.«

»Wie ich den Alten einschätze«, hakte Marietta sofort ein, »wird er sich vor Gericht damit verteidigen, dass seine Aussage wegen der starken Medikamente ohnehin nicht zu verwerten ist.«

»Das wird ihm kaum helfen, wenn sein Umfeld gegen ihn aussagt. Deswegen brauchen wir auch die Auswertung seiner Telefondaten so schnell wie möglich.«

»Es dauert nicht mehr lange«, versprach Moreno Cacciavacca.

»Ich statte ihm nachher einen Besuch ab. Und zwar allein. Ohne Protokoll«, sagte der Commissario.

»Bringen Sie ihm auch Blumen mit, wie sich das bei Krankenbesuchen gehört?«, fragte Musumeci. »Oder etwas Süßes? In Deutschland ist das üblich, wenn man sich um jemanden kümmert.«

»Wer spricht denn von kümmern?«, feixte Gilo Battinelli. »Aber im Ernst: Ich mache mir ein wenig Sorgen wegen der ballistischen Gutachten. Ausgerechnet unsere jüngsten Kollegen haben geschossen. Beide haben damit noch keine Erfahrung.«

»Keine Sorge, die beiden sind in Begleitung von erfahrenen Kollegen unterwegs gewesen. Und Raccaro bringe ich ein Stück Strudel mit viel Puderzucker mit.«

Ohne anzuklopfen, trat Vuk Vukotić ein. Besonders ausgeschlafen wirkte der Inspektor von der Squadra volante nicht. Nur er selbst hätte sagen können, wie viele Nachtdienste er in den letzten Wochen geschoben hatte. Doch er zählte nicht zu denjenigen, die ständig ihre eigene Leistung hervorheben mussten.

»Ohne euch alles zu berichten, hätte ich keinen ruhigen Schlaf gefunden. Ich kann mich unter Termindruck nicht entspannen. Und wenn du nachher freihast, Marietta, könntest du mich ans Meer begleiten«, trug er seinen Antrag unverblümt vor dem ganzen Team vor.

»Das hängt ganz davon ab, was du uns zu sagen hast.« Marietta lächelte vieldeutig. »Außerdem ziehen Wolken auf, es braut sich etwas zusammen.«

»Hört, hört«, lachte Sonia Padovan. »Ein Seebeben droht. Die Wellen werden übers Ufer schwappen, wenn die beiden erst mal im Wasser sind.«

»Du kannst ja mitkommen, dann nehmen wir ein Boot. Mit deinen Ohren kannst du den Außenborder ersetzen«, lachte VuVu. »Also, was wollt ihr wissen?«

»Du hast diesen Aleksandar Zupan sofort erkannt, trotz des Helms. Wir kennen seine Vorstrafen, wissen aber sonst nicht viel über ihn.« Laurenti wies auf einen freien Stuhl.

»Ich glaube, dass ich ihn in mindestens der Hälfte seiner Fälle festgenommen habe. Offenbar fühlte er sich zu mir hingezogen. Es war immer das Gleiche mit ihm: Kaum hatte er seine Strafen abgesessen, ist er wieder auf die schiefe Bahn geraten. Anfangs ist er sogar wegen guter Führung frühzeitig entlassen worden. Nur, er hat nie etwas daraus gelernt. Im Gegenteil, die Dinger, die er gedreht hat, wurden immer dreckiger. Vor allem, wenn es um Abrechnungen zwischen zwei rivalisierenden Banden ging. Wie es scheint, ist er auch nicht mehr davor zurückgeschreckt, jemanden auf Befehl umzulegen. Nur dass er nicht mehr dazukam, weil der Kollege Musumeci das Schlimmste, Gott sei Dank, verhinderte. Im Milieu war er geachtet. Oder gefürchtet, wie ihr wollt. Die Nummer eins war er jedoch nie.«

»Warum wurde er nicht ausgewiesen?«

»Wurde er, sogar mehrfach. Aber nach einiger Zeit ist er immer wieder aufgetaucht. Was hätte ihm schon passieren können? Wieder in den Knast, dann wieder der Landesverweis und dann wieder über irgendeine Grenze zurück ins Schengen-Gebiet. Ein ewiger Kreislauf. Er war hier vermutlich stärker verwurzelt als zu Hause.«

»Und für wen hat er gearbeitet? Wer sind seine Auftraggeber?«

»Fest zurechnen lässt er sich nicht, soweit ich weiß.«

»Und was weißt du über Draško Stojanović?«

Vuk Vukotić lächelte nachdenklich. »Vermutlich nicht mehr als ihr«, begann er zögerlich. »Aber wenn ich an beide zusammen denke, dann fällt mir schon etwas ein. Obwohl sie wahrscheinlich nichts miteinander zu schaffen hatten. Stojanović war seit Langem auf dem rechten Weg und erledigte höchstens noch kleine Gefälligkeiten. Zu mehr hat ihm scheinbar die Energie gefehlt, die zwölf Stunden im Restaurant haben offenbar nicht mehr zugelassen. Das einzige Verbindende zwischen den beiden sind die gemeinsamen Kontakte. Manchmal führt leider nichts an den Verbindungen zu alten Landsleuten vorbei, da kannst du noch so gut integriert sein. Es ist eben bequemer, sich untereinander zu helfen, Aufträge zuzuschanzen, Arbeit zu vermitteln oder Türen zu öffnen. Auf jeden Fall bequemer, als sich selbst darum kümmern zu müssen. Ich würde in eurem Fall vermutlich bei Zorka Radovan beginnen. Sie ist so etwas wie die ungekrönte Königin im Reich der emsigen Ameisen, die vor allem daran arbeiten, ihren Status zu verbessern. Fleißig bis zum Umfallen und ebenso zuverlässig. Bei Zorka laufen die Fäden zusammen. Sie ist sehr umtriebig und immer für alle ansprechbar. Egal, worum es geht. Ich hab sogar schon gehört, dass sie auch Hochzeiten einfädelt. Sie ist eine gute Seele und sich selbst für nichts zu schade, wenn sie mal niemanden findet. So unter uns schätze ich, dass sie eine schwerreiche Frau sein muss. Völlig ausgeschlossen, dass weder Draško Stojanović noch Aleksandar Zupan mit ihr in Verbindung standen.«

»Aber strafbar hat sie sich nie gemacht?« Pina Cardareto konnte es nicht glauben.

»Dafür ist sie zu schlau. Und wenn es hart auf hart kommt, sind die kleinen Fische ihr meist zu viel schuldig, um sie anzuschwärzen. Übrigens, wenn man vom Teufel spricht...«

Vuk Vukotić zeigte zum Fenster hinaus auf das ziegelrote Hochhaus gegenüber. Hinter der Balkonbrüstung hoch über ihnen sahen Laurenti und seine Kollegen Schultern, Oberarme und Kopf einer Frau, die ihr Haar zu einem strengen Pferdeschwanz zusammengezurrt hatte. Auch der schlohweiße Kopf von Raffaele Raccaro war zu sehen. Es wirkte, als schiebe sie ihn in einem Rollstuhl an den Rand der Terrasse, wo sie ihn stehen ließ und wieder im Inneren der Wohnung verschwand.

»Das war Zorka Radovan. Kennt ihr sie?«, fragte Inspektor Vukotić. »Es sieht aus, als würde sie den Mann betreuen. Wie ich bereits gesagt habe, sie springt selbst ein, wenn es sein muss.«

»Kennst du den Alten zufälligerweise auch?«

»Nicht namentlich, aber gut möglich, dass ich ihn schon einmal gesehen habe. Wer es sich leisten kann, dort oben zu wohnen, kann in der Stadt kein Unbekannter sein.«

Krieg um das eingefrorene Vermögen der russischen Oligarchen. An diesem Morgen hatte Laurenti noch keinen freien Moment gefunden, um einen Blick in die Zeitung zu werfen. Er kaufte das Blatt und zog sich auf einen Espresso in die Bar im Erdgeschoss des roten Hochhauses gegenüber der Questura zurück.

Die Schlagzeile stand riesengroß über einem Foto der *Sailing Yacht A.* Die Doppelseite über die gestrige Schießerei im Stadtzentrum überblätterte er und schlug direkt den Bericht über das russische Schiff auf. Die Fakten waren erschütternd. Diese Superreichen, die ihr Vermögen natürlich nur dank harter Arbeit erwirtschaftet hatten, leisteten sich unglaubliche Anschaffungen.

Seit weit über einem Jahr lag der graue Dreimaster nun schon vor Triest. Die Bezeichnung *weltgrößte Segelyacht* spielte die Erscheinung dieses hundertdreiundvierzig Meter langen Schiffs allerdings herunter. Über eine halbe Milliarde sollte der Bau gekostet haben. Schon im vergangenen Jahr hatte der Besitzer aus seinem Exil in Dubai von einem Sprecher verlauten lassen, persönlich mit dem Ding nichts zu tun zu haben, weil es Eigentum eines internationalen Trusts sei. Und die Sanktionen der EU galten zwar für alle Personen aus dem Umfeld des russischen Staatsoberhaupts und für all ihre Vermögensteile. Die europäischen Gesetze ließen allerdings keine Enteignung zu, außer es handelte sich um nachweisbar illegal erworbenes Vermögen. Und so ließ sich auch die *Yacht A* lediglich einfrieren, für ihren Erhalt aber musste der Staat einstehen, in dem sie sich zum Zeitpunkt ihrer Festsetzung befand. Ottaviano del Re und Lojze Sedmak, die beiden Seemänner, hatten mit ihrem trunkenen Gerede in der Osmizza also gar nicht so weit danebengelegen: Am Ende blieb wohl alles am Steuerzahler hängen, weil durch juristische Tricks und raffiniert verschachtelte Firmenkonstruktionen in Finanzparadiesen der geltende Rechtsrahmen umgangen werden konnte.

Als Laurenti kopfschüttelnd das Blatt zuschlug, fiel sein Blick auf einen kleineren Artikel: Die Unterschriftensammlung gegen das geplante Seilbahnprojekt hatte die fünftausend Unterstützer überschritten. Die Initiatoren bezeichneten die im Verhältnis zur Einwohnerzahl spärliche Unterstützung in ihrer Verzweiflung als Erfolg.

Laurenti ließ die Zeitung auf dem Tisch liegen, bezahlte seinen Caffè und machte sich auf den Weg zu Raccaro. Die Eingangstür des Hochhauses stand offen. Und als er in der vierzehnten Etage aus dem Aufzug trat, sah er die Frau mit dem strengen Pferdeschwanz, die Vukovic Zorka Radovan genannt hatte. Sie wischte gerade das Foyer vor der Tür zu Leles Appartement.

»Niemand zu Hause«, knurrte sie und blickte den Commissario böse an, als er sich näherte.

»Krankenbesuch, Signora. Wissen Sie denn nicht, dass Signor Raccaro in seiner Lage jedes Husten brutale Schmerzen verursacht. Jede Erschütterung des Oberkörpers muss vermieden werden. Und da draußen holt er sich eine Erkältung. Bringen Sie ihn sofort wieder rein. Hat er überhaupt ausreichend Medikamente verschrieben bekommen? Und hat er was zu essen? Das Zeug darf auf keinen Fall auf leeren Magen eingenommen werden.«

Zorka sah ihn fragend an und machte zögerlich einen Schritt zur Seite. Sie ließ sich nicht anmerken, ob der Auftritt des Commissario sie beeindruckte.

»Hören Sie nicht, was ich sage?«

Endlich stellte sie den Wischmopp in den Eimer und schloss die Wohnung auf. Als sie die Tür vor Laurenti ins Schloss ziehen wollte, hatte er bereits den Fuß auf der Schwelle.

»Ich bitte Sie«, grinste er sofort.

»Der Signore hat mir nichts von Besuch gesagt«, versuchte sie zu widersprechen, erkannte aber sofort, dass sie gegen Laurenti nicht ankam, und eilte durch den Salon hinaus auf die Terrasse. »Da ist jemand für dich, Lele.«

Als sie den Rollstuhl mit dem Alten von der Brüstung wegdrehte, entfuhr ihm ein tiefes Grunzen. Mit weit aufgerissenen Augen starrte er den Commissario an, der mit einem breiten Grinsen und den Händen in den Hosentaschen im Rahmen der gläsernen Schiebetür lehnte. Er verstellte sich nicht einmal und genoss das Leiden des Alten.

»Wie geht's, Raccaro? Ich wollte mich nur vergewissern, dass Sie noch am Leben sind, nach Ihrem etwas eiligen Abschied gestern Abend. Der arme Autofahrer steht noch immer unter Schock. Einfach bei Rot über die Ampel, also wirklich, Dottore. Die Verkehrsregeln gelten doch für alle.«

»Scheren Sie sich gefälligst zum Teufel«, schimpfte Lele mit gepresster Stimme. Zorka schob ihn in den Salon hinein an den großen runden Marmortisch. Bei der Türschwelle entfuhr ihm ein schmerzgeplagter Seufzer.

»Rippenbrüche sind kein Spaß, vor zehn Jahren habe ich das selbst erleben müssen. Vier Wochen habe ich damals im Sessel geschlafen, weil ich unmöglich aus dem Bett hochkam. Ich hoffe, man hat Ihnen die richtigen Schmerzmittel verschrieben. Am Anfang lindert der Schock die Schmerzen noch etwas ab, aber dann zieht es sich ewig hin. Der dritte Tag ist übrigens der schlimmste, danach gewöhnt man sich allmählich daran. Aber wie ich sehe, sind Sie gut umsorgt. Das ist doch schon mal etwas. Ich hab mir schon Sorgen gemacht, Sie wären auf sich allein gestellt.«

»Sie und Sorgen, Laurenti. Um mich? Das können Sie Ihrer Schwiegermutter erzählen. Was wollen Sie wirklich? Sie sind sicher nicht gekommen, um mir Spiegeleier zu braten. Ich hätte die Nacht auch im Krankenhaus verbringen können. Aber ich wollte nicht auf irgendeinem Flur warten müssen, bis irgendwann einmal ein Zimmer frei wird. Warum sollte ich auch, wenn sich Zorka um mich kümmert?«

»Zorka Radovan? Wenn ich mich nicht täusche.« Laurenti tat, als wüsste er genau über sie Bescheid.

Die Frau sah misstrauisch auf und verließ umgehend ihren Platz hinter Leles Rollstuhl. »Woher kennen Sie meinen Namen?«, fragte sie knapp und wollte zurück zu ihrem Wischmopp, verharrte jedoch auf halbem Weg, als sie den Alten vernahm.

»Das ist ein Commissario von der Polizia di Stato, Zorka. Der kennt jeden. Und am liebsten würde er uns alle einsperren. Kümmere dich nicht um ihn. Er kann uns nichts anhaben.« Lele hatte anscheinend nichts von seiner zwielichtigen Arroganz eingebüßt.

»Ich weiß, wer er ist.« Ihrem Gesichtsausdruck fehlte jede Freundlichkeit.

»Mein aufrichtiges Beileid, Signora Radovan. Sie haben gestern gleich zwei Freunde verloren. Das ist hart. Der Tod von Aleksandar Zupan ging ja bereits am Abend durch die Nachrichten, und auch heute berichtet die Zeitung groß. Aber dass nun auch Draško Stojanović in der Mailänder Klinik seinen Verletzungen erlegen ist, haben wir erst vor einer Viertelstunde erfahren.« Laurenti verzog bei seiner Lüge keine Miene, sein Blick lastete auf beiden gleichzeitig. In Raccaros Augen glaubte er, ein kurzes Flackern zu erkennen.

Zorka zuckte scheinbar gleichgültig die Achseln, als wüsste sie nicht, wovon er redete. Sie kehrte sich um und griff zum Mopp. »Ist der wegen dir gekommen oder wegen mir?«

»Kannten Sie die beiden Männer?«, der Commissario ließ sich nicht aus der Ruhe bringen.

»Ich kenne alle, die aus dem Bezirk Braničevo hergekommen sind. So viele sind wir schließlich nicht. Aber ich kenne nur wenige von ihnen näher. Und die beiden, von denen Sie sprechen, gehören nicht dazu.«

Vuk Vukotić hatte zwar das Gegenteil behauptet, doch es brachte in diesem Fall nichts, nachzufragen. Laurenti probierte es anders. »Das wundert mich ein wenig. Draško Stojanović war immerhin Koch in einem serbischen Restaurant. Und er stand auch mit Dottor Raccaro in Verbindung.«

»Mit mir? Ich höre diesen Namen zum ersten Mal«, krächzte Lele kurz und fiel sofort wieder in sich zusammen.

Auch das kleinste Aufbäumen wurde sofort bestraft. Laurenti konnte sein schadenfrohes Grinsen kaum unterdrücken. »Ja, mit Ihnen, Raccaro. Sie haben Stojanović einmal den Rechtsanwalt bezahlt, als er in der Klemme saß. Und Sie haben ihn auch damit beauftragt, den Russen Fjodor Iljin aus dem Land zu schleusen.« Der Commissario zog eines der Fotos aus dem kleinen Hafen von Savudrija aus der Innentasche seines Jacketts und legte es vor Raccaro auf den Tisch. Draško Stojanović mit der Waffe in der Hand, in dem Moment, als Maria d'Antimi tot auf den Boden des Boots fiel.

»Sie dürfen sich das gerne auch ansehen, Signora Radovan«, blaffte er Zorka an. »Damit Sie wissen, mit wem Sie es zu tun haben. Wissen Sie, was dieser feine Herr hier macht, um den Sie sich so kümmern? Er engagiert Auftragsmörder. Verscherzen Sie es sich also nicht mit ihm.«

»So einen Riesenquatsch habe ich noch nie gehört.« Raccaro keifte, doch seine Stimme war kaum zu hören. Der Schmerz schien ihn fest im Griff zu haben. »Mir können Sie das nicht anhängen, Commissario. Draško hatte lediglich den Auftrag, ihn zum Flughafen zu bringen. Sonst nichts.«

Er hatte zugegeben, dass sie sich kannten. Immerhin. Damit hätte Laurenti nicht gerechnet. Und er wusste allzu gut, dass Lele es im nächsten Moment widerrufen würde. »Signora Radovan, jetzt muss ich Sie doch belästigen. Sie haben gehört, was Dottor Raccaro gesagt hat. Das müssen Sie im offiziellen Protokoll bestätigen. Kommen Sie bitte mit mir in die Questura hinüber. Nehmen Sie Ihre Sachen mit. Ich hoffe, Sie können sich ausweisen. Um Ihren Chef müssen Sie sich nun wirklich keine Sorgen mehr machen, wir kümmern uns schon um ihn.«

Laurenti machte sich keine Illusionen, Zorka würde, sobald sie das ganze Ausmaß der Situation begriff, einfach behaupten, nichts gehört zu haben. Und Raccaros Schicksal läge dann ganz in ihrer Hand. Vermutlich würde er für den Rest seiner Tage dafür bluten müssen.

»Soviel ich weiß, lässt das italienische Recht nicht zu, dass Sie mich einfach mitnehmen, ganz ohne staatsanwaltliche Anweisung«, versuchte Zorka sich aufzulehnen.

»Erstens verhafte ich Sie nicht, und zweitens ist die Lage nicht eindeutig, Signora. Aber Sie haben natürlich die Wahl, uns zu unterstützen oder in Zukunft davon auszugehen, dass wir ein besonderes Auge auf Sie und Ihre Aktivitäten haben werden. Ich kann mir kaum vorstellen, dass das in Ihrem Interesse ist. Unversicherte Schwarzarbeit, keine oder längst abgelaufene Aufenthaltsberechtigungen, unangemeldete Aufenthalte Ihrer Schützlinge. Wollen Sie wirklich, dass ich noch tiefer ins Detail gehe? Wir könnten auch eine Pressemeldung mit Ihrem Foto herausgeben. Sie wissen selbst, wie die Stimmung gegen Ausländer ist. Ihre Reputation unter den Landsleuten können Sie dann vergessen.«

»Wie Sie meinen, Signor Commissario.« Zorka zuckte die Achseln und wandte sich an Raccaro: »Ich komme gleich zurück. Sag mir, was du essen willst, ich kauf auf dem Rückweg ein.«

»Würstel mit Senf und Kren und Kraut«, hauchte Raccaro. »Und Weißwein. Bring mir ein paar Flaschen Sauvignon aus dem Supermarkt unten mit, der für 3,99, wie immer.«

Laurenti grinste vergnügt. Raccaro hatte sich nicht geändert, er neigte immer noch zu den schlichtesten, nach Katzenpisse stinkenden Weinen.

»Wann kapieren Sie es endlich, Laurenti«, fauchte Raccaro, als Laurenti zur Tür ging. »Sie haben sich schon einmal die Zähne an mir ausgebissen. Für nichts. Und das auch noch auf Kosten des Steuerzahlers. Solche Nestbeschmutzer wie Sie bringen die ganze Nation in Verruf. Sie haben keine Ideale.«

»Ideale. Ideologie. Korruption. Vor allem die letzten beiden liegen eng beieinander. Da spricht der Kenner aus Ihnen, Raccaro.« Laurenti konnte über die Tirade des alten Mannes nur milde lächeln. »Und wissen Sie was, mein lieber Dottore, Strafen sind keine Rache der Gesellschaft an Verbrechern. Sie sollen theoretisch zu einer Verhaltensverbesserung führen. Immerhin mussten Sie einen Haufen Geld bezahlen. Auch wenn Sie einen Teil Ihres Vermögens noch schnell genug auf Zypern versteckt haben. Aber vielleicht dreht sich der Spieß diesmal um. Es gibt auch geriatrische Gefängnisse. Im Knast von Mantua haben schon Raffaele Cutolo und auch Totò Riina eingesessen, die großen Bosse. Fast bis zu ihrem Lebensende. Sie, Raccaro, sind zwar ein kleiner Fisch im Vergleich zu denen, aber dort werden immer ziemlich schnell Betten frei. Noch haben Sie Zeit, sich an den Gedanken zu gewöhnen. Nutzen Sie sie. Rufen Sie Ihre Anwälte an. Die besten, die Sie finden können.«

»Bevor ich verurteilt werde, Laurenti, gehen Sie in Rente. Der Verlierer werden Sie sein. Mir kann keiner was.«

Im Fahrstuhl nach unten starrte Zorka angestrengt zur Kabinendecke und vermied jeden Blickkontakt mit Laurenti.

»Seit wann arbeiten Sie eigentlich für Raccaro?«, fragte er.

»Schon lange. Ich erinnere mich nicht mehr genau.« Sie begann offensichtlich schon auf dem kurzen Fußweg hinüber zur Questura, an einer Gedächtnisschwäche zu arbeiten. Ganz wie der Commissario es vermutet hatte. Er würde sie Sonia zur Aufnahme der Personalien und für die anfängliche Befragung überlassen, bevor er selbst übernahm. Sonia Padovan würde ihren Übermut und die spürbar aufgestaute Wut mit sinnlosen Fragen an ihr auslassen. Eine gute Übung für die unerfahrene Kollegin. Und für Zorka fraglos eine Form von Folter, auf die sie wohl mit eisernem Schweigen reagieren würde, sofern sie Sonias Provokationen nicht aus der Fassung brachten. Im Gegensatz zu ihren Schützlingen war die Frau aber zu intelligent, sich selbst in die Bredouille zu bringen.

»Marietta«, sagte Laurenti, als er sein Vorzimmer betrat, in dem dicke Rauchschwaden hingen. »Mach mir bitte sofort einen Termin mit dem Staatsanwalt. Es eilt.« Er riss die Fenster auf und atmete durch.

»Zuerst setzt du dich. Und zwar sofort. Dieses eine Mal nur. Und dann sagst du, was an Sonias Äußerung dran ist, dass du in den Ruhestand gehst. Warum erfahre ich nicht als Erste davon?«

»Schon gut, schon gut. Ich setze mich ja schon. Aber nur wenn du deinen Aschenbecher leerst, Marietta. Und zwar ohne gleich die ganze Questura in Brand zu stecken.« Laurenti setzte sich ihr gegenüber und nestelte lächelnd eine Zigarette aus dem halb leeren Päckchen seiner Assistentin. »Und bitte mach mir vorher noch den Termin bei Dottor Scoglio. Wenn's geht, schon in einer halben Stunde. Sonst bin ich nicht zu einer Aussage bereit.«

»Du spinnst«, zeterte Marietta, kaum hatte sie dem Staatsanwalt angekündigt, dass sich der Commissario schon beinahe auf dem Weg zu ihm befände. »Weißt du eigentlich, in welche

Situation du mich gebracht hast? Seit über zwanzig Jahren kannst du dich auf mich verlassen. Ich bin dir treuer als deine Frau. Und dann spuckt ausgerechnet die Jüngste in unserem Kommissariat einfach so aus, was ihr der Herr Papà, dein Saufkumpel, verzapft hat. Glaubst du etwa, dass es auch nur einen in diesem Laden gibt, der mich nicht danach fragt? Also, was ist dran an der Sache? Oder ist es wieder nur eine von Sonias üblichen Spinnereien?«

»Erstens beginnt niemand, der noch alle Tassen im Schrank hat, ein Verhör damit, dem Verdächtigen zu sagen, was er von ihm erwartet. Das hättest du in all der Zeit an meiner Seite lernen können. Zweitens führst du dich auf wie in einer Ehekrise. Die aufgebrachte Gemahlin, die mal wieder von allem als Letzte erfährt, obwohl die ganze Welt sich schon seit geraumer Zeit das Maul zerreißt. Und drittens reicht es für eine Antwort auf deine Frage, die Grundrechenarten zu beherrschen. Du weißt, wie alt ich bin, oder?«

»Du hättest zumindest einmal mit mir darüber reden können«, schmollte Marietta schniefend.

»Ich hätte natürlich als Erstes mit dir gesprochen, sobald wir den Fall Raccaro hinter uns gebracht haben. Glaubst du etwa, ich hätte nur eine freie Minute gehabt, an den Ruhestand zu denken? Also, bitte, Marietta. Jetzt enttäuschst du mich aber. Mach mir bitte einen Kaffee.«

»Im Ernst, Proteo. Wann ist es so weit?« Marietta ließ nicht ab, ging jedoch wie geheißen zur Espressomaschine.

»In ein paar Wochen, meine Gute, oder Monaten. Das genaue Datum muss ich selbst noch nachsehen. Und den übrigen Urlaub abziehen. Wenn du willst, können wir das später auch zusammen ausrechnen.«

»Und was wird dann aus mir?« Sie stellte das Tässchen vor ihn.

»Mach dir keine Sorgen. Mit meinem Nachfolger wirst du

ein leichtes Spiel haben. Außer natürlich es wird eine Frau. Dann wirst du dich in ein anderes Kommissariat versetzen lassen müssen.«

»Ich will aber nicht in eine andere Abteilung«, sagte Marietta trotzig und steckte sich die nächste Zigarette an. Ihr Blick fiel auf den Berg ungeordneter Papiere auf dem Schreibtisch. »Übrigens hat Moreno Cacciavacca mir Raccaros Telefonliste gebracht. Die wichtigen Gespräche hat er unterstrichen.« Sie übergab die Akte ihrem Chef.

»Na also«, entfuhr es Laurenti beim Überblättern. »Damit sollten wir ihn haben. Ich nehme das gleich mit zum Staatsanwalt. Pina soll mich ausnahmsweise fahren. Sonst komme ich zu spät.«

»Pina und Battinelli sind bei Stojanović im Krankenhaus von Monfalcone.«

»Dann ruf jemand anderes.«

»Ich kann dich fahren.« Marietta trocknete sich die Augen und holte ihre Handtasche.

»Den Rückweg schaffe ich aber allein.«

»Ich warte an der *Malabar* auf dich«, lächelte seine Assistentin endlich. »Ich weiß ja, dass du nicht einfach daran vorbeigehen kannst.«

»Hängt davon ab, Marietta.«

Živa Ravno kam ihm mit ihrem Anruf zuvor, als er das Büro von Scoglio verließ und die von Marmorsäulen gesäumte Treppe im Justizpalast hinabstieg. Er hätte sie wegen des versprochenen Besuchs in Novigrad vertrösten müssen. Das Gespräch mit dem Staatsanwalt war verlaufen wie erwartet. Zwar hatten die ausgewertete Telefonliste und die damit nachgewiesenen Verbindungen zwischen den Verdächtigen Scoglio davon überzeugt, dass Raccaro endlich fällig war, doch Laurentis Dienstreise nach Kroatien hatte er ihm nicht genehmigen können. Schließlich bestand für Raccaro in diesem Zustand keine Fluchtgefahr und damit auch keine Eile. Und auch Draško Stojanović war im wahrsten Sinne des Wortes ans Bett gefesselt. Die Übermittlung der offiziellen Dokumente konnte also auch auf dem gewöhnlichen Dienstweg erfolgen, selbst wenn es dadurch etwas länger dauerte. Inzwischen stand auch fest, dass das Flugzeug, mit dem Fjodor Iljin nach Belgrad gebracht worden war, von dem kleinen Portorož Airport gestartet war. Von Belgrad aus war die Weiterreise nach Moskau problemlos möglich gewesen. Laurenti konnte sich bezüglich Iljin also jeden weiteren Aufwand sparen.

Der Staatsanwalt würde den Untersuchungsrichter von den nächsten Schritten überzeugen und noch im selben Augenblick alle dafür notwendigen Anordnungen ausstellen: Von der Durchsuchung der *Raccaro Development Studios* bis zur Festnahme des Alten selbst. Lediglich die Frage seiner Unterbringung würde dauern. In Anbetracht seines Alters wäre er eigentlich unter Hausarrest zu stellen, dem widersprachen allerdings die schwerwiegenden Anklagepunkte. Es war offensichtlich, dass Lele schon in der Vergangenheit in der Lage gewesen war, alle Kommunikationsbarrieren zu überwinden und sein schmutziges Spiel ungehindert weiterzubetreiben. Sie mussten unter allen Umständen verhindern, dass Raccaro Beweise verschwinden ließ und Spuren verwischte, die sein Netzwerk transparent machten und nicht nur zu seiner Verurteilung nötig waren. Wenn erst einmal die Strukturen offenlagen, würden auch andere mit ihm über die Klinge springen. Ein harter Schlag für die Schattengesellschaft, die hinter den Kulissen Triest unter sich aufteilen wollte. Vor allem die Aussage von Antonia d'Antimi würde viel hergeben. Trotz seiner Verletzungen hielten aber beide Raccaro dazu imstande, sein System weiter zu verschleiern und Beweise zu manipulieren oder zu vernichten. Das sprach dafür, dass er die ersten Tage in einer

Isolierzelle im Triestiner Gefängnis landete, bevor ein Platz in einer geeigneten Haftanstalt gefunden war. Dass so ein Gefängnis nicht in unmittelbarer Nähe lag, würde die Arbeit der Ermittler kaum behindern. Das vorliegende Belastungsmaterial war bereits erdrückend.

Živa Ravno sprach schnell, und sie klang nicht erfreut. Sie wusste selbst, dass laufende Ermittlungen keine Ausflüge zuließen. Das war es aber nicht, was sie beschäftigte. Vielmehr ließ sie erkennen, dass sie über andere Neuigkeiten, die sie selbst soeben erst erfahren hatte, nicht besonders glücklich war. Die kroatische Generalstaatsanwältin hatte einen Ruf der EU erhalten. Auf den ersten Blick eine schöne Bestätigung ihres bisherigen Wirkens. Auf den zweiten aber, so nahm Živa das auf, wollte man sie offensichtlich im eigenen Land loswerden, indem man sie zur Chefanklägerin der Europäischen Generalstaatsanwaltschaft EPPO weglobte. Die noch junge Institution wurde seit 2019 von einer rumänischen Kollegin geleitet, deren Amtszeit bald vorüber war. Klar, Živa Ravno hatte in den vergangenen Jahren in Kroatien spürbar aufgeräumt, Vetternwirtschaft und Korruption eingedämmt und den Rechtsstaat gestärkt. Viele ihrer einstigen Widersacher waren verurteilt worden und für Jahre von der Bildfläche verbannt. Viele, aber nicht alle.

»Nach Luxemburg«, schimpfte sie. »Was soll ich in Luxemburg?«

»San Marino, Monaco, Liechtenstein oder Andorra wären noch kleiner. Und der Vatikan erst.«

»Dort gibt es aber keine europäischen Institutionen.«

»Dafür wirst du einen Haufen Geld verdienen, schätze ich.«

»Ich brauche kein Schmerzensgeld, auch wenn die Lebenshaltungskosten dort zu den höchsten in Europa gehören. Doch sie wollen, dass ich mir alles sofort vor Ort ansehe. Da fängt es schon an. Die haben da zwar einen Flughafen, jedoch nicht einmal Direktflüge nach Zagreb. Leider bestehen sie darauf, dass ich komme. Von Venedig geht einmal die Woche eine Maschine, wenn's hochkommt. Und die nächste kriege ich heute Nachmittag gerade noch. Ob mir dann in Luxemburg aber die richtige Ausrede einfällt, weiß ich nicht. Entschuldige, Proteo, ich wollte mich nicht bei dir ausheulen. Wie dem auch sei, wir werden unser Wiedersehen leider verschieben müssen. Dabei hatte ich mich so auf dich gefreut. Du bist und bleibst der einzige Bulle in meinem Leben.«

»Polizist vielleicht, Živa, den Rest will ich gar nicht wissen. Bald wirst du sowieso einen Luxemburger Bankier heiraten«, spottete Proteo Laurenti. »Und dann brauchst du auch keine Flugverbindung nach Zagreb mehr. Dann nimmst du seinen Firmenjet.«

»Und werde damit das erste Subjekt, gegen das ich wegen internationaler Korruption ermitteln muss«, lachte Živa. »Ich melde mich gleich nach meiner Rückkehr, Proteo. Dann sehen wir weiter. Die Ermittlungsunterlagen sind jedenfalls auf dem Weg, sie treffen in den nächsten Tagen bei euch ein.«

An der Fußgängerampel der Via Carducci blieb der Commissario stehen. Für einen Augenblick glaubte er, Amedeo auf der gegenüberliegenden Straßenseite in der Menschenmenge verschwinden zu sehen. Es war ihm egal. Um den sollten sich die Kollegen von der Streife kümmern. Wenige Schritte weiter befand er sich auf der Piazza San Giovanni, dabei wollte er doch ganz woandershin. Früher oder später wurde jeder zum Opfer seiner Gewohnheiten. Durch das offen stehende Fenster am Tresen hörte er Daniele über die neue Zapfanlage fluchen.

»Ich komme später vorbei«, rief ihm Laurenti zu und wollte sich auf den Weg zum Notar machen. Doch dafür war es schon zu spät, Marietta saß bereits an einem der Tischchen und schäkerte mit dem jüngsten der drei Inhaber. Es fiel ihm offensichtlich schwer, den Blick von ihrem Dekolleté zu lösen.

»Ich dachte, du bist mit VuVu ans Meer gefahren?«

»Der ist zu müde nach all den Nachtschichten. Außerdem schau dir mal den Himmel an. Ich fürchte, es wird bald regnen. Und der Sommer ist noch lang. Wie war's beim Staatsanwalt?«

»Raccaro fährt diesmal definitiv ein. Was der Prozess hervorbringt, werden wir noch sehen. Ich schätze mal, dass es ein Wettrennen wird zwischen seinen juristischen Tricks, Befangenheitsanträgen, Gegengutachten, Berufungsinstanzen und ablaufender Lebenszeit. Aber irgendwann werden wir wissen, wer in diesem Fall gewonnen hat. Immerhin kann Raccaro in der Stadt keinen weiteren Schaden mehr anrichten. Vielleicht kommt ja bald der Tag, an dem niemand mehr am Stillstand verdient.«

»Da sehe ich schwarz. Daran verdient man doch am meisten, und damit gewinnt man Wahlen. Du gibst die Hoffnung wohl nie auf. Der Erfindungsgeist der Schlaumeier findet doch nie ein Ende.«

»Aber eines kann ich dir heute schon voraussagen, nämlich dass die *Yacht A* vermutlich so lange vor der Stadt liegen bleibt und die Steuerzahler belastet, wie die Tram von Opicina nicht wieder in Betrieb genommen wird.«

»Übrigens hat mich deine Frau angerufen«, sagte Marietta verschlagen. »Sie sagte, du neigst dazu, unangenehme Termine zu vergessen. Ich habe ihr natürlich heftig widersprochen, aber sie hat nicht auf mich gehört. Auf jeden Fall soll ich dich an den Notar erinnern. Gibt es da etwa noch was Wichtiges, von dem du mir nichts gesagt hast?«

»Ach, das hat auch Zeit bis morgen.«

Die langen Schatten einer Stadt, die nicht vergisst

Coverabbildungen vorbehalten

Veit Heinichen
Entfernte Verwandte
Commissario Laurenti ahnt Böses

Piper Taschenbuch, 320 Seiten
ISBN 978-3-492-31926-3

Ein Toter im Dorf Prosecco gibt Laurenti Rätsel auf. Der Tatort: das Partisanen-Mahnmal auf dem Karst. Der Commissario ahnt, dass dieser Mord mit der Zeit der Nazi-Besatzung zu tun haben muss und dass es nicht bei einem Toten bleiben wird. Steckt Rache dahinter? Rache für diese alten Geschichten? Vielleicht helfen die Erinnerungen der ältesten Bewohner der Stadt, ein weiteres Opfer zu verhindern. Denn sicher ist nur eines – Triest ist eine Stadt, die weder vergisst noch vergibt ...

PIPER